MY IN-LAWS ARE OBSESSED WITH ME

시월드가 내게 집착한다

한윤설 장편소설
VOL.3

CONTENTS

CHAPTER 13.
희생의 물거품
5P

CHAPTER 14.
달콤한 독
75P

CHAPTER 15.
깨진 사탕
139P

CHAPTER 16.
저주의 해방
209P

CHAPTER 17.
완성된 행복
285P

에필로그
351P

CHAPTER 13.

희생의 물거품

My in-laws are obsessed with me

Chapter 13

 여기서 왜 라피레온 가문이 나오는 거지? 머리가 혼란스러웠다.
 "잠, 잠깐만요. 차근차근 설명을…… 날 회귀시킨 건 황녀 전하지만 그 소원을 바란 게 라피레온 가문이라니요? 전 회귀하기 전에 황녀 전하와도, 라피레온 가문과도 별다른 인연이 없었는걸요."
 도돌레아가 고개를 끄덕거리며 찻잔을 만지작거렸다.
 "페레샤티, 당신이 회귀하기 전 삶에서 내가 죽었던 걸 기억하나요?"
 나는 조심스레 고개를 끄덕거렸다. 분명 내가 회귀하기 전엔 도돌레아 황녀가 병으로 죽고, 테르데오와 어린 칠 황녀가 결혼하려 했으니까.
 "본래의 나는 그때 죽었죠. 마녀한테 몸의 주도권을 빼앗겼거든요."
 그녀의 얼굴에 지독한 우울감이 묻어났다.
 "힘을 쥐어짜서 봉인을 억지로 깨고 나온 마녀는 불완전했어요. 그래서 내 영혼을 완전히 소멸시키지 못했죠."
 "하지만 마녀가 깨어났는데도…… 회귀 전에 황녀께서 다시 살아났다는 얘기를 들은 적은 없어요."
 "맞아요. 아버지께서 내가 살아났음을 알리지 말라고 하셨거든요."

도돌레아가 하하 어색하게 경직된 웃음을 흘렸다.

"죽은 줄 알았던 내가 깨어났지만, 다시 죽을 것 같은 안색을 하고 있었으니까요. 아버지께선 내가 길게 버티지 못하고 곧 죽으리라 생각하셨어요. 날 포기하셨죠."

웃는 도돌레아의 얼굴은 무척 괴로워 보였다. 경악에 찬 내 표정을 보며 도돌레아는 머리를 쓸어 넘겼다.

"마녀가 미웠어요."

도돌레아의 손이 파르르 떨리고 있었다.

"마녀가 내 몸을 뺏지 않았더라면…… 아니, 차라리 나를 완전히 죽였더라면."

"……."

"아버지께서 날 포기하는 모습을 보지 않아도 됐는데. 황궁을 나가는 자유를 꿈꾸지도 않았을 텐데."

도돌레아가 격해지는 감정을 억누르려 아랫입술을 세게 깨물었다. 그녀의 입가가 바들바들 떨렸다.

"그래서 나도 마녀한테 오점을 남기고 싶었어요. 마녀가 원하는 걸 방해하고 싶었어요."

"마녀가 원하는 거요?"

"마녀는 자신의 잘못을 바로잡길 바랐어요. 사랑했던 남자한테 사과하고 저주를 풀고자 했죠. 잃은 힘을 회복해서 자기가 내린 저주를 돌려받는 주술을 펼치려 했죠. 물론 그렇게 되면 마녀는 오랜 세월 축적된 저주를 돌려받아 영혼이 산산조각이 나서 죽게 되겠지만요."

"……!"

지금 내가 뭘 들었지? 마녀가 사랑했던 남자…… 그러니까 테르데오한테 사과하고 라피레온 가문에 내린 저주를 풀려고 했다고?

자기가 죽을 생각까지 하고?

"뭔, 뭔가 잘못 알고 계신 거 아닌가요? 지금……."

"지금 마녀는 저주를 풀 기미가 보이지 않죠?"

나는 도돌레아의 질문에 서둘러 고개를 끄덕거렸다. 그렇게 저주를 풀 생각이 있었다면 당장 풀었어야지.

"페레샤티, 당신이 라피레온 대공의 옆에 있어서 그래요."

"……네?"

"사랑했던 남자의 곁에 당신이 함께 있는 걸 보고 질투가 나고 자존심 부리느라 본래 의도를 잊은 것 같더군요."

가슴에 무거운 돌덩이가 쿵 묵직한 소리를 내며 아래로 가라앉았다.

그러니까 내가, 회귀한 내가 테르데오의 곁에 함께 있는 모습을 보고 저주를 푸는 걸 잊었다고?

그럼 만약에 내가 나타나지 않고…… 테르데오가 마녀인 도돌레아와 결혼했더라면 이미 오래전에 저주가 풀려서 모두 행복하게 살았을 거라는 뜻이야?

'저 여자를 제물로 바쳐. 그러면 그 저주, 내 모든 걸 걸고서라도 풀어줄게.'

그때 자백제를 마셨을 때 도돌레아가 했던 말이 불현듯 떠올랐다. '진심이었어.'

내가 없으면 저주를 푼다는 그 말, 진심이었던 거야.

나는 덜덜 떨리는 손으로 입을 틀어막았다.

"나는 마녀가 원하는 걸 방해하고 싶었죠. 그래서 아직 불완전한 마녀의 혼이 잠든 사이 움직였어요. 마녀의 지식을 이용해서 라피레온 가문의 소원을 들어주는 주술을 펼쳤죠."

"왜 라피레온 가문의 소원을 들어주는……."

"추하게도 나는 그들이 저주를 내린 마녀의 죽음을 바랄 줄 알았거든요. 마녀가 사랑했던 남자의 피를 이어받은 자손들의 원망

속에서 죽어갔으면 했어요."

도돌레아가 숨을 크게 내쉬었다. 그리고 차를 한 모금 마셨다. 분노를 잠재운 도돌레아가 입가를 부드럽게 끌어 올렸다.

"하지만 내가 틀렸어요. 그들은 당신을 바랐어요."

말간 웃음이 자유롭게 떠도는 바람처럼 시원하고 청량했다.

"그들은 원망이 아니라 구원을 원했어요. 라피레온 가문을 사랑해 줄 사람을 원했어요. 사랑받길 바랐고, 그로 인해 가족들이 행복해지길 원했어요."

도돌레아가 조용히 하라는 듯 입술에 손가락을 가져다 대더니 눈을 감았다. 입술을 꾹 다물자 새소리가 여전히 맑게 들려오고 있었다.

"저 소리가 들리나요?"

소리? 나는 아까부터 가만히 들려오던 새소리에 귀를 기울였다. 마치 음악처럼 맑게 들려오던 새소리는 가만히 귀를 기울이니 익숙한 목소리들로 바뀌었다.

'사랑받고 싶어. 누가 날 돌아봐 줘.'

"……셀피?"

나는 놀란 눈을 동그랗게 떴다. 귀를 쫑긋 세우고 집중하니 여러 목소리가 한데 어우러져 들렸다.

'내가 사랑하는 내 동생, 테오를 사랑해 줄 사람이 나타나길.'

세르시아의 목소리.

'우리 아이들이 구원받길.'

글로리아의 목소리.

'더는 죄 없는 아이들이 상처받지 않도록. 사랑해 줄 사람이…….'

피니어스의 목소리.

그리고…….

'우리를 괴물로 보지 않았으면. 모든 걸 다 알면서도 우리를 받아

줄 사람이 있을까?'

테르데오의 목소리.

'사랑받고 싶어.'

'우릴 사랑해 줘.'

그리고 수많은 라피레온 가족들의 목소리.

뒤섞인 목소리들이 한데 어우러져 맑게 들렸다. 순간 나도 모르게 눈물이 볼을 타고 흘렀다.

늘 괜찮은 척 자신을 다독거리면서 내심 사랑받길 바라던 라피레온 사람들이 떠오르자 무너지듯 눈물이 흘렀다.

참아보려 했으나 불가항력이었다.

"말도 안 돼……."

나는 두 눈을 질끈 감았다. 순수하고 맑은 염원들. 저렇게나 사랑을 바라고 있었다.

도돌레아가 희미하게 미소지으며 내게 손수건을 내밀었다.

"그래서 페레샤티, 당신이 다시 살아나 시간을 거스른 거예요. 그들의 저주가 통하지 않은 채 온전히 그들을 사랑하기 위해. 그들을 구원하기 위해서요."

모든 건 우연이 아니라 필연적이었다.

"이건 정말, 정말…… 흑…… 꿈이 아닌가요?"

늘 나를 보며 구원이다, 요정이다, 빛이다, 희망이다, 라며 외치던 가족들의 모습이 떠올랐다. 내심 구원을, 빛을, 희망을 바라던 그들의 모습들이 말이다.

"글쎄요. 페레샤티, 당신이 지금 느끼는 게 정답이겠죠."

도돌레아가 내 손등을 다독거렸다.

난 뭐라고 그랬더라? 구원, 요정, 빛, 희망이라 들으면서도 난 그런 사람이 아니라고 연신 부정했었다.

"난…… 흑, 난…… 가족들을 구원하지도 못했어요……."

내 말이 끝남과 동시에 작고 여린 목소리가 자그맣게 속삭였다.
'나도 모르게 내가 죽인 사람들이…… 모두 구원받고, 다음 생에서는 사랑받는 삶을 살길…….'

아일렛의 목소리였다. 나는 울고 있던 눈을 커다랗게 뜨고 허공을 바라봤다.

바람처럼 사라진 목소리가 흩어졌다.

"페레샤티, 당신이 회귀하기 전. 당신이 무엇 때문에 죽었는지 알고 있나요?"

나는 고개를 도리질했다. 끔찍한 기억이었다. 그때 피가 역류하는 고통이 느껴졌고, 시프는 날 보며 이건 '저주'라고 말했었…….

불현듯 기억이 떠오르자 나는 화들짝 놀란 고개를 내렸다.

"……설마."

도돌레아가 안쓰럽다는 듯이 나를 바라보고 있었다.

"맞아요. 당신은 라피레온 가문의 피가 담긴 알약을 먹고 죽었죠."

설마…… 나는 조금 전 아일렛의 목소리가 들렸던 허공으로 시선을 돌렸다.

그래, 새어머니는 아버지를 죽일 때도 그 알약을 사용했다. 신전 앞에서 만났을 때 분명 두 알이 남아 있었다. 이번 생에서는 내가 모두 뺏었지만, 회귀 전에는 그러지 못했다.

그러니 그때 그중 한 알을 먹은 내가 죽은 거였어.

"아이의 소원대로 자신도 모르는 사이, 그 아이 때문에 죽게 된 페레샤티. 당신도 구원받고 사랑받고 있나요?"

"맙소사……."

목이 멨다. 나를 향한 맹목적인 사랑과 신뢰를 보여주던 가족들의 얼굴이 하나둘 떠오르자 시야가 뿌옇게 변했다.

턱선을 타고 흐른 눈물이 테이블 위로 번지듯 툭툭 떨어졌다.

"사랑, 사랑받고 있어요…… 흑."

"아이의 소원도 무사히 이뤄져서 다행이네요."

도돌레아가 따스하게 웃으며 내 손등을 다독거렸다. 깨문 입술 사이로 꾹 누른 흐느낌이 새어 나갔다.

나를 살린 내 가족들이 보고 싶었다. 당장 그 품으로 돌아가고 싶었다. 사랑한다고, 고맙다고 외치고 싶었다.

"난, 난…… 그것도 모르고…… 아무것도 해준 게……."

"아무것도 하지 않았다고 생각하지 마요. 페레샤티, 당신이 없었다면 그들 또한 없었을 거예요."

도돌레아가 손수건으로 내 눈물을 톡톡 닦으며 부드럽게 나를 달랬다.

"당신이 죽고 난 후 라피레온 가문의 그 아이, 아일렛은 부모의 학대 속에서 벗어나지 못하고 매일 고통을 참다 결국은 죽죠. 당신이 없었다면 그 아이가 당신을 만나러 갈 일도 없었고, 그럼 학대 사실도 드러나지 않았을 테니까요."

아일렛이 원래는 죽게 된다고?

"그리고 또 다른 아이, 셀피우스. 그 아이는 수도에 올라오질 못해요. 가주인 테르데오와 사이가 가까워질 리가 없으니까요. 사람과 단절되어 고립되다 우울에 좀먹히고, 결국은 스스로 목숨을 끊죠."

비극적인 결말에 손이 파르르 떨렸다.

"그리고 당신의 남편, 테르데오는 어린 칠 황녀와 결혼하고…… 칠 황녀의 부주의로 인해 저주로 그녀를 죽이게 되죠. 황녀를 죽였으니 반역자로 몰려 공개 처형을 당하게 되죠. 가주가 반역자로 죽었으니 가문 또한 멸문했죠."

"그만…… 그만. 그런, 그런 건 듣고 싶지 않아요……."

고개를 내저을 때마다 눈물이 허공으로 흩뿌려졌다.

가족들이 그렇게 비참하게 죽은 이야기는 듣고 싶지도, 상상하고 싶지도 않았다. 잠깐 떠올린 것만으로도 가슴이 미어져 내가 죽을 것만 같았다.

"그러니 아무것도 해준 게 없다고 생각하지 말아요. 당신 또한 그들을 구원했으니까요."

도돌레아는 마치 상냥하게 불어오는 봄바람 같았다.

"그리고 당신은 나도 구원해 줬어요. 이곳에서 당신을 기다리며 잠시나마 자유로울 수 있었거든요. 내가 발동된 주술 일부로서 당신에게 말을 전해주기 위해 있는 건지…… 아니면 의지를 갖고 도돌레아로서 이곳에 있는 건지 모르겠지만 말이죠."

그녀는 따사롭게 위로하며 자리에서 일어나 내 등을 가볍게 내리쳤다.

"자기 자신을 잃어가는 그 마녀의 기분도 조금은 이해가 되네요. 그래도 역시 봐주지는 못하겠어요."

"……마녀는 내가 회귀한 걸 모르나요?"

"네, 말했잖아요. 그 마녀는 불완전하다고요. ……이런, 이제 슬슬 위험하겠네요. 그만 가는 게 좋겠어요."

"황녀 전하, 전하께서는……."

"페레샤티, 내 몫까지 확실하게 복수해 줘요."

내 말을 단호하게 자른 도돌레아가 웃으며 손을 흔들었다. 그러더니 순간 공간이 일그러지는 느낌이 들었다. 무중력의 상태가 되자 울렁거림이 밀려오며 나는 다시 눈물에 젖은 눈을 꼭 감았다.

※ ※ ※

"……페레샤티! 페레샤티!"

귀가 따가울 정도로 나를 부르는 절망적인 목소리에 나는 눈물에 흠뻑 젖은 눈을 힘겹게 떴다. 반짝거리는 샹들리에 아래로 흐릿한 얼굴이 보였다.

"……테…….."

 그의 이름을 부르려 했으나 입술이 바싹 말라 목소리가 나오지 않았다. 희미하게 눈을 뜬 날 바라본 테르데오가 무너지듯 내 얼굴을 붙잡고 이마를 맞댔다.
 "아아…… 페레샤티…… 페레샤티……."
 그가 중얼거리듯 내 이름을 연신 되뇌었다.
 "네가…… 네가 깨어나지 않아서…… 나는, 나는……."
 힘겹게 눈을 돌리니 테르데오만큼이나 수척해진 가족들이 보였다.
 "엄마……."
 "언니이…… 흑."
 두 아이가 침대로 달려오며 흐느끼는 소리 또한 함께 들려왔다. 눈가에 맺혀 있던 눈물이 진주알처럼 옆으로 흘러내렸다.
 따스한 온기를 느끼며 나는 자그맣게 속삭이며 눈을 감았다.
 "……사랑해요, 내 가족들."

❊ ❊ ❊

 마치 유언 같은 말을 남기고 다시 기절했던 내가 다시 정신을 차린 건 어둑한 밤이었다.
 나는 토할 것 같은 속을 부여잡고 힘겹게 눈을 떴다. 눈앞이 핑핑 돌았다.
 "……으."
 입술 사이로 자그맣게 신음을 뱉고 간신히 초점을 맞췄다. 목이 타는 것처럼 지독한 갈증이 일었다. 물을 찾기 위해 조심스럽게 상체를 일으키자 손에 뭔가가 툭 걸렸다.
 "……응?"

고개를 돌리니 침대 옆에 엎드린 채 내 손을 잡고 잠든 테르데오가 보였다.

'설마 날 간호한다고 이렇게 잠든 거야?'

넓은 침대를 놔두고 엎드린 채 불편한 자세로 잠든 테르데오의 모습을 보니 가슴 한쪽이 울컥했다.

나를 구원하고 사랑해 준 내 가족들. 내게서 구원받고 사랑받길 바랐던 내 사랑들.

비록 그게 내 망상에서 비롯된 꿈일지도 모르지만…… 나는 천천히 손을 뻗어 테르데오의 머리를 찬찬히 쓰다듬었다.

그때였다.

"꺅……!"

커다란 손이 절도 있게 내 손목을 움켜쥐었다. 그리고 다른 팔이 허리를 감싸고는 그대로 푹신한 침대로 부드럽게 날 밀었다.

자다 깨서 그런지 반쯤 감긴 채 나른하게 풀린 눈동자로 테르데오가 나를 내려다봤다. 그의 묵직한 체중이 나를 짓눌렀다.

"사람 피 마르게 하더니 어딜 가려고."

"어, 어디 가려고 안 했는데요……."

"일어나려고 했잖아."

테르데오가 집착이 뚝뚝 떨어지는 눈동자로 낮게 읊조렸다. 그의 분위기가 평소보다 더 위험해 보였다. 나는 마른침을 꿀꺽 삼키고 버석거리는 목소리로 말했다.

"목이…… 말라서 물을 마시려고……."

테르데오가 고개를 삐딱하게 기울였다. 그리고 내 손목을 잡고 있던 손을 놓더니 침대 옆 탁상에 있던 물을 건넸다. 물을 받아 시원하게 벌컥 마시는 내 모습을 테르데오는 가만히 바라보고만 있었다.

그저 물을 마시고 있을 뿐인데 진득하게 바라보는 눈동자가 부담스러울 정도였다.

"여기……."

최소한의 갈증만 채우고 물 잔을 건네자 테르데오가 옆 탁상에 내려두었다. 그리고 고개를 삐딱하게 기울이더니 기다란 손가락으로 내 입술을 닦았다.

"흘렸어."

그의 손가락이 입술에 닿자 해소된 줄 알았던 갈증이 다시금 솟구쳤다. 메마른 입술을 핥자 테르데오가 내 턱을 움켜쥐고 살짝 당기더니 그대로 상체를 숙였다.

"읍……."

갑작스러운 키스에 놀란 것도 잠시, 벌어진 입술 사이로 갈증을 해소할 그의 숨결이 밀고 들어왔다. 지독한 목마름을 해소하는 다디단 맛에 나는 테르데오한테 매달렸다.

그러나 그것도 잠시였다. 미친 것처럼 밀고 들어오는 테르데오 때문에 숨이 벅찼다. 그의 어깨를 슬며시 밀어내자 입술을 뗀 테르데오가 나지막하게 읊조렸다.

"겨우 이걸로 만족해?"

만족할 수 있을 리가 없었다. 고개를 젓기 무섭게 테르데오가 다시 입술을 포갰다.

숨 막힐 정도로 아찔하고 격렬한 키스가 이어졌다. 거침없이 안으로 밀고 들어오는 뜨거운 숨결이 집요하게 나를 갈구하고 있었다.

"테, 테오……."

붉게 달아오른 얼굴로 숨이 막혀 그를 밀어내려 하자 테르데오가 내 턱을 움켜쥐고 끝까지 밀어붙였다.

"아직 부족해."

그의 가슴팍에 올린 손이 파르르 떨렸다. 평소 같았으면 이쯤에서 물러났을 테지만 오늘은 달랐다.

"더."

테르데오가 번들거리는 내 입술을 핥았다.

"조금만 더."

뜨거운 숨결이 질척하게 섞였다. 입 안 곳곳에 침범하며 넘나드는 테르데오 때문에 정신을 차리기 힘들었다.

한참의 키스 후에야 테르데오가 마침내 입술을 뗐다. 그가 흠뻑 젖어 물기를 머금은 입술을 닦아내며 숨을 거칠게 내쉬었다.

반쯤 풀린 야릇한 눈동자로 나를 내려다보는 테르데오의 얼굴도 제법 붉게 달아올라 있었다.

"할 수만 있다면 널 이 침실에 가둬두고 싶어."

그가 고개를 숙여 이마를 맞댔다. 잔뜩 찡그린 얼굴이 제법 수척해 보였다.

"아무 데도 가지 못하게……."

"……난 어디도 안 가요."

"갑자기 쓰러져서 깨어나지 않는 널 보면서……."

감정이 복받치는지 테르데오의 기다란 속눈썹이 파르르 떨렸다. 나는 손을 뻗어 까칠한 테르데오의 볼을 매만졌다.

"걱정하게 해서 미안해요."

"……걱정시켜도 괜찮아."

테르데오가 내 손을 붙잡고 손바닥에 입을 맞췄다.

"걱정시켜도 좋으니 내 곁을 떠나지만 마."

테르데오의 붉은 눈동자가 광기를 머금은 집착으로 번뜩거렸다. 내가 고개를 끄덕거리자 그제야 위험하던 분위기가 한결 누그러졌다.

"……달리 아픈 곳은 없고?"

"네, 괜찮아요. 그보다 괜히 내가 깨운 거 아니에요?"

"아니, 인기척이 느껴져서 깬 거니까 괜찮아."

"인기척이요?"

테르데오가 대수롭지 않게 끄덕거렸다.
"자객인 줄 알고 하마터면 목을 조를 뻔했거든."
어쩐지 처음에 손목을 잡을 때 평소보다 강하게 잡는다고 생각 들었는데…….
테르데오가 침대에서 몸을 일으켰다.
"잠깐 기다려, 의사를 불러올게."
나는 다급하게 테르데오의 셔츠를 붙잡았다.
"시간이 너무 늦었잖아요. 의사는 내일 불러도 괜찮아요."
"뭐?"
"고작 몇 시간 쓰러져 있던 거잖아요."
내가 도돌레아와 대화를 나누던 시간은 고작 몇 시간이었다. 그러니 쓰러지고 나서도 기껏 몇 시간 흐른 게 전부일 것이다.
"몇 시간이라니?"
테르데오의 곱게 펴져 있던 미간에 깊은 주름이 졌다.
"페레샤티, 네가 기절하고 이틀 하고도 반나절이 지났어."
"……네?"
나는 놀란 눈을 동그랗게 떴다. 그러고 보니 마지막에 도돌레아가 '이제 슬슬 위험하겠네요. 그만 가는 게 좋겠어요.'라고 말한 것 같았는데…….
'그게 내 목숨이 위험하다는 말이었구나!'
가만히 눈살을 찌푸리자 테르데오가 내 볼에 손을 얹었다. 그리고 무척이나 소중하다는 듯이 부드럽고 조심히 쓰다듬었다.
"정말 괜찮은 거야?"
"음…… 네, 이젠 정말 괜찮을 거예요."
테르데오가 도통 못 미덥다는 표정으로 나를 살폈다.
"만일 이대로 네가 깨어나지 않으면 너를 따라 죽을까 생각도 했어."

덤덤하게 내뱉는 테르데오의 진심에 나는 화들짝 놀라 고개를 저었다.

"미쳤어요? 내가 죽는 일은 없겠지만…… 설령 내가 죽더라도 테오, 당신은 살아야죠! 당신마저 죽으면 셀피는 어떻게 하라고요!"

내 외침에 테르데오는 마치 심장이 찔리기라도 한 것처럼 무척이나 고통스럽게 얼굴을 구겼다. 그가 가슴을 움켜쥐며 고개를 떨궜다.

"그런 말은 하지 마."

"테오."

"장난으로라도…… 설령 네가 죽는다는 그런."

테르데오가 어지러이 숨을 몰아쉬며 눈가를 짚었다.

"그런 말은 제발 하지 마. 날 죽이려 하지 마."

무슨 일이 있어도 늘 태연하던 테르데오가, 늘 무너지지 않던 견고한 성벽 같던 테르데오가.

고작 내 말 한마디에 심장을 내던진 채 죽을 사람처럼 무너지고 있었다. 나보다도 훨씬 큰 사내가 애원하듯 매달리는 모습에 가슴이 아렸다.

"테오."

나는 두 손을 곧게 뻗었다. 그러자 테르데오가 거부 없이 내 품에 안겼다. 온기가 맞닿자 따스함이 퍼져갔다.

"당신은 이해 못 하겠지만, 원래 나는 죽었어야 했어요."

"그런 말은……!"

"하지만 당신이, 그리고 가족들이 날 살렸죠."

그의 어깨에 얼굴을 묻고 크게 숨을 들이켜자 테르데오의 체취가 강하게 느껴졌다.

"그러니까 나는 절대 죽을 수 없어요. 나는 당신을 사랑해야만 하거든요."

"······뭐?"

나는 테르데오의 목덜미에 짧게 입을 맞췄다.

"테오, 고마워요. 그리고······."

나를 살려줘서, 나를 불러줘서, 내가 당신을 만날 수 있게 해줘서, 그리고 나를 사랑해 줘서.

"사랑해요."

테르데오가 품에서 벗어나 나를 똑바로 응시했다. 황홀한 그 한마디에 테르데오가 딱딱하게 굳었던 몸에서 힘을 쭉 뺐다. 그리고 그 누구보다 행복하다는 듯이 말갛게 웃었다.

그 어떤 보석보다 눈이 부시고 값진 미소였다. 꽃처럼 향기로웠으며 불어오는 바람처럼 산들거렸다.

나는 넋을 놓은 채 시간이 멈추기라도 한 것처럼 테르데오를 바라봤다. 숨을 쉬는 것도 잊었다.

"나도 사랑해."

테르데오의 눈동자에 또렷한 정염이 일었다. 비스듬히 기울인 고개를 숙인 테르데오가 감미롭게 입을 맞췄다.

달콤한 과육을 베어 문 것처럼 형용할 수 없는 아찔함이 퍼져갔다. 그가 간드러지게 내 아랫입술을 건드리자 발끝에 절로 힘이 들어갔다.

❈ ❈ ❈

다음 날 의사가 나를 진찰했으나 특별히 이상한 징후는 없다고 했다. 다만 피로도가 심하니 며칠은 무리하지 말고 조심하라고 당부했다.

의사는 테르데오를 향해 특히나 며칠간은 밤에도 조심하라고 몇 차례나 경고했다. 테르데오는 못마땅한 기색이었지만 하는 수 없이 알겠다며 수긍했다.

나는 침실에서 가벼운 식사를 끝낸 후 신전에서 가져온 초대 대공의 일기장을 살폈다.

내가 기절해 있는 사이 사업 때문에 아직 돌아오지 못한 세르시아를 제외한 가족들은 모두 내용을 확인했다고 했다. 더불어 피니어스가 혹시 숨겨진 내용이 있는지 살펴본다고 했다.

일기장은 아인하르트가 살아온 세월의 흔적이었다.

부모에게 버림받은 아인하르트가 어린 나이로 용병 일을 하며 살아남았던 이야기, 마음 붙일 곳 없던 그가 한 여자, 리라를 만나 사랑하는 이야기가 적혀 있었다.

붙잡아 둘 수 없던 바람 같은 아인하르트는 리라의 곁에 안착했다. 그리고 폭풍 속에서 꽃이 피어날 때쯤, 일기장에는 '마녀'가 등장했다.

여태까지 도돌레아의 말을 유추해 본다면 이 마녀가 도돌레아, 아인하르트가 테르데오의 전생, 그리고 리라가 내 전생일 것이다.

'전생에서도 사랑하고, 다시 태어난 삶에서도 만나 사랑하다니……'

기분이 제법 이상했다. 전생에서 끝까지 행복해지지 못한 탓에 다시 이렇게 만나게 된 걸까?

나는 묘한 감정을 지우고 다시 일기장에 집중했다.

마녀는 자신과 제일 친한 친구였던 리라의 남자, 아인하르트를 사랑했다.

제 모든 것을 바칠 만큼, 자기 친구를 배신할 만큼.

'마녀는 리라와 친구였구나…….'

가끔 나한테 묘하게 친근하게 말을 거는 게 느껴진다 했더니…… 그것도 다 그런 이유였을까?

마녀는 리라와 아인하르트를 끊임없이 방해했다. 하지만 견고한 두 사람을 깨기란 쉽지 않았고 그때, 전쟁이 터졌다.

아인하르트는 리라를 지키기 위해 전쟁에 참여했다. 리라가 임신한 것도 모른 채.

그리고 그해, 리라는 아인하르트의 아이를 낳았다.

'이 아이가 최초 저주를 받은 2대 대공인가…….'

서신으로나마 아이가 태어났음을 알게 된 아인하르트는 매일 밤 일기장에 리라와 아이를 향한 그리움을 적어냈다.

그리고 긴 전쟁이 끝났다. 아인하르트는 큰 공을 세워 작위를 받고 가족의 곁으로 돌아왔다.

세 사람의 행복한 생활이 시작되려는 찰나, 드디어 문제의 단어가 등장했다.

"……저주."

일기장에 정갈한 글씨체가 엉망이 되고 온화하던 어조가 폭력적으로 변했다.

아인하르트는 분노가 가득했고 살기가 넘쳤다.

"……마녀."

그리고 일기장을 읽는 나 또한 마찬가지였다. 나도 모르게 목소리에 살기가 실렸다.

아인하르트를 원했던 마녀는 두 사람을 갈라놓기로 했다. 두 사람이 자기 목숨보다 아끼던 아이를 이용해서.

마녀는 아이를 인질 삼아 저주를 걸었다. 그리고 두 사람이 헤어지면 아이에게 걸린 저주를 풀어주겠노라 했다.

눈살이 절로 찌푸려졌다.

리라에게 다른 선택지는 없었다. 이건 나였어도 똑같았을 것이다. 만약 셀피가 같은 상황에 빠진다면…….

"……절대 안 돼."

내 아이, 사랑하는 내 자식. 내 보물. 모든 걸 다 내줘도 아깝지 않은 내 사랑.

그 누구보다 세상에서 제일 행복하길 바라는 나의 아이.

내 일부가 나 때문에 저주에 걸린다니. 그 어느 부모도 그냥 놔둘 수 있을 리가 없었다.

리라는 결국 목숨보다 중요한 아이를 위해 아인하르트와 헤어졌다. 그 후 마녀라 누명을 쓰고 불타 죽었다.

일기장을 쥔 손이 분노로 부르르 떨렸다.

"하……."

도돌레아가 일기장을 숨겨둔 이유를 알 것 같았다. 이런 비열한 자신을 테르데오한테 보여줄 수 없었겠지.

사랑하는 사람을 잃은 아인하르트는 리라를 지키지 못한 절망감과 자책감에 미쳐버린다. 그 뒤 일기장에는 마녀를 죽이겠다는 분노가 가득했다.

그는 지독하리만큼 우울했다. 하지만 아인하르트는 마녀를 섣불리 죽일 수 없었다.

마녀가 죽으면 사랑하는 아이에게 걸린 끔찍한 저주를 풀 수 없다. 리라의 죽음이 헛되고 만다.

아인하르트는 자신을 아무것도 하지 못하는 허수아비에 비유하며 조롱했다. 마녀는 리라가 죽었음에도 아이에게 걸린 저주를 풀지 않았다.

마녀는 아인하르트의 진실한 사랑을 갈구했다. 자신을 사랑하면 그때 아이에게 걸린 저주를 풀어주겠다 말을 번복했다.

하지만 아인하르트는 마녀를 사랑할 수 없었다. 그는 결국 사랑하는 아이를 위해 모든 것을 철저히 준비한 후 자신을 스스로 내던져 죽었다.

아인하르트의 일기장 마지막 페이지, 마지막 문장은 너무도 덤덤했다.

「마녀여, 네 그릇된 사랑을 털어놓을 나는 이제 이 세상에 없으니, 부디 약속대로 내 아이에게 걸린 저주를 풀길. 다음 생이라는 게 있다면 그땐 반드시 네 목을 베고 사지를 찢겠노라.」

※ ※ ※

라피레온 가문에 저주가 내려진 배경을 알게 된 지 만 하루가 지났다.

어제 일기를 읽고 난 후에는 가히 충격적이라 아무 일도 손에 잡히지 않았었다.

내가 직접 겪은 일도 아닌데 여러 감정이 교차해 오랫동안 가슴이 먹먹했다. 혹시 모를 해독을 위해 일기장은 다시 피니어스가 가져갔다.

불어오는 바람을 느끼며 고요히 앉아 있자, 문득 맞은편의 빈자리를 채우던 레베카의 생각이 났다.

레베카가 떠오르자 미간이 절로 찌푸려졌다.

'……외출해도 될 정도로 체력이 돌아오면 테오와 함께 레베카를 보러 가야겠어.'

이대로 아예 보지 않고 각자의 길을 걸어가는 방법도 있었지만, 내 얼굴을 보고 대체 뭐라 말할까 궁금했다. 뻔뻔하게 고개를 들까 아니면 감히 사과하며 울까.

어느 쪽이든 이곳에 레베카가 다시 돌아올 자리는 없겠지만.

빈자리를 보며 감성에 젖어 있자 뒤에서 누군가 다가오는 발소리가 들렸다. 묘하게 짙은 술 냄새가 풍기자 절로 세르시아 생각이 났다.

그러나 빈자리에 다가온 건 다른 사람이었다.

"왜 그렇게 아련한 표정으로 이 자리를 보고 있니?"

머리를 뒤로 쓸어 넘긴 글로리아가 피곤함에 찌든 얼굴로 빈자리에 털썩 앉았다. 그녀가 고개를 까닥거리며 웃었다.

"혹시 테오와의 즐거운 기억을 떠올리는 데 내가 방해한 건 아니지?"

"아, 아니에요!"

고개와 손을 동시엔 내젓자 글로리아가 뒷덜미를 문지르며 끄덕거렸다.

"글로리아 님, 혹시…… 어제 과음하셨나요?"

술 냄새가 짙게 풍기고 있었다. 내 질문에 글로리아가 숙취에 찌든 관자놀이를 꾹 누르며 웃었다.

"그래, 어제 자선 파티에 다녀왔거든."

"전 셋시가 온 줄 알았어요……."

"셋시는 아직 돌아오지 않았거든. 그거 아니? 사실 셋시가 술을 좋아하는 건 날 닮은 거란다."

글로리아가 웃으며 흐트러진 백발을 쓸어 넘겼다.

"하지만 이젠 늙었나 보다. 예전이라면 이 정도는 간에 기별도 안 왔을 텐데. 이젠 머리가 아프구나."

글로리아의 얼굴은 평소보다 핏기가 없이 질려 있었다.

"괜찮으세요? 의사를 부를까요?"

"됐다. 내가 아무리 예전보다 많이 죽었어도 그 정도는 아니지."

"글로리아 님, 과음은 몸에 안 좋아요."

나는 멀리 있는 하녀에게 물을 가져오라 명령하고 글로리아를 살폈다. 글로리아가 연거푸 마른세수하며 흡족하게 웃었다.

"피니어스처럼 잔소리를 하는구나."

"그, 그렇게 느꼈다면 죄송합니다……."

"아니, 난 그 잔소리를 제법 듣기 좋아하거든. 앞으로도 내게 많이 잔소리를 해주렴."

글로리아가 거뭇한 눈가를 꾹 누르며 피로감을 떨쳐내려 애썼다.

"하나 묻고 싶은 게 있어서 일어나자마자 찾아왔단다."
"네?"

글로리아가 눈가를 짚던 손을 내렸다. 그녀의 눈동자가 조금 전과는 달리 사냥감을 쫓는 맹수의 눈처럼 번뜩거렸다.

"아데우스 포츈."

글로리아의 얼굴이 사뭇 진지해졌다.

"분명히 예전에 들었을 때, 테오한테 대놓고 적의를 드러내는 사람이자, 네 친구라고 들었던 것 같은데…… 맞니?"

"네, 그런 셈이죠."

아데우스가 테르데오한테 복수를 할 생각이었다는 건 굳이 말하지 않았다. 그랬다간 글로리아가 당장 일어나 아데우스를 죽이러 갈 것 같았으니까.

아데우스의 얘기를 꺼내니 며칠 전 그와 나눴던 대화가 떠올랐다.

'네가 유학 갔던 곳이 '지첼리아'라고 했던가. ……슈와츠 왕국 옆에 있는.'

나는 그날 일부러 아데우스를 떠보듯 말했다. 분명 내가 그렇게 말했을 때 아데우스의 분위기가 묘하게 바뀌었었다.

'역시 아데우스는 레베카에 대해 뭔가 알고 있는 게 분명해.'

글로리아한테 듣고 난 이후로 곰곰이 생각했으나 레베카의 일은 이상한 게 너무도 많았다.

레베카가 내 시녀가 된 후 며칠 뒤 가문에 있던 거액의 빚을 갚았다고 했었다.

그런데도 레베카는 내 시녀로 계속 옆에 남았다. 마치 가문에 거액의 빚이 있는 것처럼 날 속이고.

'달리 생각해 본다면 누군가 레베카한테 내 시녀가 되면 빚을 모두 갚아주겠노라 제안했다는 거겠지.'

레베카가 내게 특별히 해를 가한 것은 없으니 아마 감시역이었을 것이다.

제국 내에서 라피레온 가문을 노리는 가문은 많이 있다. 하지만 만약 그들이었다면 굳이 영향력이 없는 레베카의 가문을 감시역으로 붙이지 않았을 것이다.

하지만 제국민이 아니더라도 라피레온 가문을 노리는 자들이 있다. 테르데오의 동상을 일부러 깨고, 가문 내 잠입하여 대놓고 살해 시도를 하고, 행렬 길에서도 서슴없이 정체를 드러냈던.

'반란군……'

테르데오가 잡은 반란군의 끄나풀은 슈와츠 왕국민이라고 했었지.

그래서 나는 아데우스한테 덫을 놓았다. 아데우스가 레베카에 대해 뭔가를 알고 있다면 뭔가 다른 반응이 오겠지. 레베카한테든, 아데우스한테든.

내가 골똘히 생각에 잠기는 동안 글로리아 역시 다른 생각에 잠긴 듯했다. 나는 조심스럽게 글로리아를 향해 운을 뗐다.

"글로리아 님, 이건 어디까지나 제 가설에 불과한데요……."

"그렇다면 뭔가 잘못됐어."

"네?"

글로리아가 내 말을 단호히 잘랐다. 평소에는 절대 하지 않았을 일이기에 나는 놀란 눈을 크게 떴다. 글로리아는 웃음기를 쫙 뺀 굳은 얼굴로 신음을 흘렸다.

"어제 자선 파티에 아데우스 포츈을 아는 사람이 온다는 얘기를 듣고 간 거였단다. 아데우스 포츈에 대해서 알아보기 위해서."

아데우스? 아, 그래서 아까 아데우스에 관해 물어보셨던 거구나.

"네."

"여러 이야기를 듣기는 했는데……."

글로리아가 비음을 흘리며 말끝을 흐렸다. 글로리아는 말을 아끼고 있는 것 같았다. 나는 하녀가 가져온 물을 건네며 글로리아의 곁으로 다가갔다.

"괜찮으세요? 몸이 좋지 않으시면 나중에 얘기해주셔도 괜찮아요."

"아니, 난 괜찮단다. 나보다 네가 놀랄까 걱정이지."

"저요?"

내가 놀랄 일이 있나? 고개를 갸웃거리자 글로리아가 내게 건넨 물을 받아 단번에 벌컥 마셨다.

글로리아는 손등으로 입술을 거칠게 닦더니 결심한 듯 자선 파티에서 전해 들은 이야기를 다시 이어갔다.

"소심한 아데우스 포츤은 유학을 간 뒤 지독한 우울증에 걸려 저택에 틀어박혀 밖도 나가지 않았다고 하더구나. 포츤 자작도 유학이란 명목하에 자식을 버렸으니 하인들에게 학대도 당했고."

나는 글로리아의 말에 놀란 눈을 크게 떴다.

누가 소심해? 학대를 당해? 누가? 우울증이라니. 아데우스가?

들을수록 내가 알고 있는 아데우스와는 전혀 다른 모습이었다. 동명이인의 이야기가 아닐까 싶을 정도로 마치 딴 사람의 이야기를 듣고 있는 것처럼…… 응?

묘한 기시감이 느껴졌다. 예전에도 분명 이런 적이 있었던 것 같은데…….

'다른 사람과 있을 땐 말도 제대로 못 해서 제가 많이 도와줬었죠. 제가 없으면 아무것도 못 하는 바보였다니까요.'

맞아, 분명 예전에 레베카가 아데우스에 대해 얘기할 때도 지금처럼 낯선 느낌을 받았었다.

어쩐지 불길한 예감이 들었다.

"다음 해부터는 전쟁이 일어나 모두 정신이 없었잖니? 하필 유학 간 곳이 슈와츠 왕국 옆이라 모두 아데우스 포츤한테 관심이 없었지."

"글로리아 님, 무슨 말씀인지 잘 이해가 가지 않아요······."

나는 혼란스러운 얼굴로 시선을 내리깔았다. 들으면 들을수록 내가 알고 있는 아데우스가 아니라는 생각이 들었다.

"······혹시 아데우스라는 이름을 가진 사람이 또 있나요?"

"나는 지금 '아데우스 포츈'에 대한 이야기를 하고 있단다."

아데우스라는 이름을 가진 동명이인이 있을 수는 있지만 포츈 자작가의 아데우스라는 사람은 또 있을 리가 없었다.

내가 술을 마신 것도 아닌데 점차 퍼져가는 술 냄새 때문인지 속이 울렁거렸다.

"······아데우스는 '소심'이라는 단어와는 어울리지 않는 남자예요. 조금 짜증 날 정도로 선을 넘거든요. 그런 사람을 어떻게 소심하다고 하겠어요. 게다가 테오는 아데우스가 난봉꾼이라는 소문을 들었다고도 했어요."

나는 눈가를 찌푸렸다.

"그 얘기를 전해준 사람이 누구죠? 혹시 잘못된 얘기를 하는 건······."

"어제 자선 파티에 왔던 한스란다. 꽤 유명한 화가지."

울렁거림이 점점 심해지자 두통이 기승을 부렸다.

"초청을 받아 비슷한 시기에 유학을 간 아데우스와 같은 제국에서 머물렀더구나."

"······그 화가가 아데우스와 친밀한 사이였나요?"

"친밀은 아니더라도 서로 대화도 몇 번 나눴던 사이라고 하더구나. 한스가 골목을 지나가다가 다 큰 사내가 울고 있어 다가간 적이 있었는데, 그때 아데우스 포츈을 처음 만났다고 했단다."

"아데우스가 울고 있었다고요?"

느껴지는 괴리감을 좁히기가 어려웠다. 이게 대체 누구의 이야기인지, 들으면서도 이해할 수가 없었다.

"초상화를 그려달라고 마치 곧 죽을 사람처럼 애원하길래 그 자리에서 급하게 그려줬다더구나."

"초상화를 그려달라고 했다고요? 혹시 그 초상화를 볼 수 있나요?"

어쩌면 한스가 다른 사람을 착각한 걸지도 모른다. 그도 그럴 게 아무리 들어도 내가 아는 아데우스와는 전혀 매치가 되지 않았으니까.

글로리아가 내 질문에 천천히 고개를 내저었다.

"이상하게 꼭 그려주고 싶은 생각이 들었다고 했단다. 초상화를 그려주기 위해서 며칠간 만났었는데, 그냥 안부 정도의 대화만 몇 번 나눴다고 하더구나."

"아."

"그리고 초상화가 완성된 다음 날."

글로리아가 피로한 눈가를 지그시 눌렀다.

"아데우스 포츈이 완성된 초상화를 불태우고 저택에서 뛰어내렸다고 하더구나. 아데우스 포츈은 검술이나 무예를 배운 적이 없어서 그대로……."

"……네?"

아데우스가 목숨을 끊으려고 했었다고? 아니, 그것보다 검술이나 무술을 배운 적이 없다니?

이거야말로 크나큰 오류였다. 나는 글로리아의 마지막 말에 고개를 갸웃거리며 반박했다.

"글로리아 님, 뭔가가 잘못된 것 같아요."

그러나 글로리아는 여전히 웃음기를 지운 얼굴로 나를 가만히 바라볼 뿐이었다.

"예전에 아데우스는 행렬 길에서 저와 테오한테 덤비려던 반란군을 제압한 적도 있어요. 그때 글로리아 님도 보셨잖아요."

맞아, 그때 분명 테르데오도 검을 꽤 잘 쓴다고 말했었다.

"그분이 아니라 제가 화재 사고에 휘말렸을 때, 절 안고 이 층 건물에서 뛰어내렸어요. 물론 많이 다치기는 했지만…… 그래도 무예를 닦은 티가 났죠."

글로리아는 계속 말해보라는 것처럼 그저 가만히 내 말에 귀를 기울였다.

"게다가 제가 마녀 때문에 목숨이 위험할 뻔했을 때 우리 사이에 끼어들어 저를 구했어요. 다친 몸으로 저를 안고 산에서 내려오기까지 했고……."

그래, 말할수록 이상했다. 그렇게 몸을 잘 쓰는 아데우스라면 애초에 하인들한테 학대를 당하고 있을 리도 없었을 테니까.

"그 한스라는 사람이 다른 누군가와 헷갈린 게 아닐까요?"

"잘 들으렴, 샤샤."

하지만 글로리아의 표정에는 변화가 없었다. 마치 내가 이런 말을 할 거라는 걸 모두 예상이라도 한 것처럼.

글로리아가 내 손등에 가만히 손을 얹었다. 그녀의 손바닥이 축축하게 젖어 있었다.

글로리아는 중대한 이야기를 하듯 아무도 들을 수 없도록 나지막하게 읊조렸다.

"아데우스 포츤은 죽었어."

"……네?"

글로리아의 말이 쉽게 이해되지 않았다. 나는 어안이 벙벙한 표정으로 한참이나 멍하니 글로리아를 바라봤다.

글로리아는 차분하게 나를 기다렸다. 하지만 다시금 곱씹어도 도무지 이해가 가지 않았다. 나는 작게 되뇌고 고개를 기울였다.

"하지만……."

얼마 전까지 마차에 함께 앉아 있던 아데우스의 모습이 떠올랐다.

"얼마 전까지 저택 앞 마차에서 아데우스와 만나 얘기를 나눴는데요……?"

내 작은 중얼거림에 글로리아는 다시 내 손등을 다독거렸다. 하지만 마치 폭설이 내린 한겨울 숲속을 거니는 것처럼 한기가 느껴져 몸이 덜덜 떨렸다.

"지금 네가 알고 있는 그자는 '가짜' 아데우스 포츤이야."

"……네?"

"진짜 아데우스 포츤이 죽고 전쟁이 끝났지. 그 후 저택에는 새 주인이 들어왔단다. 전혀 다른 얼굴을 한 사내가 '아데우스 포츤'이라는 이름을 쓴 채 말이지."

온몸이 점점 차갑게 식어갔다. 나는 온기를 찾아 뜨거운 김이 폴폴 나는 찻잔을 두 손으로 쥐었다.

찻잔 속에 비친 내 얼굴이 창백하게 질려 있었다. 내 손의 떨림 때문에 차는 잔잔한 파동을 일으키고 있었다.

"그게, 그게…… 혹시 지금 제가 알고 있는 아데우스……라는 건가요?"

"아마도."

글로리아가 단호하게 답했다.

눈앞이 깜깜해졌다. 모든 걸 알려야 한다 생각한 건지 글로리아는 계속 말을 이어갔다.

"아까 테오가 아데우스는 난봉꾼이라는 소문을 들었다고 했었지? 그게 당연해. 새로 나타난 아데우스는 보란 듯이 자기 이름을 떨치며 음탕하고 난잡하게 활개 쳤으니까."

음탕하고 난잡. 그래, 아데우스한테는 이런 단어가 더욱 잘 어울렸다.

"다들 진짜 아데우스를 모르니…… 가짜 아데우스가 그 자리를 채워 기억에 남은 거겠지. 자기 입지를 잘 다졌어."

내가 알고 있는 아데우스는 이때 탄생한 거나 다름없다는 뜻이었다.

끔찍한 멀미가 났다.

"어떻게 그런 일이······."

나는 떨리는 손에 쥔 찻잔을 내려놨다. 그리고 요동치는 감정을 자제시키려 크게 심호흡했다. 내가 알고 있던 사람이 사실은 다른 사람이었다니.

상식 밖의 일이었다.

"······다른 사람이라는 걸 알면서도 한스는 왜 먼저 말하지 않았어요?"

"한스의 직업은 초상화를 그리는 화가란다. 알다시피 초상화를 그릴 땐 여러 이야기를 주워듣는 법이지. 그중에는 절대 알려져서는 안 될 말들도 있단다."

글로리아가 천천히 몸을 일으키더니 창백해진 나를 다독거렸다.

"감춰야 할 비밀을 함부로 말하는 순간 누가 그를 믿겠니. 생을 마감해야 할 수도 있지."

"그럼 한스는 어째서 글로리아 님께······."

"개인적인 친분이지. 내가 어디 가서 말할 사람이 아니라는 것도 잘 알고."

그런 개인적인 친분이 있는 사람이 글로리아한테 감히 거짓을 말할 리가 없었다.

그렇다는 건, 내가 알고 있던 아데우스가 사실은 아데우스가 아니라는······.

"하······."

더 앉아 있다간 토할 것만 같았다. 내 얼굴이 점점 창백해지자 놀란 글로리아가 내 등을 부드럽게 아래로 쓸어내렸다.

"샤샤, 괜찮은 거니?"

"괜찮……지 않아요. 토할 것 같아요. 머리가 너무 아프고 속이 울렁거려요."

나는 두 눈을 질끈 감고 속사포처럼 중얼거렸다. 글로리아가 황급히 하녀를 불렀다.

"대공비께서 몸이 안 좋은 것 같으니 어서 침실로 모셔. 의사를 데려오고!"

글로리아의 외침에 놀란 하녀들이 황급히 다가와 나를 침실로 부축했다. 나는 하녀들의 손에 끌리듯 침실에 도착해 침대에 누웠다.

순간 머릿속에 아데우스를 처음 만나던 날이 떠올랐다. 그때 레베카는 분명 아데우스를 보며 낯설어했었다.

그 모습이 오랜만에 만난 친구라 그런 줄 알았는데…….

'사실은 알던 사이가 아니었어.'

나는 아랫입술을 잘근잘근 씹었다. 그런데도 레베카는 아데우스를 소꿉친구라고 내게 소개했다. 그리고 친근한 척 어색한 연기를 펼쳤다.

얼마 전 내게 해를 끼치지 않겠다고 목숨을 걸고 진심으로 말하던 아데우스의 모습이 떠올랐다. 내 안전을 바라며 줬던 선물들까지도.

'대체 너희는…….'

당장 두 사람을 만나 도대체 무엇이 진실인지 왜 나를 속인 건지 추궁하고 싶었다. 차오르는 분노와 더불어 믿었던 사람의 배신으로 인한 먹먹함에 가슴이 울렁거렸다.

따라온 글로리아가 손수건으로 이마를 닦아주며 안절부절못했다.

"이런, 아직 몸이 회복되지도 않았는데 내가 괜한 얘기를 꺼냈나 보다. 미안하구나."

"아니에요. 그냥…… 너무 놀라서 그런가 봐요. 가족 외에 제 옆에 있던 사람이 레베카와 아데우스 둘이었는데. 그 둘이 처음부터 짜고 절 속였다는 게…….”
　내 중얼거림에 글로리아가 부드럽게 내 손을 꽉 잡아주었다.
　“걱정하지 말렴, 샤샤.”
　그리고 우직한 나무처럼 든든하게, 비장하게 말했다.
　“만일 누가 네게 나쁜 짓을 하려 하거든 내가 네 방패가 될 거란다.”
　글로리아의 붉은 눈동자가 진심으로 반짝거리고 있었다.

❉ ❉ ❉

　기절하듯 잠이 들었던 나는 누군가 어루만지는 손길에 어렴풋이 잠에서 깨어났다.
　“……테오.”
　잠결에 그의 이름을 부르자 옆에서 만족스러운 웃음이 들렸다.
　“내가 깨웠어? 미안. 땀을 닦아주려다가.”
　“으응…… 괜찮아요.”
　나는 내 이마를 매만지는 테르데오의 손길에 어리광을 부리듯 고양이처럼 비비적거렸다. 테르데오가 내 옆 침대로 들어와 덮고 있던 이불을 들추고 나를 뒤에서 껴안았다.
　“아프진 않고?”
　나는 자연스럽게 테르데오의 단단한 팔을 베고 몸을 돌아 그의 품에 안기며 끄덕거렸다.
　“나 때문에 온 거예요?”
　“그대 덕분에 나도 숨 돌릴 시간이 생긴 거지.”
　테르데오가 웃으며 기다란 손가락으로 내 머리를 부드럽게 쓸어 넘겨줬다. 그 살랑거리는 감촉이 너무도 기분 좋아 입가에 절로 미소가 걸렸다.

"……글로리아 님한테 듣고 왔어."

미소를 짓던 내 입가가 딱딱하게 굳었다.

"괜찮아?"

"……솔직히 괜찮다고 하면 거짓말이죠. 나는 아데우스가…… 아니, 아데우스도 아니죠. 그 사람이 무슨 생각인지 모르겠어요."

나는 감고 있던 눈을 살며시 떠 테르데오를 바라봤다.

"아데우스…… 아니, 그 사람이 사실이라고 한 말들이 모두 진심이라고 믿었어요. 그런데 이제는 모르겠어요. 가족이 죽었다는 말도, 테오 당신 때문에 소중한 사람이 죽어서 복수하겠다는 말도…… 내게는 거짓을 말하지 않겠다는 것도, 내게 해를 끼치지 않겠다는 것도 전부 다요."

"……."

"레베카도……."

회귀 전 과거에서 가족과 사랑하던 시프를 믿었고, 결과적으로 배신당해 죽었다. 그렇게 겪고도 모자라 또다시 사람을 믿었다. 내 무지와 안일함에 화가 났다.

"내가 너무 바보같이 믿었어요."

"믿은 사람의 죄가 아니라 속이는 사람이 나쁜 놈이지."

테르데오가 내 어깨를 끌어당겨 품에 꼭 안아주며 등을 토닥거렸다. 그의 커다란 손길에 불안감과 분노가 사르르 잠재워졌다.

"그대가 그렇게 나를 믿어준 덕에 나는 그대에게 구원받았어. 그건 내 가족도 마찬가지지. 믿었던 그대의 잘못이 아니야."

"……."

"그대가 모든 사람을 의심하고 믿지 않았다면 나도 그대를 사랑할 수 없었을 테고, 구원받지 못했겠지."

"……테오, 당신은요?"

나는 테르데오의 가슴에 얼굴을 묻었다. 일정하게 두근거리는 심장 박동이 나를 차분하게 만들었다.

"당신은 놀라지 않았어요?"

"애초에 나한테는 적의만 보였던 놈이라서 이제 와 사실은 다른 놈이었다, 라고 해봤자 크게 충격도 아니야. 그리고…… 사실 일을 하다 보면 이런 경우가 꽤 있거든."

"이런 경우요?"

"신분 사칭. 타국에서 도망쳐서 죽은 사람이나 사생아의 신분을 돈으로 사는 일, 나는 몇 번 봤었어."

그러고 보니 예전에 하라리 아크만이 내게도 같은 말을 했었지.

'타국으로 도망간 후 다른 귀족 신분을 사면 돼요. 빚이 많은 귀족의 신분을 사는 건 제법 흔한 일이거든요. 신분을 사서 사생아로 위장하거나 혹은 비슷한 나이에 실종되었거나 사망한 사람의 행세를 하면 돼요.'

그땐 그런 일을 한 사람이 바로 내 옆에 있는 줄도 몰랐었지.

"이런 말은 해주고 싶지는 않지만…… 아마 그대한테 보였던 행동이나 한 말들은 모두 진심이었을 거야. 다만 자기 신분까지는 차마 말을 할 수 없던 이유가 있었겠지."

"왜 그렇게 생각해요?"

"진심이지도 않은 사람한테 그렇게 감정을 드러낼 리가 없으니까. ……물론 나는 크게 궁금하지는 않다만."

테르데오가 숨을 크게 내쉬고 내 머리카락을 손가락으로 배배 꼬았다.

"그런 건 다 둘째 치고. 두 사람이 그대를 속상하게 만들었으니 모두 이 제국에서 내쫓을까?"

"권력 남용 하는 거예요?"

"이럴 때 쓰지 않으면 언제 쓰겠어."

테르데오가 아래로 내렸던 이불을 올려 내게 덮어줬다.

"그게 마음에 안 들면 작위를 박탈하고 가문의 모든 것을 압수할 수도 있고."

테르데오의 태연스러움에 울렁거리던 속이 좀 나아졌다.

"그 시녀 대신 세르시아한테 옆에 붙어 있으라 할까? 전에 보니 둘이 제법 잘 맞던데."

"셋시는 사업하느라 바쁘잖아요. 아직도 돌아오지 않았던데."

"다른 사람한테 맡기라 하지 뭐. 그깟 사업이 중요한가? 그대가 더 중요하지."

막무가내의 행동에 만연한 미소가 그려졌다.

"테오, 당신이 늘 내 옆에 있을 테니까 난 괜찮아요."

"그럼 이제 내 앞에서 다른 남자 생각은 그만해 줬으면 하는데."

테르데오가 평소와는 다르게 장난스럽게 말했다. 그의 이런 행동 모두가 울적한 나를 위한 것임을 알고 있었다.

나는 테르데오의 따스한 품에 안겨 아까와는 달리 편한 마음으로 눈을 감았다.

※ ※ ※

페레샤티가 잠이 든 것을 확인한 후 테르데오는 조심스럽게 몸을 일으켰다. 테르데오는 페레샤티를 편안히 눕히고 이불을 목까지 덮어준 후 발소리도 내지 않고 조용히 침실을 나섰다.

침실을 나선 그는 늦은 밤 빠르게 말을 몰아 포츤 자작가로 향했다.

갑작스러운 테르데오의 방문에 놀란 경비병이 황급히 앞을 막아 섰다. 하지만 테르데오는 아무것도 보이지 야생마처럼 돌진했다.

"대, 대공 각하를 뵙습니다."

"비켜."

"잠, 잠시만 기다려 주시겠습니까? 미리 약속되지 않은 방문이라 여쭈고 문을 열도록……."
"죽고 싶지 않으면 당장 문 열어."
테르데오가 살기 넘치는 기세로 검을 꺼냈다.
"지금 내가 제정신이 아니거든. 꼭 피를 봐야겠다면 그렇게 하고."
"대, 대공 각하……."
"하지만 피를 본다면 너희 목숨으로는 끝나지 않을 거야. 너희가 지키고 있는 그 주인의 목을 베고 끝나겠지. 그걸 바란다면 그렇게 하던가."
테르데오가 막무가내로 경비를 밀치고 안으로 걸음을 옮기자 경비는 어쩔 수 없이 뒤로 물러섰다. 다른 경비는 포츤 자작에게 보고하기 위해 저택 안으로 헐레벌떡 뛰어갔다.
테르데오는 포츤 자작에게 향하는 경비의 뒷모습을 무심히 보다가 고개를 돌렸다.
테르데오의 목적지는 포츤 자작이 아니었다.
그가 별채로 몸을 틀었다. 그리고 별채의 문을 부술 듯이 발로 세게 걷어차고 안으로 무작정 들어섰다.
별채는 지난번과 별반 다르지 않았다. 관리가 되지 않아 군데군데 먼지와 거미줄이 있었다.
테르데오는 무심한 시선으로 살피고는 거침없이 침실로 향했다. 그리고 문을 걷어차기 무섭게 검이 날아들었다. 테르데오가 검을 들어 빠르게 막아섰다.
챙!
검이 격돌하는 소리가 별채에 크게 울렸다.
"……대공 각하께서는 갑작스러운 만남을 선호하시나 봅니다."
아데우스였다.
테르데오는 얼굴을 구기고 대답 대신 몸을 움직였다. 당장이라도 아데우스를 죽일 것처럼 그가 검을 휘둘렀다. 진심으로 자신을 죽이려는 살기에 아데우스가 표정을 딱딱하게 굳히고 빠르게 움직였다.
"내가 분명히 내 부인을 건드리지 말라고 경고까지 했을 텐데."
갑작스러운 대공비의 얘기에 아데우스가 미간을 찌푸렸다. 그가 맞대던 검을 물리고 뒤로 멀찍이 떨어졌다.
"대공비 전하께 무슨 일이 생겼나요?"
대공비의 이야기가 나오자 남자의 얼굴로 진지하게 묻는 아데우스의 모습이 영 마음에 들지 않았다. 테르데오가 검을 세게 쥐고 이를 바드득 갈았다.
"네가 정체를 숨기고 뭘 하려던 건지 궁금하지도 않지만. 숨기려거든 끝까지 잘 숨겼어야지. 아데우스 포츤…… 아니, 아데우스 포츤을 사칭한 가짜."
"……!"
아데우스가 눈을 크게 떴다. 그의 푸른 눈동자가 지진이라도 난 것처럼 흔들렸다. 근심이 가득 담긴 눈가를 찌푸린 아데우스가 걱정스러운 목소리로 자그맣게 물었다.
"……대공비 전하도 알고 계신 겁니까?"
"열받게도, 그래."
테르데오가 주저 없이 답하자 아데우스가 절망스러운 얼굴을 떨궜다.
일을 마무리하고 직접 밝히려 했는데, 이런 식으로 상처 주면서 알려지길 바란 게 아니었는데.
거짓 없이 모든 걸 털어놓겠다고 했는데 본의 아니게 속인 셈이 되었다.
아데우스는 마차에서 레베카가 자신을 속였다고 침울해하던 페레샤티의 모습을 떠올렸다. 자신의 거짓말이 페레샤티를 상처입혔다고 생각하니 절로 주먹이 쥐어졌다.

아데우스가 얼굴을 와작 구겼다. 테르데오가 조소하며 물었다.

"넌 누구길래 '아데우스 포츈'을 대신해서 살고 있지?"

아데우스가 검집에 검을 집어넣었다. 그리고 침대에 걸터앉아 테르데오를 똑바로 바라봤다.

"이미 짐작하고 계신 것 아닙니까?"

"너……."

"대공 각하께서 지금 생각하시는 게 맞습니다."

아데우스가 머리를 뒤로 쓸어 넘기며 헛웃음을 지었다.

"네, 제가 바로 반란군의 수장."

"……!"

"슈와츠 왕국의 제2 장군이자 왕세자비의 오빠였던 사람입니다."

테르데오의 몸이 딱딱하게 굳었다.

"제 이름은 버린 지 오래입니다. 지금 아데우스 포츈으로 살고 있으니, 아데우스 포츈이라 불러주시면 됩니다."

테르데오가 충격에 빠진 표정으로 입을 떡 벌렸다. 그의 눈동자가 아데우스를 찬찬히 훑었다.

수상하다 생각은 했었는데 그게 설마 이런 식으로 연관되어 있으리라 생각은 못 했다.

테르데오가 꽉 쥐고 있던 검을 천천히 움직여 검집에 집어넣었다. 살기가 누그러진 테르데오의 모습이 아데우스는 퍽 우습기만 했다.

"그 반응은 뭐죠? 대공 각하께서 설마 죄책감이라도 느끼는 척하시는 건가요? 거짓 연기는 필요 없습니다."

"설마 지난번에 내가 아끼던 사람을 죽였다는 게……."

"네, 왕세자비였던 제 동생도, 제 동생을 지키려던 어머니도 모두 처참히 죽었죠."

아데우스의 분노 섞인 눈동자가 테르데오를 향했다.

"대공 각하께서 주도하신 전쟁이셨죠. 위대한 황제는 전쟁에서 패배한 슈와츠 왕가 전원을 잔인하게 죽였고요."

테르데오가 멍한 표정으로 아데우스를 바라봤다. 그의 입꼬리가 분노와 슬픔으로 파르르 떨리고 있었다.

평생을 살아오는 동안 테르데오를 무겁게 짓누르던 죄책감이 그를 옭아맸다.

"먼 친척까지 씨를 말렸다고 들었는데, 제가 살아 있어서 놀라신 건가요?"

"……어떻게 살아남았지?"

"왕국과는 멀리 떨어진 국경 앞쪽에서 지휘하고 있었거든요. 크게 다쳤고, 다들 제가 죽은 줄 알았죠."

아데우스가 그때의 기억을 회상하는지 끔찍한 표정으로 얼굴을 구겼다. 작은 침실인데도 두 사람은 동시에 피비린내 나는 전쟁터에 서 있는 것 같은 착각을 느꼈다.

"간신히 숨이 붙어 있는 저를 부하 몇이 몰래 빼돌렸습니다. 죽어가는 몸으로 몰래 산을 넘었고 나뭇잎을 주워 먹으며 굶주림을 해결했죠."

아데우스가 파르르 떨리는 주먹을 꽉 쥐었다. 그의 눈동자가 붉게 충혈됐다.

"대공 각하께, 그리고 위대한 황제한테 복수하기 위해서 악착같이 살아남았습니다."

이런 상황을 머릿속으로 수차례나 그렸다. 저 목에 긴 검을 박아 넣고 복수를 외칠 날을 학수고대했다. 영웅이라 불리는 남자의 기세등등한 날개를 꺾고 발아래 굴복시키리라 기대했는데.

아데우스는 자기만큼이나 혼란스럽고 아파하는 표정을 짓는 테르데오의 얼굴을 보니 기분이 이상해졌다. 통쾌하지 않았고 시원하지도 않았다.

테르데오가 조용히 아데우스를 바라봤다.

마음만 먹으면 진즉에 죽일 수 있는 자작 영식이었다. 그런데도 이상하게 테르데오는 그럴 수 없었다. 그가 대놓고 살기를 드러내는 걸 알았음에도 이상하게 죽이고 싶지 않더라니.

그의 죄책감이 본능적으로 또 다른 후회를 막기 위한 거였을지도.

"……변명할 여지는 없다. 전쟁은 이미 끝났고 내가 했던 일들도 사라지지 않으니까."

"변명조차 하지 않으시는 건가요?"

테르데오가 힘없이 공기 빠진 미소를 지었다. 평소였다면 거슬렸을 반응도 이유를 알고 나니 이해가 갔다.

"복수하고 싶거든 나한테 해. 언제든지 받아줄 테니까. 다만……"

"다만?"

"죄가 있는 건 나야. 내 부인은 아무 죄가 없으니 건들지 마."

당연히 알고 있는 말이었다. 아데우스 역시 그렇다고 생각했었다. 하지만 테르데오의 입에서 그 말을 듣는 순간 울컥한 감정이 먼저 솟았다.

아데우스가 앉아 있던 몸을 벌떡 일으켰다.

"그럼 제 동생은 죄가 있었습니까?"

검을 쥐고 있던 손에 절로 힘이 들어갔다. 아데우스가 언제 찌를지 모르는데도 테르데오는 여전히 몸을 뒤돌린 상태였다.

자신이 있는 건지, 아니면 뭔가를 믿는 건지. 아데우스가 이를 바드득 갈았다.

"제 어머니는 죄가 있어서 죽었습니까?"

두 사람의 피에 젖은 비명이 귓가에서 들리는 것 같았다. 순간 분노에 휩싸인 아데우스가 검을 세게 쥐었다.

그때 테르데오가 몸을 반쯤 뒤로 젖혔다. 그의 눈동자가 평소와는 다르게 가라앉아 있었다. 테르데오가 물기를 머금은 목소리로 낮게 읊조렸다.
"미안하다."
"……!"
갑작스러운 사과에 아데우스는 너무 놀라 뒤로 물러났다.
"네가 숨기고 있는 게 이런 건 줄 알았다면 널 보자마자 사과했을 거다."
아데우스가 턱에 힘을 실었다.
"그것 말고는 내가 무슨 말을 해도 변명이겠지. 황제로부터 명령을 받았다고 한들 네 말대로 앞장선 건 나고, 그 전쟁을 승리로 이끈 것도 내가 한 일이야. 변명 같은 건 없어."
테르데오의 입에서 사과가 나올 줄 몰랐다. 아데우스가 소문으로 들은 테르데오는 전쟁을 즐기는 전쟁광이자 피에 미친 살인귀였다. 그러니 당연히 기세등등할 줄 알았는데.
"하지만 그렇게 계속 이어나가자면 끝이 없겠지. ……그 증오는 우리 선에서 끝냈으면 해."
테르데오의 목소리에서는 진득한 죄책감이 묻어났다. 아데우스가 혼란스러운 표정으로 제자리에 못 박힌 것처럼 가만히 서 있었다.
테르데오는 여전히 시선을 아래로 내린 채였다. 차마 아데우스를 똑바로 바라볼 수 없는 죄인처럼.
"슈와츠 왕국민의 부당한 처우는 개선하기 위해 노력하는 중이다. ……믿기지 않겠지만 내가 잡은 반란군의 끄나풀에게 들은 이야기를 토대로 많은 것을 조사 중이지."
아데우스는 그 이야기가 사실인 것을 알고 있었다. 황궁에서 일하는 하녀를 통해 테르데오에게 잡힌 끄나풀과 지속해서 연락을 주고받았었다.
조사는 늘 테르데오가 담당했었는데 처음 자백제를 사용한 것 외에 부당한 조사는 없다고 했다. 제대로 된 식사를 시간마다 줬고, 깨끗한 옷과 모포 역시 지급했다고 했다.

　조사하는 시간도 늘 일정 시간을 지켜서 했으며 폭력은 전혀 없다고도 했다. 감옥에 잡혀 오고 나서야 그는 사람 대우를 받는 것 같다고 조심스럽게 쪽지를 적기도 했었다.

　'거짓말인 줄 알았는데.'

　아데우스가 복잡한 표정으로 입술을 꽉 깨물었다.

　"그러니 부디 내 부인은 상처 주지 마. 모든 것은 내가 감당할 테니."

　테르데오는 그 말을 남기고 아무것도 하지 않은 채 돌아갔다. 반란군의 수장이 자신임을 알았음에도, 본래라면 죽었어야 할 패전국의 장군이 살아 있음을 알았음에도 그는 아무것도 하지 않았다.

　그저 복수는 제게 해달라 부탁하고 돌아갔다.

　홀로 침실에 남은 아데우스가 허탈한 웃음을 짓고 손에 쥐고 있던 검을 구석으로 내던졌다.

※ ※ ※

　휘황찬란한 달이 떴다.

　"오늘 보고받았는데 베르딕트 부인과 기사를 죽인 범인을 찾는 수색조가 꾸려졌대."

　"다행이네요."

　"아마 곧 범인을 찾을 수 있을 거야."

　나는 뜨거운 숨을 몰아쉬며 침대 위로 늘어졌다. 마찬가지로 뜨겁게 숨을 내쉰 테르데오가 날 뒤에서 껴안았다. 나는 커다란 손가락을 매만지며 작게 중얼거렸다.

　"전 레베카와 아데우스한테 저택에 방문하라고 서신을 보냈는데……."

"……응."

"둘 다 저택을 나가서 돌아오지 않는 중이라고 하더라고요. 내가 눈치챈 걸 알았나 봐요. ……적어도 사과는 하고 갔으면 좋았을걸."

"저런."

시간이 지나니 배신감과 우울감, 그리고 분노는 눈 녹듯 사라져 갔다. 떠올리면 가슴이 먹먹하긴 했으나 잠깐 그 정도뿐이었다.

테르데오가 짧게 반응하며 나를 커다란 품에 밀착시키듯 껴안았다.

"그거 말고 별다른 일은 없었어?"

"별다른 일이요? 음…… 뭐 없었어요. 셀피와 아일렛을 아카데미에 데려다주고 글로리아 님과 티타임 즐기고……."

"당분간 셀피와 아일렛은 숙부님께 맡기는 게 어때?"

테르데오가 드러난 내 어깨에 쪽 입술을 맞췄다.

"왜요?"

"최근 이유 없이 쓰러지기도 했고, 위험하니까."

"전 괜찮아요. 두 아이 모두 내가 데려다주고 데리러 가는 걸 좋아하는걸요. 내가 해주고 싶어요."

구원받길 바랐고 사랑받길 바랐던 가족들이니 적어도 내가 해줄 수 있는 일만큼은 마음껏 해주고 싶었다.

"아이들을 챙기는 것도 좋지만, 가끔은 온전히 나도 신경 써줬으면 하는데."

"당신은 황실에서 일하잖아요. 내가 어떻게 신경 써요."

"황실에 있는 내 집무실에서 나랑 같이 있으면 되지. 뭐가 문제야."

뜨거운 밤을 한차례 보내고도 성에 차지 않은지 테르데오가 보채듯 달아오른 입술을 곳곳에 맞췄다.

"일 힘들어요? 이렇게 투정 부리는 건 처음 보는 것 같은데."

"……그냥. 그대와 떨어지고 싶지 않아서."

"지금 맡은 일만 끝나면 대공국으로 돌아가서 잠깐 쉬도록 해요."

나를 껴안고 누워 있던 그가 상체를 스르르 일으켰다. 덮고 있던 이불이 아래로 흘러내리자 잔뜩 화가 나 갈라진 근육으로 가득한 상체가 여실히 드러났다.

"그래, 그거 좋은 생각이야. 그대 먼저 대공국으로 돌아가 있겠어? 글로리아 님과 숙부님, 셀피와 아일렛, 셋시 모두와 함께."

나는 그의 팔을 베고 있던 몸을 돌려 테르데오를 마주 봤다. 내려갔던 이불을 목까지 끌어 올리자 테르데오가 못마땅하게 미간을 찌푸렸다.

"방금 나랑 떨어지고 싶지 않다고 한 거 아니에요? 나랑 떨어지고 싶어요?"

"설마. 이렇게 붙어 있어도 살을 더 맞대고 손을 잡고 껴안고 싶은걸. 지금 이렇게 보고 있어도 또 보고 싶은데."

"그런데 왜 나만 보내려고 해요? 난 테오, 당신 옆에서 떨어지고 싶지 않은데."

나는 손가락으로 선명하게 갈라진 그의 복근을 따라 어루만지며 속삭이듯 중얼거렸다.

"……나도 그래. 하지만 나와 함께 있는 게 때로는 독이 될 때도 있을 수 있으니까."

"말도 안 돼. 당신이랑 함께 있는 이 시간이 이렇게 달콤한데, 어떻게 독이 될 수 있다는 거예요?"

환하게 웃자 테르데오가 고통스러운 신음이 섞인 뜨거운 숨을 깊게 뱉었다.

"내가 사랑하는 당신을 당신도 사랑해 줘요. 자책하지 말고 악역을 맡지도 말고 내던지지 말고."

"……샤샤."

"내가 소중히 여기는 것들을 아껴준다고 했잖아요. 그러니 내가 소중히 여기는 당신을, 당신도 부디 소중히 여겨줘요."

"……."

"그리고 이미 늦었어요. 당신이 밀어내도 난 테오, 당신 옆에서 절대 떨어지지 않을 거예요."

테르데오가 나를 품에 끌어안으며 어깨에 얼굴을 파묻었다.

"나로 인해 그대가 상처 입거나 다칠까 봐 겁이 나. 내가 이렇게 겁쟁이라는 걸 처음 알았어."

"난 하나도 겁 안 나요. 당신이 날 지켜줄 거잖아요."

"내가 지은 죄가 커서. 내가 죄인이라서 그래."

"테오. 당신이 도대체 무슨 죄인이라는 거예요? 당신이 황제의 명령을 어떻게 거절한다고요."

그의 옆구리를 손바닥으로 쓸며 꼭 껴안자 다시 낮은 숨결이 귓가에 느껴졌다. 일일이 반응하는 모습이 귀여워서 자꾸만 입가에 미소가 걸렸다.

테르데오가 더는 못 참겠다는 듯이 내 턱을 슬며시 움켜쥐고 올렸다. 나는 웃으며 아래로 슬금슬금 자꾸만 내려가는 이불을 꽉 붙잡았다.

"그런데 이불은 왜 내려요?"

"유혹 중인 거 아니었어?"

"제가요? 언제요?"

"내 옆에서 떨어지고 싶지 않다며. 그럼 더 가까이 와."

나는 못 말린다는 듯이 웃으며 손에서 힘을 놓았다. 이불이 완전히 발끝까지 내려가자 테르데오가 농밀한 키스를 했다.

"네가 상처받지 않도록 할게."

그가 입술을 핥은 그때였다. 다급한 발소리가 들리더니 침실 문을 부술 것처럼 두드리는 소리가 들렸다.

테르데오가 맞닿은 입술을 떼더니 미간을 찌푸렸다. 무시하려 해도 도무지 무시할 수 있는 수준이 아니었다.

"……제길."

작게 욕설을 지껄인 테르데오가 가운을 입고 침대에서 일어섰다. 그리고 내가 보이지 않도록 침실 중간 문을 닫은 후 침실 문을 확 열었다.

"대공 각하!"

바깥에서 다급한 집사의 외침이 들렸다.

"무슨 소란이지."

"큰일, 큰일 났습니다. 세르, 세르시아 님께서……!"

"셋시?"

셋시의 이름이 거론되자 깜짝 놀란 나는 침대에서 벌떡 일어나 가운을 챙겨 입었다.

"하라리 아크만을 살해했다는 혐의를 받고 있습니다!"

"……!"

나는 자리를 박차고 일어섰다.

※ ※ ※

세르시아가 턱까지 차오른 숨을 참고 풀숲에 몸을 숨겼다. 자신을 찾는 수많은 발소리가 옆을 지나는 소리가 들렸다.

'제길.'

세르시아가 몸을 동그랗게 말며 귀걸이에 손을 얹었다.

'지금 여기서 빠져나가려면 피를 사용하는 방법밖에 없나.'

하지만 떨리는 손이 움직이지 않았다. 세르시아는 피를 이용하여 남을 해치는 걸 원하지 않았다. 이 저주를 이용하고 싶지 않았다.

사업 얘기를 마무리한 후 세르시아는 페레샤티한테 들은 이야기를 확인하고자 하라리 아크만을 찾았다.

그러나 하라리 아크만의 거처는 오랫동안 사람이 돌아오지 않은 것처럼 싸늘했다. 세르시아는 본능적으로 무언가 잘못됨을 느꼈다.

서둘러 하라리의 거처를 빠져나왔을 때 피비린내를 풍기는 사내들이 세르시아에게 다가왔다.

"세르시아 라피레온. 당신은 하라리 아크만을 살해한 혐의로 조사를 받아야 합니다."

말도 안 되는 소리였다. 당연히 세르시아는 부인했다. 나를 조사하고 싶거든 제대로 된 증거를 가져오라 하기 무섭게 그들은 검을 뽑았다.

세르시아가 상대하려 했으나 다수의 그것도 꽤 훈련된 사내들을 동시에 상대하기엔 무리였다. 세르시아는 결국 사람이 없는 곳으로 도망쳐야만 했다.

'생각보다 수가 많아.'

세르시아가 입술을 잘근 씹었다. 아직 들키지 않았으니 숨어 있어야 할지, 아니면 정말 이 방법을 사용하여 먼저 반격해야 할지 내적 갈등이 일었다.

"멀리 못 갔을 거니까 샅샅이 살펴."

가까이서 들리는 남자의 목소리에 세르시아가 힐끔 살폈다.

'저 남자는……'

세르시아가 눈가를 좁혔다. 소문으로 많이 듣고 오고 가며 얼핏 본 적이 있는 페레샤티의 전 애인, 시프였다. 황실 기사단에 들어갔다는 걸 들은 적이 있었다.

'그렇다는 건, 나를 죽이려는 게 황실인가?'

머릿속에 한 명이 떠올랐다.

도돌레아의 탈을 쓴 마녀.

세르시아가 주먹을 세게 쥐었다. 만일 자신을 죽이려는 게 마녀라면, 저자는 살려둬서는 안 된다. 마녀가 페레샤티한테 무슨 짓을 할지 알 수 없었다.

'안 되겠어.'

저자는 여기서 죽어야 한다.

세르시아가 결국 거칠게 귀걸이를 뺐다. 그리고 귀걸이 핀 침으로 손가락을 찌르려던 순간이었다.

"찾았다."

뒤에서 끔찍한 살기가 느껴졌다. 세르시아의 온몸에 소름이 돋았다. 세르시아는 화들짝 놀라 본능적으로 굴러 자리를 피했다.

하지만 연이어 날카로운 검이 매섭게 날아들었다. 그때였다. 빠르게 달려온 누군가가 세르시아의 앞을 지키고 섰다.

챙-!

날카로운 검이 부딪치는 소리가 넓게 퍼졌다. 세르시아가 자기 앞을 지키고 선 넓은 등을 놀란 얼굴로 바라봤다.

시프의 검을 맞받아 낸 그의 얼굴이 낯익었다.

'저 사람은 분명······.'

세르시아가 눈가를 좁힌 그때 옆에서 작은 손이 그녀를 붙잡았다. 세르시아가 고개를 돌리자 익숙한 여자가 보였다.

"다, 다친 곳은 없으세요?"

"네가 왜 여기······."

세르시아를 지키고 선 남자가 검을 맞댄 시프의 복부를 발로 찼다. 그리고 세르시아를 향해 몸을 돌려 비장한 얼굴로 말했다.

"도우러 왔습니다."

"뭐?"

"우선은 살아서 여기를 빠져나가죠."

"너희들이 왜 나를 도우려고······."

"하라리 아크만을 죽인 건 접니다."

세르시아를 지킨 남자가 태연자약한 표정으로 진실을 꺼냈다. 아니, 처음부터 숨길 생각은 없어 보였다.

"그런데 소문이 이상하게 와전되더군요. 그러니 바로잡으러 왔답니다."

"……뭐?"

"게다가 당신이 다치거나 죽으면 대공비 전하께서 슬퍼하실 겁니다. 그건 보고 있을 수가 없어서요."

그가 세르시아를 일으켜 세웠고, 옆에 있던 여자가 세르시아를 부축했다.

바로 아데우스와 레베카였다.

※ ※ ※

늦은 밤, 어두웠던 저택에 불이 환히 켜졌다.

아닌 밤중에 세르시아의 비보를 전해 들은 글로리아와 피니어스가 자다 깨서 집무실로 모였다.

"이게 대체 무슨 말이니? 셋시가 살해 혐의를 받고 있다니?"

글로리아가 창백해진 얼굴로 미간을 구겼다. 두 사람을 향해 가볍게 끄덕거린 테르데오는 당장 밖으로 뛰쳐나갈 것처럼 제복을 갖춰 입은 상태였다.

놀란 글로리아를 다독거린 피니어스가 테르데오에게 다가갔다.

"셋시의 위치는 확인됐니, 테오?"

"……행방이 묘연하다고 합니다."

글로리아는 당장이라도 쓰러질 것처럼 희게 질렸다. 경악스러운 표정으로 책상을 겨우 짚은 글로리아가 자그맣게 물었다.

"셋시가 그랬다는 증거는 확인했니?"

"황실로 사람을 보냈으니 곧 답을 가지고 올 겁니다."

"……황제 이 개자식이 도대체 지금 내 아이를 상대로 뭘 하려는 거야."

 글로리아가 분노에 찬 목소리로 중얼거리며 주먹을 꽉 쥐었다. 테르데오가 그 모습을 가만히 바라보며 잠긴 목소리로 읊조렸다.

 "그리고 상단으로도 사람을 보냈습니다. 셋시가 언제 제국에 돌아왔는지 그 뒤 경로 파악을 하면 사실 확인이 쉽겠죠."

 나는 세 사람의 대화를 들으며 두 눈을 질끈 감았다. 진정하려 해봐도 가쁜 호흡이 좀처럼 가라앉지 않았다.

 '하라리 아크만의 살해 혐의라니.'

 나는 덜덜 떨리는 목소리로 겨우 말을 꺼냈다.

 "저, 저 때문일지도 몰라요."

 세 사람의 시선이 동시에 나를 향했다. 발밑이 꺼져 무너진 것처럼 아득했다.

 "제가, 제가 셋시한테 아크만 영애의 얘기를 했어요……."

 입술이 떨린 탓에 말을 더듬었다. 입 안이 자꾸만 바싹 말랐다.

 아투뉴 제국으로 가던 마차 안, 내 얘기에 환히 웃던 세르시아의 모습이 자꾸만 머릿속에 떠올랐다.

 '샤샤, 걱정하지 마요. 그 문제는 내가 처리할게요. 다시는 그 여자를 볼 일 없을 거예요. 물론 그 여자의 이름도 들을 일 없을 거고요. 그 일은 내가 처리할 테니까 샤샤, 당신은 잊어요.'

 "세르시아가 그 여자, 아크만 영애의 문제를 처리하겠다고 했어요. 그래서…… 그래서……."

 나는 불 꺼진 잿더미처럼 점점 작아져만 갔다. 테르데오가 서둘러 다가와 내 어깨를 감쌌다.

 따스하게 온몸을 감싸는 온기에도 불구하고 몸이 자꾸만 차게 식어갔다.

 "나 때문이에요. 내가 처리해야 했는데……!"

 나는 손이 하애지도록 테르데오의 옷을 붙잡았다. 그러지 않았다간 다리에 힘이 풀려 주저앉을 것만 같았다.

글로리아가 급히 다가와 나를 부축했다. 그리고 괜찮다는 듯이 놀란 내 등을 부드럽게 쓸었다.

"무슨 일이 있었는지 듣기 전에 진정부터 하는 게 좋겠구나."

"제가 셋시한테 아크만 영애가 찾아왔다고 말하는 바람에……."

"……누가 찾아왔었다고? 어디에?"

"아크만 영애가 저택에 찾아왔었어요. 저한테도 개인적으로 찾아왔었고…… 이걸 셋시한테 말했더니……."

"난 처음 듣는 소리구나."

글로리아가 선득한 목소리로 중얼거렸다. 그녀가 변명해 보라는 듯이 테르데오를 무심히 노려보자 하는 수 없이 그가 끄덕거렸다.

"제 선에서 잘 처리하려 했습니다."

"잘 처리하지 못했으니 그 여자가 샤샤를 개인적으로 찾아갔던 거겠지?"

두 사람이 대화를 나눴으나 나는 그런 것조차 신경 쓰이지 않았다. 깊은 심해에 내던져지기라도 한 것처럼 시간이 흐를수록 가슴이 답답해졌다.

지금 이러고 있는 와중에도 세르시아가 무슨 일을 당한 건 아닐까 멋대로 상상의 나래를 펼치니 숨이 벅찼다.

누군가 내 코와 입을 물에 젖은 손수건으로 꽉 틀어막기라도 한 것처럼 숨을 쉬기가 어려웠다.

"제가, 제가 그 여자가 찾아오는 걸 바라지 않는다고 했더니 셋시가…… 처리할 테니까 걱정하지 말라고 했어요. 제가 괜한 얘기를 하는 바람에……."

"비전하."

솔직히 말하면 내가 지금 무슨 말을 하는지도 이해되지 않았다. 입에서 나오는 대로 횡설수설하자 피니어스가 천천히 다가왔다. 눈을 맞춘 그가 숨소리를 크게 내며 호흡했다.

"절 따라 크게 숨을 들이켜고 내쉬세요."

"……네?"

"자, 크게 들이마시고…… 후우…… 내쉬고."

"지금은 이럴 때가…….."

"괜찮아요. 따라 하세요. 이럴 때일수록 정신을 똑바로 차려야 합니다. 따라 하세요."

피니어스는 단호했다. 나는 덜덜 떨리는 입술을 악물고 피니어스를 따라 크게 호흡했다. 신기하게도 몇 차례 반복하니 떨림이 잦아들었다.

내가 점차 괜찮아지고 있는 걸 확인한 글로리아가 몸을 일으켰다.

"샤샤의 말대로라면 셋시가 정말 하라리 아크만을 죽였을지도 모르겠구나."

"……!"

"하지만 셋시가 한 것치고는 마무리가 너무 허술해."

테르데오가 글로리아의 말에 동의했다.

"같은 생각입니다. 세르시아라면 이렇게 허술하게 들키도록 놔뒀을 리가 없어요."

나와 함께 크게 숨을 들이켜고 내쉬던 피니어스가 두 사람의 대화에 끼어들었다.

"아마 누군가 판 함정이겠죠."

"누군가는 무슨."

글로리아의 붉은 눈동자가 사냥감을 찾는 맹수처럼 매섭게 번뜩거렸다.

"조사단을 꾸려 제대로 된 확인도 하기 전에 살해 혐의부터 씌우는 걸 보니 답이 나오지 않니?"

글로리아가 하얀 백발을 쓸어 넘기며 입술을 짓씹었다.
"황제의 명령이 아닌 이상 절차를 무시하고 이런 식으로 나올 순 없지."
"……."
"애송이 주제에 옛정을 생각해서 예쁘다고 놔뒀더니, 감히 겁도 없이 내 아이를 건드리다니."
눈앞에 있다면 당장이라도 찢어발길 것처럼 분노에 휩싸인 것 같았다. 나는 크게 호흡하던 걸 멈추고 다급하게 대화에 끼어들었다.
"정말 황제가 명령한 거라면 셋시는…… 셋시는 괜찮을까요?"
글로리아가 굳었던 표정을 잠시나마 풀었다.
"죽을 때 죽더라도 혼자 죽을 애는 아니니 괜찮을 거야."
"그래, 어디 가서 당할 사람은 아니야. …….그러니 괜찮을 거야."
괜찮을 거야. 두 사람이 그걸 바란다는 것처럼 연신 중얼거렸다.
테르데오가 나를 부축해 의자에 앉혔다. 딱딱하게 굳은 테르데오는 수심이 가득한 얼굴이었다.
"우선은 심부름 보낸 사람들을 기다려 보도록 하죠. 멋대로 움직이는 것보다 상황을 확인한 후 움직이는 게 정확합니다."
테르데오의 말에 우린 우선 심부름을 보낸 기사들을 기다리기로 했다.
속절없는 시간이 흘러갔다. 부디 아침 해가 뜨기 전까지 이 사태가 해결되길, 뭔가 오해가 있었다며 세르시아가 웃으며 돌아오길.
간절히 빌고 또 빌었다.
하지만 어둠의 장막이 걷히고 푸르스름한 새벽이 다가올 때까지 세르시아는커녕 심부름을 보낸 기사들도 돌아오지 않았다.
'도대체 황제는 왜 세르시아한테…….'
평소 라피레온 가문을 마뜩잖게 생각한 자들은 많았으나 오히려 황제는 반대였다. 테르데오가 막무가내로 행동하더라도 그 어떤 처벌도 내리지 않을 만큼 황제는 관대했다.

황제한테 라피레온 가문은 양날의 검이었다.

자신의 권력욕을 채워주고 충족시켜 주면서도 언제 자기를 찌를지 몰라 통제할 수 없는 검.

그러니 황제는 라피레온 가문의 검날이 자기를 향하지 않도록 여태까지 우호적인 관계를 유지했다. 정복욕이 있는 그에게 라피레온 가문만큼 좋은 말은 없을 테니까.

그런 황제가 세르시아를, 라피레온 가문을 건드렸다.

조금만 생각해 보면 단번에 알 수 있었다.

'황제가 아끼는 황녀. 도돌레아의 모습을 한 마녀.'

세르시아를 위험에 빠뜨린 건 아마 나를 향한 경고일 것이다.

마녀는 천 년 전에도 아인하르트와 리라를 헤어지게 하려고 같은 수법을 썼다. 두 사람이 목숨보다 소중히 여기는 자식을 이용했었지.

마찬가지다.

우리가 목숨만큼이나 소중히 여기는 가족을 이용하려는 거겠지. 이미 한 번 전적이 있으니 두 번 못할 것도 없다.

"하."

내내 팔걸이를 툭툭 두드리던 테르데오가 결국 인내심이 바닥나 자리를 박차고 일어섰다.

"전 우선 황실로 가봐야겠습니다."

"개자식을 만나러 가는 거니?"

개자식이라면…… 황제를 말하는 거겠지.

글로리아의 질문에 테르데오가 끄덕거렸다. 그러자 안절부절 집무실을 돌아다니던 글로리아가 냉큼 그 뒤를 따랐다.

"나도 그 개자식을 만나러 가고 싶구나."

글로리아는 몸을 뒤로 젖혀 피니어스한테 자기 검을 가지고 와 달라 부탁했다. 사달이 날 것 같은 분위기였다.

테르데오는 글로리아의 어깨를 다독거리며 흥분을 잠재웠다.

"글로리아 님께서는 셋시가 있을 만한 곳을 찾아봐 주세요. 황실에는 저 혼자 가겠습니다."

"그럼 테오, 네가 찾고 내가 황실로 가는 게 낫지 않겠니? 내 입에서 불이 솟구쳐 나오는 것 같구나."

"숨긴 사람을 찾는 건 저보다 할머님의 전문이시니 믿고 맡기겠습니다. 셋시가 몸을 숨기고 있을지도 모릅니다."

글로리아가 불만스러운 것처럼 혀를 쯧 내챘다. 하지만 맞는 말이라 생각했는지 별다른 반박은 하지 못했다. 글로리아를 설득한 테르데오가 고개를 돌려 날 바라봤다.

그가 손을 뻗어 나를 품에 부드럽게 안았다.

"그대는 저택에서 기다리고 있어."

"······!"

나는 단번에 테르데오의 품을 거칠게 벗어났다.

"나도 테오, 당신을 따라 황실에 가겠어요."

"샤샤."

"그게 아니라면 셋시를 찾으러 글로리아 님을 따라갈게요. 방해되지 않도록 할 테니 셋시를 위해 나도 뭔가 할 수 있게 해줘요."

어쩌면 내가 하라리 아크만 얘기를 해서 누명을 쓰게 된 걸지도 모르는데. 두 손 놓고 저택에서 가만히 기다리고 있을 수만은 없었다.

내 반박에 테르데오는 고개를 설레 내저었다.

"그대가 이곳에 있어 줘야 해. 셀피와 아일렛이 깨어나면 이 얘기를 듣고 놀랄 거야. 아이들이 놀라지 않도록 다독거리는 건 그대만이 할 수 있는 일이야."

"하지만……!"

"그리고 곧 심부름을 보낸 자들이 돌아올 거야. 제대로 이야기를 듣고 진상 파악을 해줬으면 해. 내가 믿을 수 있는 건 그대뿐이야."

테르데오가 손을 뻗어 내 머리카락 끝을 살며시 쥐었다.

"게다가 셋시가 저택으로 돌아올지도 모르지."

그러더니 테르데오는 내 머리끝에 조심스레 입술을 맞췄다.

"저택에서 아무것도 하지 말고 있으라는 게 아니야. 그대만이 할 수 있는 일을 해줘. 셋시가 오길 기다려 줘. 그것 또한 셋시를 위하는 일이야."

강한 말투와는 달리 나를 다독거리는 손길은 부드럽기 짝이 없었다.

나도 알고 있다. 내가 지금 뛰쳐나간다고 해도 테르데오와 글로리아를 도울 수 있는 일은 크게 없다.

나는 테르데오처럼 검술을 잘하는 것도, 글로리아만큼 사교술에 뛰어난 것도 아니니까.

지금은 단순히 떼를 쓸 때가 아니었다. 나는 눈썹을 구기고 주먹을 꽉 쥐었다.

"……저택 일은 나한테 맡겨요. 라피레온의 안주인은 나니까요. 테오, 당신이 자리를 비웠으니 내가 이곳에서 제대로 셋시를 기다리고 있을게요."

"역시 그대가 있어 든든하군. 고마워."

내 비장한 말투에 테르데오가 설핏 미소를 지었다. 내 옆에 선 피니어스가 걱정하지 말라는 듯이 테르데오를 향해 말했다.

"나도 비전하와 함께 여기서 기다릴 테니 걱정하지 말렴, 테오."

"숙부님께서 함께 있어 주신다니 감사합니다."

테르데오는 피니어스에게 나를 부탁한다며 짧게 고갯짓을 하고 빠르게 집무실을 나섰다. 그의 망토가 펄럭거렸다.

불어오는 차디찬 새벽바람이 온몸에 스며들자 뼈마디에 한기가 들었다.

글로리아는 피니어스의 어깨를 다독거린 후 나를 품에 꼭 안아 주었다.

"자책하지 말렴, 샤샤. 네 탓이 아니니까."

"……글로리아 님."

"나쁜 건 셋시를 함정에 빠뜨린 개자식이지. 셋시는 괜찮을 거야. 내가 찾아오마. 그러니 날 기다려 주렴."

한기가 느껴지지 않도록 나를 바스러지도록 꽉 안은 글로리아는 테르데오의 뒤를 따라나섰다.

나는 창밖으로 시선을 돌렸다. 어스름한 새벽빛이 어둠을 물리치고 있었다.

'셋시……'

제발 아무 일 없길. 제발 무사하길.

나는 믿지 않는 신에게 기도하듯 두 손을 깍지끼고 속으로 빌고 또 빌었다.

하지만 애석하게도 내 간절한 기도는 신의 귀에 닿지 않았다.

빛을 내린 해가 저물고 모든 것을 집어삼킨 밤이 다시 찾아왔다. 하지만 세르시아는 여전히 소식이 없었다.

이른 새벽부터 나선 테르데오와 글로리아도 여전히 저택으로 돌아오지 않았다. 별다른 소식이 전해지지 않는 것으로 보아 두 사람 역시 세르시아를 찾지 못한 것 같았다.

심부름을 갔던 두 사람은 무사히 돌아왔지만 달리 중요한 말은 없었다.

황실에 갔던 기사는 관련자가 아니면 그 어떤 내용도 들을 수 없다는 답만 들었다. 그러던 차에 테르데오가 와서 돌아가라고 명령하기에 돌아왔다고 했다.

상단으로 갔던 심부름꾼이 확인한 바로는 세르시아는 제국으로 들어오기 무섭게 개인적인 일을 하겠다며 홀연히 사라졌다고 했다. 어디로 갔는지, 누굴 만나러 갔는지 아무것도 알려주지 않았기에 행방을 아는 사람은 아무도 없었다.

나와 피니어스, 그리고 셀피우스와 아일렛은 오늘 종일 집무실에 한데 모여 있었다. 각자 있어 봤자 불안감만 키울 것 같아 우리는 서로 의지하며 세르시아를 기다렸다.

"······엄마, 세르시아 고모······ 셋시는 괜찮을까요?"

셀피우스가 걱정된 목소리로 힘없이 중얼거렸다. 나는 경직된 입가를 억지로 끌어 올린 후 셀피우스의 등을 다독거렸다. 글로리아가 내게 그래 줬듯이.

"그럼. 테오와 글로리아 님을 못 믿는 건 아니지? 두 사람이 해결하러 갔으니 걱정할 것 없어, 셀피."

그러자 이번엔 내 무릎을 베고 누워 있던 아일렛이 몸을 뒤집으며 울먹거렸다.

"언니. 우리 아빠, 엄마처럼 나쁜 사람이 셋시 님을 잡아갔으면 어떻게 해요?"

"그럼 내가 구하러 가면 되지. 우리 아일렛도 언니가 구해줬잖아. 셋시도 언니가 가면 구할 수 있으니까 걱정하지 마."

나는 두 아이를 안정시키기 위해 애썼다. 하지만 내 마음속을 좀 먹고 있는 불안감은 시간이 흐를수록 몸집을 키워갔다.

초조하거나 불안한 내색을 할 수 없이 애꿎은 손끝만 만지작거렸다. 그러자 잠시 나갔던 피니어스가 따뜻한 차와 우유를 들고 집무실로 돌아왔다.

두 아이는 피니어스가 건넨 따뜻한 우유를 벌컥 마셨다. 피니어스가 내게 차를 건네며 걱정스러운 표정으로 살폈다.

"아이들과 함께 자고 오시는 게 좋겠습니다, 비전하."

얼굴이 그렇게 엉망인가. 나는 왼쪽 얼굴을 문지르며 고개를 저었다.

"저는 괜찮아요."

"이런 말은 하고 싶지 않지만, 만일 셋시가 며칠간 소식이 없다면 며칠을 계속 뜬눈으로 지새우실 건 아니죠?"

"……."

"저랑 계속 교대로 기다리는 게 좋겠습니다. 먼저 자고 오시면 다음은 제가 자러 가겠습니다. 게다가 아이들도 재워야 하고요."

나는 힐끔 고개를 돌려 우유를 마시고 있는 두 아이를 바라봤다. 잠잘 시간이 훌쩍 넘어 있었다.

셀피우스가 고개를 돌리더니 외쳤다.

"전 아직 안 졸려요, 종조부님! 엄마와 여기서 셋시를 기다릴 거예요."

덩달아 아일렛도 우유가 묻은 입가를 닦지도 못하고 소리쳤다.

"저도……요!"

하지만 따뜻한 우유를 마셔서 몸이 노곤해졌는지 아일렛의 눈은 급격히 감기고 있었다. 셀피우스는 눈가가 빨갛게 부어오르도록 졸린 눈을 벅벅 비비고 있었다.

피니어스의 말대로 아이들은 재워야만 했다.

"그럼 피니어스 님께서 아이들과 먼저 자고 오세요. 그다음 저랑 교대해요."

"비전하."

"……솔직히 지금 침대에 누워도 잠은커녕 셋시가 어디선가 쫓기는 건 아닐까, 나쁜 생각만 들 것 같아서 무서워요."

나는 피니어스가 건넨 따뜻한 찻잔을 손에 꼭 쥐고 시선을 내리깔았다.

"적어도 테오나 글로리아가 올 때까지만…… 그때까지는 기다리게 해주세요."

두 사람한테 무슨 소식이라도 들어야 이 불안감을 잠재울 수 있을 것 같았다.

집무실이 고요히 침묵했다. 그때였다.

똑똑.

내내 고요하던 집무실에 노크가 들렸다. 우리 넷은 동시에 고개를 번쩍 들었다.

내내 괜찮은 척하던 피니어스가 제일 크게 동요하며 자리에서 벌떡 일어섰다. 그리고 서둘러 문을 열었다.

"대공비 전하."

문 앞에 서 있는 사람은 집사였다. 집사는 피니어스를 향해 가볍게 인사를 한 후 뒤에 있는 날 바라봤다.

"손님이 찾아오셨습니다."

"셋시의 소식이야?"

내 추궁에 집사를 고개를 절레 저었다.

"지난 회의 때 오셨던 라피레온 가문의 분이십니다."

예상치 못한 손님이었다. 지금 이런 야심한 시각에 그것도 하필 이럴 때 뜬금없는 라피레온 가족의 방문이라니.

우리 넷은 마주 보며 고개를 갸웃거렸다. 비록 미리 약속되지 않은 손님이긴 하지만 라피레온의 가족을 쫓아낼 수는 없다.

테르데오가 없을 때 이 저택의 주인은 나였다.

"지금 내려갈게."

나는 집사를 향해 가볍게 말하고 옆에 잠시 빼두었던 숄을 걸쳤다. 그러자 아이들과 피니어스가 내 뒤를 함께 따랐다.

"같이 가요, 엄마."

"우리 가족이니 저도 함께 가겠습니다, 비전하."

"언니, 저도요!"

가족의 만남이니 거절할 필요는 없었다. 우리 넷은 함께 일 층 현관으로 내려갔다. 몇 계단을 내려가자 내내 초조한 듯 가만히 서 있지 못하고 이리저리 걸어 다니는 사내가 보였다.

그가 계단 위에 멈춰선 나를 발견하고 밝은 얼굴로 소리쳤다.

"아, 대공비 전하!"

지난번 회의 때 마녀를 죽여야 한다며 큰 소리를 내셨던 분이었다.

'이름이 뭐였더라······.'

라피레온의 핏줄을 이어받는 탓에 저주를 받았으나 굉장히 먼 핏줄이라고 전해 들었었는데.

나는 계단 위에서 걸음을 멈추고 그를 한참 내려다봤다. 그러자 그가 날 반갑게 바라보며 예의를 갖췄다. 나도 함께 고개를 까닥거리자 옆에 있던 피니어스가 나를 대신하여 그에게 용건을 물었다.

"이런 시각에 여긴 어쩐 일이십니까? 크립스 님."

아, 기억났다. 크립스 라피레온.

크립스가 손에 든 모자를 맥없이 구기며 어색하게 웃었다.

"아아, 피니어스. 자네가 여기 있는 걸 보니······ 혹시 글로리아 님과 세르시아도 여기 있나?."

"글로리아 님과 셋시는 지금 개인적인 용무 때문에 자리를 비웠습니다. 혹시 두 분을 만나러 오신 겁니까? 크립스 님."

"하하, 아니. 대공비 전하를 만나러 왔다네."

태연하게 세르시아의 얘기를 꺼내는 걸 보니 아직 세르시아의 소식을 못 들은 것 같았다. 한숨을 작게 내쉬자 크립스가 이마에서 흐르는 식은땀을 손등으로 훔쳤다.

"대공비, 대공비 전하께 내 부탁할 일이 있어서 왔네."

나는 고개를 갸웃거렸다.

'나한테 부탁을 할 게 있다고?'

얼굴도 이름도 모르는, 심지어 개인적으로 대화도 나눠본 적 없는…… 겨우 같은 가문이라는 것 말고는 이렇다 할 연관성이 없는 사람이 나한테 무슨 부탁을 할 게 있다는 걸까?

크립스와 눈이 마주치자 그가 굽신거리는 태도로 웃었다.

"아마 피니어스, 그대도 내 말을 들으면 까무러치게 놀랄 거야."

"네?"

"내가 드디어 우리 가문을 구원할 방법을 알아냈거든."

크립스의 미소가 어딘가 석연치 않았다. 마치 벌레가 온몸에 기어 다니는 것처럼 소름이 끼쳤다. 나는 몸서리를 치며 고개를 내저었다.

그러자 크립스가 느릿하게 입술을 핥으며 말했다.

"대공비 전하께서 친히 제물이 된다면 우리 저주가 풀린다지?"

"……!"

"부탁함세. 우리를 위해 제발 제물이 되어주게나."

순간 저택에 있는 모든 것들이 경악에 물들었다. 나를 비롯한 피니어스, 셀피우스, 아일렛, 심지어는 집사까지도.

모두 놀란 얼굴로 크립스를 바라봤다.

나는 지금 내가 뭘 들었는지 이해가 가지 않아 되물었다.

"지금 나한테 뭘 부탁했는지 알고 있나요?"

크립스는 내가 서 있는 계단 위로 가까워지기 위해 한 계단을 올랐다.

"제물 말일세."

뻔뻔한 낯짝을 들이밀자 피니어스와 셀피우스가 나를 보호하듯 앞을 막아섰다.

"한 명의 희생으로 다수를 구할 수 있는, 합리적인 최선의 방법이라네."

너무 어이가 없어서 무슨 말도 나오지 않았다.

혹시 이 사람은 제물의 뜻을 모르는 게 아닐까? 그 뜻을 알고 있다면 나한테 이토록 뻔뻔하게 부탁할 수 없을 텐데.

"……내가 제물이 된다는 게 어떤 의미인지 알고 하는 말인가요?"

크립스의 얼굴이 굳었다. 주름이 자글자글한 그의 눈가가 희미하게 떨렸다.

크립스는 핏기가 사라져 말라버린 자기 얼굴을 손바닥으로 대충 문질렀다.

"……대공비께서도 라피레온 가문의 사람이 되었으니…… 가문을 위해 힘쓰는 건 당연한 일이지."

교묘하게 답을 피해 가는 걸 보니 제물의 뜻을 정확하게 알고 있는 게 분명했다. 내내 식은땀을 흘리며 안절부절 돌아다니던 이유가 이거였구나.

나는 싸늘하다 못해 차갑게 식어버린 눈동자로 크립스를 무심히 내려다봤다.

"그럼 지금 당신은."

"……."

"나더러 죽어달라고 말하는 건가요?"

얼마 전 회의를 할 때까지만 하더라도 내게 고맙다고 울며 말하던 사람이었다. 내 직설적인 질문에 정곡이 찔렸는지 크립스의 손에 쥔 모자가 힘없이 구겨졌다.

아니, 어쩌면 크립스는 저 손안에 든 모자처럼 나를 구기고 싶은 걸지도 모르겠다.

"죽는 게 아니라네."

크립스가 식은땀을 줄줄 흘리며 애써 웃었다.

"대공비는 우리의 마음속에 영원히 살아 있을 거라네."

말 같지도 않은 소리를 들으니 욕설이 먼저 튀어나올 것 같았다. 나는 간신히 꾹 인내하고 입술을 짓씹었다.

"그러니까, 그게 저한테 죽어달라고 하시는 거네요."

"그래서…… 그래서……."

크립스는 애써 화를 참는 얼굴로 억지로 웃으며 힘겹게 말을 이어갔다.

"처음에 내가 부탁할 게 있다고 하지 않았는가."

"부탁이요?"

안 그래도 세르시아의 문제로 머리 아파 죽겠는데. 나는 헛웃음을 내쉬며 머리를 쓸어 넘겼다.

"죽어달라고 하는 게 부탁의 범위로 들어가던가요?"

"대공비면 가족을 위해 그 정도 희생을 치를 다짐 정도는……!"

크립스가 한 계단을 더 올랐다. 그러더니 고개를 저었다.

"아니. 아니, 내가 소리를 질러서 미안하네."

크립스가 애써 웃으며 내게 사과했다.

"미안, 미안하네. 대공비. 정말 미안하네."

크립스가 웃는, 아니 우는 건지 웃는 건지 모를 얼굴로 내게 연신 미안하다고 중얼거렸다.

"하지만 나는, 나는."

크립스가 두 손으로 모자를 세게 쥐었다.

"나는, 나는 저주를 풀 방법이 있다면, 그래서 내 가족을 지킬 방법이 있다면."

크립스가 힘겹게 웃었다.

"염치없게도 몇 번이고 대공비를 찾아와 이렇게 부탁할 거라네."

"……."

"제발, 제발."

크립스가 두 손을 모았다.

"나보고 함께 죽으라고 하면 죽을 테니까."

"……."

"제발 대공비. 내 가족을, 내 가족을 살려주게."

크립스가 나를 향해 애원했다. 나는 그저 그를 내려다보았다. 그의 심정이 이해 안 되는 건 아니었다. 충분히 이해가 됐다.

그래서 이곳에서 나가달라는 말조차 꺼낼 수가 없었다. 물론 그러겠다는 긍정도 할 수 없었지만.

그 순간 피니어스가 내 앞을 막아섰다.

"크립스 님."

"피니어스."

"돌아가시는 게 좋겠습니다."

피니어스가 나를 보호하듯 막아서자 크립스가 허탈하고 어이없다는 듯이 웃었다.

"이보게 피니어스, 자네 지금 그 반응은 뭔가?"

크립스의 얼굴이 사납게 일그러졌다.

"우리 저주를 풀 방법이 있다는데 나를 막아서는 건가? 나를 돕는 게 아니라?"

"지금은 대공 각하도 자리를 비웠으니 다시 오시는 게 좋겠습니다."

"설마, 피니어스."

크립스가 가늘어진 눈으로 피니어스와 셀피우스, 그리고 아일렛을 훑었다.

"설마 대공비를 제물로 바쳐 저주를 풀 방법이 있다는 걸 이미 알고 있었으면서도 묵인한 건 아니겠지?"

"대공비 전하를 제물로 바치면 저주가 풀린다니. 설마 크립스 님, 그런 허무맹랑한 말을 믿으시는 건 아니시겠죠."

늘 부드럽고 자상하기만 하던 피니어스의 얼굴에 칼날처럼 날이 선 미소가 걸렸다.

"피니어스!"

크립스의 큰 호통이 낙뢰처럼 내리쳤다. 하지만 피니어스도, 셀피우스도, 내 옆에 선 아일렛도.

그 누구 하나 주눅 든 사람은 없었다.

오히려 나를 보호하듯이 등지고 설 뿐이었다.

터져버린 토마토처럼 크립스의 얼굴이 시뻘겋게 달아올랐다.

그가 믿을 수 없다는 얼굴로 성큼 다가와 피니어스의 어깨를 강하게 쥐었다.

"피니어스, 가족 전체의 목숨보다 고작 외부인 한 명의 목숨이 더 중요하다고 하는 건 아니겠지."

"대공비 전하 또한 남이 아니라 라피레온의 가족입니다."

"하!"

크립스가 크게 조소했다. 그리고 계단이 무너져 내리길 바라는 것처럼 발을 쾅쾅 굴렀다.

"이런 기회가 또 언제 올지 모르는데! 그런 태평한 소리나 하고 있다니!"

"크립스 님."

"피니어스! 자네 정말 저주를 풀 마음은 있는 건가? 저 꼬맹이들도 그렇고. 다들 지금 이 저주가 걸린 현실이 좋은 거냐고!"

크립스가 울부짖으며 소리쳤다.

"마녀의 정체를 알아냈고, 마녀가 먼저 저주를 풀어주겠노라 제안까지 했어. 이번 기회를 놓친다면 우린 또 얼마나……."

"크립스 님."

피니어스가 눈을 번뜩거리며 크립스의 말허리를 잘랐다.

"혹시 마녀를 만나신 겁니까?"

속을 꿰뚫어 보는 피니어스의 질문에 크립스의 얼굴이 희게 질렸다. 돌아오는 대답은 없었으나 정직한 반응으로 답은 충분했다.

피니어스가 한심하다는 듯이 한숨을 크게 내쉬었다.

"크립스 님은 마녀의 말을 곧이곧대로 믿으시는 겁니까?"

그러자 마찬가지로 앞을 막고 선 셀피우스가 딱딱하게 굳은 표정으로 말을 덧붙였다.
"우리한테 저주를 건 마녀의 말을 믿어서는 안 되지 않나요?"
"아니!"
크립스가 나를 향해 삿대질하며 흥분한 얼굴로 외쳤다.
"나도 처음엔 믿지 않았어! 하지만 마녀의 서약을 했어! 대공비를 제물로 바치면 저주를 풀어주겠다는 건 사실이라고!"
'마녀의 서약?'
마녀의 서약이라면 도돌레아가 지난번 테르데오한테 제안했던 것이었다. 약속을 어긴 자는 반드시 죽고 만다는 서약.
도돌레아가, 그러니까 그 마녀가 죽게 되면 어차피 라피레온 가문에 걸린 저주는 풀릴 테니까.
문득 꿈인지 현실인지 모를 곳에서 진짜 도돌레아 황녀와 나눴던 대화가 떠올랐다.
'마녀는 자신의 잘못을 바로잡길 바랐어요. 사랑했던 남자한테 사과하고 저주를 풀고자 했죠.'
정말 나만 없다면 저주를 풀 생각이었구나.
'하긴 그러니까 세르시아를……'
세르시아를 생각하니 또다시 가슴이 울렁거렸다.
라피레온 대공가를 구원하기 위해 회귀해서 나타난 내가, 결국은 라피레온 대공가의 저주가 풀리지 못하게 만드는 장애물이라니.
아이러니했다.
하지만 크립스의 말에도 세 사람은 내 앞을 비켜설 의지가 없어 보였다. 애초에 그런 사실은 중요하지 않았다는 것처럼.
크립스가 세 사람을 올려다보며 이를 바드득 갈았다.
"이…… 변절자들."
크립스가 가쁜 숨을 몰아쉬며 나직하게 중얼거렸다.

"이기적인 변절자들 같으니라고."

그가 소매로 눈물을 닦았다.

"내가 지금 나 혼자 좋자고 이러는 줄 아나? 지금도 어딘가에서는 가족들이 죽어가고 있을 텐데!"

틀린 말은 아니었다. 지금도 어딘가에서 누군가의 소중한 가족이 죽어가고 있을 테니까.

"나도 애꿎은 사람 제물로 바치고 싶지 않다네. 하지만 한 명을 바쳐 내 가족을 구할 수 있다면……."

"……."

"나는 두 번이고, 백 번이고 또 할 수 있다네."

크립스가 손에 쥐고 있던 모자를 바닥으로 집어 던졌다. 그리고 보란 듯이 발로 짓밟았다.

"피니어스, 자네는 죽음을 각오했을지 모르나 다른 가족들은 모두 살길 바라고 있어. 다른 가족들한테까지 죽음을 결심하라 강요할 수 없어."

"크립스 님의 말대로입니다."

피니어스가 짓밟힌 모자를 내려다보다 단호하게 답했다.

"그러니 우리도 대공비 전하께 제물이 되어달라 선택을 강요할 수 없지요."

피니어스는 절대 물러서지 않았다. 누구 하나 물러서지 않는 팽팽한 분위기가 이어졌다. 험악하고 삭막한 공기가 내려앉을 때였다.

현관 너머에서 지친 기색이 역력한 목소리가 들렸다.

"누가 누구한테 뭘 강요한다고?"

우린 모두 목소리가 들린 곳으로 시선을 돌렸다.

목을 옥죄는 단추를 거칠게 풀어헤친 테르데오가 얼굴을 잔뜩 구기며 한쪽 머리를 쓸어 넘겼다.

테르데오가 거칠게 다가오자 크립스가 서둘러 옆으로 비켜섰다. 걸어오던 테르데오의 구두가 정확히 크립스의 앞에 멈춰섰다.
 "구태여 내가 말하지 않아도 알겠지."
 테르데오는 크립스의 숙인 정수리를 오만하게 내려다보았다. 분노를 꾹 참은 목소리가 으스스하게 느껴졌다.
 "대공비를, 내 부인을 제물로 바치겠다고?"
 "……."
 "독단적으로 온 건 아닐 테니까 아마 다른 가족들도 이 얘기를 알고 있겠지."
 마치 폭발이라도 할 것처럼 아슬한 긴장감이 저택을 가득 채웠다.
 "돌아가서 다른 가족들한테 똑똑히 전해."
 테르데오가 짤막하지만 묵직한 경고를 던졌다.
 "대공비를 건드리고 싶거든 나부터 상대해야 할 거라고."

CHAPTER 14.

달콤한 독

My in-laws are obsessed with me

Chapter 14

 말을 마친 테르데오가 손가락을 까닥거려 집사를 불렀다. 그리고 크립스를 거만하게 턱으로 가리키며 명령했다.
 "돌아가신다고 하니 정중히 모셔다드리도록."
 차갑게 내려진 축객령에 크립스는 별다른 반박을 하지 못하고 몸을 돌렸다. 그러자 셀피우스가 바닥에 내팽개쳐진 모자를 주워 크립스를 향해 던졌다.
 "이거 가져가셔야죠. 이곳에 크립스 님의 물건은 필요 없으니 전부 남기지 말고 가져가세요."
 크립스가 분노에 물든 얼굴로 엉망이 된 모자를 주워들었다. 그리고 혀를 쯧 내차고 집사의 안내에 따라 저택을 나섰다.
 '도돌레아가 움직이고 있어.'
 나는 크립스의 뒷모습이 사라지자 참았던 숨을 뱉었다.
 '크립스한테만 말했을 리가 없어.'
 아마 모든 라피레온의 가족이 도돌레아한테 나를 제물로 바치는 거래를 제안받았을 것이다. 나는 지난번 회의 때 만난 가족들의 얼굴을 차근차근 떠올렸다.

하지만 도대체 언제 가족들과 접선한 거지?

마녀의 정체가 밝혀진 후, 우리는 도돌레아를 예의 주시 했다. 하지만 가끔 레이나 혹은 새어머니와 황실을 산책할 뿐 수상한 행적은 보이지 않았다.

'다른 수족을 부린 건가.'

어느새 테르데오가 내 앞으로 다가왔다. 그가 아까와는 달리 걱정스러운 표정으로 부드럽게 물었다.

"괜찮아?"

새벽부터 식사도 잠도 거르고 세르시아를 찾아 헤맨 테르데오의 몸에 피곤한 그림자가 덕지덕지 붙어 있었다.

나는 손을 뻗어 테르데오의 볼을 매만졌다. 차가운 공기가 들러붙어 싸늘하기 그지없었다.

"나는 괜찮아요. 테오, 당신은요?"

테르데오는 내 손바닥에 얼굴을 묻고 숨을 크게 들이켰다.

"이제 괜찮아졌어."

거뭇한 눈가가 안쓰러웠다. 나는 엄지로 테르데오의 눈가를 문질렀다.

"……황실은 뭐라고 하던가요?"

테르데오가 지친 표정으로 힘없이 고개를 저었다. 그리고 내 옆에 찰싹 달라붙어 긴장한 표정으로 귀를 쫑긋하는 셀피우스와 아일렛을 내려다봤다.

"침대에 있어야 할 꼬맹이들이 여기 있군."

테르데오가 손가락을 가볍게 튕겨 하녀를 불렀다.

"꼬맹이들은 자러 가."

"……! 저, 저희도 셋시 이야기를 듣고 가게 해주세요. 대공 각하!"

"셀피 오빠 말이 맞아요……! 저도 걱정되는데……."

셀피우스와 아일렛의 투정을 가볍게 무시한 테르데오가 대꾸 없이 손가락을 까닥거렸다.

"아이들을 재워."

"대공 각하……!"

"이곳에 너희가 있어도 크게 달라지는 건 없어."

테르데오가 아이들을 향해 차가운 어조로 담담히 말했다.

"지금은 너희가 자러 가는 게 돕는 거다."

테르데오가 단호한 태도로 나오자 아이들도 더는 불만을 토할 수 없었다. 여러 걱정과 불만이 가득한 얼굴이었지만 아이들은 어쩔 수 없이 하녀를 따라 침실로 갔다.

"테오, 우선 당신 쉬는 게 좋겠어요."

아이들이 자러 가자 테르데오가 지친 얼굴을 손바닥으로 문지르며 한숨을 토해냈다.

"하라리 아크만이 죽은 건 사실이야."

나는 눈을 질끈 감았다. 혹시 하라리 아크만이 죽었다는 정보 자체가 잘못된 건 아닐까 생각했었는데.

"꽤 깔끔한 실력으로 단번에 처리했어. 셋시는 확실히 아니야."

테르데오가 뻐근한 목을 이리저리 돌리며 나지막하게 덧붙였다.

"셋시가 검을 쓰기는 하나 이 정도 실력은 아니야."

사실 누가 하라리 아크만을 죽였는지는 현재로서는 중요하지 않았다. 누가 하라리 아크만을 죽이고 셋시한테 누명을 씌웠느냐가 중요하지.

'역시 도돌레아가……'

나는 가늘어진 눈매로 도돌레아를 떠올렸다.

"그리고 하라리 아크만이 머물던 거처에 다녀왔어."

"뭐라도 남아 있었나요?"

"누군가 왔다 간 흔적이 있더군."

나는 놀란 얼굴을 번쩍 들었다. 피니어스의 얼굴에도 일말의 희망이 번졌다.

'세르시아일지도 몰라.'

테르데오도 같은 생각을 한 건지 고개를 끄덕거렸다.

"그 주변을 샅샅이 확인하라 했어. 누가 왔다 갔는지 본 사람이 한 명 정도는 있겠지."

얼굴을 문지르던 테르데오가 손을 멈췄다. 열린 손가락 사이로 눈을 번뜩거린 그가 스산하게 중얼거렸다.

"아까 황실에 관해 물었었지? 이 일에 황실이 개입되어 있어. 마땅한 증거도 없이 하라리의 시체가 발견되기 무섭게 범인을 특정하고 있거든."

"……."

"황제의 생각인지, 아니면 그 마녀가 손을 쓴 건지 모르겠지만."

"만약 후자라면."

나는 손바닥이 손톱으로 인해 움푹 패도록 주먹을 세게 말아 쥐었다.

"만약 그 마녀가 세르시아를 건드리려 한 거라면 나는 지금 당장 황실로 쳐들어가서 마녀를 가만두지 않을 거예요."

피니어스가 끄덕거렸다.

"비전하의 말이 맞아요. 게다가 마녀가 벌인 짓이라고 해도 황제가 뒤를 봐주고 있으니 가능하겠죠."

문득 예전에 테르데오가 했던 말이 떠올랐다.

황녀가 무슨 일을 하더라도 그녀를 애지중지 아끼는 황제는 모든 것을 묵인할 거라고 했었다. 그게 설령 살인이라 해도.

"숙부님의 말씀이 맞아. 황제는 황녀를 보호하기 위해 이 일을 빠르게 마무리하려 할지도 몰라."

"빠르게 마무리한다고요?"

"그래."

피니어스가 그늘이 진 얼굴로 나지막하게 중얼거렸다.
"셋시를 찾아내 죽인 후 모든 일을 뒤집어씌울지도."
"말도 안 돼!"
나는 두 눈을 크게 뜨고 테르데오의 소매를 꽉 쥐었다.
"그렇게 둘 순 없어요."
"그건 나도 마찬가지야. 만일 황제가 정말 황녀의 뒤를 봐주기 위해 라피레온 가문에 검을 들이댄 거라면……."
테르데오가 맹수 같은 눈동자로 거칠게 으르렁거렸다.
"황제의 목을 물어뜯을 거다."
위험한 발언이었다. 하지만 지금은 그 누구도 테르데오의 입을 막을 생각이 없어 보였다.
모두 같은 생각이었으니까.
"……마녀는 과거에도 초대 대공이 소중히 여기는 자식을 이용했어요. 그러니 이번에도 우리가 소중히 여기는 사람들을 이용하려 하겠죠."
"그러겠지."
"한 번 해봤으니 두 번이 어렵지 않을 테니까요."
"하지만 난 초대 대공인 아인하르트와는 달라."
테르데오가 맹수처럼 이를 드러냈다.
"내 사람들을 건드리기 전에 내가 먼저 죽일 거다. 그 여자."
우리의 대화를 듣던 피니어스가 조심스럽게 끼어들었다.
"그거 말인데…… 초대 대공이 착각한 게 있어."
"네?"
"아마 라피레온 가문의 저주는 초대 대공이 죽고 난 후 시작했을 가능성이 커."
이게 무슨 소리지? 나와 테르데오는 얼떨떨한 얼굴로 피니어스를 바라봤다.

"제가 읽은 초대 대공의 일기장에는 마녀가 아인하르트와 리라를 헤어지게 하도록 아이한테 저주를 걸었다고 적혀 있었는데요."

"하지만 2대 대공의 일기장을 보면 아버지인 초대 대공이 죽고, 즉위했을 때부터 저주가 걸렸다고 적혀 있습니다."

피니어스의 말에 테르데오가 기억을 더듬는 듯이 눈가를 좁혔다.

그러고 보니 나도 예전에 새어머니와의 재판이 있던 날, 신전에서 나오면서 테르데오한테 얼핏 들었던 기억이 있었다.

'초대 대공이 죽고, 2대째가 작위를 이을 때부터 시작됐다더군.'

맞아. 분명 그랬었지.

나는 혼란스러운 얼굴로 피니어스를 바라봤다.

"도대체 어떻게 된 거죠?"

"겁을 줬으나 실제로 저주는 걸지 않았던 거겠죠. 아마 초대 대공의 죽음이 마녀한테 전환점이 되는 바람에 저주를 걸었던 게 아닐까 추측하고 있어요. 자세한 건 더 확인해 봐야겠지만요."

나는 입술을 악물었다.

내가 나타나 저주를 풀기로 한 마음을 바꾼 것처럼 과거에도 아인하르트의 죽음으로 인해 변수가 작용했던 걸까?

나는 혼란스러운 머리를 내저었다.

"우선 셋시…… 무슨 일이 생기기 전에 셋시를 찾아야만 해요."

그때였다. 크립스를 배웅하러 갔던 집사의 외침이 들렸다.

"대, 대공 각하! 대, 대공비 전하!"

경악이 가득한 외침에 우리 세 사람은 누구나 할 것 없이 동시에 저택 입구로 달려갔다. 저 멀리서 뛰어오는 집사의 모습이 보였다.

희게 질린 집사의 뒤로 느긋하게 걸어오는 사람이 보였.

흙먼지로 뒤덮여 빛을 잃은 화려하던 금발이 제일 먼저 눈에 띄었다. 나는 놀란 눈을 크게 떴다.

"대공 각하와 대공비 전하를 뵙습니다."

그가 평소보다 지친 모습으로 태연자약하게 인사했다.

"……아데우스."

아데우스였다.

"네가 왜…… 여기에……."

나는 본능적으로 뒤로 물러섰다. 글로리아한테 들었던 진실이 무심결에 떠올랐다.

그 후 아데우스를 만나는 건 처음이었다.

내가 뒤로 물러서자 테르데오가 스리슬쩍 내 앞을 보호하듯 막아섰다. 경계하는 테르데오의 시선이 아데우스를 예의 주시 했다.

"라피레온 가문에 안 좋은 소식이 들리더군요."

"네가 신경 쓸 일 아닐 텐데."

날이 선 내 반응에 아데우스는 씁쓸하게 입가를 끌어 올렸다. 아데우스 옆으로 비켜서며 뒤를 가리켰다.

"함께 온 사람이 있습니다."

고개를 돌리니 입구까지 타고 들어온 건지 포츈 자작가의 마차가 보였다. 마차의 문이 열리고 마찬가지로 먼지로 얼룩진 로브를 쓴 여자가 내렸다.

"대, 대공비 전하……."

"……레베카."

마차에서 내린 여자는 레베카였다. 피가 차게 식었다. 나를 감쪽같이 속인 두 사람의 얼굴을 보니 속이 뒤집히는 것 같았다.

"지금 너희를 신경 쓸 틈이 없으니 둘 다 돌아가."

"대, 대공비 전하……."

"지금은 너희를 보고 싶지 않……."

"샤샤."

"……!"

두 사람을 향해 날이 선 목소리로 외치려던 그때, 레베카의 뒤를 따라 마차에서 또 한 명이 내렸다. 내가 그토록 듣고 싶던 목소리였다.

나는 말을 멈추고 고개를 홱 돌렸다. 나뿐만이 아니라 테르데오도, 피니어스도 놀란 고개를 빠르게 들었다.

레베카와 마찬가지로 흙으로 뒤덮인 로브를 깊게 눌러쓰고 있었다. 세찬 바람이 불자 그녀가 모자를 훌러덩 벗었다.

"샤샤."

"……셋시!"

세르시아의 모습을 보자마자 나는 타오르던 분노도 잊고 한걸음에 달려갔다. 다른 생각은 더 할 것도 없이 세르시아의 품으로 뛰어들었다.

세르시아가 두 팔 벌려 나를 품에 꼭 안았다. 고생한 건지 세르시아한테는 흙냄새가 풍겼다.

"정말 셋시인가요……? 셋시……."

하루 넘게 유지하고 있던 긴장의 끈이 풀리자 온몸에 힘이 풀렸다. 안도감이 해일처럼 밀려오자 눈물이 터질 것 같았다.

"나예요, 샤샤. ……왜 그래요? 무슨 일 있었어요?"

세르시아가 주변을 둘러보며 고개를 갸웃거렸다. 테르데오와 황급히 우리 옆으로 다가와 세르시아를 살폈다.

"셋시, 다친 곳은?"

"다친 곳은 없는데…… 뭐야, 테오? 너까지 징그럽게. 왜 그래? 무슨 일 있었어?"

아무래도 세르시아는 자기가 무슨 상황에 부닥쳤었는지를 모르는 것 같았다. 다가온 피니어스가 세르시아한테 간략하게 설명했다.

"지금 네가 하라리 아크만 살해 혐의로 수도에 긴급 수배됐거든."

"아, 그건 저도 들었어요. 황실 기사를 직접 만났거든요. ……설마 그것 때문에 걱정했던 거에요, 샤샤?"

세르시아가 별일 아니라는 것처럼 태연하게 웃으며 내 등을 다독거렸다. 어쩌면 나 때문에 이런 누명을 쓰게 된 걸지도 모르는데 세르시아는 여전히 상냥했다.

"미안해요, 셋시. 어쩌면 나 때문일지도 몰라요."

"이게 왜 샤샤 때문이에요?"

"내가 괜히 아크만 영애의 얘기를 하는 바람에 이런 일이……."

"샤샤, 걱정할 것 없어요. 난 그렇게 약하지 않은걸요. ……테오, 너도 그래. 내가 고작 이 정도 일로 잘못될 사람처럼 보이니? 네가 상황 정리 했어야지."

세르시아는 테르데오를 타박하며 기회라며 나를 품에 꼭 끌어안았다. 아까와는 다르게 안도감이 피어나는 얼굴로 어깨를 늘어뜨린 테르데오가 헛웃음을 지으며 반박했다.

"멀쩡했으면 빨리 나타났어야지."

"징그럽게 누나 걱정이나 하고."

그래도 내심 기분이 좋은지 세르시아가 피식피식 웃었다. 나는 세르시아의 품을 벗어나 아데우스와 레베카를 바라봤다.

"도대체 어떻게 된 거죠? 왜 저 두 사람과 셋시가 함께……."

"아, 황실 기사가 날 잡으러 왔었거든요."

세르시아의 입에서 '황실 기사'라는 단어가 나오기 무섭게 테르데오의 얼굴이 매섭게 굳어갔다.

"싸울 뻔했는데 저 두 사람이 내 탈출을 도왔어요. 여기까지 무사히 온 것도 저 두 사람 덕분이고요."

나는 믿을 수 없는 눈으로 아데우스와 레베카를 번갈아 바라봤다. 내 시선이 닿자 레베카가 화들짝 놀라며 울먹거리더니 죄인처럼 고개를 숙였다.

나를 속인 건 언제고 이제 와 세르시아를 도와주다니? 무슨 꿍꿍이인지 짐작하기가 어려웠다.

가늘어진 눈매로 두 사람을 훑고 있자 테르데오가 세르시아의 어깨를 쥐었다.
"셋시, 조금 전 황실 기사라고 했나?"
테르데오의 질문에 세르시아의 눈빛이 돌변했다. 내내 배시시 웃고 있던 세르시아가 차갑게 얼어붙은 얼굴로 끄덕거렸다.
"그놈이었어. 샤샤의 전 애인."
내 전 애인이라면…….
"……시프?"
생각지도 못했던 인물이 거론되자 표정 관리가 되지 않았다.
"이름은 모르겠지만 예전에 샤샤를 처음 만났을 때 저택에서 난동을 부리고 있던 그놈이 확실해요."
나는 얼떨떨한 표정으로 테르데오를 바라봤다. 분명히 시프는 갑자기 행방을 감췄다고 했다. 당연히 소리 없이 그만뒀겠거니 신경 쓰지 않고 있었는데 여기서 등장하다니?
"황실 기사였다고?"
"그래, 확실해. 나한테 칼을 휘두른 얼굴과 갑옷을 제대로 봤거든."
"그 자식이 셋시한테 칼을 휘둘렀어요?"
"괜찮아요, 샤샤. 다음에 만나면 내가 죽일 거니까요."
세르시아가 말갛게 웃었다. 테르데오의 가라앉은 눈이 맹수처럼 달빛을 받아 번뜩거렸다. 테르데오가 자그맣게 중얼거렸다.
"황실에서는 보이지 않고 행방을 감췄는데 황실 기사의 갑옷을 입고 황실의 명령을 수행하고 있다고?"
"네, 황녀의 개인 호위를 맡고 있으니까요."
테르데오의 혼잣말에 답을 한 건 나도, 세르시아도 아닌 아데우스였다.
우리는 모두 시선을 돌려 아데우스를 바라봤다. 아데우스는 지금까지와는 달리 진지한 태도로 정직하게 말했다.

"그 기사는 지금 황녀의 개인 호위를 맡고 있어요. 그것도 비밀 호위로 말이죠. 황실에서 모습을 보이지 않는 것도 그런 이유입니다."

아데우스가 그런 건 어떻게 알고 있는 거지? 테르데오가 경직된 얼굴로 아데우스를 빤히 응시했다.

"……서로 정리할 게 많을 것 같군."

"여기서 할 순 없으니 자리를 옮기시죠."

아데우스가 우리를 천천히 훑었다.

"말씀드리고 싶은 게 많이 있습니다."

두 사람의 분위기가 묘하게 달라진 것 같았다. 서로 경계하는 건 여전한데…… 살기는 줄어든 느낌이었다.

테르데오가 집사를 불렀다. 그리고 글로리아한테 이 소식을 전해 주라고 명령한 뒤 응접실로 걸음을 옮겼다.

아데우스가 테르데오의 뒤를 따르자 우리는 함께 응접실로 자리를 옮겼다. 들어서자마자 자리를 잡고 앉은 테르데오가 지체할 것 없이 본론으로 들어갔다.

"무슨 생각으로 이곳에 왔고 왜 셋시를 도왔지?"

"먼저 말씀드리자면 하라리 아크만을 죽인 건 접니다."

아데우스도 테르데오와 같은 생각이었는지 바로 본론으로 들어갔다. 아데우스의 깜짝 발언에 나는 놀람을 감추지 못하고 입을 떡 벌렸다.

그러나 놀람이 채 가시기도 전에 아데우스가 다시 폭탄을 던졌다.

"그리고 전 라피레온가의 비밀을 알고 있습니다."

테르데오의 눈동자가 사납게 돌변했다. 아데우스의 말이 끝나기 무섭게 테르데오가 검을 뽑았다.

눈 깜짝할 사이에 벌어진 일이었다.

테르데오의 검이 아데우스의 목에 드리워졌다. 이번만큼은 진짜 죽이기라도 하겠다는 것처럼 아데우스의 목에 꽤 깊은 상처가 새겨졌다.

"……떠보는 건가?"

테르데오가 서늘하게 물었다.

어쩌면 아데우스가 파는 함정일지도 모른다. 덫에 걸려 우리가 먼저 비밀을 털어놓기를 기다리고 있는 걸지도.

하지만 아데우스는 미동도 없었다.

"라피레온의 피가 독인 걸 말씀하시는 겁니까?"

아데우스는 라피레온 가문에 걸린 저주를 정확하게 알고 있었다. 테르데오가 검의 날을 세웠다. 아데우스의 목선을 타고 붉은 선혈이 주르륵 흘러내렸다.

"어떻게 알았지?"

"하라리 아크만이 라피레온 가문의 비밀을 제게 누설했습니다."

"……."

"그게 제가 하라리 아크만을 죽인 이유입니다."

누구 하나 섣부르게 입을 열지 않았다. 하라리는 죽었으니 아데우스의 말이 사실인지 거짓인지 알 수 없었다.

하지만 아데우스가 정확하게 알고 있는 걸 보면 누군가 말한 게 틀림없었다.

"그래서?"

테르데오가 낮게 조소하며 검을 더욱 들이밀었다.

"그걸 알게 됐으니 약점이라도 삼기 위해 셋시를 구했나?"

상처가 더욱 깊게 패며 피가 검을 적셨다.

그러자 옆에서 벌벌 떨고 있던 레베카가 중압감을 이기지 못하고 털썩 무릎을 꿇고 외쳤다.

"저, 저희는 라피레온가의 비밀을 지키고자 하, 하라리 아크만을 죽였습니다! 적, 적이 아닙니다…….."

"그걸 나더러 믿으라고?"

테르데오가 맹수처럼 이를 드러내고 발톱을 추켜세웠다.

"내가 뭘 보고 믿어야 하지? 특히나 이 자는 내게 복수하겠다고 했는데. 이제 와 날 돕겠다고?"

테르데오가 나지막이 조소하며 머리를 쓸어 넘겼다.

"우스운 이야기가 아닐 수 없군."

"대, 대공 각하와 라피레온 가문을 위하려거나 돕는 게 아닙니다……."

레베카가 덜덜 떨리는 손을 들었다. 그녀의 시선이 나를 향하고, 그 손가락이 날 정중하게 가리켰다.

"저, 저희가 지키고 싶은 건 대공비 전하입니다."

모두의 시선이 레베카의 손가락을 따라 내게 집중됐다.

"……나?"

이거야말로 우스운 이야기가 아닐 수 없다. 나도 모르게 얄팍한 조소가 흘렀다.

"누가? 나를 감쪽같이 속인 너희가 나를 지키고 싶다고?"

아이러니했다.

아데우스가 슬픔에 침식된 것처럼 우울한 시선을 내려뜨렸다.

"……대공비 전하."

아데우스는 목에 드리워진 검은 신경도 쓰지 않는 것 같았다. 죄책감이 가득한 얼굴 위로 진득한 슬픔이 묻어났다.

"대공비 전하를 속였던 모든 것을 사실대로 고백하기 위해 왔습니다. 한 치의 거짓은 더 없습니다."

아데우스가 가슴에 손을 얹고 신께 맹세하듯 단호히 말했다.

"전 슈와츠 왕국, 왕세자비의 오빠이자 제2 장군이었습니다."

"뭐?"

슈와츠 왕국이라면…….

나는 힐끗 곁눈질로 테르데오를 살폈다. 하지만 테르데오는 마치 모든 걸 알고 있던 사람처럼 무덤덤하게 검을 거두었다.

"그리고."

아데우스가 진실된 표정으로 딱딱하게 모든 것을 고백했다.

"대공 각하께서 그리도 찾아 헤매시는, 반란군을 이끄는 우두머리입니다."

반란군의 수장.

언제나 그랬듯이 나를 바라보는 맑은 눈동자에는 조금의 거짓도 담기지 않았다. 애초에 자기 목숨을 담보로 걸고 이런 말을 거짓으로 할 리 없겠지만.

"제 말 한마디에 생과 사를 오갈 목숨이 너무 많아 이제까지 이것만큼은 차마 밝힐 수 없었습니다."

"……."

"저는 전쟁에서 패한 후 부하들의 도움으로 지첼리아 제국의 국경을 몰래 넘었습니다."

아데우스는 전쟁에서 아끼는 사람을 잃었다고 했다. 그래서 테르데오한테 복수하겠다고 했었고.

그리고 일전에는 어머니와 여동생을 잃었다고 했었다.

'여동생이 왕세자비라면…….'

아데우스가 전쟁에서 잃었다는 사람은…….

나는 놀란 숨을 멈추고 흔들리는 눈동자로 그를 바라봤다. 그의 푸른 눈동자는 마치 물기에 흠뻑 젖은 것처럼 착각을 일으켰다.

정복 전쟁에서 패한 슈와츠 왕가의 멸문. 그 전쟁에서 아데우스는 왕세자비였던 여동생과 어머니를 잃었다.

설마, 생각은 했었으나 그게 사실일 줄은 몰랐다.

내 경악스러운 반응을 확인한 아데우스가 씁쓸한 표정으로 말을 이어갔다.

"저는 늘 반란을 준비하고 있었기에 여태껏 황실을 주시했습니다."

"······그래서 황녀의 비밀 개인 호위가 시프라는 걸 알았던 거구나."

"네. 제 수하가 오랫동안 뒤를 밟아 직접 확인했습니다. 그가 베르딕트 백작 부인과 대공 각하의 기사를 베어버리는 것도 확인했죠."

"······!"

아데우스의 눈매가 평소와는 달리 날카롭게 빛났다.

"베르딕트 백작 부인을 죽인 게 시프라고?"

"네."

나는 관자놀이를 꾹 눌렀다.

'어쩐지 베르딕트 백작 부인을 너무 쉽게 놓아주는 것 같았어.'

설마하니 시프를 이용해서 죽였을 줄이야.

아니, 아데우스는 나를 두 번이나 속였다. 내가 그의 말을 신뢰할 수 있을까?

가늘어진 눈으로 그를 훑자 내 의심을 확신한 아데우스가 끄덕거렸다.

"제가 드리는 정보를 신뢰하려면 제 신원이 확실해야겠죠."

아데우스가 잠시 뜸을 들였다. 그가 비장한 표정으로 크게 숨을 내쉬었다. 그러더니 큰 결심을 한 것처럼 입술을 열었다.

"저는 부하들의 도움으로 국경을 넘었고, 복수를 결심했습니다. 그러기 위해선 제 신분을 감출 필요가 있었죠. 돈으로 살 수 있는 신분을 적당히 찾았습니다."

돈으로 살 수 있는 신분?

"설마 그게······."

"네, 포츤 자작가입니다."

아데우스가 조금 전 한 치의 거짓은 더 없이 모든 것을 사실대로 고백하겠다는 말은 진심이었다.

"포츤 자작한테 '아데우스'라는 사생아는 버리는 패였죠. 저는 죽은 사생아의 자리를 돈으로 샀습니다."

죽은 아데우스의 이름으로 새로 나타난 저택의 주인.
내 눈앞에 있는 아데우스는 그렇게 탄생했다.
상상을 초월하는 이야기에 나뿐만이 아니라 모두가 귀를 기울였다.
"아데우스 포츈으로 어느 정도 자리매김을 한 후 저는 제국으로 들어왔습니다. 당연히 의심하는 사람은 아무도 없었죠."
"······."
"하지만 만일을 대비하여 철저히 준비하는 게 좋다고 생각했습니다. 어렸을 적의 절 알아보는 사람이 옆에 있다면 의심은 제로에 가까울 테니까요."
"설마 그게 레베카?"
아데우스가 고개를 끄덕거리며 시선을 돌렸다. 그의 시선을 따라가자 눈물을 흘리고 있는 레베카가 보였다.
"돈이, 돈이 필요했어요······."
마침 몰락하고 있던 귀족 가문. 돈으로 매수가 가능하고 진짜 아데우스 포츈과 친밀했던 가문. 레베카는 그가 찾는 최적의 사람이었다.
"하."
밝혀진 진실에 허탈하게 조소하자 레베카가 내 발아래 넙죽 엎드렸다.
"아버지가, 아버지가 몰락할 바에는 귀족으로 죽겠다 하셨어요. 어머니는 병을 얻으셨고······ 저는, 저는 가족을 지키고 싶었어요."
레베카가 카펫 위로 머리를 조아렸다. 그녀가 엎드린 카펫이 축축하게 젖어갔다.
"그럼 처음부터 다 계획된 거였구나. 처음 내 시녀가 됐던 것도."
레베카가 고개를 들었다. 그 얼굴이 눈물로 흠뻑 젖어 있었다. 그녀의 슬픔이 전이되는 것 같아 나는 주먹을 꽉 쥐었다.

그래, 두 사람이 행렬 길에서 처음 만났을 때. 어쩐지 레베카가 낯설게 대하는 것 같았지.

손바닥에 깊게 박힌 손톱이 심장을 할퀴는 것 같아 따끔거렸다.

"대공비, 대공비 전하께서 절 빨리 내쳐주셨으면 했어요……. 그래서 더 눈치 없이 행동했고 더 쓸모없이 지냈죠. 하지만 대공비 전하께선 그런 절 따뜻하게 품어주셨죠……."

쓸데없이 해맑고 눈치 없었던 건 그래서였나.

"그래서 대공비 전하를 더 속이고 싶지 않았어요……."

"하지만 넌 날 속였지."

"그저 아데우스 포츈이 내 소꿉친구라고 말하기만 하면 된다고 했어요. 대공비 전하와 자주 만날 수 있도록 일정만 알려주면 된다고 해서…… 그래서……."

나는 발아래 엎드려 눈물을 흘리는 레베카를 내려다봤다. 이미 한차례 속이 썩어 문드러져서 그런지 생각했던 것만큼 크게 슬프지는 않았다.

"내가 널 의심했던 것도, 저택에서 내보낸 것도 그래서였어."

"……."

"네가 자리를 비우고 나면 어김없이 우연히 아데우스를 만나게 되더라고. 이상할 정도로 자주. ……그리고 네가 휴가를 떠난 후에는 아데우스를 자주 만나지 않았지."

내 목소리는 내가 들어도 놀라울 정도로 담담했다.

어쩌면 내가 그 의심을 할 수 있던 것도 레베카가 내게 일부러 신호를 보냈기 때문일지도 모른다.

"이제 와 이게 다 무슨 소용이겠니."

나는 씁쓸하게 고개를 가로저었다.

"너희가 날 속였다는 건 변하지 않는데."

그래, 오로지 그것만이 진실이다.

내 말이 끝나기 무섭게 세르시아가 자리에서 벌떡 일어서더니 아데우스의 멱살을 움켜쥐었다.

갑자기 벌어진 일이었으나 놀라는 사람도, 말리는 사람도 없었다.

"샤샤의 뒤통수를 쳐놓고 용케도 내 앞에 나타났네. 날 돕기라도 하면 내가 널 살려둘 줄 알았나?"

"그저 도우려……."

"아니."

세르시아가 단호하게 딱 잘라 답했다.

"네가 그런 놈인 걸 알았더라면 네게 도움받지도 않았을 거야. 아까 반란군의 수장이라고 했나?"

세르시아가 격분하며 낮게 읊조렸다.

"예전에 라피레온 저택에서 일하던 주방 보조가 음식에 독을 탄 적이 있었어."

"……."

"그 주방 보조는 반란군으로 밝혀졌지. 그럼 그것도 네 짓이었냐?"

그러고 보니 그런 일도 있었었다.

그때 그 반란군을 행렬 길에서 보란 듯이 화려하게 제압했던 건 바로 아데우스였다.

아데우스는 그 반란군을 잡고 보상을 원한다는 명목하에 우리를 찾아왔었다.

"제 지시는 아니었습니다. 복수심에 날뛴 제 수하가 멋대로 벌인 일입니다."

"우리가 그걸 어떻게 믿지?"

"……."

아데우스가 나를 힐끗 바라봤다. 차가운 불꽃처럼 일렁거리는 푸른 눈동자가 향하자 나는 고개를 돌려 외면했다.

지금은 아데우스와 눈을 맞추고 싶지 않았다.

"……믿지 않으셔도 됩니다. 하지만 그 일이 제가 대공비 전하께 접근한 계기가 된 건 맞습니다."

"……."

"분명 그 알약은 독이었는데도 아무도 죽지 않더군요. 그게 수상했습니다. 그래서 비밀을 캐고자 대공비 전하께 일부러 접근하게 됐습니다."

"그럼 어쨌거나 독을 탄 반란군을 잡은 건 결국 짜고 친 연기였다는 거네."

'이제야 모든 게 다 맞아떨어지는구나.'

입 안에 쓴맛이 감돌았다. 나는 여전히 고개를 조아리고 있는 레베카를 내려다봤다.

"너도 알고 있었니?"

"저는, 저는 그자가 주방장의 시야만 가려주면 된다고 해서……! 독은 정말 몰랐어요. 만약, 만약 그게 독을 타려고 한다는 걸 알았다면…… 사람을 죽이려고 한다는 걸 알았다면 절대로 하지 않았을 거예요. 정말이에요!"

레베카가 죄책감의 눈물을 흘리며 결백을 주장했다. 그녀의 눈물이 카펫을 적셔갈수록 내 마음은 차갑게 식어갔다.

그러고 보니, 그날 레베카가 웃으며 말했었다.

'워낙 신선하여 날것으로도 즐길 수 있게 주방장이 준비하고 있다고 하더라고요!'

왜 간과했을까. 그 말은 결국 레베카 역시 주방에 들어가 주방장과 대화를 했다는 뜻이었는데.

레베카의 흐느낌이 커지자 귀가 따가워 머리가 울렸다. 지끈거리는 관자놀이를 꾹 누르자 세르시아가 레베카를 향해 차갑게 뇌까렸다.

"그런 되먹지도 않는 변명은 집어치워."

"흐흑······."

"구역질 나."

레베카가 세르시아를 처음 봤을 때 놀라 울먹거렸던 것도 아마 지레 겁을 먹었던 거겠지.

나는 두 사람과 함께 했던 기억들을 더듬었다.

"그래서 그때 재판 끝나던 날, 신전 앞에서 알약을 먹으려고 했던 나를 필사적으로 말렸었구나. 그 알약이 독이라는 걸 알고 있어서."

"······네."

아데우스가 어둑한 슬픔에 젖은 얼굴로 모든 것을 털어놓았다.

"정확히 말하자면 그 알약의 정체를 라피레온 대공가에서도 알고 있는지 확인하려고 그날 갔었습니다."

시야가 아득했다. 나는 떨리는 호흡을 크게 뱉어냈다.

"네게 더 말할 건 없니?"

"······두 분이 처음 결혼하셨을 때 악질적인 기사를 썼던 '아스'라는 기자."

아스? 너무 오랜만에 듣는 이름이라 누군지 기억을 한참 더듬었다.

'맞아, 그자가 있었지.'

그 기자를 찾겠다고 테르데오와 셀피우스, 그리고 세르시아가 신문사를 죄다 뒤지고 다녔었는데.

아데우스가 우울한 낯빛으로 덤덤하게 자기를 가리켰다.

"그것도 저였습니다."

그는 굳이 밝히지 않아도 될 진실까지도 모두 서슴없이 드러냈다.

"대공 각하께서 대공비 전하를 아끼고 있는지, 대공비 전하가 대공 각하의 약점이 될 수 있을지 확인하고자 했습니다. ······늦었지만 그땐 죄송했습니다."

그러니까 결국은 우리가 서로 만나기도 전부터 모든 게 계획되어 있던 것이다. 처음부터 끝까지.

이제야 수상했던 퍼즐들이 하나씩 맞춰졌다. 그 지독함에 치가 떨렸다.

"할 얘기는 이제 다 끝났나 본데."

세르시아가 입꼬리를 사납게 비틀어 올렸다.

"어떻게 할까요? 샤샤."

세르시아가 두 사람을 매섭게 노려보았다.

흠칫 놀라 주춤거리는 레베카와는 달리 아데우스는 여전히 담담했다.

마치 그 죽음을 기다리기라도 한 것처럼. 겸허히 받아들일 준비가 되어 있는 것처럼.

"아데우…… 아니."

습관적으로 그를 부르려던 나는 입술을 굳게 다물었다. 그가 아데우스 포츈이 아니라는 걸 직접 들었는데 계속 그 이름으로 부르는 건 이상했다.

"내가 널 뭐라 불러야 할까."

"아데우스면 됩니다."

아데우스가 시선을 내리깔았다. 옅게 보인 푸른 눈동자가 파도치는 거친 바다를 닮아 있었다.

"그 외의 다른 이름은 기억하셔 봤자 대공비 전하께 좋지 않습니다."

어쩌면 그가 '포츈 영식'이 아닌 '아데우스'라 불리길 바랐던 건, 그 자리를 빼앗은 진짜 '포츈 영식'을 향한 마지막 죄책감이었을지도 모르겠다.

"……그래, 아데우스."

나는 담담히 이름을 되뇌었다. 입술을 맴도는 그 이름이 무거웠다.

"……이제 와 이렇게 모든 걸 얘기하는 이유가 뭐야?"

그의 밑바닥까지 파헤쳐진 진실을 봤으나 썩 달갑지는 않았다.

"관련 없는 대공비 전하를 제 복수에 이용한 속죄를 하고 싶습니다."

"이제 와 속죄를 하겠다고?"

"대공비 전하가 위험하지 않도록 돕고 싶습니다."

아데우스가 응접실에 들어온 후 처음으로 몸을 움직였다. 그는 소파에서 천천히 일어서더니 이내 기사의 맹세를 하듯 한쪽 무릎을 꿇었다. 그리고 주먹 쥔 손을 가슴에 가볍게 얹었다.

여태껏 능글맞게 웃고 다니던 모습보다 지금의 모습이 더 몸에 익숙해 보였다.

"대공비 전하께서 슬퍼하는 일이 생기지 않도록 제가 가진 모든 것을 이용해 돕고 싶습니다."

"네가 나를 도울 게 있을까? 아니, 그보다 과연 내가 네 도움을 필요해할까? 날 두 번이나 속인 네게."

"대공 각하의 누님을 죽이려고 한 사람이 황녀의 비밀 호위라는 걸 황제도 알고 있습니다."

아데우스의 답변에 나는 테르데오를 바라봤다. 관자놀이를 꾹 누른 채 활화산처럼 불타오르는 분노를 잠재우던 그의 눈썹이 일그러졌다.

"지금 뭐라고?"

맹수가 포효하듯 목울대를 긁는 사나운 소리가 스산하게 퍼졌다.

"하라리 아크만이 죽은 걸 알자마자 누명을 씌우겠다고 한 건 황녀였고, 그걸 묵인하고 도운 건 황제입니다."

황녀의 독단적인 행동이 아니라 황제가 개입되어 있다면, 더 큰 문제로 번질 가능성이 농후했다.

황제는 황녀를 앞세워 라피레온 가문에 누명을 씌우는 데 동참

한 이유는 미루어 보건대 하나였다.

그래야 자기 입맛대로 라피레온 가문을 주무를 수 있을 테니까.

시야가 아득해졌다.

"감히."

매서운 칼바람이 훑고 지나간 것처럼 테르데오의 얼굴이 사나웠다. 흡사 핏빛에 물든 것처럼 보이는 눈동자는 포악하기 그지없었다.

"라피레온 가문을 건드린 죄는."

테르데오가 검을 고쳐잡았다.

"목숨으로 비싸게 치러야 할 거야."

아슬한 긴장감이 팽팽하게 고조됐다.

"그러니 제가 돕겠습니다."

그 흉흉한 살기 속에서 말을 꺼낸 건 아데우스였다.

"황실은 라피레온 가문에 검을 들이밀었습니다. 이번 일을 어찌 마무리한다 해도 물꼬를 텄으니 기회가 보인다면 또 시도하려 하겠죠."

"내가 살아 있는 한 절대로."

"……."

"절대로 그 누구도 라피레온 가문을 꿇리지 못해."

테르데오가 거칠게 포효했다.

전쟁에서 매번 제일 큰 공을 세우는 테르데오. 검술로는 제국 누구도 따라올 자가 없는 데다 피가 독이니 당해낼 사람이 있을 리가 없다.

그가 마음만 먹는다면 황제의 목을 베는 것쯤은 정말 별것 아닐 수도 있었다.

아데우스가 몸을 일으켜 테르데오와 시선을 맞췄다.

"만일 라피레온 대공 각하께서 황제의 목을 치겠다면 아니, 황제와의 전면전에 돌입한다면."

응접실의 모든 사람이 아데우스를 바라봤다.

"저희 반란군 전원은 라피레온 대공 각하의 편에 서서 그 뜻을 함께할 겁니다."

모두가 놀란 입을 떡 벌렸다.

내내 표정을 굳히고 있던 테르데오 역시 의외였는지 눈썹을 비뚜름히 치켜세웠다.

'아데우스가 테르데오의 편이 되겠다고? 아데우스는 테르데오한테 복수하겠다고 하질 않았나?'

두 사람이 함께 싸운다는 건 도무지 그려지지 않았다. 머릿속에서 상상이 안 가는 조합이었다.

"반란군은 라피레온 가문…… 테오한테 악감정을 가지고 있을 텐데?"

세르시아가 보란 듯이 조소했다.

"과연 그 사람들이 전부 라피레온 가문의 편이 되어 함께 싸운다고 하겠어? 터무니없는 소리야."

"예."

아데우스는 짤막한 답변만 하고 입술을 닫았다. 그의 예의와 배려는 내게 한정되어 있었다.

뒤에 더 따라오는 부연 설명이 없자 세르시아가 '쥐새끼가'라고 중얼거렸다. 세르시아는 아데우스를 '쥐새끼'라고 부르기로 한 것 같았다.

"그러니까…… 일단 네 복수는 접었다는 뜻이야?"

"네, 제 복수도 접었고 지금 이건 반란군 전원이 회의한 후 도출된 결과입니다."

"반란군 전원이 우리 가문을 돕겠다고 했다고?"

"대공 각하께서는 잡힌 반란군의 일원을 한 명의 사람으로 대해

주셨고 또 직접 사과도 해주셨습니다."

아데우스가 힘없이 웃었다.

"여태껏 우리 정체를 알면서도 노예처럼 부리지 않고 되레 사과해 준 사람은 대공 각하뿐이었습니다."

테르데오가 사과를 했다고? 나는 놀란 눈으로 테르데오를 살폈다. 무심한 눈동자의 테르데오는 여전히 아무런 표정 변화가 없었다.

"전쟁은 결국 윗사람들의 이기심으로 시작되고 그 고통에 평생을 허우적거리는 건 아랫사람이죠. 만약 상황이 뒤바뀌었다면 슈와츠 왕국 또한 카스터 제국한테 무슨 몹쓸 짓을 했을지 모릅니다."

아데우스의 체념하는 듯한 목소리가 물기에 젖었다. 열불을 내던 세르시아도 이 순간만큼은 입술을 꾹 다물었다.

"그러니 앞으로 우리가 라피레온 가문을 적으로 받아들이는 일은 없을 겁니다."

"……."

"우리 적은 황가입니다."

아데우스는 파도치는 절벽 위에 서 있는 사람처럼 아슬하고도 위험했다.

※ ※ ※

긴 대화는 이렇다 할 결과를 맺지 못한 채 아데우스와 레베카는 우선 돌아갔다. 두 사람은 저택이 아니라 반란군의 은신처에서 머문다고 했다.

그곳이 어딘지는 우리한테도 알려주지 않았지만 내가 그들을 만나길 바란다면 언제고, 어느 상황이고 내 앞에 나타나겠노라 맹세했다.

글로리아는 그로부터 한참 후에 저택으로 돌아왔다.

그녀는 세르시아를 찾아 헤매며 쓸데없는 헛소문이 퍼지는 것을 방지해 두었다고 했다. 허리춤에 차고 갔던 검이 흐트러져 있는 걸 보면 무력을 사용한 것 같기는 했으나 모른 척했다.

"반란군과 손을 잡는다는 게 무슨 의미인지는 알고 있겠지?"

글로리아가 관자놀이를 꾹 눌렀다.

"알고 있습니다."

"그래도 괜찮니?"

"황녀는 자기가 원하는 바를 얻을 때까지 계속 저희를 공격하려 하겠죠. 황제 또한 나쁠 것 없으니 황녀의 만행을 묵인할 겁니다."

테르데오가 머리를 거칠게 쓸어 넘겼다.

"피한다고 될 일은 아닙니다."

"각오했다면 됐단다. 라피레온을 건드린 건 그냥 넘어가지 못하니까."

글로리아가 쯧 혀를 내차며 가볍게 목 스트레칭을 했다.

"그 일은 신중히 생각해 보도록 하자."

"네."

대화가 일단락되자 여태 내내 듣고 있던 세르시아가 다친 손으로 꽉 주먹 쥐었다.

"하나 짚고 넘어가고 싶은 게 있는데요. 내가 저택에 오기 전에 누가 샤샤, 당신을 찾아왔다고요?"

"그래, 그거. 나도 그 얘기를 하려고 했는데. 내가 늙어서 들리지 말아야 할 게 들리는 거니?"

자리를 비운 사이 있었던 일들을 전해 듣던 글로리아와 세르시아가 목소리를 드높였다.

"아, 라피레온 가……."

"족, 같은 사람이 찾아왔다고요?"

내 말이 채 끝나기도 전에 뒷말을 낚아챈 세르시아가 고개를 스산하게 기울였다. 어쩐지 어감이 요상했다.

"네, 크립스 님이······."

"그 가, 족 같은 사람이 여길 찾아왔어요? 자기 살자고 같은 가족을 팔아먹으려 하다니. 가족이 아니라 말 그대로 가, 족 같은 사람이네요."

착각이 아니었다. 세르시아가 가족, 특히 '족'이라는 단어에 힘을 실어 말했다. 뒤에서 검은 연기가 피어나는 것 같았다.

"마녀한테 저주를 받아놓고 그 마녀의 꾐에 넘어가서 대공비를 제물로 바치자는 소리가 나와? 멍청한 것들."

글로리아가 머리를 뒤로 세게 쓸어 넘기며 혀를 쯧 내찼다.

"그런 생각을 할 수 있는 자들이었으면 여길 찾아오지도 않았겠죠? 감히 그런 파렴치한 일을 했으니 벌을 받아야겠네요. 그냥 내버려 둘 순 없겠어요."

"그래, 셋시. 네 말이 맞아. ······간만에 몸을 풀겠구나."

"안 그래도 스트레스가 잔뜩 쌓여 있었는데. 몸도 못 쓰고 돌아와서 쑤시던 차였는데 잘됐네요."

테르데오가 내 어깨에 재킷을 벗어 걸쳐주며 세르시아한테 반박했다.

"아니, 셋시. 넌 당분간 저택에서 나가지 마."

"뭐?"

세르시아의 얼굴이 뒤틀렸다.

"내 일은 내가 알아서 하니 넌 신경 쓰지 말렴, 테오."

"황실 비밀 호위가 한 명이라고 확신할 수 없어. 황제가 황녀의 뒤를 봐주고 있으니 마주쳤다간 아마 널 죽이려 들겠지."

테르데오가 여과 없이 스산하게 말했다. 차라리 세르시아가 겁먹어 밖으로 나가지 않길 바라는 것처럼.

"내가 그냥 당하진 않을 텐데."

"내일 날이 밝자마자 황실에 가서 이의 제기를 하든, 황제를 직접 만날 거야. 반역자가 되기 전 협상의 의지가 있는지 확인은 해야겠지."

"그럼 나도……."

"셋시, 넌 저택에서 외출 금지야. 이건 라피레온 가주로서 내리는 명령이야."

말을 끝낸 테르데오는 멀찍이 서 있던 집사를 불렀다. 그리고 기사를 총동원하여 저택의 경비를 강화하고 테르데오가 허락한 자 외에는 쉽게 저택에 들여보내지 말라 명령했다. 그게 설령 다른 라피레온 가족이라고 할지어도.

테르데오의 걱정을 알고 있었기 때문인지 세르시아는 결국 알겠다고 수긍했다. 너무 늦은 밤이었기에 우리는 대화를 끝낸 후 각자의 침실로 돌아갔다.

침실로 돌아온 테르데오가 거뭇한 눈가를 꾹 눌렀다. 안쓰러워 보일 정도였다.

"테오, 좀 자는 게 어때요?"

"날이 밝자마자 황궁에 가야 해."

그가 무척 피곤한 상태라는 건 스쳐 지나가면서 봐도 알 수 있었다. 나는 침대에 걸터앉은 후 막무가내로 테르데오를 무릎 위로 끌어당겼다.

테르데오가 힘없이 딸려와 내 무릎 위에 털썩 머리를 뉘었다.

"내가 날이 밝으면 바로 깨워줄게요. 그러니까 좀 자둬요."

잘 정돈되어 있던 머리를 부드럽게 쓸어 넘겨주자 테르데오가 힘없이 웃었다.

"내 옆에 그대가 있어 다행이야."

피곤하긴 했던 건지 미소를 머금은 그의 눈꺼풀이 사르르 감겼다. 나는 부드러운 모래처럼 손가락 사이로 빠져나가는 테르데오의 머리카락을 쓰다듬었다.
"내일 이의 신청을 해도 받아들여지지 않으면 어쩌죠?"
하라리 아크만을 죽인 진범은 아데우스였다. 세르시아가 쓴 누명을 해결하기 위해선 진범을 찾아 데리고 가는 게 제일 빠른 길이지만.
아데우스가 반란군의 수장이라는 게 알려진다면 많은 사람이 목숨을 잃게 될 것이다. 그건 상상만으로도 끔찍했다.
진범도 없이 세르시아가 한 일이 아니라는 걸 증명할 수 있을까? 테르데오도 나와 같은 생각을 하는지 얼굴에 그늘이 졌다.
"세르시아가 한 일이 아니라는 걸 증명해야지."
"하지만 진범은."
"괜찮아."
테르데오가 머리카락을 쓰다듬는 내 손을 부드럽게 감싸 쥐었다.
"날 믿어. 그 누구도 다치게 하지 않아."
나는 정열적으로 고개를 끄덕이며 테르데오의 손을 맞잡았다.
"내가 당신 말고 누굴 믿겠어요."
테르데오가 피식 힘없이 웃었다. 그러다 불현듯 무언가가 떠올랐는지 작게 탄성을 흘리며 몸을 일으켰다.
"오자마자 주려고 했는데 잊었어."
나와 눈을 맞춘 테르데오가 품을 뒤적거리더니 무언가를 꺼냈다.
"이건······."
"아까 제작이 완료되었다길래 오는 길에 들러 가져왔어."
단검이었다. 예전에 아데우스의 선물을 거절하면서 내게 단검을 만들어 준다고 했었지.
"그대에겐 그대를 꼭 닮은 꽃과 보석만을 선물하고 싶었는데."
나는 테르데오가 내민 단검을 쥐었다. 한 손에 착 감겨 달라붙어 그립감이 깔끔하고 좋았다.

"와, 고마워요. 그때 잊은 줄 알고 있었는데……."

"난 그대와 관련된 건 잊지 않아."

"정말 좋아요. 너무 기뻐요. 고마워요. 잘 쓸게요."

오로지 내가 쓰기 위해 제작된 단검. 나만을 위한 테르데오의 선물이었다.

환하게 웃으며 고마움을 표하자 긴장으로 굳어 있던 테르데오의 얼굴이 느슨하게 풀어졌다.

"다음엔 검이 아니라 꼭 그대를 닮아 아름다운 보석을 선물할게."

"난 테오, 당신이 주는 거라면 길가에 피어 있는 들꽃도 좋은걸요."

테르데오가 어슴푸레하게 웃었다.

"다행이야. 이건 허벅지에 늘 차고 다니면 편할 거야."

몸을 일으킨 테르데오가 침대에서 내려오더니 내 앞에 서슴없이 무릎 꿇고 앉았다. 그리고 드레스를 허벅지까지 끌어 올렸다.

"내가 직접 착용해 줄게."

테르데오가 훤히 드러난 내 오른발을 자신의 허벅지 위에 올려뒀다. 그의 왼쪽 허벅지가 내 구두로 더럽게 짓눌렸다.

"테오, 당신 옷이 더러워지잖아요."

"괜찮아."

테르데오는 내 손에 들린 단검을 가져가 가죽끈에 묶은 후 내 허벅지로 손을 뻗었다.

그의 손가락이 다리를 타고 올라오자 몸이 절로 움찔거렸다. 거미처럼 느릿하게 훑던 손가락이 허벅지에서 멈췄다.

"늘 소지하고 다녀."

테르데오가 단검을 묶은 가죽끈을 내 허벅지에 천천히 둘렀다.

"언제나 내가 그대와 함께 있는 것처럼. 한시도 떼어놓지 말고."

느릿하게 이어지는 일련의 행동에 나는 마른침을 꿀꺽 삼켰다. 끈이 아프지 않고 단단하게 허벅지에 감겼다.

모두 묶은 테르데오가 마지막으로 고개를 숙여 검이 묶인 내 허벅지에 짧게 입을 맞췄다. 부드러운 푸딩 같은 입술이 와닿자 전율이 일었다.

허벅지에 맞췄던 입술을 뗀 테르데오가 드레스를 곱게 내려줬다.

"검은 다를 줄 알아?"

"한 번도 해본 적 없어요."

내 대답에 테르데오가 난감한 표정을 지었다. 이럴 줄 알았으면 호신술이라도 배워둘 걸 그랬다.

하지만 테르데오는 이내 곧 크게 상관없는 것처럼 대수롭지 않게 말했다.

"괜찮아. 혹시 쓸 일이 생기거든 그냥 냅다 목에 꽂아 넣어. 그럼 즉사야."

덤덤한 얼굴로 무서운 말을 하네.

하지만 내가 이 검을 쓸 날이 온다는 건 정말 그렇게 누군가를 위협해야 할지도 모른다는 뜻이었다.

"혹여 내가 없는 사이에 오늘과 같은 일이 벌어진다면, 그땐 이 검을 뽑도록 해."

나 역시 그 뜻을 잘 알고 있기에 주저 없이 끄덕거렸다.

"테오, 아까 아데우스가 말한 건 어떻게 할 생각이에요? 정말 반란군과 손을 잡고……."

내전을 벌일 생각인가요?

나는 차마 뒷말을 입에 올리지 못하고 말끝을 흐렸다. 테르데오가 고민하는 듯 미간을 찌푸렸다.

"……글쎄."

"……."

"그가 했던 말이 틀린 말은 아니야. 게다가……."

테르데오가 힐끔 고개를 들어서 나를 바라봤다. 그의 기다란 손가락이 내 볼을 부드럽게 어루만졌다.

"이대로 두면 언젠가 그대를 건드리려 할지도 모르지."

"저를요?"

"그래. 그대는 내 유일무이한 약점이니까."

너무 소중해 차마 건드릴 수조차 없다는 것처럼 내 볼을 어루만지는 그의 손길은 매우 조심스럽고 섬세했다.

"누군가 그대를 건드린다면 난 아마 제정신을 유지하기 힘들 거야."

"나도 그래요."

"일어나지 않은 일을 걱정하며 살고 싶지는 않지만…… 위험한 싹은 크게 자라기 전에 제거하는 게 나아."

부드러운 손길과는 달리 그의 눈동자는 포악했다.

"아마 영식도 그걸 알고 그대를 지키기 위해 내게 제안한 거겠지."

"난 아데우스와 레베카가 날 지키려 했다는, 지키고 싶다는 그 말을 온전히 다 믿을 수 없어요."

"굳이 믿을 필요 없어."

"네?"

"그냥 이용해. 그걸로 충분하니까."

이용하라 당당하게 말하는 모습을 보니 굳게 다물린 입술 사이로 웃음이 터졌다. 나는 손을 뻗어 내 아래 무릎 꿇은 그를 쓰다듬었다.

"……테오."

"응."

"정말 반란군…… 아니, 슈와츠 왕국민들한테 사과했어요?"

그가 고개를 들었다. 테르데오의 붉은 눈동자가 녹녹한 분위기를 띄웠다.

"그래."

테르데오가 내 손을 그러쥐었다. 따스한 온기가 몸을 넘어 침실로 널리 퍼졌다.
"비겁하게 나 편해지고자 한 사과야."
"그렇지 않아요. 그건 당신의 용기죠."
맞잡은 손에 손깍지를 낀 채 테르데오가 빼지 못하도록 꽉 잡았다. 그러자 테르데오가 옅게 미소짓더니 손등에 오른 볼을 묻었다.
"아무한테도 샤샤, 널 넘겨주지 않을 거야."
나도 상체를 숙여 내 아래 무릎 꿇은 그의 이마에 짧게 입을 맞췄다.
"나도요, 테오."

※ ※ ※

홀로 술잔을 기울이는 황제는 꽤 심란한 표정이었다.
그의 머릿속에는 얼마 전 자신을 찾아왔던 사랑스러운 황녀 생각뿐이었다.
'아버지, 라피레온 대공을 가지고 싶어요. 손과 발을 묶어서라도 내 옆에 두고 싶다고요.'
배려심이 넘치고 마음이 따스하던 황녀는 이제 없었다. 남은 건 표독스럽고 미쳤다 할 정도로 라피레온 대공한테 집착하는 황녀뿐이었다.
'어쩌다가……'
황제가 어두운 눈가를 짚고 한숨을 내쉬었다.
'언제부터였더라.'
대체 언제부터 저렇게 악 같은 아이로 변해 있었더라.
황제가 독한 술을 기울이며 기억을 더듬었다. 황궁에 갇혀 매일 안쓰럽고 불쌍하던 딸이었다.

항간에는 그녀를 '비운의 황녀'라 불렀으나, 황제에게만큼은 행복을 주는 딸이었다.

황제는 그녀를 사랑하고 아꼈다. 대신 아플 수 있다면 그래도 된다고 허락할 만큼.

다만 겉으로 아픈 도돌레아의 편을 들어줄 수는 없었다. 황제가 도돌레아를 아끼는 것이 알려지면 누군가 기회를 틈타 약한 도돌레아를 제거하려 할 수도 있으니.

그러니 아팠던 도돌레아가 병을 털고 일어났을 때 황제는 뭐든 들어주고 싶었다.

설령 윤리에 반하고 도덕에 어긋난다고 하더라도 황녀의 웃는 얼굴 한 번 보는 게 더 중요했다.

'언제부터 이렇게……'

황제가 독한 술을 병째로 들이켰다. 도돌레아는 예전과 달리 확실히 이상해졌다.

이상한 교단의 교주라는 소문도 있었다. 하지만 아픔을 떨치고 일어난 딸이 원하는데 무엇을 막으랴 생각했다.

그러나 시간이 지날수록 도가 넘쳤다. 마치 다른 사람처럼.

'다른 사람이라니……'

황제가 머릿속을 파고드는 본능적인 생각을 지우려 고개를 내저었다.

문득 황녀가 했던 말이 황제의 머리를 스치고 지나갔다.

'라피레온 대공 형의 전 부인이 죽었어요. 누가 죽였겠어요? 안 봐도 뻔하죠.'

황녀는 기괴한 미소가 걸린 입술로 사람의 죽음을 아무렇지 않게 얘기하고 있었다.

'이건 기회죠. 아버지께서도 라피레온 가문이 통제되지 않아 힘드셨잖아요. 그러니 라피레온 가문의 사람이 죽였노라 공표하죠. 목줄

을 쥐는 거예요.'

 태연자약하게 누명을 씌우자 말하고 있었다. 침실에 날아든 벌레 한 마리 죽이지 못하던, 바로 그 사랑스럽던 황녀가.

 병을 가득 채우던 술이 어느새 바닥을 드러냈다.

 황궁에 황태자와 황자, 황녀들은 많았으나 도돌레아 황녀는 황제에게 아픈 손가락이었다.

 형제자매들과는 달리 바깥바람 한 번 쐐보지 못한 딸. 모든 것을 누리게 태어났으나 모든 것을 누려보지도 못한 딸.

 '혹시 몸이 아프던 부작용인가.'

 그래, 그런 걸지도 모른다. 너무 많이 아파서, 그래서 미쳐버린 걸지도 모른다.

 황제는 내일 날이 밝는 대로 의사를 불러야겠다 생각하며 크게 숨을 내쉬었다. 독한 술내가 퍼지자 취기가 금세 피어났다.

 그때였다.

 오만방자한 목소리가 들리더니 예의 없게도 문이 벌컥 열렸다.

 "아버지."

 조금 전 머릿속을 스치고 지나가던 목소리였다. 술이 얼굴까지 달아오른 황제가 고개를 들었다.

 분명 사랑스러운 도돌레아의 얼굴인데.

 미소 짓고 있는 저 얼굴은 익히 알고 있는 딸의 모습과는 달라 보였다.

 "너는."

 "……."

 "너는 정말 도돌레아가 맞느냐."

 황제가 취기에 오른 목소리로 웅얼거리듯 물었다. 그의 질문에 도돌레아가 해맑게 웃었다.

 "당연하죠. 그럼 제가 누구겠어요? 아버지가 사랑하는 딸, 도돌레아 카스터죠."

도돌레아의 입으로 직접 답을 듣고도 석연치 않았다. 하지만 황제는 지금 자기가 하는 생각이 얼마나 터무니없는 것인지 알기에 입 밖으로 꺼내지 않고 실소했다.

"아버지. 술을 너무 많이 드신 것 같네요."

도돌레아가 비어버린 술병을 무심히 내려다보며 고개를 까닥거렸다.

"그래. 그런 거지. 내가 술을 너무 많이 먹은 탓이야."

황제가 고개를 끄덕거리자 딱딱한 미소를 지은 도돌레아가 자연스레 그 옆으로 다가갔다.

"아버지, 세르시아 라피레온은 잡으셨나요?"

"……아니. 아직 보고는 없었다."

황제가 고개를 젓자 도돌레아의 얼굴이 보기 좋게 구겨졌다.

"황실 기사단도 일을 썩 잘하진 않나 보네요. 사람 한 명 잡아 오는 데 이렇게 오랜 시간이 걸리다니."

"도돌레아, 아직 죄가 확정되지 않았기에 무력을 사용할 수는 없단……."

"아버지는 황제이신데도 라피레온 가문과 엮이면 아무것도 할 수 있는 게 없으시네요."

"뭐?"

"이러니 사람들이 황제인 아버지보다 라피레온 가문을 더 영웅으로 떠받들고 대단하다 소리치죠."

도돌레아가 힘없이 중얼거리자 술이 오른 황제의 얼굴이 벌겋게 변했다.

"이 제국에서 감히 나보다 더 대단한 사람은 있을 수 없다!"

"하지만 아버지."

도돌레아가 상처받아 가녀린 딸처럼 아비인 황제의 어깨에 딱딱하게 기댔다.

"제가 라피레온 대공을 사랑하는 걸 제국 모두가 알지만, 전 아직도 그를 가지지 못했잖아요. 다들 뒤에선 황제인 아버지를 두고도 아무것도 할 수 없는 무기력한 황실이라 손가락질하고 있을걸요."

"무엄한. 감히 누가 황녀한테 그런 망언을."

"생각해 보면 전쟁의 승리를 축하하는 축제를 열었을 때도 그랬어요. 행렬 길은 황실만이 걷는 길이죠. 한데 제국민들이 라피레온 대공을 떠받드니 하는 수 없이 같이 행렬했잖아요."

황제가 미간을 찌푸렸다. 여태까진 별생각이 없었으나 옆에서 그리 부채질하니 정말 그런가 싶은 생각이 드는 것 같았다. 마치 홀리고 있는 기분이었다.

"아버지는 이 제국을 대제국으로 만든 황제이시죠. 위대하고 지엄하신 제국민들의 아버지."

"그래. 내가 이 제국을 대제국으로 만들기 위해 얼마나 많은 정복 전쟁을 벌였는가."

독한 술은 그의 평정심과 올바른 사고를 잃게 했다. 조금 전까지 도돌레아를 의심하던 황제의 꺼림칙함이 라피레온 가문을 향해 옮겨갔다.

"그러니 역시 라피레온 가문은 그냥 둬서는 안 돼요. 아버지가 명실상부 위대한 황제로 군림하기 위해서 라피레온 대공은."

도돌레아의 입가에 환한 미소가 걸렸다.

"제 남편으로서 자리해야죠. 라피레온 대공이 제 남편이 된다면 황실의 일원이 되니 모두 황제 폐하를 칭송할 거예요."

"맞는 말이야. 내게 말없이 먼저 결혼식만 올리지 않으면 칠황녀와 결혼을 하여 황실의 일원이 됐을 것을."

"그러니 더더욱 세르시아 라피레온을 잡아야 해요."

도돌레아가 황제의 어깨에 기댄 머리를 들고 자리에서 일어섰다.

"그리고 목줄을 쥐고 흔들어 제 옆자리에 얌전히 앉혀야죠. 전 아버지만 믿어요. 아버진 위대한 황제이시니까요."

도돌레아는 방긋 미소짓고 몸을 돌렸다. 뒤에서 황제가 술에 취해 웅얼거리는 소리가 들렸으나 가볍게 무시했다.

황제는 자존심이 강하고 남들에게 보이는 겉모습에 중요시하는 사람이었다. 그러니 그냥 옆에서 이렇게 몇 번, 불안하게 긁어주면 알아서 움직일 것이다.

도돌레아가 나서자 복도에서 기다리고 있던 레이나가 황급히 뒤를 따랐다. 도돌레아는 입술을 열지 않은 채 고요히 미소 짓고 있었다.

도돌레아가 입술을 굳게 다물 때마다 레이나는 살얼음 낀 호수 위를 걷는 것처럼 숨을 죽였다.

마차를 타고 황녀의 궁에 들어서자마자 도돌레아가 굳게 다물던 입술을 열었다.

"레이나."

"네, 네. 황녀 전하."

갑작스러운 호명에 레이나가 무심결에 뒤로 두 발자국 물러나며 대답했다. 힐끗 뒤를 돌아본 도돌레아는 자기한테서 멀리 떨어진 레이나를 보며 조소했다.

"그렇게 겁먹을 것 없단다. 안 죽인다고 했잖아."

도돌레아가 말갛게 웃었다. 하지만 레이나는 좀처럼 웃을 수 없었다. 그 말 뒤에 늘 따라붙는 말이 무엇인지 잘 알고 있었으니까.

"아직은."

그래, 저 말.

'아직'이라는 건 결국 언젠가는 죽이겠다는 뜻이었다. 레이나가 고개를 조용히 숙였다.

"장난이야. 넌 내게 시프도 데려왔잖니."

겁먹은 레이나를 보며 도돌레아가 부드럽게 눈꼬리를 휘었다.

"이렇게 쓸모 있는 널 내가 왜 죽이겠니."

"감, 감사합니다. 앞으로도 열심히 하겠습니……."

"물론 쓸모가 없어지거나 네 어머니, 혹은 네 애인인 시프가 일을 못 하면 죽겠지만."

도돌레아는 자기 말 한마디마다 반응하는 레이나를 보며 진심으로 즐거워하고 있었다.

레이나는 마음 같아서는 황녀가 잠든 사이 어머니를 데리고 도망가고 싶었다. 아니, 어머니가 달아날 마음이 없다면 혼자서라도 도망가고 싶었다.

하지만 이 제국에서 누군가의 도움 없이 황녀의 눈을 피해 도망갈 곳은 없었다. 게다가 일반 사람도 아닌 황녀한테 벗어날 수는 더더욱 없었다.

괜히 도망가려고 어설프게 시도했다가 잡히면 수명만 단축하는 일이었다. 그럴 바엔 어떻게든 옆에서 살아남는 게 낫다.

레이나가 마른침을 꿀꺽 삼켰다.

"시프한테 연락은 왔니?"

"……아직 없었습니다."

레이나가 두 눈을 질끈 감았다.

바보 같은 시프. 죽여서라도 잡아 오기만 하면 된다고 했는데 다 잡은 사냥감을 눈앞에서 놓치거나 하고. 분명 어디선가 술이나 퍼마시고 있겠지!

시프 얘기가 나오면 늘 불리해졌다. 레이나는 애써 웃으며 태연한 척 대화 주제를 슬쩍 바꿨다.

"그런데 황녀 전하."

"응."

"왜 하필 대공 각하의 누님에게 누명을 씌우신 건가요?"

도돌레아가 그것도 모르냐는 듯이 고개를 갸웃거렸다. 아무렇지 않게 죄 없는 사람한테 누명을 씌워놓고 순진무구한 표정을 짓는 모습을 보니 치가 떨렸다.

"대공 각하의 목줄을 쥐려고 하시는 게 목적이라면 차라리 눈엣가시인 제 언니, 페레샤티한테 누명을 씌우는 게 낫지 않았나 해서요."

"네가 아직 뭘 잘 모르는구나."

"네?"

도돌레아가 혀를 쯧쯧 내차며 고개를 저었다.

"둘 사이를 깨뜨리고 싶으면 직접 두 사람을 건드려서는 절대 안 돼."

"네?"

"고난과 역경을 보면 뛰어넘고 싶어지는 게 사람이거든. 특히 사랑하는 사람들은 더더욱. 그래야 내가 얻은 사랑이 값비싸고 남들과는 달리 더 특별하게 쟁취한 것 같으니까."

레이나는 무슨 말인지 도통 이해가 가지 않았으나 대충 고개를 끄덕거리며 이해하는 척 행동했다.

"그러니 둘이 아닌 주변 사람을 곤경에 빠뜨려야 한단다."

"주변 사람이요?"

"그래. 헤어질 때까지 소중히 여기는 주변인들을 하나둘 괴롭히다 보면 끝이 나게 되어있어. 사람의 양심은 은근 순진해서 죄책감을 느끼게 되는 순간 모든 걸 포기하게 되거든."

도돌레아는 이미 해보기라도 한 것처럼 환하게 웃었다.

도돌레아가 환히 웃자 레이나가 어색하게 따라 웃었다.

이럴 때 옆에 누구라도 지나가면 좋으련만, 도통 기척이 없었다.

도돌레아의 궁에는 사람이 현저히 적었다. 어느 순간부터 이유도 모른 채 한 사람씩 자취를 감춘 탓이었다.

처음엔 말없이 그만뒀나 싶었지만 그게 몇 번 반복되자 황녀의 궁에 귀신이 들렸다는 둥 끔찍한 말들이 오고 갔다. 그리고 당장 돈이 급하지 않은 사람들은 모두 일을 그만뒀다.

이 모든 일의 원흉이 도돌레아라는 것을 알고 있는 레이나는 혹시 이러다 정체가 들켜 함께 죽는 건 아닐까 걱정했다. 하지만 도돌레아는 조금의 걱정과 근심도 없는 것처럼 해맑았다.

'괜찮단다. 월급이 높으니 일하고자 하는 사람은 많고 아무런 증거도 없거든. 또 아버지께선 내 편이라 이곳에서 무슨 일이 일어나도 눈을 감고 귀를 막으실 거야.'

눈을 감고 귀를 막는다. 그건 끔찍하고 오싹한 말이었다.

결국 이 황궁에서 레이나가 죽어가도 아는 사람도 궁금해하는 사람도 없을 거란 뜻이니까.

"정, 정말 대단하십니다. 황녀 전하."

레이나는 도돌레아의 비위를 맞추며 알랑하게 웃었다. 살고자 열심히 비위를 맞추는 레이나를 보며 도돌레아는 즐겁다는 듯이 웃었다.

"레이나, 난 정말 너를 만난 게 제일 기뻐."

"저도 그렇습니다."

"널 만나지 않았다면 내 이번 생은 지루하고도 재미없었을 텐데. 네가 옆에서 이렇게 매번 날 즐겁게 해주니, 참."

도돌레아가 꽃처럼 어여쁘게 웃으며 침실로 향했다. 자존심을 왕창 구겨놓는 말에도 레이나는 참는 게 전부였다.

'페레샤티.'

레이나가 주먹을 꽉 쥐며 도돌레아의 뒤를 따랐다.

페레샤티만 아니었어도 이런 미친 황녀와 인연이 닿았을 일은 없었을 것이다. 페레샤티한테 복수하려고, 페레샤티가 감히 분수도 모르고 라피레온 대공과 결혼하겠다고 하는 바람에!

'모든 게 다 페레샤티 때문이야!'

받은 유산을 처음부터 나눴더라면 가족이 이렇게 뿔뿔이 흩어질 일도 없었을 텐데.

그래 놓고 일말의 죄책감도 느끼지 않은 채 가족이 죽든 말든 자기만 행복해지겠단다.

레이나가 행복하게 웃고 있는 페레샤티의 얼굴을 떠올리며 이를 바드득 갈았다.

"레이나, 내 말 듣고 있니?"

"네, 네?"

"시프와 연락은 되니?"

"네, 네."

"그렇다면 시프에게 전하렴."

침실에 들어선 도돌레아가 화장대 앞에 앉아 얼굴을 문지르며 마치 저녁 식사를 고르듯 가볍게 말을 꺼냈다.

"나 너무 오래 기다리는 건 이제 하기 싫거든."

레이나가 마른침을 꿀꺽 삼켰다.

"그러니까 지금 당장 그년 빨리 잡아 오라고 해."

도돌레아가 스산하게 미소를 지었다. 화장대 거울에 비친 얼굴은 분명 웃고 있었으나 레이나는 온몸에 털이 쭈뼛 곤두섰다.

도돌레아의 시선이 거울 너머의 레이나를 향했다.

"아니면 누구든 죽을 거야. 그게 저기 기도실에서 단식하면서 종일 기도하는 네 어머니가 될 수도 있고."

레이나는 기도실에서 누가 시키지 않았음에도 자기 의지로 단식하며 기도를 올리는 자신의 어머니를 떠올리며 아랫입술을 지그시 깨물었다.

하지만 할 수 있는 반항은 없었다.

"네, 황녀 전하."

레이나는 결국 오늘도 고개를 숙였다.

'이게 다 페레샤티 탓이야.'

레이나가 하도 깨문 탓에 딱지가 앉은 입술을 다시 깨물었다.

'그때 나랑 엄마를 구해줬으면 이런 일은 없었을 거잖아.'

자기가 만든 상황임에도 레이나는 애꿎은 페레샤티 탓을 하며 속앓이했다. 닳아 해져버린 구두코가 레이나의 상황을 대변하는 것 같았다.

❈ ❈ ❈

날이 밝기 무섭게 황실에 간다던 테르데오는 출발할 수 없었다.

날이 밝고 테르데오가 출발하기도 전, 황실 기사단이 저택을 난데없이 찾아왔기 때문이었다.

날이 밝기만을 기다리던 우리는 집사의 급한 보고를 받고 빠르게 저택의 입구로 달려갔다. 그곳엔 찾아온 황실 기사단원이 진을 치고 있었다.

"대공 각하, 죄송합니다만 수배가 내려진 세르시아 라피레온이 이곳에 기거하고 있을 확률이 높다는 판단하에 수색령을 받고 왔습니다."

다행히도 테르데오가 전날 대공가의 기사를 모두 집합시켜 저택의 경비를 강화했기에 그들은 저택에 발을 들이지도 못한 상태였다.

"그 일로 내가 직접 폐하를 찾아뵙고 처리할 것이니 돌아가."

소식을 듣고 나온 테르데오가 저택을 보호하듯 등지고 그들의 걸음을 막아섰다.

"아시지 않습니까. 저희는 명령을 받고 움직입니다."

"기사단의 총책임자가 나라는 걸 그새 잊었나? 누구 명령인지는 모르나 내가 취소해 주지. 모두 황실로 돌아가."

누구 하나 물러서지 않는 기 싸움이 이어졌다. 앞으로 나온 기사단원이 두 팔을 허리 뒤로 짚은 후 절도 있게 말했다.

"명령하신 분이 황제 폐하이십니다."

테르데오의 눈이 불처럼 화르륵 뜨겁게 불타올랐다. 기사단원이 어깨를 흠칫 떨었다.

"폐, 폐하의 명령이십니다!"

하지만 설마 황제 폐하의 명령인데 막아서겠냐는 듯이 고개를 당당히 들고 자리를 지켰다.

좀처럼 물러설 기미가 보이지 않자 별수 없다는 듯이 테르데오가 검을 쥐었다.

"난 분명히 경고했다."

이제까지 느껴본 적 없던 사나운 살기가 흘렀다. 무예를 하지 않았던 나도 벼락을 맞은 것처럼 온몸에 소름이 끼칠 정도였다.

"내 경고를 듣지 않은 건 너희들이야."

테르데오가 검을 쥐었다. 잔뜩 날이 선 검이 매섭게 번뜩였다.

"난 내 사람을 건드린 자에게 자비를 베풀지 않아."

테르데오가 진심으로 싸울 것처럼 행동하자 바짝 긴장한 황실 기사단 전원이 검 손잡이에 손을 얹었다.

"일동 대기."

그때 뒤에서 관망하던 기사단장이 명령하고 말에서 내렸다. 그리고 긴장한 단원들에게 기다리라 손을 뻗은 후 테르데오 앞으로 다가섰다.

"대공 각하를 뵙습니다."

그가 테르데오를 설득하듯 완만한 태도로 나왔다.

"대공 각하, 저희도 어디까지나 명령에 따른다는 걸 아시지 않습니까. 대공 각하께 개인적인 감정은 조금도 없을뿐더러, 저희 직속 상관인 각하와 검을 맞대고 싶지 않습니다."

"나 또한 내 수하였으니 이 정도 인내심을 발휘해 주는 거야. 내

수하가 아니었으면 단순 경고로 끝나지 않았어."

"각하. 이대로 돌아가면 명령 불복종으로 여럿이 피를 봅니다. 게다가 저희가 이렇게 돌아간다고 해도 폐하께선 이 저택의 문을 열 때까지 사람을 보낼 겁니다."

구구절절 틀린 말이 없었다. 테르데오가 전력을 다해 저택을 막았으니 황제 또한 모든 수를 써서 열고 들어오려 할 것이다.

"저택 안이든 저택 밖이든 세르시아 라피레온, 즉 내 누님을 발견하면 어떻게 할 생각이지?"

테르데오가 유독 '누님'이라는 단어에 힘을 실었다. 은연중에 내 가족이라고 크게 어필하기 위함이 틀림없었다.

기사단장의 관자놀이를 타고 식은땀이 흘렀다. 그가 마른 입술을 버석거리다 천천히 입을 열었다.

"혐의가 있는바, 황실로 연행하여 조사를 받으셔야만 합니다."

테르데오가 시선을 지그시 내리깔아 피가 흐르는 손가락을 바라봤다.

"명령에 따르는 것이 기사단의 임무인 건 누구보다 내가 잘 알고 있지."

"그러니 각하."

"그러니."

테르데오가 다시 시선을 치켜들었다. 잔뜩 독기가 서린 붉은 눈동자는 경고를 울리는 적색 신호와도 같았다.

"그 노고를 높게 사서 오늘은 곱게 보내주지."

"각하."

"돌아가."

굶주린 맹수가 먹잇감을 사냥하듯 날카로운 눈매가 살벌하게 번뜩였다.

"이곳엔 아무도 없었다, 돌아가서 황제한테 그리 전해."

"이러시면 반역입니다."

다행이라고 할지 불행이라고 할지.

기사단장은 테르데오가 이대로 반역자가 되는 것을 원하지 않는 것 같았다. 어쩌면 지금까지 오랫동안 같은 편으로서 싸운 전우애 때문일지도 모른다.

"내가 폐하께 직접 찾아가도록 하지."

"각하."

하지만 테르데오는 강경한 태도를 고수했다.

"지금부터 한 발자국이라도 더 다가온다면."

테르데오가 검을 높이 들어서 접근을 막았다.

"경을 베는 수밖에 없어."

기사단장이 앞으로 나아가는 것도, 그렇다고 뒤로 돌아서는 것도 하지 못한 채 늪지대에 발이라도 묶인 것처럼 제자리에 멈췄다.

"그런 행동은 도움이 되지 않습니다. 저택 안에 세르시아 라피레온이 있다고 자백하는 것이나 다름없습니다."

"무슨 소리인지 모르겠군."

테르데오가 고개를 비스듬히 기울여 까닥거렸다.

"글로리아 님께서 음주하셔서 편히 쉬고 싶다고 하셨거든. 소란을 떨지 말라고 하셨으니 저택에 들일 수 없는 것뿐."

테르데오가 피식 입꼬리를 비틀었다.

말도 안 되는 변명이었지만 아니라고 잡아뗄 수도 없었다.

나는 이 모든 상황을 숨죽인 채 바라만 봤다. 내가 섣부르게 끼어들 틈 같은 건 없었다.

"아군일 땐 참 든든했는데, 적이라 생각하니 막막하군요."

기사단장이 한숨을 내쉬었다.

그는 싸움을 해봤자 결국은 진다는 걸 너무도 잘 알고 있는 것 같았다. 계산을 끝마친 기사단장은 이대로 물러나려는 듯했다.

황실 기사단이 이대로 물러나는 건 당장은 다행이지만. 결국은 황제한테 검을 들이댄 꼴이나 마찬가지였다.

나는 눈을 질끈 감았다. 하지만 별다른 묘수는 떠오르지 않았다.

기사단을 들여보내면 세르시아가 잡혀가고, 기사단을 들여보내지 않으면 황제한테 반기를 든 셈이 된다.

테르데오가 황제를 직접 찾아가 말을 제대로 해 본다고 해도…… 이대로라면 황제는 테르데오를 반역자라 불러 처벌할 게 틀림없었다.

이도 저도 할 수 없는 진퇴양난이었다.

"어쩔 수 없군요."

테르데오의 의지를 확인한 기사단장이 포기하고 몸을 돌리려던 그때였다.

세찬 모래바람이 일더니 땅이 울릴 정도로 거센 말발굽 소리가 멀리서부터 들렸다.

"반란군이다!"

누군가가 크게 소리쳤다. 그러나 곧 그 외침마저 묻힐 정도로 먹먹한 말발굽 소리가 가까워졌다.

'무슨…….'

지면이 미세하게 흔들렸다. 황실 기사단의 고개가 일제히 모두 한곳으로 돌아갔다. 나와 테르데오 역시 그들이 보고 있는 저 먼 곳을 바라봤다.

멀리서부터 확연하게 보이는 반란군의 깃발이 바람에 나부끼고 있었다.

"진, 진짜 반란군이야!"

기사단원이 크게 소리쳤다. 거센 모래바람이 걷히자 저 멀리 지평선 너머로 뛰쳐나오듯 눈부신 금색의 머리카락이 보였다.

떠오르는 해를 등지고 선 아데우스가 선두에서 하관을 가린 채 달려오고 있었다.

갑작스러운 반란군의 등장에 기사단은 공황 상태에 빠졌다. 게다가 달려오는 반란군의 숫자는 어림잡아도 기사단의 두 배는 되어 보였다.

"젠장, 이 틈을 노리고 온 건가!"

"황실 기사단이 밀릴 수 없지! 전투태세! 전투태세를 갖춰!"

"미쳤어? 지금 전투하면 개죽음이야. 단장! 어떻게 할까요!"

"모두 후퇴."

기사단장이 단원들한테 신속하게 명령했다.

"모두 후퇴하라!"

기사단장의 명령을 전달받은 단원들이 빠르게 말에 올라타 먼지처럼 흩어졌다. 선두에 서 있던 기사단장이 흡사 귀신이라도 본 것처럼 하얗게 질린 표정으로 테르데오를 돌아봤다.

"혹시 각하…… 설마."

"뭐가."

"지금 이 상황 각하께서 벌이신 일은 아니시죠?"

"뭘 말하는지 모르겠군."

테르데오가 태연스럽게 손수건으로 검에 묻은 피를 닦아냈다.

"그보다 생각해 보니 폐하의 뜻을 거스르는 게 신하 된 도리는 아닌 것 같아서 말이야. 원한다면 저택을 열어줄 테니 지금이라도 조사해 보겠어?"

"각하."

"아, 이런."

테르데오가 저 멀리서 많은 수로 달려오는 반란군을 턱으로 가리키며 까닥거렸다.

"반란군 때문에 어쩔 수가 없군. 나도 서둘러 몸을 피해야겠으니."

기사단장이 어쩔 수 없다는 듯이 고개를 내저었다. 그리고 황급히 말에 올라탔다.

"……오늘 일은 갑작스러운 반란군의 등장으로 업무 수행에 차질이 있었다고 폐하께 보고하도록 하겠습니다."

"틀린 말 없군."

"하지만 폐하께서 두 번의 기회를 주지는 않을 겁니다."

"단장님! 피하셔야 합니다!"

단원의 외침에 말을 끝낸 기사단장이 황급히 말의 옆구리를 찼다. 도망가는 황실 기사단을 쫓아 반란군이 먼지를 일으키며 달려갔다.

많은 말들이 대공 저 앞을 매섭게 지나갔다. 선두에 서 있던 아데우스는 우리를 힐끔 바라보며 눈동자를 초승달 모양으로 부드럽게 휘었다.

지면을 때리듯 울리는 말들이 사라지자 거세게 몰아치던 모래먼지가 잔잔하게 가라앉았다. 나는 코와 입을 가리던 손수건을 떼고 자그맣게 중얼거렸다.

"아데우스가 도움이 될 때도 있네요."

"그때 도움이 되겠다고 했던 말이 영 거짓은 아니었던 모양이군."

테르데오가 멀어지는 반란군의 뒷모습을 보다 몸을 돌렸다. 그리고 저택 입구를 지키던 기사들에게 경비를 삼엄하게 하라 다시 명령한 후 저택 안을 향했다.

아데우스가 나타나지 않았다면 어떻게 됐을까. 상상만으로도 아찔했다.

나는 테르데오의 뒤를 따르며 안도의 한숨을 크게 내쉬었다.

"덕분에 이번 위기는 넘겼네요."

"그래 봤자 일회용이야. 두 번은 안 통해."

그의 얼굴이 딱딱하게 굳어 있었다.

"기사단장의 말대로 곧 다른 자들이 저택을 수색하러 올 거야."

"셋시를 다른 곳으로 이동시키는 게 안전할까요?"
"아니."
테르데오가 확신에 찬 목소리로 강경하게 답했다.
"내가 지키는 것보다 안전한 곳은 없어. 그 누구든 셋시를 데려가려거든 나부터 상대해야 할 거야."
맞는 말이었다. 최고의 검술 실력과 저주이기는 하나 독을 지닌 테르데오가 있는 한 이곳은 제일 안전한 요새였다.
"황제한테 가봐야겠어."
"직접 가서 어쩌려고요?"
"피를 보지 않고 끝낼 수 있을지 황제의 목을 두고 협상해 봐야지."
테르데오가 지나가던 하인에게 말을 가져오라 짤막하게 명령했다.
"괜찮을까요?"
"반란군이 움직였으니 당장 병력 일부를 내게 보낼 수 없을 거야. 황제가 황녀의 편에 선 건지, 재고할 마음은 없는지 확실히 정리해 두고 오겠어."
"조심해요."
테르데오가 최강자이기는 했으나 사실상 무적은 아니었다. 그도 사람이다. 여러 방면에서 뛰어나기는 하지만 많은 수가 한 번에 덤비면 치명상을 입고 위험할 수도 있었다.
"내 걱정은 하지 마. 여차하면 피를 흩뿌리고 올 생각이니까."
"그건 피가 날 만큼 안 좋은 상황이라는 뜻이잖아요."
내가 너무 걱정하니 나름 분위기를 풀어주겠다고 한 말 같은데. 아이러니하게도 더욱 걱정이 앞섰다.
"선황제가 글로리아 님께 남겼던 유언이요."
"아, 라피레온가를 받들라는 그 유언."
"네, 횟수가 한 번 남아 있다고 했어요. 그걸 이용하면 어떨까요?"

테르데오가 고개를 내저었다.

"이번에 셋시를 구한다고 하더라도 다음에 또 어떤 식으로 다른 가족한테 누명을 씌울지 모르는 일이지."

저 멀리서 마부가 말을 가져오고 있었다.

"황제가 라피레온 가문과 싸울 생각을 접지 않는 이상, 언젠가 한 번은 부딪쳐야 할 문제야."

고삐를 건네받은 테르데오가 말을 가볍게 쓰다듬었다.

"남은 가족들한테 상황 전달을 부탁할게."

"걱정하지 말아요."

"가족을 부탁한다는 부담을 주고 싶지는 않았지만, 이번은 셋시도 함께 부탁할게. 워낙 제멋대로라서 눈을 떼면 마음대로 행동하거든."

"부담이라니요. 그런 섭섭한 말 하지 말아요."

나는 테르데오한테 가까이 다가가 볼에 짧게 입을 맞췄다.

"셋시는 내 가족이기도 해요. 셋시를 지키고 싶은 건 나도 마찬가지라고요."

"고마워."

마찬가지로 내 입술에 가볍게 뽀뽀한 테르데오가 훌쩍 말 위로 올라탔다. 날이 밝자마자 황궁으로 출발할 생각이었기에 이미 모든 준비는 다 끝난 상태였다.

테르데오가 말에 올라타기 무섭게 저 멀리서 하인의 안내를 받아 저택 입구를 지나 걸어오는 아데우스의 모습이 보였다.

"아데우스? 네가 여기 어떻게 들어왔어?"

저택은 분명 미리 허락받은 자만 들어올 수 있도록 테르데오가 조치해 뒀을 텐데.

"내가 허락했어. 쓸모가 있을 것 같아서."

테르데오가 짤막하게 답했다. 아까와는 달리 하관을 가리던 천을 벗은 아데우스가 예의 갖춰 인사했다.

"아까 제가 등장한 타이밍은 괜찮았나요?"

"꽤 나름."

테르데오가 못마땅해하면서도 인정하자 아데우스가 미세하게 미간을 찌푸리는 척했다.

"전 대공비 전하께 여쭤본 겁니다."

"참 여전하군."

"각하께서도 여전하십니다."

여전히 티격태격했으나 대화를 주고받는 두 사람 사이에 살기는 희미했다. 바로 며칠 전까지만 하더라도 서로 죽이네, 마네 하던 사람들이니.

어색함을 떨치려 일부러 더 티격태격하는 걸지도 모른다.

큼큼, 헛기침을 뱉은 아데우스가 말끔히 제복을 입고 말 위에 오른 테르데오를 가만히 살폈다.

"한데 각하께서는 어디를 가시는 길입니까?"

"……그러고 보니 좋은 호위가 되겠군."

"네?"

"영식."

아데우스는 이제 영식이 아닌데도 테르데오는 끊임없이 그를 '영식'이라 불렀다. 아데우스 역시 그런 부름에 태연스럽게 답했다.

"한 번 더 힘을 보태도록 해. 내가 자리를 비운 사이 저택을 지켜."

"혹시 지금 황제한테 가는 겁니까?"

웃음기를 쫙 빼고 진지하게 뱉는 테르데오의 모습에 아데우스가 덩달아 딱딱한 태도를 보였다.

"가봤자 좋은 결과는 없을 겁니다."

"그래도 부상자를 덜 낼 수 있다면야 안 해보는 것보다는 부딪쳐보는 게 좋겠지."

"……."

"내전이 일어난다면 우리는 둘째 치더라도 다른 사람들이 많이 다칠 거야. 영식이 이끄는 사람들도, 아무 죄 없는 제국민들도 말이지."
전쟁이란 게 그렇잖아. 자네도 알고 있을 텐데.
테르데오가 아데우스를 빤히 바라보았다.
"……이번만큼은 제가 생각이 짧았습니다."
아데우스가 테르데오의 말에 드물게 수긍하며 고개를 숙였다.
"이곳을 지키고 있겠습니다."
"특히 셋시를, 네가 구한 내 누님을 절대 내줘서는 안 돼."
"어찌 보면 제가 벌인 일에 대공 각하의 누님이 휘말린 셈이니 그 책임을 다해야죠."
테르데오만큼은 아니지만 아데우스 또한 검술이 뛰어났다. 왕국의 장군이었고 또 테르데오와 검을 맞댈 정도였으니까.
테르데오가 자리를 비우는 동안 함께 저택을 지켜준다면 더할 나위 없이 든든할 게 뻔했다.
아데우스의 비장한 각오를 들은 테르데오가 다시 내게 시선을 돌렸다.
"금방 다녀오겠다만 그래도 조심해."
"내 걱정은 하지 말고 테오, 당신 몸부터 챙겨요."
고개를 끄덕거린 테르데오가 아데우스한테 반드시 지키라, 눈짓하고는 말을 출발시켰다. 지면을 박차고 뛰어오른 말이 세차게 앞으로 달려나갔다.
"아데우스."
"네, 대공비 전하."
나는 멀어지는 테르데오의 뒷모습을 하염없이 바라보다 중얼거렸다.
"시프한테 사람을 붙여뒀다고 했었지? 혹시 테오한테도 사람을 붙일 수 있어? 기왕이면 검술 실력이 뛰어난 사람으로."

"가능은 합니다만…… 무엇 때문에 그러십니까?"

"황실에는 온통 테오의 적만 있을 뿐이야. 그러니 혹시 위험한 상황이 온다면 테오의 편에 서서 함께 싸울 수 있는 사람이 있으면 해."

테르데오는 이런 걸 바라지 않겠지만 나는 그를 지키기 위해서라면 무엇이든지 다 할 수 있다. 그 어떤 것도.

"그때 날 지키겠다고, 내가 슬프지 않도록 하겠다고 했었지. 테오가 위험한 상황일 때 함께 힘을 보탤 사람을 보내줘. 그렇게 해준다면 네가 날 속였던 것, 레베카가 날 속였던 것. 모두 기억 속에서 잊을게."

황궁으로 향하는 지금의 테르데오는 짐승의 입 안으로 직접 걸어가는 것이나 다름없는 상황이었다.

내 초조함을 달래듯 아데우스가 고요히 미소 지으며 답했다.

"위험한 상황이 왔을 때 걸리적거리지 않을 자들로 추려 함께하라 하겠습니다."

나는 고개를 끄덕거리고 테르데오가 사라진 곳을 바라봤다. 그러자 테르데오가 사라졌던 길 위로 집사가 손에 서신을 쥔 채로 걸어오는 모습이 보였다.

"대공비 전하."

다가온 집사가 내게 서신을 건넸다.

"라피레온 가족들이 대공비 전하와의 만남을 원하는 서신을 보냈습니다."

내 죽음을 바라는 의도가 투명하게 담긴 서신들이었다.

❀ ❀ ❀

해가 높이 뜨기도 전. 테르데오와 아데우스의 이야기를 얼핏 들은 가족들이 깨어났다. 더불어 당분간 무슨 일이 벌어질지 모르니 셀피우스와 아일렛은 아카데미를 쉬기로 했다.

가족들은 오전에 저택 입구에서 벌어진 일들과 반갑지 않은 서신의 내용을 함께 전달받았다.

오전에 벌어진 일들을 전해 들은 세르시아가 당장 자기도 황궁으로 가겠다며 뛰쳐나가려는 걸 겨우 말릴 수 있었다.

잠시라도 눈을 떼면 당장이라도 박차고 나갈 것 같았기에 나는 세르시아의 손을 꽉 잡고 놓지 않았다. 못내 투덜거리던 세르시아도 손을 맞잡은 건 좋았는지 얌전히 앉아 있었다.

"샤샤."

모든 이야기가 끝난 후 글로리아가 주름진 손으로 얼굴을 쓸어내리며 가까이 다가오라 손짓했다. 옆으로 다가서자 글로리아가 의심의 눈초리로 아데우스를 살폈다.

"저놈. 정말 믿어도 되는 거니?"

나는 힐끔 고개를 돌려 아데우스를 바라봤다. 접견실에 들어설 때부터 아데우스는 창문을 등지고 앉은 후 조금도 움직이지 않았다.

"……글쎄요."

머뭇거리는 대답에 자신은 없었다. 사실 나도 완전히 아데우스를 믿는 게 아니었으니까. 하지만…….

"테오가 굳이 믿을 필요는 없다고 했어요."

"믿을 필요가 없다고?"

"필요할 때 이용하면 그만이니 그걸로 충분하다고 했어요. 그러니 이용할 수 있는 건 전부 이용하려고요."

테르데오를 위해서라면 내가 손에 쥔 패가 무엇이든지 상관없다.

"테오가 죽게 되면 반란군도 이길 수 있는 확률이 줄어드는 거니 절대 그냥 지켜보고 있지는 않을 거예요."

"……틀린 말은 아니구나."

글로리아가 끄덕거리며 아데우스를 살폈다. 우리 둘의 대화가 끝나자 옆에서 함께 듣고 있던 세르시아가 대뜸 내 손을 놓았다.

"셋시?"

그러더니 옆에 두었던 작은 단검을 쥐고 창문으로 다가섰다. 그녀를 부르자 세르시아가 입술에 손가락을 올리고 '쉿' 숨소리를 냈다.

세르시아가 창문을 벌컥 열었다. 그리고 좋은 날씨를 구경하듯 창문 너머에 있는 큰 나무를 요리조리 살피며 해맑게 말했다.

"그리 멀지는 않은데. 내가 할까요?"

이해할 수 없는 질문이었다.

그 질문에 글로리아는 끄덕거렸고 아데우스는 마음대로 하라며 손을 휘휘 내저었다.

'뭘 하려는 거지?'

나와 아이들은 이 상황이 이해되지 않아 눈만 끔뻑거렸다. 그러자 세르시아가 숨을 깊게 들이켜며 자리를 잡더니 큰 나무를 향해 단검을 있는 힘껏 던졌다.

"으악!"

쿵!

별안간 큰 나무 위에서 고통스러운 비명과 함께 사람이 아래로 떨어지는 소리가 들렸다.

세르시아가 열린 창문 밑으로 고개를 길게 내밀고 머리카락을 뒤로 넘기며 기사한테 명령했다.

"저거 잡아 와."

지금 세르시아가 뭘 잡아 오라고 한 거지? 방금 나무에서 떨어진 건 대체 뭐고? 게다가 아까 그 사람 비명은?

갑작스러운 상황에 나는 놀란 토끼 눈을 뜬 채로 창문 너머의 큰 나무와 세르시아를 번갈아 봤다.

'나무에서 사람이 떨어진 거 맞지?'

뜬금없이 새를 잡은 건 아닐 테고. 도대체 뭐지?

"방금 뭐예요? 왜 나무에서 사람이……."

"아아."

세르시아가 별일 아니라는 듯이 손을 탁탁 털고 창문을 닫았다. 그리고 방금 일어난 일이 꿈인가 싶을 정도로 태연스럽게 자리로 돌아왔다.

"샤샤는 신경 쓰지 않아도 괜찮아요. 별일 아니에요."

별일이 아니라니? 우리 저택 안에 있는 나무에서 사람이 단검을 맞고 추락했는데? 이게 별일이 아니면 대체 뭐가 별일이란 말인가.

나는 얼떨떨한 얼굴로 멍하니 허공을 바라봤다. 그러자 세르시아가 턱으로 아데우스를 가리켰다.

"그래도 저 쥐새끼가 쓸모 있었어요. 창문 너머에서 샤샤가 보이지 않도록 온몸으로 막은 덕에 암살자가 아무것도 못했……."

"암살자요?!"

나는 깜짝 놀라 세르시아의 말허리를 자르고 크게 소리쳤다. 아차 싶은지 세르시아가 자기 입술을 손바닥으로 톡톡 두 번 때리고 고개를 저었다.

"미안해요, 샤샤. 내가 잘못 말했네요."

"네?"

"남의 저택 나무 위에 허락도 없이 매달려 있던 친구요."

그게 암살자잖아요. 암살자가 아니더라도 그건 수상한 놈이잖아요. 살면서 암살자를 만날 줄이야. 황당무계 그 자체였다. 내가 암살을 당할 만한 일을 한 적이 있던가?

곰곰이 생각하자 은근 짚이는 게 있었다.

나는 어안이 벙벙한 표정으로 소름 돋은 두 팔을 쓸어내렸다.

'아데우스가 날 온몸으로 막았다고?'

그리고 보니 처음부터 저 자리에서 자세 하나 흐트러지지 않고 앉아 있었지.

"······아데우스, 너도 알고 있던 거야?"

아데우스가 차를 마시며 가볍게 고개를 끄덕거렸다.

"아마 싼 값에 고용한 아마추어일 겁니다. 기척 숨기는 것도 어색했으니 프로의 솜씨는 아니죠."

"그럼 정말 네 몸으로 날 막아준 거야?"

아데우스가 대답 대신 웃으며 어깨를 으쓱거렸다.

'만약 아데우스가 없었더라면······.'

상상만으로도 오싹했다.

그런데 검술을 배우면 저렇게 창문 너머에 있는 사람 기척도 읽을 수 있는 걸까?

나로선 무척 신기한 일이었다.

'도대체 누가 암살자를 보낸 거지?'

황녀가? 아니, 황녀라면 암살자를 보낼 게 아니라 나를 직접 죽이러 올 사람이다.

생각에 잠기려 할 때쯤 총총 걸어오는 걸음 소리가 들렸다. 이런 대화에 낄 수 없도록 셀피우스, 피니어스와 함께 멀리 떨어져 있던 아일렛이었다.

아일렛이 아데우스의 앞에 멈춰섰다.

"아저씨."

아일렛의 부름에 아데우스 뿐만 아니라 우리 모두 아이를 바라봤다.

작지만 당차게 어깨를 편 모습이 대견하고 귀여워 가슴을 울렸다.

"아저씨한테 부탁하고 싶은 게 있어요."

아일렛이 고개를 들어 아데우스를 높게 올려다봤다. 아데우스는 냉큼 의자에서 일어서서 아일렛의 앞에 무릎을 꿇고 눈높이를 맞췄다.

"네."

여동생이 떠올랐는지 아데우스의 입가에 상냥하고 부드러운 미소가 걸렸다.

"제게 뭘 부탁하고 싶으신가요, 아가씨?"

"아저씨가 반란군의 수장이라고 들었는데 맞아요?"

"네."

아데우스는 아일렛이 겁먹지 않도록 나긋나긋한 음성으로 느릿하게 답했다. 용기를 낸 아일렛이 앙증맞은 입술을 앙다물고 아데우스의 소매를 쥐었다.

"그 알약…… 사용하지 말아 주세요."

아차. 아일렛의 말이 끝나자마자 나는 입을 크게 벌렸다.

나뿐이 아니라 모두 뒤통수를 맞은 것처럼 얼얼한 표정을 지었다.

'조금 더 조심했어야 했는데.'

아일렛은 또래보다 눈치가 더 빨랐다. 아마 오래 이어졌던 학대 속에서 눈치를 보느라 나이보다 더 빨리 성장했던 것 같다.

잔인한 이야기들은 듣지 못하도록 나름 노력했지만, 분위기상 여러 이야기를 눈치챘을 것이다.

아일렛은 반란군이 '그 알약'을 소유하고 있다는 것까지 알고 있었으니까.

아데우스의 소매를 쥔 아일렛의 손끝이 미세하게 떨렸다.

"나는 내 피로 다른 사람을 죽이고 싶지 않아요."

"……."

"나는 그 약이 싫어요."

아일렛의 미간이 주름졌다. 그때의 기억을 떠올렸는지 얼굴이 살짝 새파랗게 질린 것 같기도 했다.

"내가 만들고 싶어서 만든 게 아니에요. ……나는 사람을 죽이기 싫어요."

문득 지난번 진짜 도돌레아 황녀를 만났을 때 들었던 아일렛의 소원이 귓가에 다시금 맴도는 것 같았다.

'나도 모르게 내가 죽인 사람들이…… 모두 구원받고, 다음 생에서는 사랑받는 삶을 살길…….'

아일렛을 위해서라도 그 알약을 더 빨리 해결했어야 했는데. 아이가 그때의 기억을 떠올리지 않도록 해야 했는데.

아일렛을 제대로 못 살핀 것 같아 마음이 무거웠다. 가슴 언저리에 무거운 돌이 얹힌 것 같았다.

이미 그 알약의 정체와 만들어진 계기를 전해 들은 아데우스도 머리를 세게 얻어맞은 것처럼 멍한 표정이었다.

돌아오는 답이 없자 점점 용기가 사라진 아일렛이 아데우스의 소매를 슬며시 놓았다.

"……안…… 되나요?"

불안한 아일렛이 손톱을 탁탁 튕기며 흘낏 눈치를 살폈다. 겁먹은 아일렛의 모습을 보자 나도 모르게 아데우스의 어깨를 잡고 당장 답하라고 소리칠 뻔했다.

우리 아일렛이 그러고 싶다는데 세상에 안 되는 게 어디 있어.

나는 여전히 답이 없는 아데우스를 사납게 노려봤다. 하지만 아데우스는 그저 멍한 표정 그대로 아일렛을 한참 바라볼 뿐이었다.

"아."

뒤늦게 정신을 차린 아데우스가 탄식하며 자기 주머니를 정신없이 뒤적거렸다. 그리고 주먹 쥔 손에 무언가를 가볍게 쥐고 아일렛을 향해 내밀었다.

갑작스럽게 커다란 남자 손이 다가오자 놀란 아일렛이 어깨를 흠칫 떨었다. 그리고 보호하듯 두 손을 높게 들어 방어 자세를 취했다.

놀란 아데우스가 허공에서 손을 멈췄다. 그리고 겁먹지 말라는 것처럼 손을 천천히 아래로 내렸다.

"이거 좋아해요?"

아데우스가 아일렛의 앞에 손바닥을 내밀었다. 아데우스의 손바닥 위에 낱개 포장 된 초콜릿이 올려져 있었다.

"……초콜릿?"

갑작스러운 달콤한 친절에 아일렛이 고개를 갸우뚱하며 손을 찬찬히 내렸다. 아이가 방어 자세를 풀자 아데우스가 환하게 웃으며 끄덕거렸다.

"아저씨 여동생이 좋아했던 거예요. ……아가씨도 좋아하나요?"

아데우스가 두 손을 가지런히 모아 아일렛의 앞에 내밀었다. 커다란 손에 올려진 작은 초콜릿이 앙증맞았다.

"저한테 주는 거예요?"

"네."

아일렛이 초콜릿과 아데우스를 번갈아 보며 고개를 갸웃거렸다.

"왜요?"

아이는 이유 없는 친절을 두려워했다. 혼란스러운 갈등이 아일렛의 얼굴 위로 떠올랐다.

"아가씨를 보니 아저씨 여동생의 어릴 때가 떠올라서요."

아일렛이 고민하며 눈썹을 찡그렸다. 그러더니 슬그머니 나를 바라봤다. 먹어도 되냐는 무언의 허락을 구하는 것 같았다.

내가 고개를 끄덕거리기 무섭게 아일렛이 두 손으로 초콜릿을 꼭 쥐었다.

"잘…… 먹겠습니다아."

"그리고 미안해요."

아일렛이 초콜릿을 받기 무섭게 아데우스가 아이를 향해 정중하고 진지하게 사과했다.

"아가씨의 고통이 수반된 약이라는 걸 알았다면. 아니, 아가씨가 아니더라도 누군가의 고통이 녹아든 약이라는 걸 알았다면 절대 살 생각도 하지 않았을 거예요."

"······정말요?"

"네, 미안해요. 그 약은 모두 대공 각하께 돌려드렸으니 절대 사용할 일은 없을 거예요."

아데우스가 느릿하게 다시 손을 뻗었다. 아일렛의 어깨가 움찔했으나 이번엔 방어 자세를 취하지 않았다.

"상처 줘서 정말 미안해요."

아데우스가 아일렛의 머리를 부드럽고 아주 천천히 쓰다듬었다.

"아카데미에서 배웠는데 진심으로 사과하면 용서하는 게 진정한 귀족의 소양이랬어요!"

아일렛이 배시시 웃으며 어깨를 으쓱거렸다.

"맛있는 거 줬으니까 괜찮아요! 용서할게요!"

아일렛은 기쁜 표정으로 볼을 붉혔다. 그리고 받은 초콜릿을 만지작거리며 귀엽게 재잘거렸다.

"아저씨 여동생도 여기 있어요?"

"아니요. 여기에는 없어요."

"그럼 어디 있어요? 집에 있어요? 혼자 있으면 제가 같이 놀아줄게요. 혼자 있으면 쓸쓸하잖아요. 저도 혼자 있을 땐 외로웠거든요."

아일렛이 귀엽게 웃을수록 아데우스의 얼굴엔 스며드는 물감처럼 슬픔이 번졌다.

"아저씨 여동생은······."

아데우스가 잠긴 목소리로 입술을 꾹 다물었다. 동생을 떠올렸는지 말갛게 웃던 입꼬리가 파르르 떨리고 있었다.

지난번 식당에서 케이크를 먹을 때 보였던 반응과 비슷했다.

아데우스는 아직 그날에서 벗어나지 못한 상태였다. 떠올리는 것만으로도 감정이 울컥할 만큼 그에겐 크나큰 고통이자 슬픔이었다.

CHAPTER 15.

깨진 사탕

My in-laws are obsessed with me

Chapter 15

분위기를 눈치챈 피니어스가 상황을 수습하고자 아일렛을 안았다.
"아이들을 데리고 주방에서 간식을 가져오겠습니다."
어차피 곧 기사들이 암살자를 데리고 올 테니 아이들은 다른 곳으로 피하는 게 나았다. 피니어스는 셀피우스와 아일렛을 데리고 웃으며 주방으로 향했다.
아이들이 나가자 아데우스가 무릎을 털고 일어섰다. 무심하게 탁탁 내리치는 손길을 따라 울컥한 감정도 털어내려 애쓰는 것처럼 보였다.
분위기가 순식간에 어색해졌다. 나는 헛기침과 함께 아데우스한테 아일렛을 가볍게 소개했다.
"아일렛이야. 얘기는 대충 들었지?"
"네."
"라피레온에 걸린 저주는 너무도 강해서 아이가 살아남기는 어렵거든. ……직계 중 살아남은 아이는 셀피우스, 방계 혈족 중 살아남은 아이는 아일렛이 유일해."
"그럼 그렇게 겨우 어렵사리 살아남은 아이를 부모가 학대한 겁니까?"

입 안에 쓴맛이 감돌았다.

"그래."

그렇게 힘겹게 겨우 살아났는데도 축복받지 못하는 삶이었다.

"아이의, 아가씨의 피가 담긴 알약이 어디로 유통됐는지 모른다고 하셨었죠?"

"어? 어어…… 정확하게 파악은 안 됐어."

"저희가 알아보도록 하겠습니다."

아데우스가 사나워진 눈동자를 빛냈다.

"아가씨가 사용되지 않길 원하시니 회수해야죠. 괜찮다면 저희 쪽에서 사람을 풀어 확인하도록 하겠습니다."

이야기를 내내 듣던 글로리아가 아데우스를 훑으며 끄덕거렸다.

"라피레온의 일은 라피레온 내에서 끝내고 싶지만. 구매자들을 특정할 수 없어서 힘들었거든. 그쪽은 직접 구매를 했으니 우리보다 아는 게 많을지도 모르겠어."

"네."

"그쪽에서 맡아준다면 우리야 더할 나위 없이 고마울 거야."

"맡겨주세요."

아데우스가 비장하게 답했다. 그 동시에 문을 똑똑 두드리는 소리가 들렸다. 문이 열리자 기사들이 다리에서 피를 흘리고 있는 암살자를 결박한 채 끌고 왔다.

'맞아, 암살자.'

분위기가 금세 반전됐다. 세르시아가 암살자를 날카롭게 훑으며 기사들한테 명령했다.

"두고 나가서 대기해."

기사들이 나가자 암살자가 다친 다리를 움켜쥐고 두려운 듯 몸을 벌벌 떨었다.

"내가 딱 한 번만 물어볼 거야."

세르시아가 묵직하면서도 가벼운 말투로 한기를 담아 나지막하게 물었다.

"누가 무슨 이유로 널 고용했지?"

세르시아가 디저트용 나이프를 손끝에 가져다 대며 빙그르르 돌렸다. 암살자가 나이프로 시선을 고정하며 긴장으로 마른침을 꿀꺽 삼켰다.

세르시아의 손에 들린 디저트용 나이프가 금세라도 암살자의 목을 찌를 것처럼 위험한 분위기를 풍겼다. 다급해진 암살자가 크게 소리쳤다.

"살, 살려주세요!"

암살자가 살려달라는 말을 토해내기 무섭게 아데우스가 가까이 다가와 속삭였다.

"그거 보세요. 아마추어가 확실하죠?"

아까 슬픔에 젖어 있던 모습은 금세 훌훌 털어버린 것 같았다. 아니면 그러는 척하는 걸지도 모르지만.

"프로는 목숨을 구걸하지 않거든요."

나는 가까이 붙는 아데우스를 손바닥으로 밀어내며 암살자를 살폈다.

아무것도 모르는 내가 봐도 프로의 모습은 아니었다. 어린양처럼 몸을 벌벌 떨고 있는 모습을 보니 초보가 확실했다.

나를 제외한 세 명은 암살자를 눈앞에 두고도 태연자약했다. 죽이러 온 암살자를 보고도 전혀 걱정 없는 태도라니.

참 든든했다.

세르시아가 여유롭게 암살자의 앞으로 다가갔다.

휙 바람을 가르는 소리가 들렸다. 동시에 세르시아의 손에 들려 있던 나이프가 암살자의 손가락 사이로 꽂혔다.

순식간에 벌어진 일이었다.

암살자가 떨리는 고개를 내렸다. 그리고 하마터면 손가락에 꽂힐 뻔한 나이프를 두려움에 찬 눈빛으로 바라봤다.

"너무 잘 던졌다, 그렇지?"

세르시아가 아깝다는 말투로 혀를 내차며 속삭였다. 암살자가 아연실색하며 몸을 바르르 떨었다.

"한 번 더."

세르시아가 벌어진 손가락 사이에 꽂힌 나이프를 회수하며 웃었다. 무척이나 위험해 보이는 미소였다.

"살고 싶으면 말하는 게 좋을 거야."

암살자가 사색에 잠겼다. 세르시아가 고개를 까닥거리고 나이프를 다시 던지려던 찰나.

"말, 말하겠습니다!"

암살자가 황급히 의뢰인을 토해냈다.

우리 모두 동시에 암살자의 입술을 바라보며 그가 토해낼 진실을 기다렸다.

"라, 라피레온입니다!"

라피레온? 라피레온은 바로 이곳인데?

익숙한 가문이 나오자 모두가 몸을 멈칫했다.

"대, 대공비를 데리고 오는 사람한테 돈을 주겠다고 했습니다!"

머릿속에 크립스가 떠올랐다. 모두 같은 생각이었는지 세르시아가 나지막이 욕설을 뱉었다.

"정말 가, 족 같은 것들이네."

"저, 저만 그런 게 아니에요! 다른 용병들도 액수가 크니 대공비를 납치하겠다고 혈안이 되어 있어요!"

"그래?"

크립스와 가족들이 움직인 것이었다. 어쩌면 이 의뢰를 사주한 건 크립스가 아니라 다른 라피레온 가족일지도 모른다.

누가 됐든 간에 중요한 건, 다른 라피레온 가족들이 나를 도돌레아한테 넘긴다는 제안을 선택했다는 거다.

"아, 아까 정문에 기사들이 모여서 대립할 때 경비가 흐트러지길래⋯⋯ 그 틈을 타서 저택에 몰래 잠입했어요. 그것 말고는 한 게 없어요. 진, 진짜 살려주세요."

"아무것도 안 했다고?"

"네. 저, 저 남자가!"

암살자가 억울하다는 눈빛으로 아데우스를 가리켰다.

"저 남자가 대공비를 가리고 있는 탓에 정말 아무것도 못 했어요! 살려주세요! 진짜 아는 건 전부 다 말했어요!"

세르시아가 무표정으로 쪼그려 앉아 암살자와 눈높이를 맞췄다. 기괴하게 빛나는 눈동자가 섬뜩할 정도로 분노하고 있었다.

"그러니까 아무것도 '못' 했다는 거잖아."

"네, 네! 정말 아무것도 못 했어요!"

"할 수 있었으면 했겠지?"

세르시아가 미간을 찌푸렸다.

"그러게 왜 남의 돈을 쉽게 벌려고 해."

세르시아가 암살자를 무심히 내려다보았다.

"남의 돈 쉽게 벌려고 하면 안 된다고 배웠을 텐데."

"살려, 살려주세요."

"많은 용병이 노리고 있다고? 얼마든지 오라고 해봐."

세르시아가 천천히 일어섰다. 그리고 기사들한테 턱짓했다.

"처리해."

"⋯⋯!! 살려, 살려주세요!"

기사들이 암살자를 잡고 질질 끌고 나갔다. 저 남자가 어떻게 될지 충분히 예측됐다. 나는 고개를 돌리고 눈을 감았다.

공기가 물먹기라도 한 것처럼 침묵이 무겁게 가라앉았다.

나는 귀를 기울이지 않으려 애쓰며 애써 호흡을 갈무리했다.

"괜찮습니다."

아데우스가 내 곁으로 다가와 호흡을 도왔다. 동시에 세르시아가 내 옆으로 다가왔다.

"샤샤."

"셋시."

"라피레온의 이름으로 내가 대신 사과할게요."

겨우 한마디를 내뱉은 세르시아가 이를 갈았다. 내 앞에서 분노를 감추기 위해 노력하는 것 같았다.

"셋시는 아무 잘못 없는걸요."

"하루라도 빨리 저주가 풀리길 바라는 그 심정을 모르는 건 아니지만, 내 가족들은 도가 지나쳤어요."

오랫동안 저주 때문에 고통받아 왔고 드디어 그 저주를 풀 방법을 찾은 걸지도 모르는데.

바로 그 저주를 건 사람 때문에 서로 응어리가 지다니. 아이러니한 일이었다.

글로리아가 찻잔을 소리 나도록 거칠게 내려두며 스산하게 조소했다.

"설마 같은 가족끼리 싸우게 될 줄 몰랐구나."

라피레온 가문의 내부 분열이었다.

소중한 가족들을 와해시키고 그 틈을 비집고 들어온다.

천 년 전과 달라진 게 없었다. 사람은 세월이 들수록 성장한다는데, 마녀는 도무지 그런 점이 보이지 않았다.

"저는 괜찮아요."

"대공비 전하, 이런 건 괜찮다고 넘어가서는 안 됩니다."

"아니 아데우스, 나는 정말 괜찮아. ······어쩌면 마녀가 원하는 게 바로 이거일지도 모르죠. 라피레온 가문의 내부 분열. 가족들은 죄가 없어요. 잊지 마세요."

"샤샤."

"가족들의 절박함을 이용한 자가 나쁜 거예요."

만약 이곳에 나 혼자 있었더라면 나는 분명 암살자한테 납치되어 제물로 바쳐졌을 것이다.

끔찍한 생각을 하니 몸이 절로 떨렸지만 그건 어디까지나 가정이다.

마녀한테는 일거양득의 효과였다. 나를 제물로 바치면 해치울 수 있어서 좋고, 제물로 바치지 않더라도 라피레온 가문의 분열을 일으킬 수 있어서 좋고.

"마녀를 죽여야 해요."

나는 두 주먹을 세게 쥐었다. 확실하게 내뱉을 수 있는 말은 오로지 하나였다.

"마녀를 죽여야만 모두가 행복해질 수 있어요."

마녀의 죽음. 오로지 그것뿐이었다.

※ ※ ※

황제의 알현실로 향하는 테르데오의 뒤로 수많은 걸음이 그림자처럼 따라붙었다.

저 수많은 발소리는 듣는 것만으로도 사람을 지치게 만들었다. 피로한 얼굴의 테르데오가 걸음을 우뚝 멈추자 뒤를 따르던 발이 동시에 자리에 멈춰 섰다.

테르데오가 뒤를 힐끗 바라보며 물었다.

"폐하의 알현실에도 따라 들어갈 셈인가?"

그림자처럼 뒤를 밟던 황실 기사단의 단장이 앞으로 나서서 질문에 답했다.

"황제 폐하의 명령이 있기 전까진 물러날 수 없습니다."

보호가 아닌 감시의 목적이었다. 여차하면 테르데오를 죽이겠다는 의지까지도 엿보였다.

테르데오가 기사단장의 답변에 조소하며 다시 걸음을 뗐다. 그의 핏빛 어린 눈동자가 무섭게 가라앉았다.

소름 끼치는 갑옷 소리를 뒤에 달고 테르데오가 알현실로 들어섰다.

"라피레온 공."

높은 왕좌에 앉은 황제가 삐딱한 자세로 테르데오를 내려다봤다.

"제국의 태양이자 찬란한 여명, 황제 폐하를 뵙습니다."

"보고는 받았네."

"……"

"반란군이 나타나는 바람에 저택 수색에 차질이 있었다지?"

황제가 조소와 함께 손을 내저어 기사단을 물렸다. 테르데오가 불쾌한 티를 내도 꼼짝도 하지 않던 기사단은 황제의 손짓 한 번에 공손히 물러섰다.

"그 문제 때문에 날 찾아왔나?"

모두가 물러서고 알현실에 두 사람만 남게 됐다. 눅진하고 퀴퀴한 공기가 숨을 막히게 했다.

"세르시아 라피레온은 누명을 썼습니다."

"그렇게 생각하는 이유는?"

테르데오가 무슨 말을 할지 이미 알고 있다는 것처럼 황제는 태연했다. 심지어는 태연한 얼굴로 왕좌 옆 탁자에 놓인 찻잔을 들어 느릿하게 차를 음미했다.

"제가 만일 세르시아 라피레온이라면 살인 후 이렇게 멍청하게 행동하지는 않았을 겁니다."

"멍청하게 행동?"

"세르시아 라피레온은 아크만 영애가 죽은 후 영애의 거처를 다시 찾았습니다."

테르데오가 일부러 황제에게 보란 듯이 조소하며 고개를 저었다. 하나 칼처럼 날카로운 눈은 여전히 황제를 찌를 듯이 향하고 있었다.

"어느 멍청한 살인자가 죽인 장소에 다시 나타난답니까."

"하지만 범인은 다시 나타난다는 유명한 말도 있지."

황제는 말장난하듯 어깨를 으쓱거렸다. 테르데오가 떠들든 말든 별로 신경 쓰지 않는 분위기였다.

"게다가 죽은 아크만 영애가 발견되자마자 범인이 특정되었다고 들었습니다. 증인도 목격자도 없는 상황에서 말입니다."

"대부분의 살인 사건에 증인과 목격자는 없지."

"하지만 대부분 살인 사건에는 증거가 있습니다. 이번 사건과는 다르게."

"빠르게 특정할 수 있었던 건 동기가 충분했기 때문이야."

테르데오의 입가에는 한 줌의 미소도 걸리지 않았다. 유독 황제한테는 딱딱한 태도이기는 했으나 오늘만큼은 더했다.

"전 사건에 개입할 수 있는 누군가가 세르시아 라피레온한테 누명을 씌웠다고 생각합니다."

"그렇게 생각하나?"

"조사단이 꾸려지기 전부터 살해 혐의자라 공표할 수 있는 사람 말입니다. 어쩌면 황궁 내부에 존재하고 있을지도 모르니 철저하게 조사해야만 합니다."

찻잔으로 입가를 가린 황제가 사나운 눈동자로 테르데오를 쏘아봤다.

"그럼 라피레온 공은 증거가 있나?"

황제는 테르데오의 말을 더 듣기 싫다는 듯이 요란한 소리를 내며 찻잔을 탁자 위에 던지듯 내려두었다.

"자네 누이가 범인이 아니라는 증거."

"범인이 아니니 당연히 아무 증거도 없습니다. 제 누님은 이번 누명으로 인한 피해자입니다. 피해자인 제 누님이 증거를 제시해야 합니까?"

"범인이 아니라는 증거가 없으면 참작해 줄 수가 없지."

"애초에 세르시아 라피레온한테 아크만 영애의 살해 혐의가 씌워진 것도 이해 못 합니다. 제 형이 죽고 아크만 영애가 라피레온 저를 떠난 이후 두 사람은 만난 적도 없습니다."

"두 사람은 만난 적 없을지 몰라도 라피레온 공, 자네와 아크만 영애가 만난 적은 꽤 있지."

살얼음 낀 호수 위를 걷는 것처럼 아슬한 긴장감이 넘쳤다.

"아크만 영애가 자네를 자주 찾아왔었다고 하더군."

테르데오의 눈가가 찌푸려졌다.

"그리고 올 때마다 자네가 생활비 명목으로 돈을 꽤 내줬다는데."

"그게 지금 이번 사건과 관련이 있습니까?"

"자네 형이 살아 있을 때도 아크만 영애와 세르시아 라피레온은 사이가 안 좋았다지."

황제가 느릿하게 턱을 쓸었다. 변명을 생각하는 것처럼 그의 눈동자가 위로 향했다.

"가족을 괴롭히는 아크만 영애가 고깝게 보여 홧김에 죽였을지 누가 아나? 대부분의 살인이란 게 원래 실수이자 홧김에 일어나는 일이니."

"사이가 나쁘다고 살인이 모두 일어날 것 같으면."

테르데오가 피식 조소했다. 한쪽 입꼬리를 비뚜름히 올린 그가 낮게 가라앉은 눈으로 황제를 올려다봤다.

"저 또한 이미 살인을 했을 겁니다."

"……라피레온 공. 난 그대가 조금 더 똑똑한 줄 알았는데 공과 사를 전혀 구분할 줄 모르는군."

공과 사를 전혀 구분할 줄 모르는 게 어느 쪽인데.

테르데오가 목구멍까지 올라온 말을 꾹 참으며 이를 악물었다. 황제는 삐딱한 자세로 앉은 채 발을 까닥거렸다.

"그리고 난 세르시아 라피레온이 범인이라고 한 적은 없어. 살해 혐의로 조사하겠다고 했지. 어디까지나 혐의일 뿐이라네."

"……."

"아니면 라피레온 가문은 이번 사건 조사도 아예 빠져 받지 않겠다는 말인가? 그거야말로 특권일 텐데."

황제가 비릿한 입술로 히죽거렸다. 테르데오는 지금 여기서 검을 뽑을까 잠시 고민했다. 하지만 곧 인내하며 분노로 억눌린 말을 이어갔다.

"그럼 조사관을 파견하시죠. 마땅한 증거도 없이 상상인 정황뿐입니다. 그런 정황으로 따지자면 누구에게나 살해 혐의를 씌울 수 있죠."

"조사의 형식은 사건마다 달라질 수 있어."

"죄인처럼 취급하는 게 아니라 제가 확인할 수 있는 곳에서 합법적인 조사가 이뤄진다면 마땅히 성실히 임할 것입니다."

황제가 눈매가 가늘어졌다. 그가 못마땅한 얼굴로 혀를 굴렸다.

정황상 세르시아는 당연히 범인이 아니었다. 그러니 황제는 테르데오의 말에 반박할 수 없는 게 당연했다.

"라피레온 공. 난 그대와 이렇게 쓸모없는 논쟁으로 힘을 빼고 싶지 않아."

"피차 마찬가지입니다."

"그대는 내 충신이자 날 대신 싸울 검이고 날 보호하는 방패이지."

그 말에는 은연중에 황제에게 충성을 다해야 하는 사람이라는 전제가 깔려 있었다.

"그러게, 처음에 황녀와 결혼하라 했을 때 군말 없이 했다면 이런 일로 골치를 썩였을 이유도 없지 않은가."

"문제는 결국 황녀 전하입니까?"

평평하던 황제의 미간에 깊은 주름이 패었다. 황녀가 도마 위에 오르자 황제가 타오르는 불길처럼 분노했다.

"아니! 문제는 공의 결혼이었지. 거기서부터 문제가 발생한 거야."

황제가 팔걸이를 세게 내리쳤다. 하나 테르데오는 눈 하나 깜빡하지 않았다.

"황녀의 부마 되는 게 어디 쉬운 일인 줄 아나? 황가의 피를 잇는 영광스러운 일이지. 모두가 바라는 염원이기도 해. 그때 내 제안을 받아들였다면, 설령 자네 누이가 진정 범인이라고 하더라도 내가 막아줬을 거야!"

"그건 반대로 말하면 제 누님이 범인이 아니더라도 폐하께서 누명을 씌울 수 있다는 말로도 들립니다."

"라피레온 공!"

황제가 알현실이 울리도록 크게 소리치며 왕좌에서 일어섰다.

"정녕 이 칼날이 자네 부인을 향해야만 후회할 건가!"

황제의 외침이 끝나기 무섭게 테르데오가 고개를 번쩍 들었다. 맹수가 숨기고 있던 날카로운 발톱을 드러내듯 테르데오가 살의를 내뿜었다.

순간 알현실에 피바람이 부는 것 같았다. 문득 황제는 테르데오가 전쟁에서 가차 없이 적군을 벨 때 보이던 잔인한 모습을 떠올렸다.

황제가 주춤하며 위압감에 밀려 뒤로 물러섰다. 그러나 곧 뒤로 물러났다는 사실이 자존심 상했는지 일부러 더 큰 소리로 테르데오한테 외쳤다.

"감히 내게 검이라도 겨눌 생각인가, 라피레온 공! 나는 이 제국의 황제이자 공이 지켜야 할 주군이고 제국민이 우러러보는 아비야!"

테르데오가 망설임에 점을 찍었다. 황제는 건드려서는 안 될 사람을 건드렸다. 테르데오의 머뭇거림은 끝났다.

"라피레온 공, 감히 내게 불경을 저지르는 건가!"

황제가 일어서 있는 탓에 빈 왕좌가 테르데오의 눈에 들어왔다. 이렇게 보니 황제가 앉아 있을 때보다 더욱 찬란하게 빛나 보였다.

"지금 제가 살아가는 이유가 뭔지 아십니까, 폐하?"

"뭐?"

"오직 하나, 제 부인입니다."

죽지 못해 살던 삶이다. 아니, 죽는 날을 기다리며 포기하던 삶이다. 공허하고 채워지지 않는 하루가 지옥이자 악랄한 괴로움이었다.

그 모든 걸 잊게 해준 게 페레샤티였다

그녀는 하루를 시작할 수 있도록 하는 태양이었으며, 깊은 밤, 잠들 수 있도록 하는 어둠이었고, 살아가는 하루의 동반자였으며, 모든 행동의 이유였다.

테르데오가 숨 쉴 수 있는 공기이자 살 수 있도록 하는 심장. 상처뿐인 자신을 웃게 하는 원동력이자 구원자.

테르데오의 모든 시작은 페레샤티였고, 모든 감정의 끝 역시 페레샤티였다.

테르데오한테 페레샤티를 제외하면 우습게도 남는 건 아무것도 없었다.

그러니 페레샤티를 위해서라면 정말 뭐든 할 수 있었다.

"지금 제가 살아가는 이유에 검날을 들이민다고 하신 겁니까?"

"라피레온 공!"

"그렇다면 저도 어쩔 수 없습니다."

"뭐?"

"살기 위해 뭔들 못 하겠습니까."

테르데오가 결의에 찬 얼굴로 예의를 갖춰 황제한테 고개를 숙였다. 어쩌면 그가 베풀 수 있는 마지막 예의였다.

마음 같아서는 지금 당장 검을 들고 싶었으나 알현실 바로 앞에서 대기하는 수많은 기사와 황제의 옆을 지키는 기사가 있었다.

지금은 시기상조다.

테르데오는 혀를 내차고 몸을 돌려 알현실을 빠져나왔다.

테르데오가 그대로 황궁을 나오며 준비된 말에 올라탔다. 그리고 남들은 들을 수 없도록 자그맣게 중얼거리듯 속삭였다.

"포츤 영식이 내 뒤를 밟으라고 했나?"

들려오는 답은 없었으나 느껴지는 인기척으로도 충분한 답은 됐다. 테르데오가 말고삐를 쥐며 스산하게 중얼거렸다.

"가서 전해. 지금부터 너와 난 같은 편이라고."

입술을 굳게 다문 테르데오가 말을 빠르게 출발시켰다.

※ ※ ※

황궁에서 테르데오가 돌아왔다.

그는 돌아오기 무섭게 저택의 경비를 더욱 강화했다. 아니, 강화하다 못해 아예 아무도 접근 못 하도록 요새를 만들었다.

다들 묻지는 않았으나 황제와의 대화가 좋게 끝나지 않았음을 알 수 있었다.

아이들을 제외하고 우리는 모두 집무실에 한데 모였다.

"반란군은 슈와츠 왕국민들이 전부인가?"

테르데오가 집무실의 책상 위를 손날로 쓸어내렸다. 책상 위에 놓인 물건들이 바닥으로 와르르 떨어졌으나 개의치 않은 것 같았다.

"아닙니다. 현재 상황이 바뀌길 바라는 카스터 제국민도 있습니다. 그들 역시 정복 전쟁의 피해자죠. 패전국만이 가족을 잃는 건 아닙니다. 누군가는 가족을 잃었고 누군가는 단란했던 삶을 잃었으니까요."
 테르데오가 벽에 걸려 있던 수도의 지도를 찢어 책상 위에 거칠게 내려두었다. 그리고 목의 단추를 뜯어버리듯 사납게 풀어헤쳤다.
 "반란을 일으킬 거야."
 책상을 양손으로 짚은 테르데오는 마치 권태로운 한 마리의 흑표범 같았다. 그가 우리와 시선을 맞췄다.
 "우린 반란군이 된다."
 아무도 반대하는 사람은 없었다. 우린 테르데오를 따라 비장한 표정으로 천천히 고개를 끄덕거렸다.
 황제와 이야기가 좋은 방향으로 끝나지 않았으니 이번이 아니더라도 언젠간 마주쳐야 할 상황이었다.
 "최대한 사상자를 내지 않는 것을 목표로 삼겠어. 황제가 눈치채고 다른 병력을 포섭하기 전에 끝내야 해."
 "그게 가능합니까?"
 아데우스가 테르데오의 곁으로 다가가 적극적인 태도로 나섰다. 반란, 황제의 몰락. 그의 숙원이었으니 당연한 일이었다.
 "황궁 내부와 기사들이라면 나만큼 빠삭한 사람이 없지."
 테르데오가 지도로 시선을 내렸다.
 "진두지휘는 내가 맡는다."
 아데우스는 생각했던 것과는 달리 조금의 반박도 없이 순하게 수긍했다.
 "따르겠습니다."
 "병력으로 따지면 우리가 밀려. 그렇다고 실력이 비등한 것도 아니지. 저쪽은 최정예 기사고 무엇보다 내가 훈련을 시킨 놈들. 이쪽은……."
 "제 부하들은 그래도 쓸 만합니다."

"그 몇을 제외하고는 목숨 걸고 불에 뛰어드는 불나방이지."

핵심을 찌르는 날카로운 말에 아데우스가 마땅한 말을 찾지 못하고 입술을 닫았다.

"하지만."

테르데오가 최대한 은밀하고 빠르게 황궁으로 넘어갈 길을 찾기 위해 지도를 살피며 중얼거렸다.

"내가 앞에서 길을 뚫어두면 불나방도 제법 쓸모가 있겠지."

라피레온의 피가 묻은 검. 그 검으로 상대의 몸에 상처를 내면 즉사시킬 수 있다.

물론 테르데오는 그 방식을 좋아하지 않았다. 하지만 지금은 별다른 수가 없었다.

하지 않으면 당한다.

그렇다면 이 끔찍한 저주라도 이용하는 수밖에는 없었다.

오직 자신의 소중한 사람을 지키기 위해서.

"지금 반란군의 일원은 다들 뿔뿔이 흩어져 있나?"

"서로 연락을 주고받을 수 있을 정도의 무리만 형성하고 있습니다. 그래야 들키지 않으니까요."

"기본적인 군사훈련은? 검을 주면 휘두를 줄은 아나? 말은 탈 줄 알고?"

"제 부하들이 구역을 맡아 훈련하고 있으니 검과 말고삐를 쥘 줄은 압니다."

희망적인 말은 아니었다.

"영식이 반란을 일으키려 생각했던 시기가 언제인지는 모르나 나는 길게 끌지 않을 생각이야. 내 가족의 일이 걸린 이상 늦어질수록 내겐 불리하거든."

"알고 있습니다."

"필요한 자금이 있다면 내 쪽에서 감당하지. 적어도 한 사람 정도의 몸에 상처는 낼 수 있도록 훈련해. 몸에 상처만 낸다면 즉사시킬 수 있을 테니까."

아데우스가 비장하게 고개를 끄덕거렸다. 테르데오가 황궁의 정문이 아닌 옆길을 손가락으로 가리켰다.

"우린 이곳 비밀 통로로 접근한다."

"어디로 통하는 길입니까?"

"황궁의 자제들이 몰래 놀러 나갈 때 쓰는 개구멍이지. 아는 사람이 몇 없거든."

테르데오가 길을 손가락으로 짚으며 모두에게 각인시켰다.

"지도는 발각될 위험이 있으니 배부하지 않을 거야. 모두 길을 외워두라고 전해."

"그리하겠습니다."

❋ ❋ ❋

아데우스와 테르데오의 군사 회의는 그 뒤로도 계속 이어졌다. 테르데오는 아데우스한테 부하들의 신상을 전해 듣고 조를 짰다.

병력으로 밀리니 나눠서 빠르게 제압하는 게 그나마 승산이 있고, 또 죄 없는 사람들을 다치지 않게 할 수 있다고 했다.

"다치는 사람이 많이 나오겠죠?"

늦은 밤, 나는 테르데오의 품에 안기며 자그맣게 중얼거렸다. 그가 상의를 벗고 있던 탓에 피부가 여실히 느껴졌다.

"무서워?"

아까 전 군사 회의 할 때 보였던 사나움은 온데간데없고 내 앞에서는 다정하고 온순한 모습뿐이었다.

"무서워요."

나는 그의 품을 벗어나 볼을 쓰다듬으며 자그맣게 되뇌었다.

"그 다치는 사람이 테오, 당신이 될까 봐 특히 더 무서워요."
"나는 그대가 있으니 다칠 수 없지."

테르데오가 나지막하게 속삭이며 내 이마에 입술을 맞췄다. 평상시처럼 달콤하고 부드러웠지만, 불안감이 드는 건 어쩔 수 없었다.

"테오, 당신은 최전방에 있을 테고 나는 겨우 후방에 있을 테니 같이 있을 순 없겠지만 몸 다치지 않도록 조심……."
"그게 무슨 소리야?"

테르데오가 못 들을 말을 들었다는 것처럼 얼굴을 구겼다. 조금 전 따뜻했던 입맞춤이 마치 거짓말이기라도 한 듯이 시린 냉기가 느껴졌다.

테르데오가 팔꿈치를 짚어 상체를 살짝 일으켰다.

"후방에 있겠다니? 그대는 저택에 있어야 해."
"무슨 소리예요? 글로리아 님도, 셋시도, 피니어스 님도 다 싸우는데 나만 저택에서 기다리라고요?"
"맙소사, 샤샤."

테르데오가 이제는 완전히 몸을 일으켰다. 그리고 경악스러운 표정으로 왼쪽 눈썹을 비뚜름히 치켜들었다.

"참전할 생각이었던 거야?"
"당연하죠! 당신이 싸우고 있는데 가만히 기다리고 있을 순 없다고요!"
"난 그럴 마음이 조금도 없어."
"참전하는 반란군 중에는 나만큼이나 검을 쥐는 게 어설픈 사람도 있어요. 병력이 부족해서 그 사람도 훈련 후 참전한다면서요. 나도 못 할 건 없어요."
"사상자를 내고 싶지 않다고 했지만 어설픈 사람은 훈련해도 천운이 따르지 않는 이상 살아남기 어려워."

테르데오가 두 손을 뻗어 내 볼을 감쌌다.

"아니면 뭐야. 나보고 네가 죽은 후 홀로 살아가라 이런 뜻이야?"

"왜 그렇게 말해요? 그럴 리가 없잖아요. 난 당신의 도움이 되고 싶어요. 나도 당신이 살길 바라니까요."

"책임자는 나야. 난 네 참전을 허락할 마음은 조금도 없어."

늘 내게 상냥하기만 하던 테르데오가 이번만큼은 절대 물러서지 않겠다는 것처럼 강경했다.

"몰래 참전하는 것도 절대 안 돼."

"병력이 부족하다면서요. 한 명이라도 아쉬운 상황이라고 아까 말했잖아요."

"그게 그대는 아니야."

"내가 당신을 도울 수 있다면 말도 안 되는 일이라고 해도 뭐든 다 할 거예요."

테르데오가 깊게 한숨을 내쉬고 떨리는 손으로 내 머리카락을 쓸어 넘겼다. 머리를 빗겨주는 손길은 저 뚱한 얼굴과는 달리 여전히 달콤했다.

"내가 그대를 참전시키고 제대로 싸울 수 있을 것 같아? 후방에 있는 그대가 신경 쓰이겠지. 신경 쓰다 못해 후방으로 가려고 할 테고, 최전방이 무너지니 우린 패배하겠지."

"무슨 그런 억지를……."

"억지? 난 진심이야. 그대를 잃을지도 모른다는 상상을 하는 것만으로도 이렇게 손이 떨리는데."

테르데오의 눈썹이 짙게 일그러졌다. 얼굴 가득 묻어난 슬픔이 우울하게 잠겼다.

"난 그대 없이는 단 일 분도, 일 초도 살아갈 자신 같은 건 없어."

"그럼 테오, 당신이 생과 사를 오가며 싸우고 있는데 나보고 저택에서 지켜보고만 있으라고요?"

"그대가 날 기다려 준다면."

"······."

"난 반드시 그대한테 돌아올 거야. 그대를 기다리게 하고 싶지 않으니까."

너무 간절하게 애원하는 표정이라 차마 그러기 싫다고 말할 수가 없었다.

물론 약한 내가 큰 도움이 안 된다는 건 안다. 전쟁은 장난이 아니라는 것도 알고, 죽을 수 있다는 것도 잘 안다.

사람을 죽여야 한다는 것도 무섭고 내가 죽을지도 모른다는 것도 사실은 무섭다.

하지만 그 모든 걸 감수하면서도 테르데오의 어깨를 무겁게 짓누르는 짐을 조금이라도 덜 수 있다면.

그의 목숨을 살리는 희망에 조금이라도 도움이 될 수 있다면.

나는 정말 무엇이든 할 수 있었다. 그 누가 나를 욕한다고 할지라도.

"셀피와 아일렛은 그대가 다독여 줘야······."

"그 수법은 저번에도 썼잖아요. 아이들을 들먹이지 마요."

물론 정말 두 사람이 걱정되는 것도 맞겠다만은.

내 남편이 내게 약한 만큼, 나도 내 남편한테는 약했다. 그가 바라는 건 도무지 거절할 수 없을 정도로.

나는 결국 얕은 한숨을 내쉬며 백기를 들었다.

"날 피 마르게 하지 말아요."

"약속할게."

"울게 하지도 말고요."

"감히 누가 그대를 울리겠어."

"다치면 안 돼요."

"꼭 기억하지."

테르데오를 위해서라면 무엇이든 할 수 있었다. 그게 피 마른 기다림이라고 할지라도.

시간이 빠르게 흘러 결전 전날이 다가왔다.

그리고 순탄하기만 하던 항해에 비상등이 켜졌다.

※ ※ ※

반란을 준비하는 동안 황제가 수상함을 눈치채지 못하도록 세르시아가 눈길을 끌었다. 황제는 세르시아를 잡기 위해 혈안이 되어 있었고, 그 점을 이용했다.

세르시아는 아데우스, 그리고 레베카와 함께 곳곳에 나타나 황제의 정신을 빼놓았다.

세르시아가 나타났다는 소식이 들리면 어김없이 황실 기사단이 달려왔으나 아데우스와 몇몇 반란군한테 제압당하거나 뒤늦게 온 탓에 놓치곤 했다.

그러는 사이 테르데오는 아데우스와 그의 부하들한테 직접적인 검술 훈련을 시켰다. 전쟁에서 사용하던 사람을 죽이거나 제압하는 기술 등을 핵심으로 가르쳤다.

글로리아와 세르시아도 매일 검을 맞대며 훈련했고, 그 사이에서 나는 셀피우스와 아일렛을 다독거리는 게 전부였다.

시간을 오래 끌어봤자 모두의 실력이 눈에 띄게 좋아질 순 없으니 테르데오는 그저 적당한 때를 노렸다.

마침 시기는 건국제 준비로 바빴다.

특히 황궁에는 사신들을 맞이할 준비 때문에 한창 타국의 물건이나 음식을 들이고 있었고 테르데오는 그때를 노리기로 했다.

바로 내일 밤. 그때가 결전의 날이었다.

시간이 어떻게 흘러갔는지도 모르겠다. 그저 눈을 깜빡거리니 어느새 결전의 전날이 다가와 있었다.

우리는 다 같이 테이블에 둘러앉아 술잔을 채웠다. 물론 많은 반란군이 함께할 수는 없었기에 아데우스와 레베카가 대표로 함께했다.

결전의 전날인 만큼 모두의 얼굴이 딱딱하게 굳어 있었다.

모두 함께 가득 채운 술잔을 들자 테르데오가 대표로 진지하게 읊조렸다.

"내일 아무도 다치지 않고 죽지 않도록. 우리 목표는 황제야. 황제의 목을 친다. 그 외 황가는 죽이지 않고 잡는다."

모두가 그의 의견에 동의하며 비장하게 끄덕거렸다. 나는 그들을 바라보며 속으로 빌고 또 빌었다.

제발 아무도 다치지 않길. 제발 아무도 죽지 않길.

내 목숨을 내놓아도 좋으니 제발 별일 없길.

"내일 밤이 결전이니 오늘은 이 한 잔만 마시고 다들 푹 자고 승리하자."

테르데오가 딱딱해진 분위기를 풀기 위해 가볍게 말했다. 다들 애써 웃으며 술잔을 기울였다.

어깨에서 힘을 뺀 테르데오도 술잔을 기울이려던 바로 그때였다.

테르데오의 얼굴이 일순 일그러지더니 커다란 몸이 휘청거렸다. 그리고 그의 손에 들린 술잔이 아래로 추락했다.

챙-!

날카로운 파편음이 퍼지며 술잔은 산산이 조각난 채로 깨지며 술이 바닥을 적셨다. 테르데오가 황급히 손바닥으로 입을 틀어막더니 상체를 숙였다.

"컥……!"

그리고 그의 입에서 분수처럼 뜨거운 피가 쏟아져 내렸다. 갑작스럽게 벌어진 상황이었다.

"……! 테오!"

나는 누가 떠밀기라도 한 것처럼 테르데오한테 뛰쳐 갔다. 피니어스는 아데우스와 레베카한테 피가 튀지 않도록 두 사람을 뒤로 잡아당겼다.

"테오!"

책상을 짚던 테르데오의 손이 미끄러지며 그의 커다란 몸이 결국 아래로 무너져 내렸다.

쿵.

육중한 소리를 내며 떨어진 그가 주먹을 꽉 쥔 채로 억눌린 숨을 겨우 내쉬었다.

"커헉!"

"이건……."

어디선가 본 적이 있는 상황이었다. 라피레온 가족들한테 주기적으로 찾아오는 고통.

셀피우스가 죽을 정도로 아프게 겪었던 바로 그 고통.

"테오!!"

나는 바닥으로 쓰러진 테르데오를 황급히 품에 끌어안기 위해 두 손을 뻗었다. 이런 상황일 때 피는 더욱 독해 위험하니 곁에 다가가지 말라던 말이 떠올랐지만 개의치 않았다.

평소 같았으면 가까이 다가오지 말라며 저지했을 텐데 테르데오는 그러지도 못했다.

그저 피를 토해내며 주먹을 꽉 쥔 채로 고통을 참아내는 게 전부였다. 셀피우스가 고통을 참지 못해 소리치던 것과는 달리 테르데오는 혈관이 튀어나오도록 주먹을 세게 쥐며 이를 악물고 참아냈다.

"테오……!"

하지만 이상하게 셀피우스가 아파했을 때와는 조금 상황이 달랐다.

셀피우스가 토해내는 피의 양과는 비교가 안 될 정도로 많은 양의 피가 솟구쳤다. 회의실 바닥이 금세 테르데오가 쏟은 피 웅덩이로 물들었다.

회의실이 붉게 물들었다.

"약…… 약! 약을 줘요!"

손이 벌벌 떨렸다. 그 어떤 순간에도 이토록 괴로워하던 테르데오의 모습을 본 적이 없어서 더 무서웠다.

나는 버럭 소리를 지르며 주변을 살폈다. 이미 피니어스가 약을 가지러 갔는지 모습은 보이지 않았다.

"약!"

알면서도 나는 다급하게 외쳤다. 당장 약을 먹여야 할 것 같았다. 그렇지 않으면 큰일이 벌어질 것 같아서.

그 순간 세르시아가 내 옆으로 황급히 다가왔다. 그녀의 얼굴이 새하얗게 질렸다.

"안, 안 돼……."

세르시아는 벌벌 떨리는 손으로 테르데오가 피를 토해내지 못하도록 입을 가리려 애썼다.

"안 돼……."

세르시아가 필사적으로 테르데오를 막았다.

"오빠, 오빠처럼……. 안, 안 돼. 안 돼!"

뭐? 오빠처럼?

나는 멍하니 세르시아를 바라보았다. 세르시아는 내 시선도 느끼지 못했는지 테르데오가 피를 흘리지 못하도록 두 손으로 막고 있었다.

오빠처럼.

그 말뜻을 이해하는 건 오래 걸리지 않았다.

세르시아의 오빠.

테르데오의 죽은 형.

……이렇게 죽은 것이다. 테르데오의 형이, 이렇게.

"안 돼."

누가 세게 내려친 것처럼 머리가 울렸다.

내가 사랑하는 남자가 토해내는 검붉은 선혈로 두 손이 흠뻑 젖었다.

"안 돼, 안 돼!"

세르시아의 날카로운 절규가 고막을 찢을 것처럼 귀에 꽂혔다. 예전에 형이 죽은 나이가 바로 지금의 테르데오의 나이라 했었던 말이 떠올랐다.

"안, 안 돼. 안 돼요, 테오……."

투명한 막이 덧대진 것처럼 시야가 흐릿해졌다. 세르시아가 떨리는 손으로 테르데오의 입을 가리며 울고 있었다.

"안, 안 돼요……."

여기서 더 피를 쏟으면 안 될 것만 같았다. 나는 급하게 손수건을 꺼내 테르데오의 입 안에 넣었다. 예전에 셀피우스한테 해줬던 것처럼.

하얗던 손수건이 금세 붉게 물들자 내 불안감도 빠르게 번져 갔다.

"설마, 안 돼요. 제발."

나는 테르데오의 머리를 끌어안아 무릎 위에 올리며 소리쳤다. 심장 뛰는 소리가 귀까지 울렸다.

"제발 약!"

코끝에 비릿한 혈 향이 퍼졌다. 초조함이 울컥 터졌다.

주위를 둘러봤으나 피니어스의 모습은 아직 보이지 않았다. 뒤로 물러선 아데우스와 레베카의 얼어붙은 얼굴들이 보였다.

"피니, 피니어스 님을."

아데우스와 눈이 마주치자 눈가에 고여 있던 눈물이 볼을 타고 아래로 무심하게 흘러내렸다.

"피니어스 님을 빨리⋯⋯ 약이, 약이 있어야 해. 약을 빨리⋯⋯!"

내가 뭐라고 소리치는지도 모를 정도로 아무 말이나 지껄였다. 피투성이가 된 테르데오를 품에 안은 채 울며 호소하는 날 본 아데우스가 이를 악물었다.

"제길. 그분은 지금 별채에 약을 가지러 가신 겁니까?"

아데우스가 글로리아의 어깨를 잡아당기며 급히 물었다. 허망한 표정으로 허공을 보던 글로리아가 제자리에 털썩 주저앉으며 끄덕였다.

"제가 약을 가져오겠습니다!"

글로리아의 답을 듣자마자 아데우스가 회의실을 뛰쳐나갔다.

"테오, 괜찮아, 괜찮아질 거예요."

나는 덜덜 떨리는 손으로 테르데오의 볼을 쓸었다. 이러는 사이에도 테르데오의 고통은 끝나지 않은 채 이어지고 있었다.

"제발. 제발."

약은 고통을 조금 줄여줄 뿐, 낫게 하는 약은 없다고 했었다. 다 알면서도 내가 할 수 있는 건 그저 약을 찾는 일뿐이었다.

심장이 재가 되어 바스러지는 것만 같았다.

테르데오가 가슴 언저리를 꽉 쥔 채로 신음을 삼키려 애쓰고 있었다. 죽을 만큼 고통스러우면서도 테르데오는 온 힘을 다해 참아내고 있었다.

손을 흠뻑 적신 붉은 자국이 불안감처럼 끈적하게 달라붙었다.

"제발 조금만."

이런 말밖에 할 수 없는 자신한테 화가 나 울컥했다. 괜찮아지지 않을 걸 알면서도 조금만 참아달라는 말밖에는 할 수 있는 게 없었다.

저 고통을 내가 나눠 함께 짊어질 수 있다면, 그럴 수만 있다면 기꺼이 그럴 것이다.

나는 손을 뻗어 가슴께를 쥐고 있는 테르데오의 손을 꽉 쥐었다. 내가 옆에 있다고 어떻게든 전해야 테르데오가 떠나지 않을 것 같았다.

일 분이 일 년 같았다.

제발 이 고통이 멈추길. 무사히 끝나길. 기도하고 또 빌었다.

그때 뛰쳐나갔던 아데우스가 거친 숨을 몰아쉬며 돌아왔다.

"약, 하아…… 약을, 하아. 가져왔습니다."

땀에 흠뻑 젖은 아데우스의 손에 익숙한 약병이 들려 있었다. 셀피우스가 괴로워할 때 먹였던 바로 그 약병이었다.

아데우스가 손을 뻗으면 닿을 거리에 약병을 내려두고 황급히 물러섰다. 나는 약병을 쥐고 테르데오의 입에 물려뒀던 손수건을 꺼냈다.

붉은 손수건을 보자 다시금 눈물이 터질 것 같았지만 꾹 참아냈다.

"테오, 약을 먹을 거예요."

나는 고통에 몸부림치는 테르데오한테 가볍게 설명한 후 벌린 입술 사이로 약을 흘려 넣었다.

셀피우스한테 약을 한 번 먹여준 적이 있어서 그런지 다행히 한 방울도 흘리지 않고 먹일 수 있었다.

옆에서 세르시아가 테르데오의 손을 꽉 잡고 오열하며 속삭였다.

"테오, 제발…… 너까지 잃을 수 없어."

가슴이 꽉 막혀 제대로 숨을 쉴 수가 없었다. 약병을 탈탈 털어 한 방울까지도 모두 먹였지만 역시나 별다른 차도는 없었다.

"커흑."

테르데오는 여전히 지옥 같은 고통 속에서 헤매고 있었다.

나는 빈 약병을 내려두고 테르데오를 품에 꼭 껴안았다. 그의 고통이 차라리 내게 옮겨오길 바라며.

신을 믿지 않았지만 지금 이 순간만큼은 누구에게든 빌어야만 했다.

내 사랑하는 이가 아프지 않길. 고통 속에서 벗어나길. 부디 내 품으로 무사히 돌아올 수 있기를.

하지만 애석하게도 내 바람은 하나도 이뤄지지 않았다.

시간이 흘렀으나 테르데오는 여전히 죽어가고 있었다. 어린 셀피우스는 고통을 감당하지 못해 기절이라도 했으나 테르데오한테는 그마저도 허락되지 않는 것 같았다.

조금 있으니 피니어스가 가쁜 숨을 몰아쉬며 돌아왔다. 그는 돌아오기 무섭게 테르데오의 상태부터 확인했다.

"약을, 약을 먹였는데…… 언제 괜찮, 괜찮아질 수 있어요?"

목소리가 볼품없이 떨렸다.

"약을, 약을 한 병 더 먹여야 하지 않나요? 테오가, 테오가 너무 아파해요, 피니어스 님."

"……대공비 전하."

"제발, 제발 테오를 살려주세요. 제발."

테르데오의 상태를 확인한 피니어스가 가라앉은 목소리로 말했다.

"대공비 전하. 침실을 치워두라 했으니 테오를 그곳으로 옮기는 게 좋겠습니다."

"침실로요? 하지만……."

"지금 상태로 미루어 보아 오늘 내로 끝나진 않을 겁니다."

"오늘 내로 끝나진 않는다니요?"

나는 허망한 표정으로 고개를 들었다. 날 내려다보는 피니어스의 얼굴에도 형용할 수 없는 슬픔이 묻어 있었다.

"아이인 셀피 때와는 달리 며칠 더 두고 봐야 할지도 모릅니다."

며칠을 더 두고 봐야 한다는 건…….

"설마…… 정말 테오의 형님처럼 이대로 죽을 수도 있다는 말이에요?"

피가 묻은 손끝이 떨렸다.

테르데오가 죽는다는 생각은 해본 적 없었는데.

내 절망스러운 질문에 피니어스는 구태여 답하지 않았다. 그저 외면한 채 몸을 돌릴 뿐이었다.

"이럴 순 없어…… 안 돼……."

나는 주먹을 꽉 쥐고 입술을 힘껏 악물었다. 악문 입술 사이로 흐느낌이 새어 나갔다. 참아보려 애써도 터져버린 눈물이 볼을 축축하게 적셨다.

저주를 풀 수 있을지도 모르는데. 정말 곧, 이제 정말 곧.

애써 흐느낌을 꾹 참으며 조용히 눈물을 흘리는 날 피니어스가 바라봤다. 그리고 대신해서 주변을 정리했다.

"이곳 뒤처리는 집사에게 맡겼으니 걱정하지 마세요."

"……."

"……레베카 양."

"네, 네?"

"글로리아 님께서도 휴식이 필요할 것 같아서요. 별채 침실로 부탁드려도 되겠습니까?"

분위기를 읽은 레베카가 빠르게 움직였다. 레베카는 주저앉은 글로리아한테 서둘러 다가가 부축했다.

"……피니어스."

"네, 글로리아 님."

목울대를 긁는 갈라진 목소리가 글로리아의 마른 입술을 비집고 나왔다.

"아이들을 잘 부탁하마."

글로리아가 휘청거리며 걸음을 옮겼다. 글로리아의 뒷모습을 한참 응시하던 피니어스가 몸을 돌렸다.

그리고 여전히 충격에 휩싸인 세르시아의 어깨를 가볍게 건드렸다.

"셋시."

"……숙부님."

"네가 정신을 놓으면 테오도 그만큼 힘들어질 거야."

세르시아의 얼굴에 가족을 잃을지도 모른다는 막연한 두려움이 피어났다.

"테오가, 테오가."

"우린 우리가 할 수 있는 일을 해야 하지 않겠니."

"흑흑, 숙부님. 테오를, 테오를 살려주세요."

"……내게 그럴 수 있는 능력이 있다면 좋겠구나."

피니어스가 자조적인 한숨을 뱉고 세르시아를 다독거렸다. 두 사람은 내 무릎 위에 누워서 고통을 호소하던 테르데오를 부축했다.

"테오는 제가 씻길 테니 대공비 전하께서도 피를 씻고 옷을 갈아입는 게 좋을 것 같습니다. 평소보다 강한 독이라 테오한테도 악영향을 끼칠 수 있으니까요."

테르데오한테 악영향을 끼친다는 마지막 말에 나는 서둘러 끄덕거렸다. 두 사람이 테르데오를 부축한 채 멀어졌다.

내내 무릎 위를 억누르던 무게가 사라지자 대신 흐른 눈물이 묵직하게 떨어졌다.

떨리는 눈꺼풀 너머로 축 늘어진 테르데오의 뒷모습이 선명히도 담겼다. 온몸에 힘이 빠져 한 발자국도 움직일 수가 없었다.

어서 씻고 테르데오한테 가야 하는데. 도무지 몸이 움직이지 않았다.

"흑…… 흑흑."

손에 선명하게 남은 선혈 때문에 흐르는 눈물을 닦을 수도 없었다.

"······대공비 전하."

홀로 앉아 울음을 토해내는 내 곁으로 아데우스가 서슴없이 다가왔다.

"아데우스."

내뱉는 목소리가 볼품없이 떨렸다.

"내일 결전은 미루자. 테오는 조금 지나면 괜찮아질 테니까. 그러니까 조금만. 아주 조금만······."

"대공비 전하."

"······."

"괜찮으신가요?"

아데우스의 길게 뻗은 손가락이 내 볼 위로 톡 내려앉았다. 흘러내린 눈물이 그의 손가락을 따라 흘러내렸다.

"잊었어?"

나는 울먹거리면서도 빠르게 몸을 뒤로 뺐다.

"이건 다 독이야. 뒤로 물러서."

지금 나는 거의 온몸에 테르데오의 피를 묻히고 있는 상태였다.

나는 피를 먹어도 죽지 않으니 괜찮지만 아데우스는 달랐다. 피 한 방울이 잘못 눈으로 튀거나 입 속으로 흘러가면 그 즉시 즉사였다.

허공에서 맴도는 손을 거둔 아데우스가 처연한 표정으로 짓씹었다.

"······그렇다면 대공비 전하께서도 위험합니다."

"난 괜찮아."

"대공비 전하를 위험하게 만들고 싶지 않습······."

"제발!"

날카롭게 찢어지는 비명이 크게 울렸다.

"……제발 지금 내게 그런 말은 하지 마."

그의 피가, 내게 위험하다고 말하지 마.

나는 떨리는 눈으로 붉게 물든 손바닥을 내려다봤다. 내 품 안에서 고통스럽게 몸부림치던 테르데오가 떠올랐다.

"나는, 나는 정말 괜찮아. 고작 이 정도로. 위험하고 아프고 힘든 건 내가 아니야. 내가 아니라……."

나는 양팔을 감싸 안은 채 눈을 꾹 감고 뒷말을 삼켰다.

"……죄송합니다."

"……아냐. 너한테 화낼 문제는 아니었어."

나는 떨리는 무릎에 힘을 실어 박차듯 몸을 일으켰다. 좀처럼 몸에 힘이 들어가지 않아 휘청거리자 아데우스가 겁도 없이 급하게 손을 뻗었다.

"잡지 마!"

하지만 내 외침에 아데우스의 손은 다시 허공에서 멈춰야만 했다. 나는 두 발에 힘을 주고 쓰러지지 않도록 버티고 바로 섰다.

"이 피로 사람을 죽일 수 있다는 걸 알잖아. 경각심이 없는 거야?"

"……아닙니다. 직접 봤으니 충분히 알고 있습니다."

"그럼 나한테 거리를 둬."

"하지만 저는 대공비 전하가 더 걱정……."

아데우스가 말을 하다 멈추고 얼굴을 일그러뜨렸다. 그러더니 별다른 반박 없이 내 말대로 뒤로 물러났다.

"반란군의 일원들 사기가 떨어지지 않도록 네가 잘 부탁해."

"……네, 제가 대공 각하를 대신해서 잘 처리하겠습니다."

나는 비틀거리는 걸음을 뗐다. 우선 이 피를 씻어내야만 했다.

나는 흠뻑 젖은 얼굴을 채 닦지도 못하고 걷는 걸음마다 눈물방울을 흩뿌리며 걸어갔다.

※ ※ ※

결전은 미뤄졌다.

약을 먹고 난 후 각혈은 멈췄으나 여전히 테르데오의 혈색은 창백했다. 그는 정신을 차리지 못했다.

파리해진 낯빛이 어색하기까지 했다.

날이 흐를수록 테르데오의 얼굴 위로 죽음의 그림자가 드리워졌다. 피를 쏟은 날 정신을 잃은 테르데오는 여전히 깨어나지 않았다.

하루가 지날수록 내 마음속의 불안이 몸집을 키웠다.

세르시아는 최대한 함께 있어 주라는 말만 남겼다. 그것이 자기가 해줄 수 있는 조언이라며.

나는 침대 옆 의자에 앉아 테르데오의 손을 꽉 붙잡았다. 그의 손은 얼음처럼 차가웠다. 이대로 이 손이 온기를 띠지 않을까 봐, 더는 날 만지는 일이 없을까 봐.

심장이 덜컥 가라앉아 가슴이 먹먹해졌다.

테르데오가 아프지 않기 위해 나는 내가 할 수 있는 일을 다했던가? 아니, 나는 다하지 않았다.

"……저주를 풀었어야 했는데."

텅 비어버린 눈동자 위로 죄책감이 스미자 마른 줄 알았던 눈물이 젖어 들었다.

"사실 이렇게 될 줄 알고 있었어요. 저주를 푸는 방법을 찾다가 누군가 죽을지도 모른다고 생각했었거든요. 크립스 님이 찾아왔을 때, 이러는 순간에도 누군가는 죽어가고 있다고 얘기했었거든요."

그래. 나도 생각했었다. 이러는 순간에도 누군가는 고통받고 있다고 말이다.

"……그런데 그게 당신이란 생각은 해본 적 없어요. 당신은 아니리라 생각했는데."

메말라 건조해진 탓에 갈라져 버린 입술 위로 붉은 핏방울이 맺혔다. 하지만 아픔은 느껴지지 않았다.

고작 그런 입술보다도 죽어버린 심장이 더 괴로웠다.

"내 탓이에요, 테오."

나는 자그맣게 참회하며 자조적인 조소를 머금었다.

"내가 당신한테 결혼하자는 말을 하지 말았어야 해요."

"……."

"내가 당신을 찾아오지 말았어야 했어요."

그랬다면 당신이 이렇게 아팠을 일도 없었을 텐데. 내가 살겠다고 당신을 죽음의 곁으로 끌고 왔어요.

바람이 불지도 않았는데 구석에 핀 촛불이 일렁거렸다. 점점 꺼져가는 촛불의 불씨처럼 그의 생명이 잦아드는 것만 같아 덜컥 두려웠다.

"난 아직 당신을 잃을 준비가 되지 않았어요."

아마 평생을 다한다고 해도 그 준비는 끝나지 않겠지만.

"내 사랑. 내 전부. 당신이 아니었다면 나는 이미 원한 속에 죽어갔겠죠. 당신은 날 살게 했어요."

"……."

"내게 가족을 줬고 웃을 수 있는 행복을 줬죠. 내 외로움을 가져가고 따스함으로 자리를 채웠죠."

그러니 당신을 위해서라면.

나는 말을 끝내고 그를 한참 고요히 내려다보며 눈에 담았다. 그리고 차가운 테르데오의 손을 이불 속에 넣어줬다.

"테오."

그의 까슬한 볼을 쓰다듬자 마른 가죽처럼 생기를 잃은 피부가 느껴졌다.

가슴이 갈기갈기 찢어지는 것 같았다.

"내가 제물이 될게요. 제물이 되어 마녀한테 이 저주를 풀어달라고 할게요."

그의 볼을 엄지로 뭉툭하게 쓸어내리자 그 위로 내 눈물이 툭 떨어졌다. 나는 그대로 상체를 숙여 여전히 움직이지 않는 테르데오의 이마에 짧게 키스했다.

"저주가 풀리면."

파르르 떨리는 입가를 억지로 끌어 올려 완연한 미소를 걸었다.

"그럼 아프지 않을 거예요. 죽지 않을 거예요. 살 수 있을 거예요."

"……."

"내가 말했잖아요. 나는 당신을 위해서라면 무엇이든지 할 수 있다고요."

그게 설령 내 목숨을 걸어야 하는 일이라고 할지라도요.

내 사랑. 내 하나뿐인 사랑. 내가 영원히 사랑할 사람. 당신이 살아 있어야만 나도 비로소 행복할 수 있어요.

"그러니 살아줘요."

나는 나지막하게 속삭인 후 몸을 돌려 침실을 나섰다.

어두컴컴한 복도를 지나 가족들 몰래 저택을 빠져나오자 저택 앞에 미리 준비해 둔 마차가 기다리고 있었다.

비추는 빛 하나 없는 컴컴한 심연 속을 헤집고 다니는 기분이었다.

마차 옆에는 내가 미리 불러둔 아데우스가 서 있었다.

"아데우스, 부탁할 게 있어서 불렀어."

"……대공비 전하께서 원하시는 거라면 무엇이든지."

아데우스가 내 발아래 한쪽 무릎을 꿇었다. 나는 그를 내려다보며 무미건조하게 말했다.

"함정을 팔 생각이야."

"네, 제가 대공비 전하의 힘이 되겠습니다."

❋ ❋ ❋

길을 비추는 빛 하나 없는 어둠을 뚫고 내리 달렸다.
컴컴한 심연을 헤집고 도착한 곳은 황녀의 궁이었다. 안내를 받아 응접실에 들어서자 기다리고 있었다는 듯이 도돌레아가 활짝 웃으며 반겼다.
"어서 와."
도돌레아의 입가에 비릿한 피 냄새를 연상케 하는 비소가 걸렸다.
"네가 오길 기다리고 있었어."
도돌레아는 사지 멀쩡히 걸어 들어온 나를 보며 아쉽다는 표정으로 고개를 저었다.
"험악하게 잡혀 올 줄 알았는데 생각보다 멀쩡한 모습으로 왔네. 아쉽다."
나는 빛을 잃은 눈동자로 도돌레아를 가만히 바라봤다. 그리고 버석거린 목소리로 자그맣게 말했다.
"마녀의 서약을 하자."
"뭐?"
"대신."
나와 도돌레아의 시선이 허공에서 교차했다. 이게 내가 할 수 있는 최선이다.
"테르데오를, 라피레온 공을 살려줘."
내가 널 살릴게.
물기에 젖은 목소리가 바람에 섞여 들었다. 도돌레아의 눈동자가 나부끼는 나뭇가지처럼 흔들렸다.
도돌레아는 순간 사고가 정지한 것처럼 멍한 얼굴이 되었다.
"……라피레온 공한테 무슨 일이 있어?"
나는 말라비틀어진 입술을 악물었다.

"테르데오가……."

그저 말만 하는 것만으로도 눈물이 왈칵 쏟아질 것 같았다. 나는 떨리는 숨을 골랐다.

도돌레아한테는 '테르데오'라는 이름보다 '라피레온 공'이라는 부름이 더 와닿겠지.

"……라피레온 공이 죽어가."

그러니 네가 그를 살려야만 해.

도돌레아는 테르데오를 죽게 놔두지 않을 것이다. 절대로.

"방금 그 말 다시 해봐. 뭐가 어째?"

"……."

"누가 죽어간다고? 지금 와서 한다는 말이 고작 거짓말이야?"

창백한 낯빛이 희게 물들었다. 도돌레아가 믿을 수 없다는 것처럼 떨리는 목소리로 조소했다.

"그래, 너도 나처럼 라피레온 공의 죽음은 생각 못 했겠지. 자기가 사랑하는 사람의 죽음은 아무도 생각하지 않으니까."

"그런 얕은 수법에 내가 넘어갈 줄 알아?"

비틀린 웃음이 흘렀다.

"나도 차라리 내가 거짓말을 하는 거면 좋겠어."

나는 떨리는 손바닥에 얼굴을 파묻었다.

"네가 원하는 대로 내가 제물이 될 테니까. 그러니까 제발 살려줘."

그 사람을.

지금 이 순간 내게 자존심 같은 건 없었다. 내가 도돌레아한테 빌고 매달려 테르데오가 살 수 있다면.

그럴 수만 있다면 추하다고 해도, 그 누가 내게 손가락질하고 욕해도 몇 번이고 빌고 매달릴 수 있었다.

거짓이라고는 보이지 않는 내 행동에 도돌레아가 입술을 크게 벌렸다. 그리고 깊은 나락으로 떨어진 것처럼 멍하니 허공을 응시했다. 마치 아무 생각도 할 수 없는 것처럼.

그러겠지. 사랑하는 사람에게 죽음이 드리워졌다는 이야기를 들었는데 정상적인 생각을 할 수 있을 리가 없지.

나 역시 그랬으니까.

자기 머리를 한참 헤집던 도돌레아의 저주 어린 눈동자가 나를 향했다.

"너 때문이야……."

"…….'

"네가, 네가 나타나지만 않았어도. 네가 방해하지만 않았어도 우린 이미 행복하게 살고 있었을 텐데!"

"……맞아."

입가에 씁쓸한 미소가 걸렸다.

"내 탓이야."

나는 붉게 충혈된 눈을 들어 도돌레아를 노려봤다.

"그리고 네 탓이기도 해."

"나는……!"

"너는 그 사람의 행복을 빼앗았고 웃음을 잃게 했어."

"…….'

"네가 저주를 걸었고, 나는 그 저주를 풀 기회를 놓치게 했지. 그러니 너와 내가 바로 잡아야 해."

도돌레아의 입술이 떨렸다.

"피를 토하고 정신을 잃은 지 벌써 며칠이 지났어. 더는 기다릴 시간이 없어. 마음 같아서는 널 이 자리에서 죽이고 싶지만, 나는 널 없애는 방법을 몰라. 그러니 네게 빌러 온 거야."

"…….'

"널 저주해. 네 사랑을 저주하고 네가 숨 쉬는 나날을 저주해. 나는 죽어서도 널 절대로 용서하지 않을 거야."

문득 읽었던 초대 대공, 아인하르트의 일기장 마지막 페이지가 떠올랐다.

'다음 생이라는 게 있다면 그땐 반드시 네 목을 베고 사지를 찢겠노라.'

그 심정을 지금은 충분히 이해할 수 있었다.

"네가 원하는 대로 내가 제물이 될게. 대신 나와 마녀의 서약을 해."

"무슨 서약?"

"네가 저주를 푸는 건 당연하고…… 나는 라피레온 사람들이 그 아무도 죽지 않길 바라. 내겐 테오뿐 아니라 모든 가족이 소중하니까."

테르데오도 중요하지만 셀피우스도, 세르시아도, 아일렛도, 글로리아도, 피니어스도.

모두가 내 소중한 가족이었다.

"저주가 풀리면 당연히 아무도 죽지 않아. 물론 늙어서 죽겠지만."

"넌 저주를 풀겠다고 했지만, 기약을 정하지 않았잖아. 얄팍한 널 내가 어떻게 믿겠어. 난 지금 당장 한시가 급한데."

도돌레아의 눈썹이 크게 구겨졌다.

"만일 서약을 하지 않겠다면 난 제물이 되지 않겠어. 어차피 넌 내게 저주를 걸 수 없는 데다, 내내 누워 있는 탓에 약한 그 몸으로는 날 이길 수 없잖아?"

"……그럼 라피레온 공이 죽게 될 텐데?"

도돌레아의 얼굴에 초조함이 떠올랐다. 천 년을 기다려서 겨우 만난 사람이니 그럴 만했다.

그래, 도돌레아는 테르데오의 일이라면 언제나 이성을 잃고 감정을 앞세웠으니까.

"그래, 죽겠지."

"……."

"……나와 함께."

나는 붉게 충혈되어 시린 눈을 아래로 내리깔았다. 이러고 있는 시간에 혹시나 테르데오가 잘못되지는 않을까 걱정이 앞서 손이 떨렸다.

"그렇게 되면 너는 이번에도 라피레온 공을 놓치게 되겠지. …… 천 년 전처럼 똑같이 네가 우리 사이에 끼어들 틈은 없을 테니까."

"……!"

도돌레아가 끔찍한 표정으로 아랫입술을 세게 깨물었다.

천 년 전에도 리라가 죽고 아인하르트는 그 뒤를 따랐다. 이번에도 마찬가지였다. 순서만 바뀌었을 뿐, 테르데오가 죽고, 내가 그 뒤를 따르게 될 뿐.

잔잔하게 중얼거리자 도돌레아가 악에 받친 얼굴로 나를 한껏 노려봤다. 그러더니 자리에서 일어서서 종이와 깃펜을 가져왔다.

도돌레아는 내가 제물로 죽을 시, 저주를 풀겠다는 말을 휘갈기고는 내게 깃펜과 종이를 건넸다.

나는 종이에 찬찬히 글자를 꾹 눌러 담았다.

라피레온 가족들이 죽지 않길. 부디 앞으로도 행복하길.

이제껏 누리지 못하고 포기했던 것들을 이젠 당연하게 여기지 않길.

애원하고 바라는 마음으로 진심을 천천히 담았다.

'라피레온 사람들이 죽지 않도록 저주를 풀 것. 그동안 라피레온 가문의 사람들이 죽지 않도록 할 것.'이라고 적은 후 종이를 건넸다.

"……저주가 풀리면 그때 마녀인 넌 어떻게 돼?"

도돌레아가 내 손에 들린 종이를 빼앗아 가며 대수롭지 않게 답했다.

"원래라면 죽었겠지만…… 지금은 힘을 꽤 많이 비축해 둔 덕에 죽지는 않아. 그러니 저주가 풀리면 나는 이번에야말로 라피레온 공과 행복하게 사는 거지."

도돌레아는 내가 써둔 내용을 읽더니 조소했다.

"그 가족들을 엄청 아끼나 보네. 나야 상관없지만."

도돌레아가 품에서 단검을 꺼냈다. 예전 신전에서 날 죽이려고 할 때 꺼냈던 단검이었다.

도돌레아가 단검으로 손가락 끝을 쿡 찔렀다. 그러자 손마디를 타고 흐른 피가 종이 위를 적셨다.

"자."

도돌레아가 단검을 내게 내밀었다. 나는 도돌레아가 앞서 했던 것처럼 단검으로 손가락을 찔렀다.

내 피가 종이 위로 떨어져 눈물처럼 번져갔다.

도돌레아가 뭐라 알 수 없는 말을 중얼거렸다.

그러자 번진 피들이 글자를 옭아매듯 휘감아 빛나기 시작했다. 번져간 붉은 피가 검은 글씨를 먹어 치우고 몸집을 키웠다.

붉은 피가 검은 글씨를 모두 집어삼키고 나자 갑자기 종이가 화르르 불타올랐다. 놀랄 틈도 없이 그 자리에는 순식간에 재만 남았다.

섬뜩한 광경이었다.

"서약은 끝났어. 나 역시 네가 없었다면 애초에 저주를 풀 생각이었으니 걱정하지 않아도 돼."

서약이 끝났다. 이제 테르데오는 살 수 있다. 꽉 억눌려 있던 숨이 턱 풀리는 것만 같았다.

나는 눈가에 고인 눈물을 손가락으로 닦으며 담담한 시선을 아래로 내려뜨렸다.

"……거짓말."

"뭐?"

"리라한테도 그렇게 말했잖아, 너."

"……!"

도돌레아의 눈동자가 거칠게 흔들렸다.

"리라가 사라지면 아이의 저주를 풀어주겠다고 했지만…… 리라가 죽고 난 후에도 아이의 저주는 풀지 않았지. 심지어 아인하르트가 죽고 난 후에도 말이야."

"네가 그걸 어떻게……."

도돌레아가 잔뜩 겁먹은 것처럼 몸을 덜덜 떨었다. 하지만 그 얼굴은 오랜만에 만난 친구를 보는 것처럼 반가운 표정이었다.

어쩌면 천 년 전의 기억을 혼자 가지고 있는 게 아니라는 반가운 희망과 그 추악함을 들켰다는 두려움이 공존하는 모습이었다.

"계속 궁금했어. 네가 원하는 대로 리라는 사라졌잖아. 심지어 네 누명을 쓰고 마녀로 죽었지. 그런데도 왜 아이한테 건 저주를 풀지 않았어?"

"너. 너…… 리라야?"

도돌레아의 질문에 절로 조소가 흘렀다. 내가 모든 걸 알고 있으니 전생의 기억이 있다고 생각한 것 같았다.

답이 없자 도돌레아가 한참 눈을 끔뻑거렸다.

"너, 너 리라구나! ……왜, 왜 나한테 말 안 했어?"

"……."

"내가 혼자 얼마나 외로웠는데……!"

"외로워?"

그 말을 듣는 순간 나는 푸흐 웃음이 터져 나왔다. 나는 실성한 미친 사람처럼 배를 잡고 하하하 소리 내 웃었다.

도돌레아가 불쾌한 티를 내며 얼굴을 찡그렸다.

"도돌레아, 아니. 이름조차 잊은 마녀야. 네 외로움은 네가 자처한 거야. 누굴 탓하려고 해?"

"뭐?"

"널 믿었던 친구를 배신하고, 네가 사랑하던 남자를 불행하게 하는데. ……네 옆에 사람이 남아 외롭지 않은 게 되레 이상하지."

"너……."

"그리고 난 전생의 기억 같은 건 없어. 그 과거를 기억하는 건 너 혼자지."

어차피 이제 꺼릴 게 없었다.

초대 대공인 아인하르트 오르페 라피레온의 초상화는 소름이 끼칠 정도로 테르데오와 닮아 있었다.

모르는 사람이 본다면 미세한 차이조차 느끼기 힘들 정도로.

도돌레아는 처음 날 보고 네가 왜 여기에 있냐며 경악했었고.

게다가 날 보고 기억나는 게 없냐고 자기를 모르냐고 물었었다. 분명 황궁의 몇 명한테도 자기를 모르냐고 물었다고 했었지.

그렇다는 건 나와 테르데오, 그리고 몇 명이 천 년 전의 얼굴을 그대로 가지고 태어났다는 거겠지.

"분명 네 눈엔 우리가 같은 사람으로 보이는데, 아무도 널 기억하지 못하니 무서워?"

"……!"

"아무도 모르는 곳에 혼자 떨어진 것처럼 외로워?"

도돌레아의 붉은 입술이 정곡에 찔린 것처럼 덜덜 떨렸다. 잔뜩 겁에 질린 모습을 보니 답답했던 가슴이 뚫리는 것 같았다.

"걱정하지 마. 넌 앞으로도 그럴 거니까. 널 기억하는 사람은 아무도 없을 거야. 네가 누구였는지 너도 모르잖아?"

"너, 너……."

"넌 평생 널 모르는 사람들한테 둘러싸여 연기하며 거짓된 삶을 살겠지. 싫은 음식을 먹고 싫어하는 걸 좋아하는 척하면서."

바로 지금처럼 말이야.

도돌레아의 얼굴이 희게 질려갔다.

"마녀는 육체가 썩어 문드러져도 영혼은 산다고 했지?"

나는 도돌레아의 앞으로 훅 다가섰다. 얼굴이 가까워지자 기세에 눌린 도돌레아가 뒤로 주춤 물러섰다.

그러거나 말거나 나는 쭉 편 손가락으로 도돌레아의 어깨를 톡 밀었다.

"하지만 너 이 육체에 느껴지는 감각은 다 느끼잖아."

"······뭐?"

"네가 피니어스 숙부님을 위해 보란 듯이 남겨둔 책에 '마녀는 죽지 않는 삶을 산다. 그게 그들한테 내려진 저주'라는 말을 썼지?"

"······."

"그땐 그게 왜 저주인지 이해 못 했거든. 그런데 이제 알 것 같아."

나는 더할 나위 없이 해맑은 표정으로 웃으며 손뼉을 쳤다.

"매번 새로운 몸으로 죽어갈 때마다 그 공포와 고통을 느끼는 거지?"

"······!"

"잘됐어. 넌 매번 그렇게 죽도록 해."

나는 입꼬리를 한껏 끌어 올려 도돌레아를 비웃어 줬다.

"너······."

"네가 그렇게 사랑해 마지않는 아인하르트의 일기장 마지막 페이지에 네 목을 베고 사지를 찢겠다고 쓰여 있었지."

"그걸······."

"나도 같아. 내가 다음에 다시 환생한다면 이 손으로 네 심장을 찔러서 최대한 고통스럽게, 천천히 죽일 거니까 각오하는 게 좋아."

"그 일기장을······ 그래서 다 아는 척했구나."

도돌레아가 어깨에서 힘을 쭉 빼고 머리를 쓸어 넘겼다.

"왜 아이한테 건 저주를 풀지 않았는지 궁금하다고?"

도돌레아가 창백해진 얼굴로 실성한 사람처럼 하하 웃었다.

"……저주를 걸지 않았었어."

"뭐?"

"저주를 걸 마음 같은 건 처음엔 없었어."

도돌레아가 분하다는 표정으로 두 주먹을 말아 쥐었다.

"리라가 사라지고 라피레온 공이 내 것이 됐다면, 저주가 걸렸을 일도 없었겠지."

"헛소리. 너는 리라가 죽기 전 아이한테 저주를 걸었잖아."

그래, 분명 초대 대공의 일기장에는 그렇게 쓰여 있었는데.

2대 대공의 일기장의 내용은 조금 달랐지만.

혼란스러운 얼굴로 바라보자 도돌레아가 자리에서 일어섰다. 그리고 설렁줄을 잡아당기며 씩 웃었다. 뒤틀린 미소가 기괴했다.

"아니지."

도돌레아가 단검을 꽉 쥐었다.

"아힘의 일기를 잘 읽었으면 알 텐데? 아힘의 일기 어디에도 아이의 피가 사람을 죽였다는 말은 안 쓰여 있잖아."

"……뭐?"

"아이한테 저주를 걸었다는 건 두 사람을 헤어지게 하려는 거짓말이었어."

뭐라고?

"그럼……."

경악을 머금은 입술을 떡하니 벌리고 있자 노크가 들렸다. 도돌레아가 들어오라 하자 명령을 받은 하녀가 안으로 들어섰다.

도돌레아는 들어선 하녀를 신경 쓰지도 않은 채 태연스럽게 말을 이어갔다.

"그래. 라피레온 공이, 아힘이 나를 받아들이지 못하고 리라를 따라 죽었을 때."

도돌레아가 단검을 높게 치켜들었다.

"죽음으로써 나한테서 벗어나려 하길래 바로 그때 그 피에 저주를 걸었어. 그의 자식이 즉위했을 때 말이야. 영원히 날 잊지 못하도록. 다시 태어나더라도 날 저주하면서라도 기억해 주길 바랐거든."

"……미쳤구나."

절로 욕설이 나왔다.

그래서 두 사람의 일기에 차이가 있었던 거야.

아인하르트는 사랑하는 자식이 저주에 걸린 줄 알고 있었지만 사실은 아니었어. 2대 대공이 즉위한 후 저주가 걸린 게 맞았던 거지.

"하지만 다시 환생한 라피레온 공을 죽이려던 건 아니야."

도돌레아의 눈이 번뜩거렸다. 높게 치켜든 검이 샹들리에의 빛을 담아 무섭게 반짝였다.

"그래, 네 말대로 책임은 너와 나 둘이 같이 지는 거야. 네가 사라져야 나도 맘 편히 저주를 풀지."

도돌레아가 단검을 크게 휘둘렀다.

번뜩거리던 단검이 도돌레아의 옆에 선 하녀의 가슴에 무자비하게 박혔다. 갑작스러운 공격을 받은 하녀가 놀란 신음을 흘렸다.

그러나 아픔을 느낄 새도 없이 도돌레아가 작게 주술을 외우자 재가 되어 사라지고 말았다.

눈앞에서 펼쳐진 섬뜩한 광경에 할 말을 잃었다.

"지금 뭘……."

제물이 되는 건 나 아니었나? 왜 다른 사람을……. 떨리는 목소리로 겨우 묻자 도돌레아가 태연하게 어깨를 으쓱였다.

"저주를 풀기 위해서는 많은 힘이 필요해."

도돌레아가 고개를 까닥거리며 침실의 창문을 열었다. 앞날을 예고하는 것처럼 날 선 거센 바람이 불었다.

도돌레아가 단검 끝으로 나를 가리키며 아무렇지 않게 웃었다.

"네가 내 신전에 와서 계획을 망치는 바람에 그간 많은 제물을 얻지 못했거든. 그래서 힘이 아주 조금 부족해."

"뭐? 조금 전에는 분명 힘을 많이 비축했다고……."

"그래. 그리고 지금부터 더 비축할 생각이고."

도돌레아가 수년간 바랐던 행복한 미래를 상상하며 황홀하게 웃었다.

"……힘을 채운다니?"

"걱정하지 마. 너는 맨 마지막을 장식하게 해줄 테니까."

도돌레아가 단검 쥔 손으로 뒷짐을 진 채 침실 문 너머로 나섰다. 뭘 하려는 건지 의문이 들기도 전, 활짝 열린 문 너머 복도에서 비명이 들렸다.

"꺄아아악!"

고막을 찢을 것처럼 날카로운 비명에 절로 몸이 움직였다. 벌떡 일어난 나는 도돌레아를 따라 문을 나섰다.

그러자 희게 질린 얼굴의 하녀들이 혼비백산으로 도망가는 모습이 보였다. 바로 도돌레아한테서.

복도는 그야말로 무차별한 학살의 현장이었다.

"그만둬!"

작고 가녀린 몸의 황녀를 충분히 밀쳐낼 수 있음에도 불구하고 하인과 하녀들은 그러지 못했다.

황족의 몸에 허락 없이 손을 대는 건 사형감이었다. 그러기에 자기 가슴에 단검이 박히는 걸 보면서도 그들은 고작 뒤로 도망치는 게 전부였다.

끔찍한 지옥이었다.

"살려, 살려주세요."

삶을 애원하는 작은 목소리가 들렸다. 하지만 그것도 잠시였다.

애절한 목소리는 도돌레아에 의해 한 줌의 재가 되어 사라졌다.

혼돈 속에 내던져진 것처럼 머리가 하얗게 점멸했다.

뭐라도 해야겠다 싶어 나서려던 찰나 갑옷 소리가 무섭게 들려왔다.

"황녀 전하."

소란스러움을 느끼고 빠르게 달려온 기사들이 도돌레아를 불러 세웠다. 지난번 저택 앞에서 만났던 그 사람이었다.

심각한 사태를 눈치챈 기사단장이 앞으로 나섰다.

"황녀 전하, 이러시면……."

"이러시면 뭐? 어쩔 건데? 이 궁의 주인인 나를 뭐 어떻게 하기라도 하려고?"

"폐하께 이 사태에 대한 보고가 올라갔습니다. 하인들이 무슨 잘못을 했는지는 모르지만……."

기사단장이 힐끗 하인들이 도망간 곳을 곁눈질로 살폈다.

"궁의 폭군으로 군림하는 일은 반란군한테 정당성을 안겨줄 수 있습니다. 폐하를 위해서라도 그만두시는 게 좋겠습니다."

도돌레아가 그저 하인들을 잡는다고 생각할 뿐, 사람이 재로 변하는 장면은 보지 못한 것 같았다.

주변을 둘러보며 상황 파악을 하던 기사단장과 내 눈이 마주쳤다.

나를 확인한 그가 어깨를 흠칫거렸다. 내가 왜 여기 있느냐는 눈빛이었다.

그러나 눈빛을 주고받기도 전에 도돌레아가 두 팔을 넓게 펼치며 환희에 젖은 표정으로 조소했다.

"폐하께 보고?"

도돌레아가 고개를 뒤로 젖혀 천장을 바라보며 크게 외쳤다.

"소용없어. 이 황궁에서 날 막을 수 있는 사람은 아무도 없으니까. 날 너무도 아끼는 폐하께서 내 병이 다시 도질까 몸에 손을 대지 말라 하셨잖아! 내 명령을 거부하지 말라고도 하셨고!"

"그건……."

"황실 기사단이면 폐하의 명령에 잔말 말고 따르기나 해. 그렇지 않으면 너희도 똑같이 만들어 줄 테니까."

도돌레아가 가소롭다는 듯이 외쳤다.

기사단장의 얼굴이 찡그려졌다. 황제의 명령을 어기고 도돌레아를 막을지, 아니면 도돌레아를 이대로 둘지 고민하는 것 같았다.

고민하던 기사단장이 한숨을 내쉬며 부하들한테 제자리로 복귀하라 명령했다. 그의 선택이 끝나자 많던 기사들이 썰물 빠지듯 단숨에 사라졌다.

기사단장은 마지막으로 나를 힐끔 바라보고는 걸음을 옮겼다.

그게 전부였다.

'말도 안 돼.'

명색이 기사라는 사람들이면서. 죄 없는 사람들을 도울 생각은 안 하는 거야?

문득 행렬할 때 있던 일이 생각났다. 황가만 지키고자 했던 기사들. 테르데오나 나, 혹은 그곳에 있던 평민들은 조금도 보호하지 않았었다.

황실 기사단에게 중요한 건 그저 황제의 명령과 황가의 목숨이었다.

핍박받는 하인들을 보면서도 보호할 생각 같은 건 전혀 하지 않다니.

마치 노예 같은 삶을 사는 슈와츠 왕국민들과 그들을 무시하는 제국민들의 모습과도 같아 보였다.

입술을 짓씹는 나와는 달리 도돌레아가 만족스럽게 웃었다.

난무하는 비명 속에서 홀로 서 있던 나는 드레스 치맛단을 움켜쥐었다. 허벅지에 테르데오가 선물해 줬던 단검이 느껴졌다.

결심에 찬 표정으로 치맛단을 올리려던 순간, 뒤에서 익숙한 목소리가 들렸다.

"이게 무슨 일이……."

나는 놀란 얼굴로 뒤를 돌아봤다. 새어머니였다.

살이 많이 빠져 홀쭉하다 못해 앙상해진 새어머니가 덜덜 떨리는 손으로 입가를 가렸다. 그녀의 얼굴은 공포가 아닌 기쁨과 환락에 물들어 있었다.

모두가 살고자 도돌레아한테서 도망가고 있는 지금.

새어머니는 희열에 젖은 얼굴로 도돌레아를 향해 한 걸음 한 걸음을 천천히 내디디며 다가갔다.

"아아, 신이시여."

이미 빛이 죽은 눈동자는 제정신이 아니었다. 새어머니가 비틀거리면서 도돌레아의 앞으로 걸어갔다.

"드디어, 드디어. 신께서."

도돌레아가 픽 웃음을 흘리며 기다렸다는 듯이 새어머니를 맞이했다. 그리고 그녀의 어깨를 사랑스럽다는 듯이 툭툭 두드리며 히죽거렸다.

"그래, 맞아. 네 모녀가 있었지."

"네, 신이시여! 이 순간을 오랫동안 기다렸습니다. 저를 잊지 마세요. 저도, 저도 구원받고 싶어요."

새어머니가 몽롱한 표정으로 찬양하듯 두 팔을 옆으로 넓게 펼쳤다.

"이제 저도 불사의 기적을 누릴 수 있나요? 때가 왔나요?"

스스로 제물이 되는 모양새였다. 무슨 일이 벌어지고 있는지 뻔히 알 텐데도 새어머니는 환한 표정으로 기다렸다.

도돌레아가 환하게 웃으며 고개를 끄덕거렸다.

"그래, 이제 때가 왔어."

푹!

 말이 끝나기 무섭게 도돌레아가 손에 쥔 단검을 휘둘렀다. 섬뜩한 소리와 함께 새어머니와 도돌레아의 몸이 한데 겹쳐졌다.

 "아아……."

 죽어가는 순간마저 새어머니는 고통을 느끼지 않는 것처럼 웃었다. 불사의 삶을 살 수 있다는 희망에 취한 상태처럼 보였다.

 새어머니가 고개를 뒤로 젖혀 번뜩거리는 샹들리에의 빛을 갈망하듯 바라봤다. 텅 비어 있던 눈동자에도 드디어 그 빛이 담겼다.

 "이제, 행복하게, 살 수 있어."

 새어머니가 입술을 끌어 올려 자그맣게 속삭이듯 중얼거렸다.

 행복하게 살 거라고? 그 작은 중얼거림에 기가 찼다. 행복하게 살 기회는 많았다. 아니, 회귀 전에도 우리는 가족이라는 이름 아래 행복했었다.

 가족들이 나를 죽이고 배신하기 전까지만 하더라도.

 행복을 걷어찬 건 스스로면서 행복을 바라고 있었다니. 아이러니한 일이었다.

 내가 새어머니를 향해 다가가려던 그 순간이었다. 뒤에서 기겁하는 숨소리와 함께 익숙한 목소리가 들렸다.

 "말, 말도, 말도 안 돼."

 굳이 고개를 돌리지 않아도 알 수 있었다.

 "엄, 엄마……."

 레이나였다. 아마 다른 곳에 있다가 소란스러움을 듣고 달려온 모양이었다.

 당장이라도 새어머니한테 달려갈 줄 알았던 레이나는 기겁한 채로 제자리에 얼어붙었다.

 죽어가는 새어머니한테 달려가지도, 새어머니의 가슴을 단검으로 찌르고 있는 도돌레아를 떼어내지도 않았다.

그저 제자리에 서 있을 뿐이었다.

"미, 미쳤어. 그래서, 그래서 내가 도망가자고…… 도망가자고 했는데!"

레이나의 시선을 느꼈는지 도돌레아가 고개를 돌렸다. 그리고 내 뒤에 선 레이나를 흥미로운 시선으로 바라봤다.

"레이나, 걱정하지 말렴."

도돌레아가 매혹적인 미소로 레이나를 향해 웃어 보였다.

"네 어머니는 바라던 대로 사후 세계에서 죽지도, 늙지도 않는 삶을 지내게 될 테니까. ……물론 그것도 사후 세계가 있을 때의 일이지만."

도돌레아가 들으란 듯이 조롱했다. 마지막 조소와 동시에 새어머니의 몸이 무너지듯 내려앉더니 재로 변해 사라졌다.

"허억……!"

뒤에서 레이나가 경악하는 소리가 들렸다.

나는 슬그머니 고개를 돌렸다. 평소 새어머니를 잘 따르고 사이가 좋던 모녀였으니 큰 충격에 빠졌을 것이다.

아니나 다를까 레이나는 두 손으로 입가를 가린 채 크게 숨을 들이켜고 있었다. 그러더니 내가 뭐라 말을 건네기도 전, 레이나가 그대로 몸을 돌렸다.

그게 마지막이었다.

몸을 돌린 레이나는 아무런 말도 하지 않은 채 필사적으로 살고자 도망갔다. 자기 어머니를 죽인 사람을 눈앞에 두고 그저 자기가 살고자 부리나케 달리고 있었다.

'……혹시나 했는데 역시나.'

다른 사람의 고통을 이해할 수 있는 사람이었으면 애초에 나한테 그런 짓을 하지도 않았겠지.

문득 회귀 전, 새어머니한테 죽임을 당하고 레이나와 시프한테 조롱당하던 그때의 기억이 떠올라 얼굴을 찡그렸다.

꼬리를 말고 도망가는 레이나의 뒷모습을 보던 도돌레아가 배를 잡고 깔깔 웃었다.

"레이나, 도망가는 거야?"

도돌레아가 멀어지는 레이나를 향해 들으라는 듯이 부러 크게 외쳤다.

"내가 네 어머니를 죽였는데도 날 두고 살려고 도망가는 거야?"

돌아오는 답은 없었다.

"그래, 목숨은 소중하지. 죽은 사람은 죽었고 산 사람은 살아야지. 도망가서 행복하게 살길 바랄게, 레이나!"

도돌레아의 조롱을 들었을 텐데도 레이나는 뒤 한 번 돌아보지 않았다. 넘어질 뻔 휘청거리면서도 열심히 내달리며 필사적으로 멀어졌다.

멀리 뛰어가던 뒷모습은 작은 점이 되더니 곧 시야에서 사라졌다.

나는 한숨을 내쉬고 고개를 돌려 정면을 바라봤다. 저 멀리서 웃고 있던 도돌레아가 어느새 내 앞에 가까이 다가와 있었다.

"이제 모든 준비가 끝났어."

"……."

내가 두 손을 아래로 힘없이 내려뜨리자 도돌레아가 승리자의 미소를 지으며 단검을 세게 쥐었다.

"생각보다 담담하네."

"……."

"마지막으로 남기고 싶은 말은 없어?"

나는 눈물 한 점 없는 메마른 얼굴로 도돌레아를 내려다봤다. 붉은 입꼬리를 위로 휘자 도돌레아가 눈썹을 비뚜름히 올렸다.

"웃어?"

"그래. 참으려 했는데 더는 안 되겠거든."

"네가 죽음을 코앞에 두고 미쳤구나."

내게서 조금도 두려움이 보이지 않자 도돌레아가 붉은 입술을 짓씹었다.

하지만 두려워하지 않는 게 당연했다. 나는 두려울 게 없으니까.

"도돌레아, 아니. 마녀야."

앞으로 한 걸음 걸어가자 도돌레아가 쥐고 있던 차가운 검날이 가슴에 닿았다.

"그래, 넌 테오의 일이라면 이성을 잃고 날뛰니까 이번에도 그러리라 생각했어."

"……뭐?"

"너 라피레온 가문의 사람들과도 날 제물로 바치라고 서약을 했다지?"

내내 정신이 없던 도돌레아가 이제야 그 기억이 떠올랐는지 눈동자를 굴렸다. 나는 당황해하는 도돌레아를 향해 얕은 숨으로 조소했다.

"너와 서약한 라피레온 가문 사람들이 날 제물로 바치지 않으면 약속을 어기게 된 거니 서약 위반으로 죽게 되겠지. 내가 지금 두 발로 직접 왔으니 서약은 깨지게 될 거야."

"……그래 봤자 죽는 건 내가 아니라 약속을 어긴 라피레온 사람들일 텐데?"

도돌레아의 목소리가 거센 바람에 휘날리는 깃발처럼 흔들렸다.

"그래. 그리고 넌 나와 서약했지."

샹들리에의 빛을 받은 내 눈동자가 번뜩거렸다.

"라피레온 사람들을 죽게 하지 않겠다고."

"……!"

"그 사람들이 죽는 즉시, 너 역시 나와의 서약을 어겼으니 너도 죽는 거야."

"뭐, 뭐?"

"그뿐이겠어? 넌 날 천 년 전의 '리라'로 생각하니 잊은 것 같지만…… 나 역시 라피레온의 사람이야."

"너……너!"

"네가 날 제물로 죽이면 라피레온 사람인 날 죽게 한 거니 너 역시 그 자리에서 죽을 거야."

나는 천천히 머리를 뒤로 쓸어 넘기고 하찮은 벌레를 바라보는 것 같은 시선으로 도돌레아를 봤다.

"아까 테오와 행복하게 살 거라고 했나? 안됐네. 그건 어느 쪽이든 이뤄지지 않을 테니까."

도돌레아가 혼돈 속에 빠진 것처럼 입을 크게 벌리고 머리를 헤집었다. 나는 도돌레아를 무심하게 내려다보며 차갑게 중얼거렸다.

"천 년 전에 리라를 속인 후 마녀로 몰려 죽게 했지? 네게 똑같이 되돌려 줄게."

"네가 감히…… 감히 날……!"

"그때처럼 당해줄 마음은 없거든."

도돌레아가 큰 충격을 받은 것처럼 휘청거렸다. 그러더니 희번덕거리는 눈으로 날 당장 죽이기라도 할 것처럼 노려봤다.

"그럼 나와 서약을 한 라피레온 사람들이 모두 죽을 텐데? 괜찮겠어?"

"……."

"착해빠진 넌 그런 걸 가만히 보지 못하잖아."

도돌레아가 바들바들 떨리는 입술을 끌어 올려 억지로 여유로운 척 애썼다. 아마 그렇게 말하면 내가 동요하리라 생각한 모양이었다.

하지만.

"서약을 한 가족들이 죽는다는 거 알고 있어. 그래서 그게 뭐?"

"뭐?"

나는 그저 담담한 표정 그대로 도돌레아를 내려다봤다.

"그 사람들은 스스로 네 손을 잡겠다고 선택한 거야. 내 희생으로 인해 저주가 풀리길 바랐지. 대신 자기들 목숨을 희생해서 저주가 풀리니 기뻐할걸."

"……."

"마녀와 서약을 했으니 그에 따른 책임이 뒤따를 수 있다는 걸 생각했어야지."

그게 설령 죽음이라고 할지라도.

"나를, 나를 속였구나."

"따지자면 속인 건 아니지. 테오는 정말 위험한 상황이고, 난 라피레온 가족들…… 서약을 한 사람들 말고. 내 진짜 가족들이 죽지 않길 바라고 있으니까."

"……."

"네가 천 년 전 리라한테 썼던 방법을 응용했을 뿐이니 너무 불평하지 마. 되돌려 받는 거니까."

도돌레아가 독기를 품은 눈으로 이를 바드득 갈았다.

"감히, 감히 네가 나를…… 나를!"

도돌레아가 단검을 세게 쥐고 내 앞으로 달려들었다. 나는 재빨리 치마를 들치고 허벅지에서 단검을 빼 들어 검집 채 도돌레아를 가로막았다.

손톱으로 돌바닥을 긁는 것처럼 소름 끼치는 소리가 퍼졌다.

"죽여버릴 거야!"

나는 이를 악물고 위에서 힘으로 내리찍어 누르는 도돌레아의 단검을 막아냈다. 서약이 깨지고 크립스가 죽으면 도돌레아 또한 영향을 받을 것이다.

그때까지만 막으면 된다. 그때까지만.

'버텨줘, 테오.'

제발.

현재 저택에서 벌어지고 있는 상황은 알 수 없었다. 제발 길지 않은 그 시간만큼만 테르데오가 버텨주길 기도하고 또 바랐다.

"어차피 내가 죽게 된다면! 너도 같이 죽는 거야! 내가 아힘의 곁에 있을 수 없다면 너 또한 그 옆에 있어서는 안 돼!"

지나친 광기에 물든 도돌레아의 눈동자에 물기가 어른거렸다. 나는 아랫입술을 짓씹고 있는 힘껏 도돌레아를 뒤로 밀쳐냈다.

"이제 이쯤에서 그만해! 네가 사랑했던 아힘은 테르데오가 아니라는 걸 너도 슬슬 느끼고 있잖아!"

"닥쳐!"

"테오가 아힘의 전생이었다고 해도 두 사람은 다른 사람이야! 네가 사랑했던 그 남자는 이제 어디에도 없다고!"

"닥치라고!"

"그 사람의 영혼이 몇 번을 다시 태어난다고 해도 그건 아인하르트가 될 수 없어! 네 미련이고 집착이야!"

"알고 있으니까 그 입 닥쳐!"

늪지대 같은 도돌레아의 눈동자를 타고 눈물이 흘러내렸다. 허공에 단검을 몇 차례 휘두른 도돌레아가 갈라진 목소리로 크게 소리쳤다.

"나도 다 알고 있으니까 잘난 체 설교하려 하지 마! 하지만 그래도 난, 라피레온 공을 사랑할 수밖에 없어!"

"뭐?"

"그게 아니면! 그 이유가 아니면! 내가 이곳에서 혼자 이렇게 죽지도 않고 살아 있는 게 너무 괴롭잖아!"

"……."

"나한텐 그런 이유가 필요해! 죽지 않고 계속 살아갈 수 있는 이유가! 나는, 나는! 라피레온 공을 기다리는 거야. 사랑하고 기다리고 집착하고 미련을 가진 채 살아가는 거라고!"

도돌레아의 턱선을 타고 흘러내린 눈물이 마치 지난날의 후회와 죄책감처럼 보였다. 한바탕 크게 소리친 도돌레아가 떨리는 손으로 눈물로 짓무른 얼굴을 마구 문질렀다.

"나는, 나는 저주를 건 걸 후회하지 않아. 그래서 다들 날 기억하잖아? 나는…… 나는."

도돌레아의 흐느끼듯 중얼거리던 목소리가 뚝 끊겼.

손가락 사이로 치켜뜬 섬뜩한 눈동자가 나를 향하고 있었다.

"그런데 늘 너만 행복하잖아. 천 년 전에도 가졌으면 됐지. 왜 또 이번 생까지도 날 방해하는 거야?"

"……너랑은 정말 말이 통하지 않는구나."

"네가 날 방해하지만 않았어도 내가 이렇게 비참하지는 않았을 거야! 다 네가! 네가……!"

도돌레아가 발악하며 소리쳤다. 도돌레아는 단 한 번도 내 이름을 제대로 부른 적이 없었다. 어쩌면 도돌레아한테 테르데오가 라피레온 공, 즉 '아힘'인 것처럼 나 역시 '리라'일지도 모른다.

나는 테르데오가 선물로 줬던 단검을 세게 쥐었다.

"내가 말했지. 네 그 비참함은 결국 네가 만든 거라고. 세상 모든 사랑이 언제나 행복하게 끝나지만은 않아. 그걸 못 받아들이고 앞으로 나아가지도 않은 채 제자리걸음만 걷고 있는 건 너야."

"닥쳐. 네가 뭘 알아! 나는, 나는 어차피 발버둥 쳐도 앞으로 나아갈 수 없다고!"

실성한 도돌레아가 있는 힘껏 내게 달려들었다. 당장이라도 내 심장을 꿰뚫을 것처럼 날 선 단검이 무섭게 번쩍였다.

도돌레아가 내게 단검을 휘두르려던 그때였다.

챙-!

어디선가 별안간 날이 선 검이 우리 사이에 끼어들더니 도돌레아의 단검을 강하게 쳐냈다. 갑작스러운 힘을 받은 단검이 뒤로 멀리 날아갔다.

강한 고통을 느낀 도돌레아가 제자리에 멈춰서 손목을 부여잡았다.

동시에 익숙한 향기가 코끝을 시리게 했다. 향기를 맡는 것만으로도 간신히 가라앉았던 눈물이 터져 나올 것 같았다.

귓가에 부드럽게 와닿는 이 가쁜 숨소리의 주인이 누구인지 너무도 잘 알기에.

"어떻게 여길……."

나는 믿기 힘든 듯이 중얼거리며 천천히 고개를 돌렸다. 그러자 밀랍으로 만든 인형처럼 창백한 얼굴의 테르데오가 힘겹게 서 있었다.

"왜……."

당장 죽어도 이상하지 않을 만큼 위태로운 모습을 보자 목이 잠겼다. 크게 휘청거린 테르데오가 큰 파도에 휩쓸린 모래성처럼 내 어깨 위로 쓰러지듯 무너졌다.

"테오!"

나는 테르데오를 꽉 껴안아 온몸으로 받아냈다. 커다란 몸은 온기가 느껴지지 않을 만큼 차갑고 딱딱했다.

"왜, 왜 여기 있어요? 왜 테오, 당신이."

나는 천천히 자리에 주저앉으며 테르데오를 품에 밀착시켰다. 평소에는 강하게만 들리던 심장 소리가 오늘은 유난히도 약하게 들렸다.

"……내가."

실로 오래간만에 듣는 굵직한 목소리가 퍼졌다. 너무도 그리웠던 목소리에 순간 눈물이 핑 돌았다.

"둘이서는, 만나지 말라고 했잖아."

말 한마디 하는 것도 힘겨운지 숨소리가 가빴다.

이 목소리를 영영 못 들을까 봐. 이 커다란 품에 다시는 안기지 못하게 될까 봐.

"얼마나 걱정했는데. 일어났으면 누워서 기다리지…… 여기가 어딘 줄 알고 왜 왔어요……. 왜…….."

"……장난하는 건가?"

테르데오가 내 어깨에 묻은 고개를 옆으로 돌렸다. 핏기 없이 창백한 낯빛을 보자 통탄한 가슴이 미어졌다.

"너는 내 빛이고, 살아가는 이유잖아."

"……테오."

"네가 있는 곳이라면, 어디든. 그게 어디든. 몇백 번이고, 죽어서 다시 태어나더라도 그 곁으로 달려갈 거야."

손을 뻗어도 잡히지 않고 사라지는 신기루처럼 테르데오의 미소는 덧없이 희미했다.

기어코 턱선을 타고 흘러내린 절망이 우리 두 사람을 흠뻑 적셨다.

이 미약한 숨이 끊어질 때까지 서로의 품에 안겨 있을 것처럼.

우린 아무 말 없이 한참 서로를 끌어안은 채 숨을 죽였다. 무겁게 가라앉은 침묵을 깬 건 절망에 빠진 도돌레아의 목소리였다.

"왜…… 어째서? 왜…….."

눈 하나 깜빡거리지 않았는데도 도돌레아의 볼을 타고 툭 눈물이 바닥으로 추락했다.

"날 사랑하지 않아도 괜찮다고 했잖아. 그냥 내 곁에 있으면, 나한테 온다고 하면! 그거 하나면 모든 걸 다 해줄 수 있는데!"

"……"

"왜. 대체 왜 나는 안 되는 건데?"

처절한 울부짖음이 온몸을 갈기갈기 찢을 것처럼 몰아닥쳤다.

"얼굴도 다르고 이름도 달라졌어. 난 이 제국의 황녀야. 네가 원하는 건 내가 뭐든 해줄 수 있다고."

"……."

"사랑해. 나도 널 사랑해! 나는 널 위해 살아가고 있잖아! 오로지 너만을 위해!"

도돌레아의 간절한 바람에도 들려오는 답은 없었다. 나도, 테르데오도 도돌레아한테 해줄 말은 없었기에.

우리 두 사람은 도돌레아를 바라보지도 않았다. 철저하게 외면당한 도돌레아가 두려움에 가득 찬 얼굴로 긴 손을 뻗었다.

"……나를 봐. 나를 보라고…… 나 여기, 여기 있잖아."

허공을 맴돌던 도돌레아의 손이 닿으려 하자 나는 테르데오를 품에 끌어당기며 몸을 뒤로 뺐다.

"건들지 마. 네 사람 아니니까."

"……!"

"평생 네가 무슨 짓을 한다고 해도 네 사람이 아니라 내 사람이야."

도돌레아가 충격에 빠진 얼굴로 뒤로 주춤 물러섰다. 나는 뒤로 물러나는 도돌레아의 발을 내려다보며 자그맣게 중얼거렸다.

"……어차피 너도 이번이 마지막 삶이겠지만."

작은 중얼거림 뒤로 복도를 급하게 뛰어오는 묵직한 발소리가 들렸다.

"도돌레아! 어서! 어서 도망가야……."

고개를 돌리자 흐트러진 망토를 휘날리며 황제가 달려오는 모습이 보였다. 늘 옆에 달고 다니던 호위들을 방패 삼아 반란군한테 빠져나온 건지 호위도 없이 혼자였다.

황제는 한데 어우러져 있는 우리를 보며 주춤거렸다.

"라, 라피레온 공. 왜 여기……."

황제는 쓰러지듯 내 품에 주저앉아 있는 테르데오와 그를 감싸고 있는 나, 그리고 서서 단검을 쥔 채 울고 있는 도돌레아를 번갈아 봤다.

팔은 안으로 굽는다고 했던가.

자세한 상황도 알지 못하면서 멋대로 판단한 황제가 이를 바드득 갈며 테르데오를 노려봤다.

"그럼 그렇지. 황녀가 패악을 부린다는 보고를 들었었는데 잘못된 거였군. 황녀가 이상한 짓을 할 리가 없지. 라피레온 공, 또 그대의 만행이었군!"

분명 기사들한테 도돌레아의 패악질을 보고받았을 텐데도 황제는 사실을 외면했다. 비릿하게 웃은 황제가 도돌레아를 보호하듯 등지고 섰다.

"아하! 이제야 알겠군! 갑자기 반란군들이 동시다발적으로 황궁에 쳐들어온 것도 라피레온 공, 그대가 벌인 짓이군!"

반란군들이 황궁에 쳐들어왔다고?

나는 서둘러 주변을 둘러보았다.

지금까지 도돌레아와의 대화에 집중하느라 몰랐는데.

그러고 보니 황녀의 궁에는 경비를 서는 기사들조차 보이지 않았다. 이런 소란이 벌어졌으니 황태자를 포함한 황가의 사람들이 수상한 소문이 퍼지지 않도록 막으러 오는 게 정상인데.

그 아무의 모습도 보이지 않았다.

나는 고개를 내려 내 품에서 가파른 비탈을 오른 것처럼 숨을 쌕쌕 내쉬는 테르데오를 바라봤다.

이렇게 아픈 몸으로 황궁의 모든 이들을 제치고 들어왔을 리가 없다.

'아데우스가……'

아데우스와 함께 왔던 거구나.

반란군의 일원 중 검을 쓰지 못하는 자들을 몇 추려서 라피레온 가문의 사람들한테 보내달라 했었다. 그리고 누군가가 죽거든 장례를 치러달라는 부탁도 함께.

모든 일을 끝마친 후 테르데오가 깨어나자 황궁에 쳐들어온 게 틀림없었다.

황제의 흐트러진 옷차림이 순식간에 이해됐다. 아마 들이닥친 반란군을 피하고자 한 게 틀림없다. 도망가는 도중 도돌레아의 궁에는 별다른 반란군의 흔적이 보이지 않자 함께 데려가려고 온 것일 테고.

"감히, 감히 네깟 게 반역을 일으켜? 죽어 마땅한 이 반역자!"

황제가 시뻘겋게 달아오른 노한 얼굴로 침을 튀겨가며 소리쳤다. 그는 당장 도망가야 한다는 사실도 잊고 분노의 불길에 타올랐다.

"이 제국의 황제는 나야! 대대손손 그 자리를 지켜왔단 말이다! 그 누구도 넘볼 수 없어! 너 같은 쓰레기가······!"

황제가 성난 기세로 주변을 두리번거렸다. 당장 무기로 사용할 도구를 찾는 것 같았다.

두리번거리던 황제의 시선이 테르데오의 손에 들린 검을 향했다. 끝없는 권력욕에 타오른 집념이 살기로 변하는 순간이었다.

"이 제국의 주인은 나야. 그 누구도 내 명령을 거스를 수도, 반항할 수도 없어. ······내 의지를 거스르려는 자는 사형이다."

나는 본능적으로 재빠르게 상체를 숙여 테르데오를 온몸으로 감싸 안아 보호했다. 그러거나 말거나 황제의 검은 손이 테르데오가 쥔 검을 향했다.

그때였다.

푹!

이미 몇 번이나 익히 들었던 피부를 꿰뚫는 섬뜩한 소리가 들렸다. 다가올 고통에 나는 두 눈을 질끈 감았다.

하지만 시간이 흘러도 내게 느껴지는 고통은 없었다.

나는 숙였던 고개를 천천히 들어 올렸다.

"커헉……!"

그러자 충격에 휩싸인 황제의 얼굴과 그의 가슴에 무자비하게 단검을 꽂은 도돌레아의 충격적인 모습이 보였다.

"도, 도돌, 레아. 어째서, 어째서 네가 날……!"

도돌레아가 조금의 감정도 담기지 않은 무심한 얼굴로 황제를 올려다보며 분노했다.

"방해하지 마."

"컥."

"저 사람을 죽일 수 있는 것도, 살릴 수 있는 것도 오로지 나뿐이야."

예상하지 못했던 광경이었다. 설마 도돌레아가 황제를 찌를 줄은 생각도 못 했으니까.

테르데오만큼은 아니더라도 황제 또한 숱한 전쟁을 치렀고 암살에 대비하여 어느 정도의 검술은 배웠을 것이다.

그런 황제가 저렇게 무방비하게 급소를 찔렸다는 건, 그 역시도 사랑에 마지않는 도돌레아가 자기를 찌를 줄은 몰랐다는 걸 뜻했다.

"어, 째서."

감당할 수 없는 충격에 휩싸인 황제의 몸이 크게 휘청거렸다. 황제가 절망 섞인 얼굴로 도돌레아를 향해 손을 뻗었다.

"도돌, 레아."

"그 이름으로 날 부르지 마. 난 도돌레아가 아니니까."

"……!"

"바보 같긴. 내가 아직도 네 딸로 보여? 아니지. 당신도 사실 내가 진짜 도돌레아가 아니라며 의심하고 있었잖아."

거친 풍랑을 만난 배처럼 황제의 눈동자가 심하게 흔들렸다.

"누가 진짜 자기 딸인지도 모르고 겉모습에 속아 넘어가는 한심한 놈. 그러고도 사랑한다는 번지르르한 말을 늘어놓는 것만 잘하지."

"……."

"네 딸은 이미 한참 전에 죽었어."

촌철살인이 묻어난 날카로운 말에 황제의 얼굴이 하얗게 질렸다. 도돌레아가 황제의 가슴에 박힌 단검을 더욱 세게 밀어 넣으며 입술을 짓씹었다.

"주제도 모르는 게 감히 누굴 죽이고 해치려 들어. 네가 할 일은 딱 하나, 라피레온 공이 나와 결혼할 수 있도록 하는 것뿐이었는데……!"

그때였다.

처절한 외침을 쏟아내던 도돌레아가 어딘가 고통스러운 표정으로 말을 뚝 멈췄다.

그리고 황제의 가슴에 찔러 넣은 검을 세차게 비틀어 빼내고 뒤로 물러섰다.

그녀의 얼굴에 커다란 공포와 더불어 혼란스러운 고통이 묻어났다.

도돌레아가 가쁜 숨을 몰아쉬며 가슴께를 쥐어뜯을 것처럼 움켜쥐었다.

"허억, 허억."

불규칙한 숨소리가 제법 고통스럽게 들렸다.

드디어.

나는 테르데오가 조금만 더 버티길 바라는 마음으로 품에 꽉 세게 끌어안았다.

드디어……!

'크립스가 죽었구나.'

크립스와 도돌레아가 한 서약이 깨져 그와 관련된 라피레온가 사람들이 죽은 게 틀림없었다. 그러니 이젠 도돌레아, 아니. 마녀의 차례였다.

도돌레아가 기괴하게 구겨진 얼굴로 뒤로 물러서며 날 노려봤다.

"네가, 네가 날……!"

도돌레아가 등을 벽에 겨우 기댄 채 격하게 몸부림쳤다. 그 얼굴 위로 처음 느껴보는 죽음에 대한 공포가 스멀스멀 기어올랐다.

"허억……! 이게, 이게 뭐야!"

도돌레아가 고통에 발버둥 쳤다. 하지만 황제는 고통을 호소하는 도돌레아를 보면서도 도우려 하지 않았다.

황제의 얼굴은 여전히 하얗게 질린 채였다. 그는 그저 단검에 찔린 가슴 쪽 상처 부위를 손으로 꾹 누른 채 도망가려는 것처럼 뒤로 슬금슬금 물러서고 있었다.

'역시.'

레이나도, 황제도.

사랑한다던 가족을 둔 채 뒤로 물러서고 있었다. 오롯이 자기만 살겠다는 이기적인 생각.

두 사람에게 가족이라는 단어는 큰 의미가 없는 것 같았다. 절로 안타까움이 퍼졌다.

황제가 점점 뒤로 물러서던 그때였다.

내내 축 늘어져 품에 안겨 있던 테르데오의 몸이 미세하게 움직였다. 가쁘게 몰아쉬던 숨을 멈춘 테르데오가 온몸에 힘을 실어 일어섰다.

그러더니 쥐고 있던 긴 검에 자기 피를 한 방울 묻히고는 도망 가던 황제를 향해 날카롭고 빠르게 휘둘렀다.

필사의 일격이었다.

내내 눈치만 살피던 황제는 갑작스러운 테르데오의 검을 피할 여력도 없이 공격에 당했다.

밖에서는 반란군, 안에서는 아끼던 황녀한테 공격을 당했다.

이런 어지러운 상황에서 정신을 똑바로 차릴 수 있을 리가 없었다. 황제는 테르데오의 검에 정면으로 베인 채 그대로 바닥에 쓰러졌다.

테르데오의 피가 몸에 스며들자 격렬한 고통을 느낀 황제가 몸부림쳤다. 바닥에서 기어 다니던 황제가 도돌레아를 향해 힘겹게 중얼거리며 손을 뻗었다.

"도돌, 도돌레아…… 나 좀. 나 좀 살려다오."

자신은 조금 전 도돌레아를 버리고 도망가려 했으면서. 아이러니했다. 하지만 마찬가지로 죽기 전 고통을 호소하고 있는 도돌레아한테 황제의 목소리가 닿을 리 없었다.

"도, 도돌, 레아."

하지만 알면서도 황제는 끊임없이 도돌레아를 불렀다.

"그럼, 어디, 어디 있느냐. 내 딸."

그가 부르고 찾는 게 진짜 도돌레아인지, 아니면 당장 눈앞에 있는 마녀 도돌레아인지는 모르겠지만.

나는 주저앉아 있던 자리에서 일어나 테르데오의 옆으로 걸어갔다. 그리고 테르데오를 부축한 채 서서 쓰러진 황제를 내려다봤다.

"살려, 줘. 살려……."

이젠 말하기도 힘든지 황제가 입술만 벙긋거리며 나를 바라봤다. 그 눈동자가 점점 생기를 잃어갔다.

"진짜 도돌레아가 아주 외로워했어요."

내 중얼거림에 황제의 동공이 크게 확장됐다. 그러나 그것도 잠시였을 뿐. 이내 죽음에 집어삼켜지듯 생기를 잃고 빛을 잃어갔다.

가만히 내려다보자 옆에 있던 테르데오가 날 가볍게 끌어당겼다. 그리고 죽어가는 황제를 볼 수 없도록 고개를 자기 어깨에 파묻도록 했다.

"볼 필요 없어."

여전히 테르데오의 목소리는 힘을 잃은 채 떨리고 있었다. 내 머리를 쓰다듬는 손도 힘겨워 보였다.

'누가 누굴 걱정하는 거야.'

나는 테르데오의 품을 파고 들어가서 안겼다. 그리고 그를 부축하듯 몸에 힘을 실었다.

"……괜찮아요?"

"그럭저럭."

황제의 죽음을 알리듯 아래에서 몸부림치던 기척이 뚝 끊겼다.

'부디 그곳에서는 진짜 도돌레아 황녀한테 상처 주지 않길.'

나는 테르데오의 품에서 고개를 돌렸다.

CHAPTER 16.

저주의 해방

My in-laws are obsessed with me

Chapter 16

 그리고 한 번의 숨을 뱉을 때마다 격하게 고통에 몸부림치는 도돌레아를 힐끗 바라봤다.
 "……괜찮아질 거예요, 테오."
 이제 정말 얼마 안 남았으니까.
 내 자그만 중얼거림을 들은 건지 도돌레아가 고개를 뒤로 젖힌 채 시선을 내려 날 노려봤다. 곧 끊어질 것처럼 헐떡거리는 숨이 아슬했다.
 "그만 단념해. 이 이상 고집부려도 네게 남는 건 없어."
 "그 주둥이 닥쳐!"
 도돌레아가 실핏줄이 터져 충혈된 붉은 눈으로 고통스럽게 소리치며 손에 들고 있던 단검을 던졌다. 하지만 힘이 모자라 내가 있는 곳까지 오진 않았다.
 도돌레아가 곧 코앞까지 밀려든 죽음의 고통에 허리를 숙여 아픔을 호소했다.
 "아아아악!"
 도돌레아의 하얗게 질린 낯빛이 새파래지더니 이내 흙빛으로 시시각각 변해갔다. 차라리 단번에 숨이 끊어지듯 죽었다면 고통스럽지나 않지.

일부러 즐기며 목을 옥죄듯 마녀는 그렇게, 고통스럽게 죽어가고 있었다.

"죽기, 죽기 싫어."

도돌레아가 긴 손톱으로 돌벽을 무참히 긁어댔다. 괴로움에 몸부림친 흔적이 부러진 손톱에 선명히 남았다.

"드디어, 드디어 해방인데. 그렇게 바라던 해방인데."

어둡게 그늘이 진 도돌레아의 눈동자 속에 나와 테르데오의 다정한 모습이 비쳤다.

"싫어. 혼자, 혼자 가는 건 싫어."

"……무섭니?"

내 질문에 도돌레아가 대답 없이 하염없이 눈물만 흘렸다.

"그게 죽음을 앞둔 사람의 심정이야."

"……!"

"네가 다른 사람들을 죽일 때. 그 사람들은 모두 지금 너처럼 무서워했어. 넌 이제야 진짜 그 공포를 느끼는 것 같지만."

육체에 가해지는 아픔과 이제 정말 아무것도 볼 수 없다는 죽음을 앞둔 정신적인 고통은 달랐다.

도돌레아는 이제까지 죽는다는 육체의 아픔을 느낀 적은 많겠지만, 모든 것을 뒤로한 채 떠나야 하는 정신적인 고통은 처음일 것이다.

"네게는 다음 생이라는 것도 없이 '소멸'이라고 했었지."

"아, 아아……."

"다시는 마주치지 말자, 마녀."

"아아아악!"

도돌레아가 울부짖으며 바다 위로 쓰러져 내렸다. 큰 비명이 황녀의 궁 곳곳에 스며들었다.

도돌레아의 몸이 발작을 일으키듯 기괴하게 떨리기 시작했다. 동시에 테르데오 또한 신음을 흘리며 자리에 주저앉았다.

"테오!"

혹시 도돌레아가 무얼 하는 건가 싶었지만. 다행히도 그건 아닌 것 같았다.

괴로워하는 테르데오의 몸에서 검은 연기가 피어났다.

척 봐도 악의 근원지라고 보일 정도로 불쾌한 검은 연기였다. 테르데오의 몸에서 선명하게 보일 정도로 피어난 연기가 도돌레아의 몸으로 천천히 스며들었다.

테르데오뿐 아니었다. 어디서 피어났는지 모를 수많은 연기가 도돌레아를 중심으로 모이고 있었다.

아마 라피레온 가문의 사람들한테서 피어난 연기일 것이다.

검다 못해 죽음의 색으로 보이는 연기가 이내 도돌레아한테 스며들다 못해 그 주위를 에워쌌다.

'저주가…… 풀리고 있어.'

느낌이지만 알 수 있었다. 지금까지 고통받아 왔던 저주가 풀리고 있다.

도돌레아의 얼굴은 물론이거니와 온몸이 흙색으로 뒤덮였다. 도돌레아가 파르르 떨리는 속눈썹을 들어 올렸다. 푸르른 숲속 같던 녹색의 눈동자마저 흙색처럼 변해갔다.

가물거리는 눈동자가 나를 향했다.

"굳이, 저주가 아니더라도."

오랜 세월 중첩되어 있던 저주를 돌려받은 탓인지 도돌레아는 입술도 제대로 움직이지 못했다.

"마음, 먹으면, 널 죽일 수 있었어. 권력이든, 검으로 베든. …… 그런데, 못 했지."

도돌레아가 시선을 돌려 샹들리에의 빛을 바라봤다. 그리고 갈망하던 빛을 잡으려는 듯이 두 손을 뻗었다.

아까 전 새어머니와 같은 행동이었다.

평온한 얼굴과는 달리 마지막을 알려주듯 도돌레아의 손발이 힘없이 떨렸다.

"난, 마녀야."

아무도 듣지 않을 마지막 중얼거림이었다.

"사람을 홀리고, 사람을 이용하는 마녀."

"……"

"모두에게, 손가락질을 받는 마녀."

테르데오의 몸에서 빠져나오던 연기가 완전히 사라졌다. 동시에 검은 연기에 잠식되어 가듯 도돌레아의 몸이 뻣뻣하게 굳어갔다.

"나쁜 마녀가…… 있었구나…… 하고, 맘껏 욕하면서…… 살아. 날, 잊지, 말고."

도돌레아의 눈동자가 검게 변하고 입술이 점차 움직이지 않았다. 하늘을 향해 뻗었던 두 손은 힘없이 아래로 축 늘어진 지 오래였다.

"아아…… 마지막은…… 즐겼으니, 만, 족해. 드디어, 휴식이구나……"

중얼거림의 끝맺음을 마지막으로 도돌레아의 입술은 더 움직이지 않았다.

황녀의 궁에 적막이 일었다.

눈도 채 감지 못한 채 도돌레아는 돌이 된 것처럼 뻣뻣하게 굳어 그대로 죽었다.

'드디어 휴식이라니.'

도돌레아가 마지막으로 남긴 말이 이상하게 가슴을 울리듯 박혔다. 죽고 싶어도 죽을 수 없던 삶을 살던 마녀.

살아가기 위해 비틀린 애정에 집착한 마녀.

정말 영생은 저주였다.

나는 멍하니 죽은 도돌레아를 바라보다 황급히 정신을 차리고 테르데오를 살폈다.

"테오!"

주저앉아 있던 테르데오의 낯빛은 돌아와 있었다. 숨이 가쁘지 않았고 손이 떨리지도 않았다. 당장이라도 죽을 것처럼 힘없이 늘어져 있지도 않았지만.

그는 울고 있었다.

"테오! 괜찮아요? 어디 아파요?"

하염없이 아무런 말도 하지 않은 채 눈물을 흘리던 테르데오가 고개를 들었다. 어여쁜 남자의 눈물을 멍하니 바라보자 그가 믿을 수 없다는 듯이 중얼거렸다.

"저주가, 저주가 풀렸어."

힘겹게 툭 내뱉은 말이 입술 위를 맴돌았다.

투명한 눈물이 방울진 채 아래로 떨어졌다. 이제까지 참아왔던 많은 것들을 털어내리는 것처럼 끊임없이 흘러내렸다.

"저주가…… 저주가…….."

그토록 바라오던 순간이었다. 꿈에나 그리던.

어쩌면 죽고 나서도 오지 않을지도 모른다고 생각했던 바로 그 순간.

테르데오가 복받치는 감정을 어쩔 줄 몰라 입술을 악물었다. 하지만 비집고 터져 나온 눈물은 멈추지 않았다.

커다란 손으로 얼굴을 가리려 애쓰면서도 그는 어린아이처럼 울고 있었다.

이 순간을 얼마나 바랐는지, 지금까지 얼마나 고통스러웠는지 나 또한 잘 알고 있기에 덩달아 함께 눈물이 흘렀다.

"살아, 살아 있어 줘서."

"……."

"살아 있어 줘서 고마워요, 테오."

죽을 뻔했던 숱하디숱한 고비를 넘기고 지금까지 살아 있어 줘서. 내 옆에 이렇게 살아 숨 쉬고 있어 줘서.

"당신의 삶에 너무 고마워요, 테오."

테르데오가 손을 뻗더니 내 어깨를 부드럽게 감싸 품에 안았다. 내 어깨를 뜨겁게 적시는 그의 눈물이 여실히 느껴졌다.

"샤샤, 샤샤."

테르데오가 잔뜩 갈라진 목소리로 내 이름을 겨우 불렀다. 그저 내 이름을 부르는 것뿐인데 테르데오의 모든 감정이 온몸으로 전해 들어오는 것 같았다.

무슨 말이 하고 싶은 건지, 지금 어떤 감정인 건지.

"괜찮아요, 이제. 이제 괜찮아요."

너무 잘 느껴져서 나는 말없이 그의 등을 꼭 껴안았다. 누구의 것인지 모를 심장이 세차게 뛰었다.

기나긴 세월 동안 괴롭히던 저주가 드디어 풀렸다. 여러 고통을 밟고 서서 드디어.

해방이었다.

※ ※ ※

우린 감정을 추스르고 일어섰다. 저주가 풀린 건 기뻐할 일이지만 아직 반란은 끝나지 않았다.

기뻐하기엔 일렀다.

테르데오는 발개진 눈가를 손으로 세게 문지르고 목을 가다듬었다. 그리고 짐짓 아무렇지 않은 척 말했다.

"얼핏 들리는 소리로 들어서는 반란은 거의 끝났을 거야."

 펑펑 울 때는 언제고. 나는 모른 척 테르데오한테 동조하며 황녀의 궁 입구가 있는 쪽을 바라봤다.

"우리 쪽 승리일까요?"

"아마도."

"어떻게 알아요?"

"상황이 황가의 승리로 돌아가고 있었다면 이 황녀의 궁에 이렇게 아무도 안 올 리가 없지. 한 명쯤은 황녀를 구하러 올 테니까. 더군다나 이곳엔 황제도 있는걸."

 테르데오의 말이 옳았다. 황녀의 궁에는 신경을 쓰지 못할 정도의 상황이라는 뜻이었다.

 테르데오가 죽은 황제를 가만히 내려다봤다. 그러더니 황제의 증표라 불리는 왕관과 대대로 내려오는 반지, 그리고 입고 있던 망토를 챙겼다.

 이제 이 반란을 끝낼 때가 왔다. 나는 테르데오와 함께 황녀의 궁 제일 높은 층으로 걸어갔다.

 반란의 끝이 다가오니 문득 걱정이 일었다.

"반란에 성공했다고는 해도 귀족들이 들고 일어서면 어쩌죠? 다들 라피레온가에 우호적이지 않잖아요."

"이 반란에는 정당성이 있으니 이유 없이 거부할 수는 없을 거야."

"정당성이요?"

"도돌레아 황녀의 죄가 반역의 정당성을 부여해 줄 거야."

 테르데오가 힘 있게 답하며 꼭대기 층의 테라스를 벌컥 열었다. 테라스 끝으로 나서자 아래에서 벌어지는 일들이 단번에 눈에 들어왔다.

 테르데오의 말마따나 상황은 반란군의 우세로 어느 정도 정리가 되어 있었다.

곳곳에서 모래 먼지가 일었고 최대한 사상자를 내지 않겠다는 다짐이 무색할 정도로 많은 피가 흩뿌려져 있었다.

참담하고도 잔혹한 내전이었다.

테르데오는 말없이 테라스 끝에 걸려 있는 황가의 문장이 그려진 깃발을 들었다. 그리고 깃대에 황제의 망토를 묶고 왕관을 걸었다.

황가의 몰락을 알리는 왕관이 햇빛을 받아 눈부시게 반짝였다.

바람이 불자 깃발이 큰 소리로 펄럭이며 찢어진 황제의 망토가 새로운 시작을 알리듯 힘차게 휘날렸다.

아래에 있던 누군가 그것을 발견하고 크게 소리쳤다.

"황, 황제 폐하의 망토와 왕관!"

그 외침이 주변으로 널리 전파되어 퍼졌다. 곧 모두의 시선이 깃발을 향했다.

"폐하의 왕관이……."

"……저기 봐, 라피레온 대공이야."

"설마 황제가……."

테르데오는 구태여 입을 벌리지 않았다. 그저 가만히 팔짱을 낀 채 그들을 내려다볼 뿐이었다. 위에서 내리찍어 누르는 중압감에 모두가 얼어붙은 것처럼 섣불리 움직이지 않았다.

어지러이 흩날리던 모래 먼지가 차츰 가라앉았다. 모두 싸우던 것도 잊은 채 테르데오한테 시선을 빼앗겼다.

주변을 굳건하게 둘러본 테르데오가 갈라진 목소리로 권태롭게 말했다.

"황제는 죽었다."

여기저기서 숨을 들이켜는 소리가 들렸다.

"이 깃대에 걸린 황제의 망토와 왕관, 그리고 내 손에 있는 이 반지가 그 증거다. 내전은 끝났어. 지금부터 검을 버리고 항복하는 자들은 살려주겠다."

"……."
"하지만 적당히 물러설 곳을 모르고 덤비는 자들이 있다면."
테르데오가 피 묻은 검을 하늘 위로 높게 들었다. 용맹한 자세에 모든 이가 숨을 죽였다.
"그땐 내가 직접 상대해 주지."
테르데오의 말이 끝나기 무섭게 기다렸다는 듯이 누군가 검을 버렸다. 침묵을 깨는 소리에 모두 시선을 돌렸다.
힘겨운지 숨을 몰아쉬던 기사단장이었다.
"항복입니다."
기사단장은 보란 듯이 일말의 고민도 하지 않고 검을 버렸다. 그리고 항복하듯 두 손을 허공으로 높게 들었다. 평소처럼 담담한 눈동자가 제법 맑았다.
기사단장이 제일 먼저 검을 버리자 눈치를 살피던 기사단원들이 하나둘 천천히 검을 버렸다. 우후죽순처럼 검이 땅에 떨어지는 소리가 몰려들었다.
"이, 이겼다."
이 상황을 가만히 지켜보던 반란군이 자그맣게 중얼거렸다. 그 중얼거림이 파문을 일으켜 승리의 함성이 되었다.
"승리했다!"
황궁이 떠나가라 큰 기쁨이 메아리가 되어 퍼졌다.
누군가는 울었고 또 누군가는 웃었다. 누군가는 뛰었으며 누군가는 황궁 바닥에 드러눕기도 했다.
한데 부둥켜 얼싸안고 좋아하는 사람들을 보자 가슴이 벅차 코끝이 찡해왔다.
신나게 뛰어다니는 사람들 사이로 우두커니 서 있는 아데우스가 보였다.
'아데우스.'

힘든 숨을 몰아쉰 채로 허공을 응시하는 아데우스의 표정은 복잡미묘했다.

마냥 신나 보이지만도 않았고, 그렇다고 홀가분한 표정도 아니었다. 슬퍼 보인 건 아니지만 이상하게 위태로우면서도 해방을 얻은 자유로운 얼굴이었다.

아데우스가 고개를 뒤로 젖히더니 하늘을 올려다보며 희미하게 웃었다.

나도 덩달아 슬그머니 하늘로 시선을 돌렸다.

그의 푸른 눈동자만큼이나 맑고 푸르른 하늘이 선명하게 보였다. 높게 드리워진 하늘은 어디가 끝인지 모를 만큼 쾌청했다.

가족을 잃고 시작된 복수. 노예보다 못한 삶을 사는 왕국민들을 보며 결심한 반란.

그 복수와 반란이 끝났다. 지금 아데우스는 무슨 생각을 하고 있을까.

나는 하늘을 올려다보던 고개를 내렸다. 그러자 바닥에 떨어진 검을 주워 들고 있는 아데우스가 보였다.

'검을 왜 줍지?'

다들 검을 바닥에 버리고 승리에 도취하고 있는데 왜 아데우스 혼자 검을 다시 쥐는 거지?

불안감이 좀먹어 가기 시작했다.

검을 쥔 아데우스는 우리를 보지도 않고 뒤를 돌았다. 그러더니 아무도 없는 황녀의 궁 뒤편으로 천천히 걸어갔다.

그곳엔 아무도 없다. 게다가 내전은 끝났다. 그러니 검을 쥐고 갈 필요는 더더욱 없다.

"······테오."

나는 멀어지는 아데우스의 뒷모습에 시선을 고정한 채 테르데오의 소매를 쥐었다.

"아데우스가 이상한 것 같아요."

"……이상하다고?"

텅 빈 눈동자의 아데우스가 황녀의 궁 뒤편으로 완전히 사라졌다. 이상하게도 아데우스가 사라진 곳에서 피비린내가 풍기는 기분이 들었다.

"아데우스가, 검을 들고 저쪽으로 혼자 걸어갔어요."

테르데오가 내 손가락이 가리키는 곳을 바라보더니 눈썹을 일그러뜨렸다.

"저 미친 자식이."

작게 욕설을 지껄인 테르데오가 테라스를 박차고 뛰어나갔다. 나도 테르데오의 뒤를 쫓아 정신없이 내달렸다.

아데우스가 향한 곳엔 싸워야 할 적도, 죽여야 할 적도 없다. 오로지 아데우스 혼자뿐.

만일 싸우고 죽여야 할 사람이 있다면 그것 역시 아데우스 자신뿐이란 뜻이었다.

'아데우스, 대체 왜!'

나는 아데우스가 사라진 뒤편으로 전력 질주해 달려갔다. 테르데오 역시 안 좋은 예감이 들었는지 내게 천천히 오라는 말을 남긴 채 빠르게 달려 시야에서 사라졌다.

제발 테르데오가 늦지 않았기를 빌며 나는 아데우스가 사라졌던 근처에 다다랐다. 건물의 뒤편, 햇빛도 제대로 들어오지 않아 그늘진 탓에 한기가 담긴 곳.

가까이 다가서자 저 멀리서 아데우스와 테르데오가 검을 쥔 채 실랑이를 하는 모습이 보였다.

"대공 각하께서 참견하실 일이 아닙니다."

"그럼 내가 참견하지 않게 행동했어야지."

"대공 각하와 제 협력은 여기까지입니다! 절 내버려 두시지요!"

아데우스의 울부짖음에 내내 차분하게 대꾸하던 테르데오가 크게 외쳤다.

"살고 싶어도 살지 못하는 사람도 있어! 영식은 죽는 게 두렵지도 않은가 보군! 삶의 미련 따위는 전혀 없나?"

역시 죽을 생각이었구나. 나는 아랫입술을 짓씹고 숨을 갈무리하며 두 사람한테 천천히 다가갔다.

"죽음보다 살아가는 게 더 고통스러운데 그깟 죽는 게 뭐가 두렵다고."

"뭐?"

"죽는 건 내 가족들을 만나러 가는 길입니다! 가족의 복수도, 할 일도 모두 끝났어요. 이제 내가 살아갈 이유 같은 건 없단 말입니다."

아데우스의 바보 같은 비아냥에 무언가가 울컥했다. 나는 두 사람 사이에 끼어들어 아데우스의 멱살을 세게 비틀어 쥐었다.

"살아갈 이유가 없다고?"

"……대, 대공비 전하."

내가 등장할 줄은 몰랐던지 아데우스가 당황한 표정으로 손에 쥐고 있던 검을 놓았다. 테르데오는 그 기회를 놓치지 않고 검을 뒤로 멀리 던졌다.

"네가 이끄는 저 사람들은 어쩌고?"

"……처음부터 이럴 생각이었습니다."

"무슨 생각?"

"저는 원래 죽어야 할 목숨이었으니까요."

아데우스가 차마 나와 시선을 마주치지 못하고 처연한 눈동자를 아래로 내리깔았다.

"제가 살아남게 된 건 오롯이 가족의 복수를 위해서일 겁니다. 그게 아니었다면 전 진즉에 제 손으로 생을 끝냈을 겁니다."

"아데우스."

"가족을 지키지 못하고 혼자 살아남았습니다. 제 삶에 그것 말고 다른 이유는 없어요."

"너 정말."

"모든 게 끝났을 때, 내 가족의 복수에 종지부를 찍을 때 내 삶도 멈추기로 했어요. 죽고 싶은 걸 간신히 참으며 달려왔으니."

"……."

"이제는 저도 그만 멈춰도 되지 않을까요, 대공비 전하."

시선을 내리깐 아데우스의 왼쪽 눈에서 눈물이 한 방울 무기력하게 흘렀다.

"어머니가, 동생이…… 보고 싶습니다. 복수의 마지막 대상은 두 사람을 지켜주지 못한 나 자신이에요. 이젠 저도 그 죗값을 치러야죠."

"모두 끝났다고? 그럼 저 사람들이 앞으로도 똑같은 대우를 받고 살아도 넌 아무렇지 않다는 뜻이야?"

"대공 각하를 믿습니다……."

"네가 언젠가 내게 그랬지. 네 말 한마디에 생과 사를 오갈 목숨이 너무 많다고."

아데우스가 물기를 머금어 해일이 이는 것 같은 푸른 눈동자를 올렸다.

"네 어깨에 짊어지고 있는 그 많은 목숨이 이젠 느껴지지 않아? 저 사람들을 모두 테오한테 맡기겠다고?"

"……대공비 전하."

"네 책임감은 겨우 그 정도야?"

나는 아데우스의 멱살을 쥔 손에 힘을 실었다. 손등 위로 핏줄이 도드라졌다.

"네가 저 사람들의 수장이라며. 네가 책임지고 이끄는 사람들이라며! 네가 살려놓고 정작 너는 죽겠다고?"

"……제가 그렇다고 저 사람들의 앞일까지 책임질 수는 없는 거니까요. 내전 도중 휩쓸려 죽었다고 하면 다들 수긍할 겁니다."

"아데우스."

"과연 제 죽음에 관심 두는 이가 몇이나 될까요. 어쩌면 누군가는 제 죽음을 바랄지도 모르죠."

이게 진짜. 뭐라 말을 덧붙이려는 찰나 옆에 있던 테르데오가 나지막이 중얼거렸다.

"네가 살아난 게 가족의 복수를 위해서라고 했지. 가족들이 바랐던 게 정말 그런 것 같나?"

"네. 가족의 목숨을 밟고 선 삶입니다. 대공 각하께선 이런 마음, 모르시겠죠."

"아니, 나도 알아."

"……."

"나 역시 가족의 죽음을 밟고 살았으니까."

아데우스가 아차 싶었는지 흔들리는 눈동자로 테르데오를 바라봤다. 하지만 그는 담담하고 차분히 아데우스를 이해했다.

나는 아데우스의 멱살을 쥐고 있던 손을 스르르 내려두었다. 잔뜩 구겨진 옷깃이 마치 지금 우리의 상황 같았다.

"너도 알 텐데. 내 아버지가 죽었고, 내 어머니와 형이 죽었지. 한때는 나도 나 대신 가족들이 죽게 된 건 아닐까, 내가 가족들을 죽인 게 아닐까 생각했었지."

"……테오."

"내 누님은 더 해. 조사했으니 알 텐데? 가족들을 직접 죽이게 된 거나 마찬가지니까."

아데우스가 실소했다. 그가 흥분한 채로 테르데오한테 크게 소리쳤다.

"……하, 그렇다면 왜 절 막으셨나요? 제 마음을 누구보다 더 잘 이해하시면서!"

"하지만 나도, 내 누님도. 우린 모두 살고 있어. 누구보다 잘 이해하니까 막았고."

"먼저 간 가족들이 슬퍼한다는 말을 하시려는 건가요? 하."

아데우스의 입꼬리가 파르르 떨렸다. 손톱이 파고든 살갗이 아파 보였다.

"슬퍼할 리가 없죠. 내가, 내가 못 지켜서 죽은 거나 다름없는데. 나를 원망하고 있을 텐데. 나는 왜……."

"우리는 죽어간 목숨 위에서 죽지 않고 그 몫까지 어떻게서든 추하게라도 살아가야만 해. 이 지옥 같은 하루하루를."

"……."

"찬란하게 빛날 수 있던 그들의 남은 삶을 우리가 대신 채워야 하니까. 그게……."

테르데오가 고개를 들어 올렸다. 담담한 붉은 눈동자에 말로는 설명할 수 없는 여러 감정이 깃들어 있었다.

"그게, 우리가 달게 받아야 할 벌이자 죗값이니까."

벌이자 죗값. 그 말에 아데우스가 꽉 쥔 주먹을 힘없이 툭 풀었다. 벌어진 아데우스의 입술 사이로 주체할 수 없는 흐느낌이 새어 나왔다.

아데우스가 입술을 세게 물었다. 붉은 핏방울이 맺힌 입술 위로 눈물이 덧입혀졌다.

"살아."

"……."

"그게 네가 가족들한테 속죄할 수 있는 유일한 길이야. 어떻게서든 살아."

건물진 그늘에 햇볕이 스며들었다.

❋ ❋ ❋

한바탕 울고 난 아데우스는 부끄러운지 좀처럼 고개를 들지 못했다. 손등으로 얼굴을 가린 그가 자그맣게 중얼거렸다.

"……저는 조금 이따가 가겠습니다. 두 분 먼저 나가세요. 어수선한 상황을 정리할 사람이 필요할 겁니다."

"같이 가는 게……."

혹시 우리를 먼저 보내고 또 허튼 맘을 먹으려는 건 아닌지 걱정되어 거부하려는 찰나, 테르데오가 내 손목을 잡고 말을 가로챘다.

"그렇게 하도록 하지. 하지만 사람들은 나보다 영식을 더 기다릴 테니 적당히 추스르고 나와."

말을 끝낸 테르데오가 그를 내버려 둔 채 내 손을 잡고 건물을 나섰다. 나는 테르데오를 따라가며 슬쩍 고개를 돌렸다. 아데우스는 등을 돌린 채 괜스레 발로 땅을 툭툭 치고 있었다.

"아데우스를 두고 가도 괜찮을까요? 혹시 또 죽겠다고 하거나……."

"영리한 놈이니 잘 알아들었을 거야. 지금은 창피해서 혼자 있고 싶을 테니 자리를 비켜주는 게 나아."

"창피하다고요?"

대체 뭐가? 창피할 일이 뭐 있었나? 내가 고개를 갸웃거리자 테르데오가 자그맣게 중얼거렸다.

"다 큰 사내가 좋아하는 여자……."

테르데오가 말을 하다 멈추고 입술을 꾹 다물었다.

"네?"

빤히 바라보는 붉은 시선이 내게 닿자 고개를 기우뚱 기울였다. 방금 무슨 말을 하려고 한 거지?

테르데오가 머리를 헝클이더니 대충 말을 얼버무렸다.

"아니. 다 큰 사내가 사람들 앞에서 소리 내 울었으니 창피해할 거라는 뜻이었어. 잠시 자리를 비켜주는 게 좋겠지."

"아하."

테르데오는 아데우스의 마음을 아주 잘 이해하는 것 같았다. 나는 끄덕거리며 납득했다.

"테오, 당신도 아까 울어서 창피했어요?"

장난스레 웃으며 옆구리를 콕 찌르자 테르데오의 귀가 빨갛게 달아올랐다.

"내가? 울었다고? 생소한 이야긴데."

"아까 울었잖아요!"

"글쎄. 기억이 안 나는데."

어색하게 웃으며 고개를 기울인 테르데오가 걸음을 재촉했다. 나는 종종걸음으로 뒤를 따라가며 활짝 웃었다.

건물 뒤편을 나오자마자 우리를 찾아 헤맨 건지 세르시아가 날 크게 부르며 달려왔다.

"샤샤!"

힘차게 뛰어온 세르시아가 내 목을 끌어안으며 품에 안겼다.

"셋시?"

"이상해요. 저주가, 저주가……!"

아하. 갑자기 저주가 풀렸으니 놀랐겠지.

나는 다 이해한다는 듯이 울먹거리는 세르시아의 등을 다독거렸다. 세르시아는 멀쩡해진 테르데오를 보더니 안도감 섞인 울음을 크게 터뜨렸다.

"테, 테오. 너도 멀쩡, 멀쩡해졌구나! 다행이다…… 다행이야……."

"셋시. 코 나온다. 코 닦아."

"흐흑. 이 망할 동생 놈……."

입으로는 험악한 말들을 나누지만 테르데오도, 세르시아도 서로를 보며 환하게 웃고 있었다.

세르시아의 뒤로 다가온 글로리아와 피니어스가 눈물이 고인 눈으로 우릴 바라보며 웃고 있었다.

"황제 폐하를 뵙습니다!"

"제국의 구원자! 황제 폐하를 뵙습니다!"

곳곳에 테르데오를 찬양하는 소리가 울려 퍼져 황궁에 스며들었다. 비 온 뒤, 갠 맑은 하늘처럼 눈부신 날이었다.

※ ※ ※

테르데오가 빈 왕좌를 올려다봤다. 피로 물든 왕좌는 유난히 고독해 보였다.

모두가 잠이 든 고단한 밤이었으나 테르데오는 잠들 수 없었다.

반역에는 성공했으니 끝이 아닌 시작이었다. 이후 앞으로의 행보가 중요했다.

황가의 처리, 그리고 당장 내일 소집될 귀족 의회까지.

페레샤티가 도돌레아 황녀한테 떠난 직후, 테르데오는 정신을 차렸었다. 그는 페레샤티가 저택에 없다는 걸 눈치채자마자 그녀가 하려는 게 무엇인지 깨달았다.

막아야 했다. 자신이 죽더라도 페레샤티의 희생만큼은 막아야만 했다.

테르데오는 떨리는 손으로 제국 내에서 나름대로 힘이 있고 우호적인 관계에 있는 명문가들한테 급한 전보를 보냈다.

반란을 계획할 때부터 계획적으로 쌓아오고 있던 관계였다.

황녀의 이단, 황제의 무능함, 황가의 부패. 그리고 그들이 각 귀족가를 제 입맛대로 쥐고 흔들 가능성까지도 이제까지 모아온 모든 증거를 적었다.

황녀는 이미 베르딕트 부인을 직접 죽인 전적도 있었다. 황제는 귀족파의 손을 들어주는 게 아니라 그것을 덮었다.

이번 사건만 하더라도 그랬다. 황녀는 라피레온 가문에 누명을 씌웠고 황제는 묵인했다.

귀족들은 황가에 등을 돌릴 것이다. 물론 모두는 아니겠지만 일부만으로도 충분했다.

라피레온 대공가는 국경을 지키고 전쟁을 이끄는 수호자로서 기사의 수가 그 어느 귀족 가문보다 월등히 많았다.

아데우스가 이끄는 인력과 라피레온 대공가의 기사만으로 반란을 일으킬 수 있는 게 그런 이유였다.

게다가 좋든 싫든 테르데오는 피도, 눈물도 없는 살인귀라 소문이 퍼져 있었다.

충신이 되고자 호시탐탐 기회를 엿보는 기회주의자도, 황가의 자손들을 돕겠다는 외골수도.

그 어느 귀족도 감히 테르데오를 상대하려 하지 않을 것이다.

테르데오가 어지러운 마음을 갈무리하고 있자 뒤로 발소리가 들렸다.

"잠이 오지 않으십니까?"

어둠을 밝히는 초를 든 아데우스였다. 다가온 아데우스가 테르데오의 옆에 나란히 서서 왕좌를 올려다봤다.

"영식은 앞으로 어떻게 하고 싶지?"

"……글쎄요."

갑작스러운 질문이었다. 아데우스가 어색하게 어깨를 으쓱거리며 주춤했다.

"모든 게 다 끝난 후의 일은 생각해 본 적 없어서 잘 모르겠습니다."

달리 말하면 모든 일이 다 끝난 후에는 죽을 생각이었다는 뜻이었다.

테르데오가 힐끔 아데우스를 살폈다. 빈 왕좌에 닿는 시선은 여전히 쓸쓸했지만, 전처럼 텅 비어 있지는 않았다.

"하나 묻고 싶은 게 있는데."

"네."

"……가문에 걸린 저주를 처음 알게 됐을 때."

테르데오가 평소답지 않게 말을 멈추고 숨을 크게 내쉬었다. 질문이 이어가기 전, 아데우스가 먼저 입술을 열었다.

"끔찍하지 않았습니다."

하려던 질문이 아데우스의 답변으로 나오자 테르데오가 미세하게나마 눈살을 찌푸렸다.

"불행의 깊이를 재자는 건 아니지만, 당시 제겐 그보다 꾸역꾸역 살아남은 나 자신이 더 끔찍했으니까요."

알게 모르게 내내 묘한 동질감이 느껴지던 건 그런 이유에서였나. 그리고 두 사람은 모두 한 명으로 인해 그 불행의 늪에서 벗어났다. 동시에 그녀를 떠올리며 두 남자는 묵언했다.

먼저 고개를 저은 건 아데우스였다. 떠올리면 안 될 사람을 떠올렸다는 것처럼 아데우스는 힘겹게 고개를 내저었다.

그 모습을 곁눈질로 바라본 테르데오가 나지막이 물었다.

"이름은 되찾을 건가?"

"……네?"

"일은 끝났으니 계속 포츤 자작가의 영식으로 살 필요는 없잖아."

"……솔직히 말씀드리면 잘 모르겠습니다. 그때의 전 이미 죽었고…… 전 그냥 이대로 포츤 자작가의 영식으로 살고 싶은 마음도 있습니다."

아데우스가 말끝을 흐렸다. 테르데오가 짤막하게 고개를 끄덕거렸다.

"그럼 영식을 따르는 이들을 데리고 과거 슈와츠 왕국이었던 영토를 관리하는 것도 나쁘지 않겠군."

"……네?"

"돌아가게 된다면 가족들의 묘비를 세울 곳을 함께 찾아보지. 그늘지지 않고 볕이 잘 드는 곳으로."

아데우스가 믿을 수 없다는 듯이 눈을 크게 떴다. 커다란 눈동자에 물기가 묻어났다.

"그게, 그게 가능합니까?"

"안 될 이유가 있나? 영식은 내 반역을 도운 충신인데. ……처음 말했잖아. 이 반역을 주도하는 건 나라고. 모든 건 내가 책임진다고 했으니 영식 또한 내가 책임질 사람이야."

테르데오가 몸을 돌리며 아데우스의 어깨를 툭툭 두드렸다. 홀로 왕좌를 보던 아데우스가 멀어지는 테르데오한테 시선을 돌렸다.

"왜 아무 말 안 하십니까?"

"뭘."

"제가 대공비 전하를 좋아하는 거, 알고 계시잖아요."

페레샤티가 수면 위로 오르자 테르데오가 걸음을 우뚝 멈췄다.

"처음엔 겨우 바지 자락을 적시는 정도였습니다."

"……."

"겨우 그 정도라 무시해도 될 줄 알았는데…… 바지 자락이든 소매든, 온몸이든. 젖은 건 젖은 거였어요."

테르데오가 고개를 뒤로 젖혔다.

"어느샌가 흠뻑 젖었더라고요."

"……."

"가끔은 모든 걸 다 잊고 정말, 정말 포츤 자작가의 사생아로 태어나 대공비 전하 앞에서 이렇게 웃고 지냈으면 얼마나 좋았을까 바랐어요."

입 밖으로 꺼내선 안 될 감정이었다. 그래서 어떻게든 억누르고 그 누구한테도 꺼내지 않았었는데.

그걸 좋아하는 여자의 남편한테 털어놓다니. 실책이다.

아데우스가 저릿하게 미어지는 가슴을 꾹 쥐었다.

"알면서도……."

모든 걸 들었으면서도 테르데오는 아무런 말이 없었다.

차라리 욕이라도 하지. 차라리 접으라고 말이라도 하지. 차라리 하지 말라고 이 추잡한 욕망을 손가락질하고 멈춰주기라도 하지.

"왜 아무 말 하지 않습니까?"

"글쎄. 그만두라고 해서 멈출 감정이었으면 진즉에 없어졌겠지."

"그래도……!"

"그리고."

아데우스의 말허리를 자른 테르데오가 자신만만한 표정으로 입가를 끌어 올렸다.

"어디 뺏을 수 있으면 뺏어보든가."

여유만만한 태도였다. 그 미소를 보자 아데우스는 긴장이 턱 풀렸다.

나는 이 사람을 이길 수 없다.

온몸에 깨달음이 새겨졌다.

"……자신만만하시네요."

"당연하지. 난 그녀가 원한다면 이 제국도 바칠 수 있거든."

권력욕 같은 건 없었다.

테르데오가 바라는 건 권력도, 돈도, 지위도, 명예도 아니었다.

오로지 단 하나, 페레샤티. 그뿐이었다.

페레샤티가 원한다면 그저 흙에 불과한 이 제국도 모두 그녀의 손에 쥐어질 수 있었다.

그 진심을 알아챈 아데우스가 크게 웃었다.

그래, 그 누구도 감히 테르데오한테 페레샤티를 뺏어갈 수 있을

리 없었다.

인정해야만 했다.

테르데오만큼 페레샤티를 행복하게 해줄 사람은 없다.

아데우스가 꽉 쥐었던 가슴께를 놓았다. 그리고 부드럽게 미소 지으며 눈을 지그시 감았다.

"전 대공비 전하를 좋아합니다만, 사실은 대공 각하도 좋아합니다."

"그거참 고맙군."

다시는 이 마음을 밖으로 꺼낼 일은 없을 것이다. 영원히 밑바닥에 묻어둔 채, 애초에 존재하지 않았던 것처럼.

아데우스가 내린 결정을 알아들었다는 듯이 테르데오가 천연덕스럽게 웃음으로 되받아쳤다.

"하지만 아쉽게 됐어. 난 남자에는 취미가 없어서."

테르데오가 손을 가볍게 흔들며 멀리 사라졌다. 아데우스는 기분 좋게 웃으며 그 뒷모습을 바라볼 뿐이었다.

※ ※ ※

다음 날 귀족 의회가 열렸다. 평소 한자리에 모이기도 힘든 정치 인사, 명문가들의 가주들이 모두 모였다.

그중에는 테르데오와 계속해서 서신을 주고받던 귀족가도 있었다. 그런 걸 알 리가 없는 전 황제파는 테르데오를 비열한 반역자로 몰아갔다.

그러나 그건 테르데오의 한마디로 깔끔하게 정리됐다.

"전 도돌레아 황녀는 제국을 어지러이 만든 이교도의 교주였다."

황가를 옹호하던 황제파들은 그 아무도 입을 열지 못했다.

"전 황녀는 이단에 빠져 제국민들을 모두 제물로 바쳐 제국을 악의 구렁텅이로 빠뜨리려 했지."

"그, 그건!"

"베르딕트 백작 부인을 죽인 것도, 그걸 라피레온 가문에 누명을 씌운 것도. 전부 전 황녀의 짓이라더군."

"크흠."

황제파들은 고개를 돌려 테르데오의 시선을 외면했다.

"내가 황궁을 덮쳤을 때, 전 황녀는 궁중인들을 제물로 바치기 위해 무차별적인 살인을 저지르고 있었다."

"그런……!"

"이 모든 보고가 황제한테 안 올라갔을 리가 없지. 그는 알면서도 묵인했고."

테르데오가 여유롭게 팔짱을 끼고 등받이에 몸을 기댔다.

"전 황실 기사단장을 포함한 단원들이 모두 봤으니 증인은 충분할 터."

"큼큼."

"뭐지? 혹시 이 제국이 악의 구렁텅이에 빠지길 원했던 건가?"

테르데오가 입꼬리를 비릿하게 비틀며 팔걸이 뒤로 팔을 걸쳤다. 오만한 자세였음에도 그 누구도 감히 뭐라 지적할 수가 없었다.

"듣자 하니 황녀의 이교도를 따르는 자들이 죄다 귀족이었다던데."

모두가 핏기 없는 새하얀 낯빛으로 고개를 돌렸다.

이제까지 마녀가 저지른 행동들은 테르데오한테 정당성을 부여했다. 도돌레아의 모든 행동을 눈감아 준 황제의 행동 또한.

제아무리 도돌레아를 사랑하는 딸이라 여겼을지언정 사리 분별은 해야 했다.

테르데오의 질문에 그 누구도 섣불리 입을 열지 않았다.

아니라고 부정이라도 하는 순간 그 자리에 있었다는 뜻이 될 것이다. 그게 아니더라도 황녀의 이단을 알고 있었다는 게 될 테고.

"무, 무슨 그런 무서운 말을 하십니까?"

게다가 상황이 이젠 전 황가를 옹호하는 순간 이단과 연관이 되어 있다고 말하는 것이나 다름없게 됐다.

"무섭지. 한통속이 되어 제국을 팔아넘길 생각을 했었다니, 참 무섭지."

누군가는 아연실색했고 누군가는 정곡을 찔린 것처럼 눈을 마주치지 못하고 피했다.

사실 이곳에 앉아 있는 모두는 청렴결백하지 않았다.

누군가는 정말 불로불사를 원해 황녀의 이단을 믿고 따랐을 것이다. 설령 원하지 않는 사람이라 해도 황녀의 이교도나 불로불사에 대한 소문은 알음알음 들었을 것이다.

귀족들 사이에 그 얘기가 안 퍼질 리가 없을 테니까.

하지만 자기가 굳이 나설 일이 아니라 판단하고 방치했을 뿐이다.

"황가의 처리는 차차 생각할 것이니 그 전까진 구금하겠다."

의회가 끝을 알리기 위해 테르데오가 상석에서 몸을 일으켰다. 기다렸다는 듯이 한 귀족이 소리쳤다.

"제국의 구원자인 새 황제 폐하를 모시겠습니다!"

지금처럼 얼어 있는 분위기에서 할 법한 말은 아니었다.

자존심도 챙기지 않고 간이나 쓸개를 모두 내놓는 행동이었으나 그 말을 기점으로 귀족들은 좋든 싫든 모두 테르데오를 향해 고개를 숙여야만 했다.

진즉에 서신을 주고받던 자들은 당연하다는 듯이 고개를 숙였다. 떨떠름한 자들도 있었고 공포에 물든 자도 있었지만, 어쨌거나 그들은 모두 고개를 조아렸다.

테르데오는 그들을 가볍게 훑어보고는 고개를 돌렸다. 그리고 뒤에 서 있던 아데우스한테 다가오라 손짓했다.

"그대가 해줘야 할 일이 있다."

영식이 아닌 그대.

모두의 앞에서 아데우스를 인정한 셈이나 마찬가지였다. 아데우스는 충성을 맹세한 충신처럼 자세를 고쳐 잡았다.
"뭐든 따르겠습니다."

※ ※ ※

깊은 숲속 말이 정신없이 내달렸다. 땀과 흙먼지로 뒤덮인 이마에서 땀이 흘러내렸으나 닦을 시간조차 없었다.
"허억, 허억…… 조금, 조금만 쉬었다 가면 안 돼?"
말의 앞자리에 오래 앉아 있느라 허리가 아픈 레이나가 신경질적으로 소리쳤다. 벌써 몇 번째나 계속 이어진 투정이었다.
"시프! 이쯤 도망쳤으면 아무도 안 올 것 같은데…… 우리 잠시만 쉬었다가……."
한계가 임박한 시프는 고삐를 끌어당겨 말을 세웠다.
말이 멈추자 레이나가 이제야 살겠다는 듯이 숨을 내쉬었다.
진즉에 좀 멈춰주지!
레이나가 입술을 삐죽거리며 사랑하는 남자한테 뽀뽀라도 하기 위해 뒤로 돈 순간이었다. 시프가 레이나를 세게 밀었다.
"……어?"
레이나가 눈을 끔뻑거렸다.
쾅!
그리고 큰 소리와 함께 말에서 고꾸라졌다.
"아악!"
바닥으로 볼품없이 내팽개쳐진 레이나는 온몸에 고스란히 느껴지는 고통으로 크게 소리쳤다. 시프가 욕설을 지껄이며 얼굴을 구겼다.
"우리가 지금 여행이라도 가는 줄 알아? 잡히는 순간 너나 나나 둘 다 죽은 목숨이라고. 멍청한 것도 때가 있지. 지금 상황 파악이 안 돼서 쉬다 가자는 태평한 소리를 해?"

"뭐, 뭐? 멍청? 지금 말 다 했어?"

"그렇게 쉬었다 가고 싶으면 너 혼자 쉬어. 나는 갈 테니까."

"뭐?"

시프가 당장 출발할 것처럼 고삐를 쥐었다. 자존심을 부리던 레이나는 시프가 정말 출발할 기미를 보이자 깜짝 놀라 눈을 동그랗게 떴다.

"설마 진짜 가려고? 아니지? 네가 누구 덕에 황실에 발 들일 수 있었는데."

용역 일을 하며 쓰레기나 처리하며 살 법한 인생을 구제해 준 게 레이나였다. 귀족이 누리는 걸 나눠주고 그걸로도 모자라 황실 기사단에 입단시켜 줬다.

오르지 못할 산 정상에 업고 올라갔더니 벼랑 끝으로 밀어버리는 격이라니.

레이나가 어이없다는 얼굴로 멍이 든 팔을 뻗었다. 설마…… 정말, 설마.

레이나를 차갑게 내려다본 시프는 그 손을 잡는 대신 말을 출발시켰다.

"꺄악!"

말이 갑자기 앞으로 내달리자 놀란 레이나가 비명을 지르며 바닥으로 넘어졌다. 시프가 뒤를 힐끔 바라봤다. 발목을 접질렸는지 레이나는 발목을 잡은 채 일어나지도 못하고 있었다.

시프가 입술을 히죽거렸다.

'다행히 시간은 벌겠어.'

기사들이 찾으러 온다면 레이나가 시간을 끌어줄 것이다. 마지막이 되니 겨우 쓸모가 있구나.

시프가 말을 더 빨리 몰았다. 하지만 겨우 몇 발자국 달리지도 못하고 멈춰야만 했다.

"뭐, 뭐야!"

정면에서 로브를 뒤집어쓴 두 명이 맹렬한 속도로 말을 탄 채 달려오고 있었다. 숲속 길을 좁았기에 이대로 시프가 달린다면 무조건 정면충돌이었다.

놀란 시프가 고삐를 잡아당겨 급하게 말을 멈춰 세웠다. 놀란 말이 앞발을 높이 들었다.

"어어? 잠, 잠깐!"

고삐를 놓친 시프는 조금 전 레이나처럼 보기 좋게 땅으로 처박혔다. 급한 대로 눈에 보이는 아무 말이나 타고 도망친 게 흠이었다.

히이잉. 울음을 토해낸 말은 그대로 왔던 길로 도망쳤다. 애초에 시프와 교감했던 말도 아니었기에 그를 주인으로 인식하지도 않았다.

"야! 야!!"

당황한 시프가 도망간 말을 향해 소리쳤으나 돌아올 리가 없었다.

"젠장!"

시프가 바닥에 침을 퉤 뱉었다. 황실 기사단이 된 후로는 자제하던 행동이었으나 당황하니 본성이 튀어나왔다.

'이렇게 된 이상 저 두 명이 타고 온 말이라도 뺏어야겠어.'

시프는 허리에 있던 검을 빼 뒤를 돌았다. 정면에서 달려오던 둘도 놀랐는지 말을 멈추고 있었다.

등을 돌리고 있던 터라 두 사람의 뒷모습이 보였다. 시프가 검을 들이밀며 걸어갔다.

"감히 황실 기사단이 탄 말을 멈춘 것도 모자라 도망가게 하다니. 배상을 톡톡히 해줘야겠어."

어차피 황궁에서 일어난 일은 아직 아무도 모를 것이다. 시프는 황실 기사단을 들먹이며 고상한 척했다.

"말을 한 필 내놓고 가진 돈을 내놔. 사실은 모자라지만 내가 폐하의 명령을 받고 급히 전달할 게 있어 가는 길이니 친히 봐주도록 하지."

이러면 무서워서 떨어야 하는 게 정상인데.

두 사람은 시프의 말을 가볍게 무시하며 서로 대화를 나눴다.

"제가 이쪽을 맡겠습니다. 저쪽에서 기어오고 있는 여자를 맡으시죠."

"내가 쥐새끼인 너보다 나을 것 같은데. 네가 저쪽으로 가는 건 어때? 게다가 이 자식한테는 갚아줘야 할 빚도 있거든."

두 사람이 로브를 벗었다. 붉은 머리카락이 바람에 휘날렸다. 어디선가 본 기억이 있다.

시프는 다리가 묶인 것처럼 제자리에 멈춰 섰다.

얼굴을 확인하지 않았는데도 온몸에 식은땀이 흘렀다.

"대공비 전하께 더 악질적인 행동을 한 건 저쪽 여자일 텐데요. 대공비 전하 대신 복수할 기회를 드린 건데, 싫으시면 제가 대신……"

"……아니! 여자는 내가 맡겠어!"

다급하게 소리친 붉은 머리카락의 여자가 말을 몰아 악착같이 기어오는 레이나를 향해 달려갔다.

설마 그럴 리가. 벌써 여기까지 왔다고?

시프가 고개를 저으며 뒷걸음질 쳤다.

우득.

나뭇가지를 밟은 발에서 우드득 부러지는 소리가 퍼졌다.

"이런."

말에 타고 있던 남자가 뒤를 돌았다.

"폐하의 명령으로 전달할 게 있다더니 어딜 가시려고."

"너, 너는."

"도망갈 생각은 안 하시는 게 좋을 겁니다. 넌 여기서 잡힌 후 모든 이가 보는 앞에서 사형당할 역할이거든."

환하게 웃은 아데우스가 검을 빼 들었다.

"그게 바로 폐하의 명령입니다."

※ ※ ※

모든 사람이 잠든 야심한 시각이었다.

"테오, 여기서 뭘 하려고요?"

그 야심한 밤에 갑자기 테르데오가 날 이끌고 간 곳은 주방이었다. 갑자기 함께 가고 싶다는 곳이 있다길래 어떤 곳일까 기대했는데.

덤덤하게 둘러보자 테르데오가 나를 번쩍 들어 주방 테이블에 앉혀주었다.

"저주가 풀리면 그대에게 음식을 해주고 싶다고 했잖아."

테르데오가 웃으며 소매를 걷었다. 나는 놀란 표정으로 그의 뒷모습을 바라봤다.

"요리할 줄 알아요?"

"기본적인 것만 대충. 어머님께서 우릴 가둬뒀을 때 셋이서 돌아가며 음식을 만들어 먹은 적이 있거든. 오래전이지만 기억은 하고 있으니까."

의외의 일이었다. 넓은 어깨를 바라보고 있자 안기고 싶다는 욕구가 솟구쳤다. 하지만 테르데오가 꽤 진지한 표정으로 밀가루 반죽을 치대고 있었기에 꾹 참기로 했다.

"그럼 나한테 해줄 음식은 뭔가요?"

"산딸기 꿀 절임을 넣은 오트밀과 치즈를 올린 구운 감자, 버터에 구운 완두콩. 그리고 다진 고기를 넣은 파이."

음식이 귀족들이 먹는다고 하기엔 모호했다.

"테오, 당신이 어릴 적 만들어 먹었던 음식인가요?"

"맞아. 어머니께서 우리를 가두는 바람에 비싼 음식들을 맛보지 못했거든. 적은 재료로 다양한 맛을 내길 바랬지."

그래서였구나. 귀족가였으니 좋은 재료들이 들어왔을 것이다. 다만 극한 방어적인 태도 때문에 요리사가 만드는 음식도 제대로 먹지 못했으니.

만들 수 있는 거라곤 요리 과정이 비교적 간단한 것들이었다.

내가 침묵하자 테르데오가 행동을 멈추고 긴장된 표정으로 뒤를 돌아봤다.

"……물론 맛은 장담 못 해. 그때의 나는 굶주렸었고 뭐든 맛있는 성장기였으니까. 지금은 시간도 많이 흐른 데다가, 또……."

테르데오가 열심히 변명했다.

아이같이 귀여운 모습에 절로 미소가 퍼졌다. 나는 다리를 앞뒤로 방방 흔들며 기대감을 드러냈다.

"걱정하지 말아요. 맛있게 먹을 자신 있어요. 마침 배가 출출하던 참이었거든요."

테르데오가 다행이라는 듯이 환하게 웃으며 비장하게 다시 음식을 이어갔다.

재료를 직접 다듬고 요리하는 테르데오의 모습은 매우 낯설었다. 턱을 괸 채 뒷모습을 바라보자 그 위로 문득 어릴 적 테르데오의 모습이 겹쳐졌다.

테르데오의 어린 시절은 어땠을까? 지금의 셀피우스보다 더 작았을까?

그 작은 몸으로 혼자 낑낑거리며 요리했을 모습과 직접 만든 음식을 맛있게 먹었을 모습을 떠올리니 안쓰러우면서도 귀여워서 입가에 절로 완연한 미소가 그려졌다.

내 미소를 느꼈는지 집중해서 음식을 만들던 테르데오가 장난스러운 미소를 머금은 채 고개를 뒤로 젖혔다.

"미소가 음흉한데."

장난기가 가득 담긴 애정 어린 시선이 내게 닿았다.

"내 미소가 어떻길래요."

"지금 당장이라도 먹을 기세인데?"

"아직 음식은 나오지도 않았잖아요."

"음식 말고 날."

테르데오가 몸을 돌리더니 내가 걸터앉은 주방 테이블로 다가왔다. 밀가루가 묻은 손을 책상 끝에 걸친 테르데오가 야살스럽게 눈동자를 휘었다.

"방금 날 당장이라도 잡아먹을 눈빛이었어."

"그것도 좋은 생각이네요."

사실 그런 생각을 하기도 했지.

"테오, 당신 탓이에요."

"내가?"

"날 출출하게 만드니까 그렇죠."

피식 웃은 테르데오가 고개를 비틀더니 그대로 부드럽게 입술을 맞췄다. 따뜻하고 부드러운 그의 애정이 천천히 몸을 적셨다.

한참 뜨겁게 맞물리던 테르데오의 입술이 쪽 소리를 내며 가볍게 떨어졌다.

"이걸로 잠시만 참아줘."

아래로 살짝 내리깔려 속눈썹에 가려진 눈동자가 너무도 예뻐 날 홀리는 것만 같았다. 그렇다면 기꺼이 홀려줘야지.

나는 두 손을 뻗어 테르데오의 얼굴을 잡고 아쉬운 기색을 담아 볼에 쪽 입을 맞췄다.

"달콤하니까 이걸로 참고 있을게요."

테르데오가 환하게 웃더니 몸을 돌려 다시 요리를 시작했다. 야심한 시각, 고소하고 달콤한 향이 주방에 널리 퍼져 가슴을 간질간질하게 했다.

테르데오의 어린 시절 추억이 담겨 있던 음식은 너무도 맛있어서 배가 부른 것도 잊은 채 깔끔하게 그릇을 싹 비웠다.

※ ※ ※

테르데오의 대관식 날짜가 정해졌다. 도돌레아 황녀가 저질렀던 만행과 황제의 묵인들이 사실로 밝혀지며 황가는 힘을 잃었다.

그렇겠지. 귀족들을 아무 이유 없이 죽인 황가를 다시 따를 귀족은 없을 테니까.

도망간 줄로만 알았던 레이나와 시프는 세르시아와 아데우스한테 잡혔다고 들었다. 특히 세르시아는 레이나의 머리를 한 번 뜯어놨는지, 잡혀 온 레이나는 머리카락이 듬성듬성 뽑혀 있었다고 했다.

특히 세르시아만 보면 경기를 일으키며 살려달라고 울었다고도 했다.

이런저런 생각에 잠겨서 자수를 놓던 내 옆으로 세르시아가 다가왔다.

"샤샤, 여기 이렇게 하는 거 맞나요?"

세르시아가 내게 당당히 자수를 내밀었다. 나는 세르시아가 열과 성을 다해 정성껏 수놓은 자수를 보다 고개를 천천히 기울였다.

"이건······."

아무리 봐도 뭘 수놓은지 모르겠다. 뭉텅이? 동그라미? 위쪽이 뾰족하게 튀어나온 걸 보니까 검인가?

내가 자수를 빤히 보며 고민에 빠지자 세르시아가 크게 웃으며 대신 답했다.

"꽃이에요, 샤샤."

"아······! 꽃, 꽃이요! 네, 꽃처럼 보여요! 꽃······ 네, 꽃! 여기 뾰족한 건 꽃잎이었군요!"

 꽃인 줄 몰랐는데.

 뭐든지 만능으로 다 잘할 것 같던 세르시아는 자수를 무척이나 못했다. 저주가 풀리고 제일 먼저 해보고 싶었던 일이라고 했다.

 영애들이 모이면 자수를 하곤 했었는데 세르시아는 혹여나 손가락이 찔릴까 겁나 근처에는 가보지도 못했다고 했다.

 언젠가 꼭 해보고 싶었다고 쓸쓸하게 말하기에 나는 바로 자수를 준비했다.

 비록 결과는 훌륭하지 않았으나 세르시아는 그 과정 자체로 매우 즐거운 듯 보였다.

 "영애들이 자수에 매달릴 땐 이 지겨운 걸 왜 하나 싶었는데 지루한 시간도 빨리 가고 재밌네요."

 세르시아가 망친 자수를 흡족하게 바라봤다.

 "내가 죽기 전, 이런 즐거움을 찾을 수 있도록 해줘서 고마워요, 샤샤."

 세르시아의 얕은 미소를 보자 가슴이 찡하게 울렸다. 나는 자수를 놓고 세르시아의 두 손을 꼭 잡았다.

 "이 자수 완성하면 저한테 주세요."

 "……이걸요?"

 "네, 셋시의 첫 자수를 제가 꼭 받고 싶어요."

 세르시아가 드물게 붉은 얼굴로 고개를 휘휘 내저었다.

 "이건 너무 못했어요. 꽃인지 개똥인지 구분도 안 되는걸요. 이거 말고 다음 자수가 성공하면……."

 "예쁜 꽃인걸요! 전 꼭 이게 받고 싶어요. 꼭 이걸로 주세요. 꼭!"

 내 강경한 말투에 세르시아가 부끄러운지 어쩔 줄 몰라 하며 손에 든 자수와 나를 번갈아 바라봤다.

 "하, 하지만……."

"셋시의 첫 자수를 받는 거니까 전 기뻐요. 그렇게 해줄 거죠?"

내 부탁을 거절할 줄 모르는 세르시아는 결국 수줍어서 발그레한 고개를 끄덕였다.

그때 저 멀리서 도도도 뛰어오는 귀여운 발소리가 들렸다. 아카데미가 끝난 아일렛과 셀피우스, 그리고 글로리아가 함께 걸어오고 있었다.

"언니! 언니!"

눈이 마주치자 아일렛이 활짝 웃더니 달려왔다. 두 팔을 넓게 벌리고 하늘을 나는 새처럼 뛰어오던 아일렛이 철푸덕 넘어졌다.

"아일렛!"

나는 놀란 눈으로 자리에서 벌떡 일어나 아일렛한테 다가갔다. 아일렛의 커다란 눈망울에 눈물이 그렁그렁 고였다.

"우으……."

"괜찮아? 어디 다쳤어? 아파? 어디 봐봐."

혹시 크게 다친 건 아닐까 안절부절 아일렛을 살폈다. 내가 달래주자 아일렛의 눈동자에 간신히 그렁그렁 고여 있던 눈물이 방울져 아래로 뚝뚝 흘렀다.

"여기이…… 여기요……."

아일렛이 작은 손으로 무릎을 가리켰다. 무릎이 까졌는지 피가 흐르고 있었다.

"넘어져서 피 났어요……. 피 났는데……."

아일렛이 손등으로 눈물을 훔쳤다.

"나 이제 피 나도 치료해 달라고 할 수 있어요, 언니이……."

손수건을 꺼내 무릎에서 흐른 피를 닦던 내 손이 멈칫했다. 아일렛이 울다가 웃다가 그러다 또 울기를 반복하며 연신 얼굴을 닦아냈다.

"나 이제 피 나도 아프다고 할 수 있어요. 숨기지 않아도 괜찮아요, 언니…….”

원래 아플 때가 제일 서러운 법인데. 아플 때 아프다고 하지도 못하고 상처를 숨겨야 했던 아이였다.

"나 이제 뛰다가 넘어져도 괜찮대요.”

한참 뛰며 놀 나이임에도 불구하고 혹여나 피가 날까, 다른 사람들 앞에선 땅만 보며 차분하게 걸어 다녔던 아이였다. 뛰고 싶은 다리를 꾹 묶고 치마를 꽉 잡고 참아왔던 아이였다.

나는 손수건으로 아일렛의 무릎을 닦아주고, 다른 손의 소매로는 눈물을 닦아주었다.

"맞아. 이젠 아파도 참을 필요 없고, 뛰고 싶을 땐 마음껏 뛰어 다녀도 괜찮아.”

끄덕끄덕. 아일렛이 힘차게 끄덕거렸다.

"이젠 아일렛이 원하는 대로 해도 돼. 내가 늘 지켜볼 테니까.”

"쿨쩍, 네!”

아일렛이 손등으로 벌건 눈을 슥슥 비볐다. 그러자 세르시아가 다가오더니 다친 아일렛을 가볍게 품에 안아 들었다.

"원하는 대로 하는 건 좋아도 상처는 치료해야지, 아일렛.”

"네에!”

"숙부님께서 약초를 캐러 가셨으니 내가 치료해 줄게. 함께 가자.”

세르시아가 나를 향해 웃으며 아일렛을 안은 채 천천히 저택 안으로 걸어갔다.

그러자 뒤에 있던 셀피우스가 팔짱을 낀 채 옆으로 다가왔다.

"아이들은 참 칠칠치 못하네요. 그렇죠, 엄마?”

셀피우스는 멀어지는 세르시아와 아일렛의 뒷모습을 보며 쯧쯧 혀를 내찼다.

'너도 아이거든.’

몇 살 많다고 다 큰 오빠 행세를 하는 셀피우스의 모습이 귀여워 자꾸 웃음이 났다.

"아카데미는 잘 다녀왔어?"

"네. 오늘은 아카데미가 나름 재밌었어요."

셀피우스가 냉큼 답했다.

"그래?"

"네! ……흠흠. 오늘은 꽤 괜찮았거든요."

셀피우스가 목을 가다듬으며 나를 슬쩍 곁눈질로 살폈다. 빨리 뭘 했는지 물어봐 달라고 원하는 표정이었다. 그 모습이 너무 귀여워 후후 웃으며 아이가 원하는 질문을 꺼냈다.

"그래? 오늘은 아카데미에서 뭘 했는데?"

오늘은 뭘 했냐는 질문을 해주길 기다렸던 셀피우스의 얼굴이 단번에 환해졌다.

"오늘은!! ……큼큼."

목을 가다듬은 셀피우스가 위로 승천하는 광대를 꾹 참고 여유로운 척 말했다.

"오늘은 맘껏 검술 대련을 했어요."

"대련?"

"네!"

검술 대련이 즐거웠나? 영문을 몰라서 고개를 갸웃거리자 흥분한 셀피우스가 주먹 쥔 두 손을 허공으로 방방 흔들며 말했다.

"그 멍청이들은 글쎄 제가 검술을 못해서 대련을 피했다고 생각하는 거 있죠?! 내가 자기들보다 잘해도 훨씬 잘할 텐데! 그래서 제가 오늘 아주 혼쭐을 내줬어요!"

셀피우스의 눈동자가 평소보다 더 초롱초롱 밝게 빛났다. 나는 흐뭇하게 웃으며 아이의 말에 귀를 기울였다.

"셀피가 다 혼쭐내서 이기고 왔어?"

"네, 그럼요! 처음에는 백작 영식이었는데……."

무용담을 늘어놓듯 셀피우스는 자기가 대련한 아이들을 한 명 한 명 꺼내며 자세하게 이야기했다.

셀피우스의 이런 밝은 얼굴은 실로 간만이라 나는 적당한 반응을 보이며 아이의 이야기를 끝까지 들었다.

"……해서 제가 오늘 검술 대련에서는 1등을 했어요! 아! 맞다! 셋시한테도 얘기해 줘야 했는데! 셋시가 이걸 들으면 이젠 날 어린이라고 부르지 못할걸요!"

셀피우스가 기세등등한 표정으로 콧김을 뿜으며 세르시아가 사라졌던 곳을 향해 달려갔다.

"셀피, 다치지 않게 조심히 뛰어가!"

멀어지는 셀피우스한테 소리쳤지만 아이는 대충 고개를 끄덕이며 더 빠르게 달려나갔다. 나는 고개를 돌려 힘든 기색으로 테이블에 앉은 글로리아를 경이롭게 바라봤다.

"어떻게 저 아이 둘을 데리고 오셨어요? 힘드셨을 텐데."

"……말도 말렴. 다음부터는 절대 혼자 안 갈 거니까."

글로리아가 차를 마시며 고개를 내저었다. 나는 부드럽게 웃으며 자수를 추스르고 건너편에 앉았다.

"아이들은 정말 빨리 자라는 것 같아요. 제가 처음 결혼했을 때보다 셀피우스의 키도 큰 것 같고요."

"키뿐이겠니? 잔머리도 제법 잘 굴리고 말싸움도 지지 않더구나."

다시 생각해도 어이없는지 글로리아가 헛웃음을 켰다.

"테오가 이 제국을 다스릴 황제가 된다면 그 뒤를 물려받을 후계가 셀피가 될지도 모르는데 걱정이야."

"셀피는 잘할 거예요. 겉은 저래도 속은 얼마나 깊은데요."

"그래. 고슴도치도 내 새끼는 이쁘니까."

글로리아가 기분 좋게 웃으며 차를 한 모금 마셨다. 그리고 시답잖은 날씨 얘기를 하듯 라페레온 가족들의 얘기를 꺼냈다.

"……오늘 가문의 사람들을 전부 확인해 본 결과, 네 명의 사람이 죽었더구나."
 "네 명……."
 생각보다 적고 예상보다는 많았다. 도돌레아와 마녀의 서약을 해서 나를 죽이고 제물로 바치려던 가족이 네 명이었다는 소리였다.
 '희생을 강요하더니 결국 가족을 위해 희생되었구나.'
 대회의장에서 만났을 때 내게 고맙다고 인사하던 가족들의 얼굴이 아직도 눈에 이렇게도 선명한데.
 "갑자기 저주가 풀려서 다른 가족들이 놀란 것 같더구나. 다들 당황하고 궁금해하길래 저주가 풀리게 된 이유를 말해줬단다."
 "잘하셨어요. 어차피 숨길 만한 것도 아니었는걸요."
 "다른 가족들이 널 만나러 오겠다고 하길래 막았단다. ……가족 중 네 명이나 샤샤, 네게 희생을 강요했으니 아직은 얼굴을 보기 싫어할 것 같아서 말이다."
 "……네."
 나는 천천히 고개를 끄덕거렸다. 사람의 양면성을 다시금 확인한 이상 지금은 감사의 인사를 받더라도 떨떠름할 것 같았다.
 그때도 감사의 인사를 받았지만 결국은 날 죽이려 했었으니까.
 "샤샤, 네게 갚지 못할 너무도 큰 빚을 졌구나."
 "테오가 살아서 저도 기쁘니 빚이라고 생각하지 마세요."
 "그래도 네 덕에 포기했던 것들을 누리게 됐으니 어떻게 그냥 넘어갈 수 있겠니."
 글로리아가 내 손을 꼭 잡았다.
 "원하는 게 있다면 내가 정말 뭐든 다 하마."
 죄책감을 느끼는 글로리아의 말에 나는 고개를 천천히 내저었다.
 "글로리아 님께서 그러실 필요는 없는걸요."
 "샤샤, 네가 원한다면 라피레온 가문의 토지도, 광산도 모두 줄 수 있단다."

"하하하, 전부 필요 없어요."

토지도, 광산도 내겐 필요 없는 것들이었다. 어차피 물려받은 유산만으로도 충분했으니까.

딱 잘라 거부하자 글로리아가 아쉬운 입맛을 다셨다. 그러면서 자그맣게 '그래, 어차피 시간은 많으니까'라고 중얼거리고 대화 주제를 바꿨다.

"피니는 연구를 하겠다고 하더구나."

"연구요?"

글로리아가 차를 홀짝이며 끄덕거렸다.

"불치병들을 공부하겠다고 하더구나. 어떻게 보자면 우리한테 걸려 있던 저주도 불치병이었으니까. ……누구보다 그 마음을 잘 이해하는 거겠지."

"……그렇죠."

"그 사람들한테도 나을 수 있다는 희망을 안겨주고 싶다고 하더구나."

"피니 님은 정말 멋있으시네요."

진심에서 우러나온 말이었다. 한평생을 저주를 풀기 위해 연구해 온 삶이었을 텐데. 그 저주가 풀렸는데도 같은 고통을 지닌 사람들을 위해 또다시 연구하고 싶다니.

어지간한 사람은 생각도 못 한 일일 것이다. 나였다면 저주가 풀린 즉시 자유를 즐기길 원했을 테니까.

"그보다 마음의 준비는 다 되었니?"

"마음의 준비요?"

"테오가 이 제국의 황제가 된다면 샤샤, 너는 이 제국의 황후가 되는 거잖니."

나는 작게 탄성을 내뱉고 목덜미를 문질렀다. 책임감이 강하고 늘 사람들을 이끄는 리더인 테르데오는 황제가 될 자질이 분명했다.

하지만 도통 그 옆에서 황후가 되어 서 있는 내 모습은 상상이 가질 않았다.

"제가 황후가 되어도 괜찮을까요?"

"안 될 이유가 있니? 혹시……."

글로리아가 얼굴을 사납게 굳혔다.

"누가 샤샤, 네게 뭐라 안 좋은 소리를 했니?"

"아니요. 그건 아니지만."

"그럼?"

"……황후는 황제의 뒤를 잘 받쳐줘야 하잖아요. 하지만 자하르트 백작가는……."

도움이 안 된다.

아버지가 돌아가신 후 유산은 내가 물려받았고 작위는 숙부가 이어받았다. 재량껏 새어머니와 레이나가 지내던 저택 하나만 남겨 줬을 뿐, 자하르트 백작가에서 관리하던 영토 역시 모두 숙부가 관리하고 있었다.

그리고 숙부는 아주 온화하고 정이 넘치는 사람이었다.

달리 말하자면 권력욕도 없으며 부나 명예에도 관심이 없다는 뜻이었다.

그저 가진 것에 만족하며 더 욕심을 내지 않고 손에 쥔 것을 잃지 않으려 애쓰는 사람. 도전보다는 안전한 길을 걷는 걸 원하는 사람.

그러니 자하르트 백작가는 정치적으로 이용만 당할 뿐 실질적인 도움은 안 될 가능성이 컸다.

"그런 게 무슨 상관이니?"

내가 할 뒷말을 듣기라도 한 것처럼 글로리아가 대수롭지 않게 대꾸했다.

"샤샤, 잊은 모양인데. 네가 우릴 살린 거란다."

"……."

"네가 없었으면 가질 수도 없었을 것들이고 손에 쥐고 있어봤자 쓸모없던 것들이란다."

확신에 찬 글로리아의 시선이 내게 닿았다.

"그러니 네가 원하면 라피레온가의 모든 걸, 아니. 이 제국의 모든 걸 네 앞에 무릎 꿇게 해줄 수 있단다."

"하지만……."

대답 대신 어색한 웃음으로 마무리 짓자 글로리아가 이해한다는 것처럼 끄덕거렸다.

"샤샤, 네가 도무지 이해가 가지 않는다면 내가 테오한테 말해두마."

"네? 어떤 걸요?"

"역시 황제 자리는 샤샤, 네가 더 잘 어울리니 물러나라고 말이다."

"……네?"

내가 지금 뭘 잘못 들었나? 눈을 끔벅거리자 글로리아가 태연자약하게 말을 이어갔다.

"이건 나 말고도 모든 가족이 같은 생각이란다. 황제라면 아무래도 부모가 되어 제국민들을 따스하게 감싸는 포용력이 필요한데. 테오는 영 그런 게 없잖니. 그런 사람을 누가 따르겠니. 지금도 도는 소문을 보렴. 황제가 되면 폭군이라고 소문이 나겠지."

"그, 그래도 테오가 얼마나 상냥한데요."

"그건 네 앞에서나 순해지는 거겠지. 눈매도 날카롭게 생겨서 보고만 있어도 무서워하는 사람이 얼마나 많은데."

나는 문득 테르데오를 처음 만났던 때를 떠올렸다. 지금 생각해보면 그저 무표정이었는데도 그때는 그게 너무 무서워 눈도 제대로 못 마주치고 겁을 많이 먹었었지.

"그러니 네가 이해 가지 않는다면 내가 테오한테 말하도록 하……."

"아니요!"

글로리아가 당장이라도 테르데오를 보러 갈 기세였기에 나는 서둘러 손을 내저었다.

"그런 의미는 아니었어요."

"하지만……."

"그리고 저는 그런 귀찮고 얽매여 있는 자리는 딱 질색이에요."

"……하긴. 최고의 권력을 가지지만 제약이 많은 자리지."

글로리아가 턱을 쓸며 진중하게 중얼거렸다.

"그럼 테오를 허수아비 황제로 세워두고 샤샤, 네가 실세를 하자꾸나."

나는 어색하게 웃음으로 무마시켰다.

❈ ❈ ❈

야심한 밤.

활활 불타는 벽난로는 좀처럼 꺼질 줄을 몰랐다.

가족들을 모두 불러모은 셀피우스가 나름 비장한 표정으로 손깍지를 꼈다.

"하아암. 나 내일 샤샤랑 쇼핑 가기로 했거든, 셀피. 내일 입고 나갈 드레스도 골라야 하고, 샤샤랑 놀러 갈 곳도 정해야 해서 바쁜데. 중요한 거 아니면 다음에 해줄래?"

"누가 보면 데이트 가는 줄 알겠어요. 나도 아직 우리 엄마랑 단둘이 데이트는 못 해봤는데!"

"넌 아카데미가 바쁜 시기잖아. 그보다 이 밤에 갑자기 왜 우리만 불러낸 거야?"

세르시아가 늘어지게 하품하며 지루하다는 태도로 테이블 위에 무너져 내렸다. 셀피우스가 목을 큼큼 가다듬고 자리에서 일어나 앞으로 나갔다.

"모두에게 중요하게 할 말이 있어요. 그래서 대공 각하랑 엄마는 빼고 불렀어요."

"중요하게? 셀피, 대체 무슨 일이니?"

일전에 아카데미에서 셀피우스한테 일어났던 일들을 전달받아 알음알음 알고 있었기에 혹시 또 그런 일이 벌어진 건 아닐까, 모두의 얼굴이 걱정으로 물들었다.

"이건 정말 극비예요. 사실 모두한테 이걸 말할까 말까 고민 많이 했는데…… 아무래도 저 혼자 알고 고민하는 것보다는 다들 도와주시는 게 좋을 것 같아서요."

"셀피. 우리가 도울 수 있는 문제라면 얼마든지 도와주마. 무슨 일인지 우리한테 말해보렴."

피니어스가 걱정스러운 표정으로 셀피우스를 어르고 달랬다. 셀피우스는 깊게 심호흡하더니 주변을 둘러보고는 작은 목소리로 속삭였다.

"지금 대공 각하와 엄마의 결혼은 가짜예요."

"……?"

셀피우스의 말을 들은 가족들의 얼굴에 물음표가 떠올랐다. 가족들이 서로 황당한 시선을 교환했다. 하지만 셀피우스는 여전히 진지했다.

"계약 결혼이라고 한다죠. 1년의 기간 동안 서로 원하는 걸 얻고자 한 가짜 결혼 행세라고 했어요!"

"서로 원하는 걸 얻는다고?"

세르시아가 고개를 갸웃거렸다. 서로 원하는 게 있을 수가 있나? 페레샤티가 테르데오한테 줄 수 있는 건 많으나 아무리 생각해도 테르데오가 페레샤티한테 줄 수 있는 건 없어 보였다.

세르시아가 이해할 수 없다는 얼굴로 되물었다.

"샤샤가 테오한테 원하는…… 아니, 서로 원하는 게 뭔데?"

"그건!"

재빨리 답하려던 셀피우스가 당황한 표정으로 입술을 벙긋거렸다. 눈가를 좁히고 기억을 더듬거렸지만 '1년의 계약 결혼'에만 집중한 나머지 서로 뭘 원했는지까지는 떠오르지 않았다.

"그건! ……중요한 게 아니잖아요! 바보 셋시!"

셀피우스가 제대로 답하지 못하자 세르시아가 그럼 그렇지, 싶은 표정으로 웃었다.

"셀피. 네가 뭔가를 잘못 알고 있는 것 아니니? 내가 보기에 두 사람은……."

세르시아가 최근 두 사람의 모습을 떠올렸다.

지난 술 취한 밤, 고의는 아니었으나 키스하던 두 사람의 모습도 봤었다. 게다가 페레샤티 앞에서만 온순하게 바뀌는 테르데오의 모습은 누가 봐도 사랑에 빠진 남자였다.

하지만 이런 걸 낱낱이 설명해 주기엔 셀피우스는 너무도 어렸다.

"어쨌거나 셀피, 네가 뭔가 잘못 안 것 같아. 두 사람의 애정에는 문제없으니까 걱정할 것 없어."

"아니에요! 진짜예요!"

셀피우스가 격분하며 손바닥으로 테이블을 세게 쾅 두드렸다.

그래 봤자 가족들은 귀엽다는 얼굴로 셀피우스를 바라보는 게 전부였지만.

"제가 예전에 대공 각하께 엄마에 관해 여쭤본 적 있었는데! 대공 각하도 저주 때문에 엄마를 사랑하지 않겠다는 식으로 얘기했었어요!"

가족들이 가늘어진 눈매로 셀피우스를 바라봤다. 하지만 셀피우스가 자세하게 털어놓는 이야기에 슬슬 마음 한구석에 의구심이 피어났다.

"그리고…… 그리고……."

당당하게 말을 이어가던 셀피우스의 어깨가 대뜸 아래로 축 늘어졌다.

"그리고…… 엄마가 처음 제 엄마가 되어준다고 했을 때 그랬어요. 엄마가 이 저택을 나가는 일이 있더라도, 멀리 떨어져 있어도 엄마는 언제나 엄마일 거라고요."

"뭐?"

"그런 말을 한 걸 보면 엄마도 아마……."

"……셀피, 지금까지 한 말이 사실이니?"

"글로리아 님! 제가 굳이 왜 거짓말을 하겠어요!"

셀피우스의 말도 일리가 있었다. 굳이 이런 이야기를 거짓말로 할리도 없을뿐더러, 셀피우스는 없는 말을 지어낼 아이가 아니었다.

가족들의 얼굴이 순식간에 굳었다.

세르시아가 제자리에 앉은 채로 발을 동동 굴렀다.

"……셀피의 말이 사실이라면 어쩌죠, 글로리아 님? 당장 테오한테 물어볼까요?"

"아서라, 셋시. 만약 셀피의 말이 사실이라면…… 우리가 알고 물어보는 게 오히려 일을 그르칠 수 있어."

글로리아가 주름진 손으로 턱을 쓰다듬었다.

침묵에 잠긴 가족들을 보자 셀피우스는 문득 자신이 말을 잘못한 걸까 걱정이 앞섰다.

가족들과 함께 힘을 합치면 두 사람의 이혼을 막고 행복해질 줄 알았는데!

이제 저주도 풀렸으니 완벽한 계획이라고 생각했는데!

이렇게 분위기가 어두워질 줄은 몰랐다. 셀피우스가 덜컥 겁이 난 표정으로 가족들을 둘러봤다.

"어, 엄마를 미워하지 마요."

혹시 엄마가, 페레샤티가 거짓말을 했다고 가족들한테 미움을 받으면 어쩌나 걱정이 앞섰다.

셀피우스가 겨우 쥐어짜 낸 목소리에 각자 생각에 잠겨 있던 가족들이 고개를 돌렸다. 셀피우스가 작은 손가락을 꼼지락거리며 열심히 페레샤티를 대신하여 변명했다.

"엄, 엄마가 일부러 그런 걸 아닐 거예요. 엄마도 뭔가 사정이 있었겠죠! 어쨌든 엄마는 우리 엄마고……!"

"그래. 나도 그렇게 생각은 한단다."

글로리아가 부드러운 목소리로 셀피우스의 불안함을 토닥거렸다.

"그렇다고 샤샤가 우리한테 보인 행동들이 거짓이라고 생각하지도 않아."

거짓이었다면 자기 목숨을 거는 일 같은 건 안 했을 테니까.

그게 아니더라도 페레샤티는 많은 행동으로 진심을 내보였다. 그녀가 했던 행동들은 거짓으로, 대충 속이고자 할 수 있는 행동들이 아니었다.

오랜 세월을 살아온 글로리아한테는 그것들이 눈에 선연히도 보였다.

게다가 페레샤티 덕분에 저주가 풀렸고 늘 아픈 손가락으로 여기던 테르데오도 행복해하니 큰 문제는 없었다.

"글로리아 님의 말이 맞아. 게다가 사실 테오가……."

세르시아가 말끝을 흐리며 머리카락을 배배 꼬았다.

"다정한 편도 아니고 여자들한테 사랑받을 만한 타입도 아니잖니."

사실 테르데오의 성격이나 소문, 겉모습을 보고 한눈에 반했다고 한다면 그거야말로 거짓이었다. 물론 얼굴은 잘생겼지만 그게 전부였다. 가족 외에는 누구와도 대화를 나누지 않았고 관심도 두지 않는 편이었다.

그리고 세르시아는 매번 얘기하듯 페레샤티라는 사람 자체가 마음에 들었다. 단순히 동생의 부인 그 이상으로서.

그러니 사실 두 사람의 시작이 계약 결혼이었다고 한들 그건 두 사람의 관계일 뿐이니, 크게 상관은 없었다.

다만 걱정은 그저.

'1년이 되면 샤샤가 떠나진 않겠지?'

그 계약이라는 게 끝났을 때, 페레샤티가 떠날까 걱정되는 것뿐이었다.

만약 그렇다면 페레샤티가 떠나지 못하도록 붙들어 둬야 한다.

세르시아가 손가락으로 테이블을 톡톡 두드렸다.

조용히 대화를 듣던 피니어스가 각기 다른 이유로 침묵하는 가족들을 둘러봤다.

"대공비 전하께서 뭘 원하는지 알면 이곳에 남지 않을까요? 사랑 없는 정략혼이 보통 그렇잖아요. 사랑을 대신해서 충족시켜 주는 게 있다던가."

각자 다른 생각에 빠져 있던 가족들이 거의 동시에 고개를 번뜩 들어 올렸다.

'그럼 내가 페레샤티를 충족시켜 주면 되지!'

가족들은 모두 동시에 같은 생각을 떠올렸다. 테르데오가 안 된다면 대신 자기가 페레샤티를 아끼고 사랑해 주겠다는 그 마음.

"그럼 우린 당장 내일부터 샤샤가 뭘 좋아하는지 알아보도록 해요."

"그게 좋겠구나. 이 이야기는 대외비니 밖으로 새어 나가지 않도록 하고. 특히 셀피, 너 조심하렴."

"전 절대 말 안 해요! 지금까지도 저주 때문에 엄마를 잡는 게 폐가 될까 봐. 말도 못 하고 꾹 참고 있었는걸요!"

셀피우스가 두 주먹을 불끈 쥐었다.

"하지만 이젠 저주도 풀렸으니 엄마를 마음껏 제 옆에…… 아니, 대공 각하의 옆에! 붙잡아 둘 수 있어요!"

"그래. 자연스럽게 내 옆에…… 아니, 테오 옆에 묶어두면 되지!"

"셀피, 네가 큰일을 했구나. 하마터면 큰일 날 뻔했어."

세 사람이 대화를 주고받으며 하하 호호 단란하게 웃었다.

피니어스는 세 사람을 바라보다 대화가 시작되기도 전, 일찍이 잠든 아일렛을 침대에 눕히기 위해 먼저 자리에서 일어섰다.

'계약 결혼이라…….'

아일렛을 눕히기 위해 긴 복도를 지나던 피니어스의 눈에 불이 환히 밝혀진 주방이 보였다.

'이 시간에 누가?'

주방 너머로 즐겁고 애정이 듬뿍 담긴 웃음소리가 널리 퍼져 흘렀다.

테르데오와 페레샤티의 웃음소리였다.

'이 늦은 밤에 두 사람은 주방에서 뭘 하는 거지?'

피니어스가 고개를 갸웃거리며 마침 옆을 지나가는 하녀를 불러 세웠다.

"대공 각하와 대공비 전하께서 주방에서 뭘 하고 계시는지 아니?"

"아. 며칠째 밤에 두 분이 함께 음식을 만들어 드시곤 하세요."

"음식을 만든다고?"

"네, 대공 각하께서요."

"테오가?!"

피니어스가 믿을 수 없다는 듯이 눈을 동그랗게 떴다. 격한 반응을 이해한다는 듯이 하녀가 작게 웃으며 고개를 끄덕거렸다.

"두 분의 사이가 퍽 좋으니 다들 흐뭇해한답니다."

놀란 피니어스가 하녀를 보내고 여전히 꺄르르 웃음소리가 들려오는 주방을 바라봤다.

'계약 결혼으로 시작했다고는 해도 지금도 계약 결혼이라는 보장은 없지.'

이미 두 사람은 서로를 사랑하고 있는 게 분명했다.

피니어스가 얼굴에 만족스러운 웃음을 띠고 아일렛의 침실로 조용히 발걸음을 옮겼다.

※ ※ ※

요즘 가족들이 이상하다.

뜬금없이 달려와 내가 제일 좋아하는 게 뭔지 묻는다.

"엄마, 엄마는 뭐가 제일 좋아요?"

"응? 갑자기 뭐가 좋냐니?"

"그냥 제일 좋아하는 거요!"

"으음…… 나는 당연히 셀피가 세상에서 제일 좋지."

좋아한다는 말을 듣고 싶어서 그러는 건가 해서 대답해 주면 붉은 얼굴로 '저도 엄마가 제일 좋아요!' 소리치며 도망가고.

"샤샤. 샤샤는 지금 뭘 선물로 받으면 제일 좋을 것 같아요?"

갑자기 받고 싶은 선물을 물어보질 않나.

"셋시의 첫 자수를 선물로 받으면 제일 좋을 것 같아요. 손수건으로 만들어서 소중히 가지고 다닐게요."

부끄러워서 묻는가 싶어 대답해 주면 붉은 얼굴로 '밤새워서라도 예쁘게 만들어 올게요!' 소리치며 도망간다.

"이거 가지렴."

그러는가 하면 갑자기 선물을 던져주기도 한다.

"와! 이 목걸이는 뭐예요, 글로리아 님? 엄청 반짝거리고 예뻐요."

"오다 주웠단다."

"……이걸요? 엄청 비싸 보이는데요?"

"그렇단다. 다른 왕국의 가보로 내려오는 목걸이라 다들 탐을 낸다고 하더구나."

"……네?"

"게다가 거기 박힌 보석은 '요정의 숨결'이라 불리는 보석으로 대륙에 몇 개 없다지."

글로리아가 활짝 웃었다.

"네 것이란다, 샤샤. 네가 원하면 우린 이런 것도 해줄 수 있어."

"당장 돌려주고 오세요. 전쟁 일어나요."

정색과 함께 대답해 주면 못마땅한 얼굴로 '이런 예쁜 보석도 샤샤, 네가 주인이길 바랄 텐데'라고 중얼거리며 되돌려 주러 가기도 했다.

나는 분수대 앞에 멈춰 서서 진지한 표정으로 턱을 쓸었다.

"아무래도 가족들이 이상한데……."

내가 생각에 빠진 사이 세상 걱정 없이 분수대에 손을 담그고 첨벙거리며 놀던 아일렛이 놀란 고개를 번쩍 들었다.

"네? 가족들이 이상하다고요?"

아일렛이 물에 흠뻑 젖은 손으로 내 소매를 움켜잡았다.

"혹시 가족들이 언니 괴롭혔어요?!"

나를 올려다보는 토끼 같은 눈망울을 보니 머릿속의 모든 생각이 사라졌다.

'맞아, 아일렛과 쇼핑 가기로 했지.'

아일렛과 쇼핑 가는 것보다 당장에 중요한 건 없다.

나는 황급히 고개를 내젓고 아무 일도 없던 것처럼 웃어 보였다.

"아니야. 아무도 나 안 괴롭혀."

"누가 언니 괴롭히면 저한테 말해요!"

아일렛이 물에 젖은 손으로 불끈 주먹을 쥐었다.

"제가 다 혼내줄게요!"

세상에, 너무 귀여워. 이보다 더 귀여운 생명체가 또 있을까? 너무 사랑스러워.

뜨거운 코코아 속에서 녹아내리는 마시멜로가 된 것처럼 온몸이 흐물거렸다. 나는 헤벌쭉 웃으며 아일렛의 머리를 쓰다듬었다.
"헤헤."
"헤헤헤……."
내가 웃으며 머리를 쓰다듬어 주자 아일렛도 기분이 좋은지 덩달아 헤헤 웃었다. 우린 그렇게 그 자리에서 몇 분 동안 서로를 보며 헤헤 웃기만 했다.
그런 우리 두 사람을 지켜보던 피니어스가 손수건을 꺼내 다가왔다. 그리고 아일렛의 젖은 손을 닦아주며 부드럽게 웃었다.
"대공비 전하, 가족들이 이상한 것 같아서 고민이신가요?"
"……어떻게 아셨어요?"
"아마 며칠 지나면 멈출 것 같으니 그냥 귀엽게 받아주세요."
"……! 피니어스 님은 가족들이 왜 그러는지 알고 있나요?"
"음."
피니어스가 잠시 고민하더니 명쾌한 답을 내놓았다.
"가족들이 대공비 전하를 너무 사랑해서 그런다고 해두죠."
"……네?"
되뇌는 내 목소리에도 피니어스는 답해줄 생각이 없는 것처럼 웃음으로 대화를 마무리했다.
'음. 하긴 가족들이 나한테 해를 끼칠 사람들도 아니고.'
나를 너무 사랑해서 그런다고?
'그렇다면야 뭐…….'
나는 머릿속에 가족들을 떠올리며 배시시 웃었다.
"언니, 갑자기 왜 웃어요?"
"으응. 그냥 가족들이 너무 좋아서."
"그럼 아일렛도 좋아요?!"
"당연하지! 얼른 쇼핑하러 가자!"
나는 활짝 웃으며 아일렛의 손을 잡고 수도로 나갔다.

❃ ❃ ❃

  수도는 평화로웠으나 평소와는 다르게 어수선했다. 다들 알음알음 퍼진 소문은 알고 있을 것이다.
  황녀가 이교도를 이끌었고 황제가 이를 묵인하다가 죽었다.
  전 황제는 제국을 빠르게 대제국으로 일궈내는 데 한몫했으나 민심에는 관심이 없는 사람이었다. 쉬지 않고 계속 이어지는 전쟁은 빠른 발전을 가져왔으나 동시에 큰 빈부 격차를 만들어 냈다.
  전쟁으로 인한 피해를 막기 위해 물가가 가파르게 상승했고 세금이 올랐다.
  귀족들과 상인들은 기뻐하며 반겼고 평민들과 농부들은 삶을 허덕이며 배를 굶주렸다.
  그래서일까.
  새 황제의 즉위.
  제국에 새롭게 불어오는 바람이 피바람일지 아니면 봄바람일지 모두 걱정과 기대를 품고 있는 게 여실히 느껴졌다.
  나와 아일렛은 테르데오의 대관식 날, 입을 드레스를 맞추기 위해 미리 약속을 잡고 부티크 숍에 방문했다.
  그러고 보니 아일렛을 데리고 부티크 숍에 오는 건 처음이었다.
  아일렛은 가게 안으로 들어서기 무섭게 별이라도 박아둔 것처럼 반짝거리는 눈으로 환호성과 함께 이곳저곳을 뛰어다녔다.
  "언니, 언니! 드레스가 너무 예뻐요!"
  "와! 이 인형 너무 귀여워요!"
  "리본도 너무 예뻐요!"
  "와아, 공주님 신발 같아요!"
  토끼가 들판을 자유롭게 깡충깡충 뛰어다니듯 아일렛이 부티크 숍 곳곳을 귀엽게 뛰어다녔다.

이렇게 좋아하는데. 진즉에 데리고 나오지 못한 게 괜스레 미안했다.

'셀피도 검술 연습만 아니었으면 같이 나올 수 있었을 텐데…… 분명 좋아했을 텐데.'

다음에는 반드시 셀피우스를 데리고 외출해야겠다는 결심이 섰다.

나는 비장한 표정으로 다짐한 후 옆에서 공손히 두 손을 모으고 명령을 기다리고 있는 재봉사를 바라봤다.

눈이 마주치자 재봉사가 영업용 미소를 지으며 허리를 숙여 인사했다. 아마 나와 아일렛의 대화에 방해가 될까 기다리고 있던 모양이었다.

"내가 무슨 말을 할지 알고 있지?"

"네."

"제국…… 아니, 대륙에서 최고로 예쁘고 아름다운 드레스로 부탁해."

"아가씨께서 귀여우시니 무얼 입으셔도 아름다우실 겁니다."

그렇지, 그렇지. 우리 아일렛이 좀 귀여워? 귀여운 사람으로 따지자면 대륙도 두 동강 낼 정도인걸.

나는 흡족하게 고개를 끄덕거리다가 이내 정신을 차리고 단호하게 말했다.

"그래도 더 아름다워야 해. 최고로 비싼 재료들만 넣어서 우리 아일렛이 제일 눈에 띄게 만들어 줘. 몇 벌이든 상관없어."

예쁘고 귀여우면 시간마다 갈아입히면 되니까. 모든 사람한테 우리 아일렛의 귀여움을 알릴 좋은 기회인데 놓칠 수야 없지.

나는 당부하고 또 당부했다. 재단사는 여전히 부드러운 미소로 고개를 끄덕거리며 아일렛의 치수를 재기 시작했다.

'당장 내일은 셀피와 와야겠어. 멋지고 잘생긴 우리 셀피의 모습도 널리 알릴 기회니까.'

상상만으로도 얼마나 예쁘고 멋질지 웃음이 자꾸만 새어 나왔다. 요새 미소가 자꾸만 시도 때도 없이 흘렀다.

너무 행복하고 평온해서 이래도 되나 싶은 나날들이었다.

아일렛이 치수를 재고 원하는 패턴과 레이스를 고르는 동안 나는 부티크 숍 내부를 천천히 구경했다. 일 층은 잡화점이 함께 운영 중이라 그런지 구경할 만한 것들이 많았다.

'흐음……'

나는 고심하며 여러 물건을 샀다. 그리고 호위 기사한테 사둔 것을 마차에 옮겨두라 명령한 후 아일렛한테 돌아갔다.

"원하는 건 다 골랐니, 아일렛?"

"언니이……"

내가 다가서자 아일렛이 울상을 지었다. 아일렛은 레이스 패턴과 드레스에 달 보석 카탈로그를 보고 있었다.

"다 너무 예뻐서 못 고르겠어요."

"그럼 전부 다 사면 되지, 뭐가 걱정이야."

"……네? 전부 다요?"

"그럼. 예전에도 내가 말했지? 언니 돈 많다고."

나는 환하게 웃으며 아일렛이 보고 있는 카탈로그를 덮어 재봉사에게 건넸다.

"전부 다. 각 패턴과 보석을 조합해서 만들 수 있는 드레스 다 만들어 줘."

"드레스를 전부 입어보지도 못하고 아가씨께서 성장하실 텐데. ……괜찮으신가요?"

"괜찮아. 예쁜 건 소장하는 거로도 가치가 있으니까."

옆에 있던 아일렛이 경악하는 표정으로 날 돌아봤다. 나는 아일렛을 다독거리며 물었다.

"더 원하는 게 있어?"

"너, 너무 많아요! 저번에 언니가 사주신 것도 아직 다 못 입었어요!"

"그럼 내일 또 새 드레스를 입고 나오면 되지."

내 호쾌한 대답에 아일렛이 하얗게 질린 표정으로 고개를 획획 내저었다. 그 모습이 너무 귀여워 자꾸만 뭐라도 더 사주고 싶었다.

"아일렛. 네가 원하면 그게 뭐든 다 이뤄줄 수 있단다. 나 말고도 네겐 가족이 있으니까."

"네, 네에······."

"네가 만약 이 부티크 숍을 원한다면 아마 무슨 수단을 써서라도 당장 이 부티크 숍을 네 것으로 만들어 줄 거야."

"······언니가요?"

"······아니, 나 말고 글로리아 님이."

그분은 다른 왕국의 가보도 서슴없이 오다 줍는 분이니까.

아일렛이 주변을 불안하게 둘러보더니 내게 까치발을 들었다. 나는 아이가 귓속말을 편히 하도록 상체를 숙였다.

"글로리아 님이라면 부티크 숍 소유하신 분을 죽이고 뺏어서 주실 것 같아요."

아일렛이 순진무구한 얼굴로 태연하게 속삭였다. 나는 손을 내저으며 환하게 웃었다.

"하하하. 에이."

경직된 웃음을 흘리던 나는 차마 아니라고 부정할 수는 없었다.

'글로리아 님을 아주 잘 알고 있구나, 아일렛.'

우리는 아일렛의 드레스를 주문한 후 저택으로 돌아왔다. 돌아오기 무섭게 나는 가족들을 모두 불러모았다. 각자에게 따로 줘도 되지만 모두가 모여 있을 때 전해주고 싶었다.

내 부름에 황궁으로 가려던 테르데오도 마차에서 내려 다시 돌아왔다.

가족들이 모두 티 룸에 모였다. 갑작스러운 내 호출로 인해 모두 의아한 얼굴이었다.

"샤샤, 무슨 일이에요?"

세르시아는 내게 무슨 일이 있는 건 아닌지 걱정스럽게 물었다. 내가 아무 일도 없이 가족들을 부른 적 없었으니까.

나는 꼼지락거리며 뒤로 숨겨두었던 쇼핑백을 슬그머니 테이블 위로 올려뒀다. 그리고 이마를 긁적거리며 한 사람한테 하나씩 내밀었다.

"이게…… 뭐예요, 엄마?"

갑작스럽게 선물을 받게 된 셀피우스가 어안이 벙벙한 얼굴로 중얼거렸다.

"이제까지 가족들한테 선물도 제대로 못 한 것 같아서요……. 별건 아니지만 다들 모여 있을 때 주고 싶었어요……."

그냥 선물을 전해주는 것뿐인데 참 이상하게 낯간지럽고 부끄러웠다. 나는 괜스레 시선을 허공으로 돌리고 발뒤꿈치를 툭툭 내려쳤다.

"대공비 전하, 지금 여기서 뜯어봐도 되나요?"

피니어스의 질문에 조심스럽게 고개를 끄덕거렸다. 그러자 다들 포장이 훼손되지 않도록 아주 천천히, 열과 성을 다해 선물 포장을 뜯었다.

"정말 별건 아니에요……."

그렇게 말하면서도 나는 힐끔힐끔 가족들의 반응을 살폈다.

"이건……."

"피니어스 님은 의사라서 매번 청결을 유지하시니까…… 손수건을 골랐어요. 면이 좋더라고요. 글로리아 님은 지팡이를 가지고 다니시니 예쁘고 멋스러운 지팡이를 골라봤어요."

"세상에, 매우 마음에 들어요. 감사합니다, 대공비 전하."

"내가 설마 선물을 받는 날이 올 줄이야……. 정말 고맙다. 앞으로는 네가 준 것만 사용하도록 하마. 이럴 게 아니라 당장 파티를 열어 자랑해야겠어."

저렇게 좋아해 주니까 온몸이 더 배배 꼬이는 것 같았다.

"와, 이게 뭐예요, 샤샤? 반지네요? 혹시 저한테 청혼의 의미로……."

"셋시가 예전에 제게 래브런 상단의 반지를 준 적 있잖아요. 혹여 내 안전에 문제가 있을까 모든 방법을 동원해서 도와주려 했던 거였죠? 전 비록 그런 힘은 없지만…… 셋시의 반지를 받았으니 대신 제가 선물하는 반지로 그 자리를 채워주고 싶었어요."

"샤샤……! 어머, 눈물 날 것 같아요. 저 지금 진짜…… 와…… 너무, 너무 좋아요. 정말 고마워요."

"아일렛은 아까 본 머리 끈이야. 마음에 들어 하는 것 같아서 내가 골라봤는데……."

"저 이 머리 끈 너무 귀여워서 가지고 싶었는데! 언니는 정말 대단해요! 저 앞으로 아카데미 갈 때 이 머리 끈으로만 묶고 다닐래요!"

얼굴이 붉다 못해 익어서 터져버릴 것 같았다.

"테오, 당신은 커프스 단추예요. 앞으로 일이 많아져 바빠지겠죠? 그래도 항상 내가 함께 있다는 의미로……."

"아……."

테르데오가 커다란 손바닥으로 입술을 가리며 놀란 표정을 지었다.

"나는, 나는 선물을 받을 거라고는 상상도 못 해서…… 아무것도 준비 못 했는데…… 어……."

테르데오가 드물게 놀란 얼굴로 눈을 깜빡거렸다.

"괜찮아요. 내가 주고 싶어서 주는 거니까요."

"아까워서 이걸 어떻게 하고 다니지. 내가 죽거든 함께 묻어달라고 할게."

"그냥 맘껏 하고 다녀주세요."

하여튼 정말. 눈을 흘기자 테르데오가 진심으로 기쁜지 환하게 웃으며 당장 커프스 단추를 바꿨다.

"어때요? 마음에 들어요?"

"그걸 말이라고 해? 누가 선물해 준 건데. 앞으로 우리 가문의 가보야."

나는 테르데오를 향해 너털웃음을 터뜨리고 셀피우스를 바라봤다.

"그리고 셀피는 요새 검술 연습에 한창이니 평소에도 손에 익을 수 있도록 단검을…… 헉! 셀피?"

나는 말을 하다 멈추고 숨을 크게 들이켰다.

"흑흑, 엄마."

손바닥 위에 단검을 올린 셀피우스가 서럽게 울고 있었다.

왜, 왜 울지? 단검이 마음에 안 들었나? 단검에 안 좋은 추억이 있나?

"왜 그래, 셀피? 무슨 일 있어?"

놀라 안절부절못한 채 우왕좌왕 뛰어다니자 셀피우스가 울음을 크게 터뜨렸다.

"제발 대공 각하랑 이혼하지 말고 평생 함께 살아요, 흐허허헝!"

나는 얼빠진 표정으로 엉엉 우는 셀피우스를 바라봤다.

'지금 내가 뭘 들었지?'

테르데오랑 이혼하지 말고 평생 함께 살자고?

나는 놀란 눈으로 테르데오를 바라봤다. 테르데오 역시 셀피우스의 말에 놀랐는지 당황한 낯빛이었다.

지금 이 말을 어떻게 받아들여야 할까? 순간 혼란스러워 심장이 쿵 아래로 떨어지는 것 같았다.

"언, 언니!"

테르데오와 시선을 교환하고 있자 아일렛이 황급히 내 다리에 매달렸다.

"언니 우리랑 함께 평생 안 살아요? 어디 가야 해요?"

"으응?"

"가지 말아요, 언니!"

아일렛이 제자리에서 발을 동동 구르며 커다란 눈망울에 눈물을 글썽거렸다. 나는 서둘러 아일렛을 향해 고개를 저었다.

"아니야, 아일렛. 나는 아무 데도 안 가."

"정말요? 나는 이제 언니랑 정말 떨어지기 싫어요! 이제 저주도…… 나쁜 것도 없으니까 언니 옆에서 맨날 함께 있고 싶어요! 같이 케이크도 먹고 인형 놀이도 하고……."

"당연하지. 나도 아일렛이랑 안 떨어질 거야."

나는 아일렛의 머리를 부드럽게 쓰다듬은 후 셀피우스의 곁으로 슬그머니 다가갔다. 셀피우스는 뭐가 그리 서러운지 소매에 눈을 묻고 아예 목 놓아 울고 있었다.

"셀피."

"흐허허헝."

우는 소리가 너무도 커서 내 목소리도 제대로 들리지 않았다.

우는 셀피우스의 모습을 보니 기분이 이상했다. 분명 아이의 우는 모습을 보니 가슴이 아파야 하는데…… 이상하게 기분이 나쁘지 않았다.

셀피우스는 늘 혼자 속으로 꾹 참아내는 아이였다. 미움받을까 걱정이 많았고.

하지만 근래에는 이젠 제법 나이에 맞게 아이처럼 감정을 드러냈다. 가지 말라며 떼를 쓸 줄도 알고 소리 내서 울 줄도 안다.

좋은 징조였다.

'그래, 울고 싶을 땐 참는 것보다 후련하게 울어버리는 게 더 낫지.'

나는 셀피우스한테 말을 거는 대신 품에 안아주며 등을 다독거렸다. 달래주자 셀피우스가 내 허리를 꼭 껴안고 얼굴을 묻은 채 드레스가 젖어 가도록 엉엉 울었다.

"내가 네게 걱정을 끼쳤구나, 셀피."

나는 아이의 작은 정수리를 내려다보며 봄바람이 노래를 부르듯 따스하게 말했다.

"내가 널 놔두고 어디 갈 리가 없잖아. 넌 내 아들인걸."

행복한 웃음이 자꾸 터지려 했다. 나는 작은 아이의 몸을 더욱 힘 있게 끌어안았다.

'우리 가문의 저주 때문에 대공비 전하께서도 언젠간 떠나게 될지도 모르지만. 지금만큼은 엄마라고, 내 엄마라고 불러도 돼요? 내 엄마를 해주면 안 돼요?'

처음에 셀피우스의 엄마가 되던 날, 마차에서 셀피우스는 내게 언젠가 내가 떠나게 돼도 괜찮다고 말했었다.

그때와는 달리 이렇게 울면서 날 잡는 모습을 보니…….

'이제 우리는 진짜 가족이구나.'

정말 셀피우스의 엄마가 된 것 같아서 기분이 좋았다.

"셀피, 네가 어딜 가더라도 항상 엄마가 옆에 있을 거야."

그나저나 이혼하지 말라는 건 대체 무슨 뜻이지? 아이의 입에서 나올 법한 말은 아닌데…….

'내가 셀피우스 앞에서 테르데오와 이혼하겠다고 말실수를 한 적이 있던가?'

아무리 기억을 곱씹어도 그런 적은 없었다. 아이 앞에서 이혼이라는 단어를 꺼내는 것 자체가 큰 상처가 될 거라는 걸 너무도 잘 알기에.

비록 계약으로 시작한 결혼 생활이라고 할지라도 셀피우스 앞에서는 조심하고 또 조심했는데.

고개를 한참 갸웃거리자 셀피우스의 울음이 멎어갔다. 나는 흠뻑 젖은 아이의 볼을 닦아주며 물었다.

"그런데 셀피, 어째서 내가 테오와 이혼한다는 생각을 한 거니?"

"그건, 그건."

코를 훌쩍거린 셀피우스가 겨우 잦아들던 눈물을 다시 빵 터뜨렸다.

"흐어어엉."

"아이고, 미안해, 셀피. 엄마가 미안해. 절대 안 해! 안 하니까 얘기도 꺼내지 말자!"

그래, 아이한테 물어보기엔 민감한 질문이었다.

'이건 나중에 내가 직접 알아보자.'

조심하지 못하고 아이한테 상처가 될 수도 있는 질문을 꺼낸 나를 속으로 질책하며 셀피우스를 토닥거리고 있자 세르시아가 우물쭈물 나섰다.

"샤샤. 그 질문은 내가 대신 답할 수 있을 것 같아요."

"네?"

세르시아가 대신 답할 수 있다고?

나는 가족들을 둘러봤다. 그러고 보니까…… 다들 우울한 표정으로 울적하게 어깨를 축 늘어뜨리고 있었다.

갑작스러운 셀피우스의 말에도 모두 알고 있는 것처럼 놀라는 기색이 없었다. 아일렛과 테르데오만 빼고.

그렇다는 건 가족들 모두, 지금 이게 무슨 상황인지 알고 있다는 건데.

'설마 나와 테오의 계약 결혼을 알고 있는 건 아니겠지?'

아니, 설마 그럴 리가. 그건 밖으로 새어 나가지 않도록 최대한 입에도 올리지 않았는데.

내 근심이 표정으로 드러났는지 멀찍이 떨어져 있던 테르데오가 옆으로 다가와 다정히 어깨를 감쌌다. 그는 여전히 울고 있는 셀피우스한테 무심히 손수건을 건넸다.

"셋시."

"응?"

"대체 이게 무슨 상황인지 대신 설명해 봐."

"아아……."

세르시아가 시선을 아래로 내려 우리의 눈을 피했다. 그러더니 기어가듯 작은 목소리로 입을 열었다.

"우리도 얼마 전에 셀피한테 들은 거야. ……예전에 너랑 샤샤가 하는 대화를 셀피가 들은 적이 있는 것 같아."

"우리의 대화를?"

"……!"

세르시아의 말이 끝나자마자 나는 더욱 내 품을 파고드는 셀피우스를 내려다봤다. 작은 어깨가 평소보다 더 애처로워 보였다.

언제부터…… 언제부터 알고 있던 걸까.

'다 들었구나.'

눈앞이 깜깜해졌다. 언제부터였을지 감도 오지 않았다. 모든 걸 알면서도 떼 한 번 쓰지 않고, 울지도 않았다.

내게 묻지도 않았고 다른 사람한테 말하지 않고 비밀을 지키며 그저 모른 척하고 있었다.

'혼자…… 혼자 얼마나…….'

아이 홀로 얼마나 상심이 크고 혼란스러웠을까. 부모님이 싸우기만 해도 불안해지는 나이인데.

두 사람의 결혼이 사랑 없는, 그저 필요에 의해 기간을 정해둔 결혼이었다는 걸 알았을 때 혼자 얼마나 울었을까.

나는 이마를 짚고 눈을 질끈 감았다.

테르데오는 모든 걸 짐작했으면서도 제대로 해야겠다고 생각했는지 끝까지 파물었다.

"셀피가 무슨 말을 했는지 정확히 말해봐."

"너와 샤샤가 음."

세르시아가 말을 꺼내길 주저했다.

당연하다. 나와 테르데오가 계약 결혼을 했다는 사실을 아무렇지 않게 털어놓을 리가 없다.

하지만 세르시아는 결국 모든 것을 한숨과 함께 털어놓았다.

"그…… 계약 결혼을 했다고 들었어."

세르시아의 깊은 한숨이 땅을 파고 들어갔다.

"그래, 얘기가 나왔으니 물어볼게."

세르시아가 이해할 수 없다는 얼굴로 테르데오를 다그쳤다.

"대체 왜 그런 거야, 테오?"

"뭐가."

"계약 결혼이라니……."

계약 결혼이라는 단어를 듣자 테르데오가 머리를 쓸어 넘기며 시선을 돌렸다. 둘이 함께 계약한 건데 테르데오만 질책받게 할 순 없었다.

"셋시 언니, 그때는……."

"계약 결혼이라니. 테오. 너……."

세르시아가 진지한 표정으로 입술을 꾹 물었다. 속상해하는 세르시아의 표정을 보니 내 가슴도 따끔거렸다.

세르시아가 울분을 토해내듯 말했다.

"이 대륙에서 샤샤만큼 널 이해할 사람이 또 있을 것 같아?"

"맞아 맞…… 응?"

내가 지금 뭘 잘못 들었나? 나는 한참 눈을 깜빡거렸다. 세르시아가 혀를 쯧쯧 내차며 이젠 대놓고 테르데오를 책망하고 있었다.

"매달려 붙잡아도 모자랄 판에 계약이라니? 정신이 없구나, 테오."

"……뭐?"

"너 그렇게 여유 부리다가 정말 샤샤가 떠난다고 하면 어쩌려고?"

테르데오가 팔짱을 끼며 여유롭게 턱을 치켜들었다.

"그럴 일 없어."

"어머 어머."

세르시아가 어이없다는 듯이 실소하며 동조해 달라는 듯이 글로리아의 옆으로 다가갔다.

"글로리아 님, 방금 들으셨어요? 제 동생이긴 한데 너무 식욕 떨어지게 해요."

"테오, 말이 나왔으니 하는 말인데…… 우리 가족들은 사실 황제 자리에는 네가 아니라 샤샤가 어울린다고 생각했단다."

세르시아가 크게 웃으며 맞장구쳤다.

"맞아! 사실 테오, 너도 그렇게 생각하잖아."

두 사람의 공격에도 테르데오는 끄떡없었다. 테르데오가 날 바라보며 턱짓했다.

"그렇다는데?"

뭐야. 날 왜 봐?

"저, 저는 싫어요."

"나도 가족들 의견에 동의야. 그대가 원하면 황제 자리도 넘기지, 뭐."

"저는 그런 바쁜 자리는 딱 질색이라고요!"

딱 잘라 거절한 나는 여전히 태연하게 황제 자리에 나를 앉히자고 작당하는 두 사람을 보며 뜸 들이고 물었다.

"화…… 안 나셨어요?"

내 질문에 두 사람이 동시에 나를 돌아봤다.

"샤샤, 우리가 왜요? 아…… 테오 말하는 건가요? 테오의 바보 같은 행동에는 언제나 화가 나 있어요."

"우리가 화를 내야 하니?"

"그야…… 제가 가족들을 속인 거잖아요."

죄책감이 들어서 차마 두 사람과, 아니. 가족들과 시선을 맞출 수가 없었다.

나는 가족들을 속였다. 심지어는 계약 결혼이 밝혀지지 않았다면 나를 사랑해 주는 가족들을 속이고 사과 한마디 없이 태연하게 넘어가려 했다.

"……죄송해요. 가족들을 기만할 생각은 아니었어요. 이렇게 모든 게 밝혀진 후에 사과를 드리게 돼서 거짓이라고 생각할지도 모르지만……."

"샤샤."

"네, 글로리아 님."

"네가 뭔 착각을 하는 것 같구나."

"……."

"우리라고 네게 모든 걸 숨기지 않을 것 같니?"

"……네?"

나는 숙였던 고개를 번쩍 들어 올렸다. 두 사람은 여전히 나를 향해 환히 웃고 있었다. 불쾌한 티는 조금도 느껴지지 않았다.

"우리도 네게 말 못 한 비밀쯤은 여러 개 있단다. 너라고 뭐가 다를까."

"아무리 가족이라고 해도 서로 말 못 할 수 있는 것도 있을 테니까요, 샤샤."

"서로의 사생활은 중요하게 생각해야지."

두 사람이 태연스레 서로 말을 주고받으며 웃었다. 멍한 얼굴로 바라보자 뒤에서 온화하게 웃던 피니어스가 걱정하지 말라는 표정으로 말했다.

"저희한테 미안해할 필요 없습니다, 대공비 전하."

"네?"

"대공비 전하께서 보여준 행동과 진심을 거짓이라고 생각하는 사람은 없으니까요. 아무도 그렇게 생각하지 않아요."

"하지만 전······."

"우리는 가족이잖아요."

그 단어가 주는 울림이 강했다. 계약이 들킨다는 걸 생각해 본 적 없었으나 이건 정말이지······ 예상도 할 수 없던 반응이었다.

나는 얼떨떨한 얼굴로 가족들을 천천히 돌아봤다.

거짓이 아니라는 것처럼 가족들은 모두 날 향해 환한 햇살처럼 웃었다.

마지막으로 셀피우스의 물기 젖은 시선이 맞닿았다.

"······엄마."

"셀피."

나는 천천히 몸을 숙여 아이와 눈높이를 맞췄다.

"미안해, 셀피. 내가 미리 말했어야 했는데."

눈물로 흠뻑 젖은 눈가를 손가락으로 쓱 닦아주자 셀피우스가 천천히 다가와 내 목을 꼬옥 껴안았다.

"제가, 제가 몰래 엿들어서 죄송해요."

"아니야. 혼란스러웠겠다, 우리 아들."

셀피우스가 고개를 도리도리 내저었다. 나는 셀피우스가 불안했던 날만큼 품에 꼭 껴안아 주었다.

"우리 아들이 여기 있는데 내가 어딜 가겠어."

"엄, 엄마······."

"셀피가 아카데미에 졸업하고, 좋아하는 영애를 데려오고, 결혼하고, 그리고 두 사람을 닮은 아이를 낳을 때까지도."

"······."

"나는 늘 네 옆에 있을 거야, 셀피."

"항상 내 편이 되어줄 거예요?"

"당연하지. 언제나 든든한 네 편이야."

셀피우스가 꼭 껴안던 손을 풀고 나와 눈을 맞췄다.

"그럼, 그럼 이제 대공 각하랑 엄마는 정말, 정말 사랑해서 결혼한 부부인 거예요?"

나는 고개를 돌려 옆에 있는 테르데오를 올려다봤다.

시선이 마주치자 테르데오가 천천히 상체를 숙였다. 그리고 내 턱 끝을 부드럽게 움켜쥐더니 가볍게 입술을 짧게 맞췄다.

쪽.

말캉하고 달콤한 소리가 퍼졌다. 갑작스러운 입맞춤에 놀라 눈을 동그랗게 뜨자 테르데오가 입꼬리를 끌어 올리며 셀피우스한테 답했다.

"시작이 뭐였든 간에 지금은 사랑하는 부부지."

취할 것처럼 달콤한 우리의 모습을 본 가족들이 그제야 아무 근심도 없이 환히 웃었다. 시뻘건 눈가를 비빈 셀피우스도 '아이 앞에서 너무해요!'라고 괜히 소리치며 웃었다.

한참 웃던 세르시아가 안도의 한숨을 내쉬었다.

"사실 계약 결혼 기간이 끝났다고 샤샤가 우릴 떠나면 어쩌나 걱정하기도 했거든."

"셋시 언니……."

"만약 정말 그런 일이 생긴다면 그땐 래브런 상단에 어떻게든 샤샤를 영입해 올 생각이었어."

테르데오가 어이없다는 듯이 고개를 천천히 내저었다. 그리고 내 어깨를 감싸 안으며 가족들의 불안감을 녹이듯 당당하게 소리쳤다.

"안 돼. 내 아내야."

❈ ❈ ❈

가족들이 저녁을 즐길 시간.

"레베카."

가방을 들고 몰래 마차에 오르려던 레베카의 어깨가 움찔거렸다. 레베카가 놀란 얼굴을 돌렸다.

"……대공비 전하."

나는 레베카의 손에 들린 갈색 가방을 눈으로 가리켰다.

"인사도 없이 몰래 가려고?"

"……제가 떠나는 걸 어떻게 아셨어요?"

"여긴 내 저택이잖니. 네가 마부한테 몰래 부탁했다고 한들, 그 마부한테 돈을 주는 사람은 나란다."

마부가 머쓱한 표정으로 어깨를 으쓱였다. 레베카가 두 손으로 가방 손잡이를 꽉 움켜쥐었다.

"제가 감히 어떻게 대공비 전하께 인사를 올릴 수 있겠어요…… 무슨 낯짝으로."

"그렇긴 하지."

후회와 죄책감이 가득한 레베카의 말에 곧바로 수긍하자 그녀의 낯빛이 어둡게 그늘졌다.

"일이 끝났고 또…… 대공비 전하께선 이제 안전하시니……."

"그래. 나이츠 저택으로 돌아가는 거니?"

"……아니요, 거긴…….."

레베카는 아랫입술을 꾹 깨물었다. 레베카가 신중히 말을 고르고 골라 답했다.

"대공비 전하를 배신한 대가로 겨우 몰락을 막은 곳입니다. 뻔뻔하게도 그곳에서 숨을 쉬고 지낼 수는 없을 것 같아서요. 급한 불은 껐으니 나머지는 부모님이 처리하실 거예요."

"그럼 어디로 가려고?"

"잘 모르겠어요. 그냥 지금은…… 여러 곳을 여행해 볼까 합니다."

레베카가 말을 끝내기 무섭게 손에 들고 있던 가방을 땅에 내려두었다. 그녀는 결심한 표정으로 주저하지 않고 내 앞에 두 무릎을 꿇었다.

"대공비 전하."

"……"

"대공비 전하를 속여서, 정말…… 정말 죄송합니다."

주먹 쥔 레베카의 두 손이 희미하게 떨리고 있었다.

"……죄책감에서 벗어나 편해지고자 드리는 사과는 아닙니다. 절 믿어주셨는데 그 믿음을 배신으로 되돌려 드린 것 같아서…… 그래서 다시 꼭 제 죄를 고하고 싶었습니다."

나는 구태여 입술을 열지 않았다.

"저는 평생 어딜 가더라도 이 죄책감을 끌어안고 살아갈 겁니다."

"사람의 결심은 그리 오래가지 않을 텐데?"

나는 일부러 소리 내 웃었다.

"내일이 되면 그 죄책감 금세 잊을걸."

"한순간도, 한순간도 잊은 적 없어요."

레베카는 공손히 내리깐 시선을 좀처럼 들지 못했다.

"대공비 전하를 처음 뵌 날부터, 제게 상냥하게 대해주셨을 때도. 대공비 전하를 떠나 있었을 때도…… 한 번도 잊은 적 없어요. 절대 잊지 않을 겁니다."

"그래. 나도 널 잡으러 온 건 아니야. 날 배신한 네가 이번에도 인사 없이 멋대로 행동하니 보러온 거지."

"……죄송합니다."

나는 레베카를 한참 조용히 내려다보다 팔짱을 풀고 손에 들고 있던 주머니를 그녀 앞으로 던졌다.

툭.

레베카의 시선이 돈주머니에 닿았다.

"지금까지 일한 값."

"……! 제가 일한 보수는 이미 차고 넘칠 정도로 받았습니다."

"그 외 못 받아갔던 돈들. 내가 너한테 여러 가지 일을 시켰었잖니."

"저는, 저는 감히 이 돈을 받을 자격이 없습니다."

"레베카."

고개를 올린 레베카가 난색을 보였다. 밤하늘의 빛나는 별이 레베카의 눈에 담겨 반짝거렸다.

"우리 사이의 계산은 이걸로 완전히 끝이란다. 이제 더는 볼 일은 없을 거야."

"……."

"가져가든 가져가지 않든 그건 네 선택이지만."

차가운 창처럼 내리꽂히는 말투에 레베카의 눈썹이 아래로 축 내려앉았다.

"……새롭게 시작될 네 여행 자금으로 요긴하겠지."

"네?"

레베카가 잘못 들은 줄 알고 떨구던 고개를 다시 번쩍 올렸다. 나는 레베카와 시선이 닿기도 전에 몸을 돌렸다.

"난 널 기억하지 않을 테니 너도 죄책감으로 날 기억할 필요 없단다. 나도 만약 너와 같은 상황이었다면 내 가족들을 살리기 위해 뭐든 했을 테니까."

실제로 내 목숨을 걸려고도 했으니까 말이야.

"그러니 잘 살렴."

뒤에서 억눌린 흐느낌이 들리는 것 같았다. 나는 그 외의 다른 인사는 남기지 않고 저택 안으로 들어왔다.

❈ ❈ ❈

대관식이 코앞으로 다가왔다고는 하나 현재 왕좌는 비어 있었다. 황궁 안에서도 그 어수선함이 여실히 느껴졌다.

대공국의 기사들과 가족들, 그리고 아데우스와 그를 따랐던 자들이 황궁 곳곳에 배치되어 안전을 책임지고는 있었으나 확실하게 대관식이 끝나기 전까지는 불안했다.

예전엔 피 한 방울이면 상대를 즉사시킬 수나 있었지. 이젠 저주도 풀렸으니 그럴 수도 없어 더 걱정이었다.

하지만 테르데오는 조금도 개의치 않았다. 여기서 다시 자신과 내전을 벌일 용기가 있는 귀족들은 없을 거라 단언했다.

틀린 말은 아니었다. 지금까지 테르데오의 행보를 모두 봐왔던 사람들은 그한테 덤빈다는 생각조차 없어 보였다.

정복 전쟁을 일으킨 건 황제였으나 그 전쟁을 주도한 건 테르데오였으니까.

"곧 처형식이 진행될 거야."

"그 전에 한 번 보고 싶어요."

"굳이 왜?"

"이대로 처형돼서 죽는 건 너무 쉽잖아요."

테르데오는 결국 만나보겠냐는 제안을 했고, 나는 기다렸다는 듯이 고개를 끄덕거렸다.

그렇게 지금 나는 테르데오의 뒤를 따라 황궁의 지하 감옥으로 향하고 있었다.

고작 몇 계단을 내려섰을 뿐인데 공기의 분위기가 일순 바뀌었다.

음습하고 눅진한 공기가 진득하게 몸에 달라붙었다. 숨을 들이켤 때마다 축축하고 꺼림칙해서 소름이 돋았다.

"괜찮아?"

내 상태를 눈치챈 테르데오가 걸음을 멈추고 뒤를 돌았다. 고작 몇 분 있던 게 전부인데 이렇게 꺼림칙한 기분이라니.

'이런 곳에 있으면 미쳐버릴 거야.'

나는 양팔을 내리 쓸며 테르데오를 향해 괜찮다며 고개를 끄덕였다. 그는 못마땅한 것 같았으나 내가 걸음을 재촉하자 하는 수 없이 발을 뗐다.

우리는 다시 지하로 향했다.

이곳에는 일말의 희망을 줄 창문도 없었다. 창문조차 없으니 하루가 흘렀는지, 아침인지 저녁인지 구분조차 안 됐다.

감옥에는 빛 하나 들어오지 않았다. 아마 램프가 없었더라면 계단에서 발을 헛디뎌 넘어졌을 것이다.

"탈주 위험이 있는 자들은 제일 깊은 층에 가둬두지."

테르데오가 내게 손을 뻗었다. 나는 자연스럽게 그 손을 잡고 계단을 내려가며 힐끔 위를 올려다봤다.

"이렇게 깊은 지하에 와 있으니…… 위에서 무슨 일이 생겨도 모르겠네요."

아직 대관식을 치르지 못했다. 귀족 의회가 무사히 끝났으나 반대파 세력은 있기 마련이었다.

테르데오를 무서워하며 줄을 서는 자가 있는 반면, 호시탐탐 기회를 노리고 있는 자도 있었다.

정통성 있는 황가는 무너졌다. 그렇다면 지금 반역자란 이름으로 테르데오를 처단하고 제국의 영웅으로 자리해 황제 자리를 차지하려는 자가 분명 있을 것이다.

내 불안을 눈치챈 건지 테르데오가 걱정하지 말라며 다독였다.

"위에는 포츤 영식이 있으니 괜찮아. 그가 제법 기사를 잘 통솔하더라고."

그 이후로는 보지 못했는데 황궁에서 내내 테르데오를 돕고 있었던 것 같았다.

"지금 여긴 내 진영이야. 대공국의 기사들도 모두 출전해 있는 상태지. 한마디로."

테르데오가 코웃음 쳤다.

"지금 난 만반의 준비가 되어 있는 상황이라는 거야. 다들 같은 생각을 하고 있겠지. 지금 나와 싸우겠다고 칼을 들이밀 멍청이는 없어."

남을 믿지 못하던 테르데오는 너무도 당연하다는 듯이 아데우스한테 자신의 뒤를 맡겼다.

나는 내심 놀란 표정으로 테르데오를 응시했으나 그는 그런 자신의 변화조차도 모르는 것 같았다.

그러는 사이 우리는 제일 깊은 지하층에 도달했다. 복도 끝에 있던 초에 불을 붙이자 비로소 시야 확보가 됐다.

'여기에…….'

눅진한 공기 위에 녹슨 쇠 같은 피비린내가 덧씌워졌다. 구두 굽 소리가 침묵을 깨뜨리자 동시에 철창을 마구 흔드는 괴성이 들렸다.

"누, 누구야! 누가 왔지?! 먹을 거! 먹을 걸 줘! 그게 아니면 물이라도!"

소리를 따라 걸어가 철창 앞에 멈췄다. 익숙한 사람의 얼굴이 보였다. 덥수룩 수염이 자란 시프였다. 그는 날 보고 놀란 표정을 짓더니 행동을 우뚝 멈췄다. 흔들리는 시선이 내게 닿았다.

"하, 하하! 이게, 이게 누구야!"

시프가 철창에 얼굴을 가까이 붙였다.

"간수인 줄 알았더니! 하하, 하! 페, 페레샤티!"

그가 비릿한 입꼬리를 한껏 끌어 올렸다. 악취가 풍기자 절로 눈썹이 찡그려졌다.

CHAPTER 17

완성된 행복

My in-laws are obsessed with me

Chapter 17

"페레샤티. 날 보러 왔구나? 그렇지? 응?"
"시프."
"그, 그래. 페레샤티. 너는 날 안 버릴 줄 알았어. 넌, 넌 날 사랑하잖아. 그렇지?"
시프가 철장에 바짝 달라붙더니 팔을 힘껏 뻗었다. 하지만 내게 닿을 리 만무했다.
"나, 나 배고파. 여기, 여기 잡혀 와서 뭘 씹어 먹은 적이 없어."
"……오랜만이네, 시프."
"네가 말해서 빵, 빵이라도 좀 던져주면 안 될까?"
죄책감이라고는 조금도 볼 수 없는 얼굴이었다.
"제길! 빵이라도 좀 달라고!"
긴 굶주림을 참을 수 없던 시프가 욕설을 지껄이며 격분했다. 테르데오가 빠르게 내 앞을 가로막아서며 날 보호했다.
"괜찮아요, 테오. ……어차피 나올 수 없는걸요."
나는 테르데오의 보호에서 벗어나 시프를 하찮게 바라봤다.
"그래, 시프. 너라면 후회하지 않을 것 같았어."

"제, 제발. 페레샤티."

"넌 내가 죽어갈 때도 그렇게 웃으면서 날 보고 있었지."

과거, 날 내려다보던 시프의 끔찍한 얼굴이 떠올랐다.

"그 모든 게 거짓이었다고 해도…… 우리가 함께한 세월이 몇 년이었는데. 넌 내가 죽어갈 때 애도조차 하지 않았어. 사람이라면 키우던 식물이 죽어도 그보다는 속상해할걸."

"그게, 그게 무슨 말이야. 샤샤. 내가 언제 널 죽이려 했다고?"

시프가 억지웃음을 지었다. 그의 입꼬리가 바들바들 떨렸다.

"넌 지금 이렇게 살아 있잖아."

나는 한숨을 내쉬고 시프가 한 짓을 천천히 뇌까렸다.

"그뿐이겠니. 넌 베르딕트 부인을 죽였고."

"여긴, 여긴 너무 목말라. 물도 겨우 몇 방울밖에 안 주면서."

"그리고 세르시아를 죽이려 했지."

"여긴 자꾸 벌레가 날아다녀. 봐! 지금도! 이렇게! 내 귀에 시끄럽게 앵앵거리잖아! 제길! 잠도 못 자게 매일! 젠장! 닥쳐! 꺼져!"

"게다가 레이나도 버리고 도망갔다며."

레이나의 이름이 나오자 시프의 행동이 뚝 멈췄다. 시프가 기괴스럽게 목을 긁으며 고개를 삐그덕 돌렸다.

"레이나…… 레이나…… 레이나……."

시프가 그 이름을 몇 번이나 되뇌며 손톱을 세워 목을 벅벅 긁었다. 쇠사슬이 철창에 부딪혀 시끄러운 소리를 냈다.

시프가 주먹으로 벽을 쾅 세게 내리쳤다.

"그 죽일 년!!"

귀가 따가울 정도로 큰 괴성이 감옥 복도를 울렸다.

"내 인생은 전부 그년 때문에 망가졌어! 벌레처럼 앵앵거리기나 하는 년! 손바닥으로 내리쳐서 죽였어야 하는데!"

"……."

"으으…… 그년의 말대로 하는 게 아니었는데! 아니었어! 아니었다고!"

시프의 눈동자에는 광기밖에 보이지 않았다.

'미쳤구나.'

그래, 빛 하나 제대로 들어오지 않는 이곳에서 대화할 사람도 없이 어둠 속에 갇혀 있다면 아마 누구든 미쳐버릴 것이다.

"그년을 내 앞에 데리고 와!! ……맞아, 샤샤! 너는 그년을 싫어하잖아! 내가 내리쳐서 죽여줄게! 어때? 너도 좋지?"

시프가 하하하! 크게 웃음을 터뜨렸다. 그러더니 철장을 잡고 앞뒤로 거칠게 흔들었다.

지하라서 그런지 음습하고 시끄러운 소리가 크게 퍼졌다.

살기가 가득한 눈으로 철장을 흔들던 시프가 갑자기 히죽거리더니 날 올려다봤다.

"페레샤티."

그가 내 이름을 부르자 소름이 오스스 돋았다.

"그러지 말고 우리 다시 시작하는 건 어떨까? 사실 우리 좋았잖아."

어차피 죽을 목숨이기 때문인지 시프는 겁이 없었다. 옆에 테르데오가 버젓이 있는 걸 보면서도 저런 얘길 하는 걸 보면.

낮게 가라앉은 눈동자로 대화를 듣고 있던 테르데오가 들릴락 말락 중얼거렸다.

"어차피 죽을 건데 팔 하나 정도는 없어도 되지 않나?"

테르데오가 스산한 시선으로 시프의 팔을 바라봤다. 막지 않으면 당장 검을 빼 들어서 자를 기세였기에 나는 테르데오의 손을 지그시 눌렀다.

"괜찮아요, 테오. 굳이 당신 손을 더럽힐 필요 없어요."

나는 테르데오를 만류하고 시프를 위아래로 훑었다.

"시프, 난 네가 보고 싶었어."

"……! 역시! 그랬던 거구나, 페레샤……."

"감옥에서 편히 두 다리 뻗고 지내다가 처형되면 죽음이 너무 쉽잖아. 어떻게 지내나 궁금하고 너무 보고 싶었는데."

안온한 죽음을 선물할 생각은 없었다. 나를 그렇게 고통스럽게 해놓고 혼자 편히 죽는 건 억울하니까.

"제법 볼만해. 네게 딱 어울리는 마지막이야, 시프."

내겐 훌륭한 결말이었다.

"젠장! 너도 똑같아! 너라고 뭐 다를 것 같아?"

시프가 분노를 조절할 수 없는 사람처럼 대뜸 화를 냈다. 그가 나를 향해 삿대질하며 한껏 소리쳤다.

"나랑 사귀는 동안 너도 날 버러지 보듯 봤잖아! 불쌍해서 거둬주는 동물 보듯이! 젠장! 내가 개새끼인 줄 알아?"

미쳐버린 시프가 나를 죽일 것처럼 다시 손을 뻗어 허공을 내질렀다. 하지만 여전히 손에 잡히는 게 없자 얼굴을 와작 구기며 욕설을 지껄였다.

나는 그 마지막 발악을 보며 되레 차분하게 속삭였다.

"네가 처형당하기 전까지 이곳에 찾아오는 사람은 없을 거야."

"페레샤티!"

"혼자 맘껏 떠들어. 대답 없이 혼자 떠드는 게 널 더 미치고 무섭게 할 테니까."

나는 시프한테 눈길 한 번 제대로 주지도 않고 몸을 돌렸다. 겁에 질린 시프가 갇혀 있는 감옥의 철장을 흔들며 악을 질렀다.

"안, 안 돼! 가지마! 페레샤티! 제길! 돌아와!"

하지만 우리는 가볍게 무시하고 복도를 비추던 불을 끈 후 지하 감옥을 나섰다.

빛 하나 들어오지 않는 어둠 속에 시프를 혼자 버려둔 채.

❋ ❋ ❋

시간이 빠르게 지나 테르데오의 대관식이 다가왔다.

테르데오의 말대로 그사이 누구도 그의 자리를 위협할 수 없었다.

오늘은 그가 새 황제가 됐음을 제국 온 곳에 알리는 날이었다. 그 축복을 맞이하여 테르데오는 제국 곳곳에 식재료를 공급하여 큰 축제를 열었다.

제국민들은 테르데오가 열어갈 새 시대를 기대하는 눈치였다.

테르데오가 평소보다 화려한 정복을 갖춰 입고 붉은 융단이 깔린 길을 천천히 걸었다.

'드디어.'

그가 한 걸음을 내디딜 때마다 귀족 가문들이 충성을 맹세하듯 상체를 숙였다. 모든 이가 테르데오를 향해 고개를 조아렸다. 대범하고 당당하게 그들을 아우르며 테르데오가 걸어오자 이유를 알 수 없는 짜릿함이 온몸에 퍼져갔다.

잠시 눈을 뗄 수 없을 정도로 테르데오는 빛나고 있었다. 심장이 주체하지 못하고 미친 것처럼 뛰었다.

빈 왕좌로 향하는 계단.

그 옆에 서 있던 대신관이 테르데오를 향해 한쪽 무릎을 꿇고 왕관을 받치듯 두 손으로 받들었다.

"새 황제 폐하의 시대에 축복을."

테르데오가 경건한 표정으로 대신관이 내민 왕관을 받아 직접 머리 위에 쓰고 빈 왕좌를 향한 계단을 올랐다.

금빛 왕관이 그의 머리 위에서 찬란하게 빛났다. 마치 이제야 제 자리를 찾은 것처럼.

계단의 끝까지 오른 그가 몸을 돌렸다. 사냥을 끝내 배부른 포식

자처럼 권태로운 행동에 모두가 숨을 죽였다. 수많은 기사와 귀족들이 테르데오의 발밑에 머리를 조아렸다.

그의 붉은 시선이 집요하게 따라붙었다. 굳게 다물려 있던 테르데오의 입술이 열렸다.

"제국에 번영을."

짤막하게 읊조린 테르데오가 비어 있던 왕좌의 자리에 앉았다. 잠시나마 공석이었던 자리가 채워지는 순간이었다.

새 황제의 시대.

가슴이 벅차올랐다.

테르데오가 주변을 둘러보자 기다렸다는 듯이 제국 명문 귀족의 가주들이 앞으로 나왔다. 그들은 테르데오를 향해 충성을 맹세하듯 상체를 숙여 인사했다.

"제국의 여명, 새 황제 폐하를 뵙습니다."

제국의 황제.

나는 인사를 올리는 가주들을 보다 시선을 돌렸다. 고작 몇 걸음 차이인데 저 왕좌까지의 거리가 아득히도 멀게만 느껴졌다.

'내가 저 옆에 설 수 있을까.'

테르데오한테는 너무도 잘 어울리는 자리인데 아무리 생각해도 내가 저 옆에 선다는 건 그려지지 않았다.

'이래서 글로리아 님이 마음의 준비가 됐냐고 물은 거였어.'

그렇다고 테르데오와 헤어질 마음은 아니었다. 나는 티가 나지 않도록 두 주먹을 꽉 쥐었다.

'저 자리에 어울리는 사람이 되자.'

마음을 다잡으며 비장하게 결심할 때였다. 귀족들의 기나긴 축복을 받던 테르데오가 갑자기 왕좌에서 벌떡 일어섰다.

대관식 도중 황제가 왕좌에서 먼저 일어나는 것 이례적인 일이었다.

갑작스러운 테르데오의 행동에 새 황제의 즉위를 축하하던 가주들이 의아한 표정으로 고개를 갸웃거렸다.

"폐하?"

계단 아래 서 있던 대신관이 큼큼 목을 가다듬는 척 자그맣게 테르데오를 불렀다. 하지만 테르데오한테는 이 모든 것이 중요하지 않은 것 같았다.

가주들의 시선도, 대신관의 목소리도 무시한 테르데오가 왕좌를 벗어나 계단 아래로 성큼 내려섰다.

"폐, 폐하……!"

아직은 어색한 호칭이 테르데오의 뒤를 따라붙었다. 테르데오의 거침없는 발걸음이 날 향했다.

"샤샤."

테르데오가 내 앞에 멈춰 섰다. 동시에 모든 이들의 시선이 날 향했다.

갑자기 벌어진 상황에 깜짝 놀란 나는 무슨 말도, 어떤 행동도 하지 못한 채 동그랗게 뜬 눈만 한참 깜빡였다.

"내 구원자, 나의 빛. 내 삶의 전부."

테르데오가 장갑을 벗더니 내 머리카락을 부드럽게 쓸어 넘겼다.

"오늘 예쁘다."

"……네?"

지금 그 말을 하기 위해 대관식 도중 왕좌를 뛰쳐 내려온 거야?

어안이 벙벙한 내 표정을 본 테르데오가 걱정하지 말라는 것처럼 따스한 시선을 보냈다.

"내 모든 것이 그대의 것이니."

내 초조하고 불안한 마음을 눈치챈 것처럼 테르데오는 평소보다 훨씬 달콤하고 매혹적이게 웃었다. 사르르 녹아내릴 것 같은 미소였다.

"이 제국이 곧 그대의 것이야."

말이 끝나기 무섭게 테르데오가 서슴없이 내 앞에 한쪽 무릎을 꿇었다.

"테오……!"

"……!!"

순간 장내가 크게 술렁였다. 나뿐 아니라 이 상황을 지켜보던 모든 이가 놀란 얼굴이었다.

하지만 테르데오는 주변의 시선에도 아랑곳하지 않고 내 손등을 잡고 부드럽게 입술을 맞췄다.

나는 놀란 숨을 크게 들이켰다. 그의 입술이 맞닿은 손등이 홧홧했다.

"내가 오늘날 살아 숨 쉬는 건 전부 그대 덕이니."

테르데오가 모두 들으라는 듯이 한 글자 한 글자 힘을 실었다. 강한 음성이 널리 퍼지자 멍하니 있던 사람들이 정신을 퍼뜩 차렸다.

그 누구도 황제보다 높은 위치에 서 있을 수 없다.

모두가 황제인 테르데오를 따라 재빠르게 무릎을 꿇었다.

"헙……!"

졸지에 모든 사람이 내 발아래 무릎을 꿇게 되었다. 이례적인 광경이었다.

손바닥에 땀이 배어났다.

나는 어쩔 줄 몰라 하며 눈동자만 데굴 굴렸다. 그리고 맞잡은 테르데오의 손을 잡아끌며 어서 일어나라 눈짓을 보냈다.

내 사인을 진작 눈치챘을 텐데도 테르데오는 그저 나른하게 웃을 뿐이었다. 이것이 당연한 이치이자 섭리라는 것처럼 그는 좀처럼 몸을 일으키지 않았다.

그가 일어서지 않으니 다른 사람들 역시 그 아무도 일어설 수 없었다.

"……테오."

그를 부르자 꿀이 뚝뚝 떨어지는 붉은 눈동자가 부드럽게 호선을 그리며 휘어졌다. 테르데오는 이 자리에 있는 모두가 들을 수 있도록, 아니. 들으라는 것처럼.

경고하듯이 크게 글자마다 힘을 실어 내뱉었다.

"지금 이 순간 이후부터 그 아무도 감히 샤샤, 그대를 내려다볼 수 없어."

"……."

"그 누구도 그대를 함부로 대할 수도 없어."

테르데오가 내 손등을 엄지로 꾹 눌러 쓰다듬으며 권태롭게 웃었다.

'정말이지…… 못 말려.'

놀란 마음이 가라앉자 너무 어이가 없어서 웃음이 다 흘러나왔다. 입가에 미소를 머금자 테르데오가 아래로 흘러내리는 내 머리카락을 뒤로 넘겨주었다.

테르데오가 상체를 살짝 세우더니 품에서 무언가를 꺼냈다.

'응?'

자그만 상자였다. 갑자기 나온 상자의 정체를 가늠할 수 없어서 고개를 갸웃거렸다. 테르데오가 미소를 짓더니 상자를 천천히 열었다.

"이건……."

열린 상자 속에는 일전에 글로리아가 오다 주웠다고 말한 '요정의 숨결' 보석이 박힌 반지가 빛나고 있었다.

지금 이게 무슨 상황인지.

"샤샤."

테르데오가 부드럽게 나를 불렀다. 반지를 바라보던 시선을 돌리자 늘 묵묵히 내 옆에 있어 준 그가 보였다.

다시 살아난 후 내 모든 순간은 테르데오와 함께였다.

그가 있었기에 나도 살아 숨 쉴 수 있었다. 테르데오 역시 내 삶의 이유이자 원동력이었으며 길을 잃고 헤매던 내 앞길을 비춰주던 사람이었다.

"우리 결혼하자."

놀란 입술이 다물어지지 않았다. 내가 지금 뭘 잘못 들은 건 아닐까?

"그때 제대로 하지 못했지."

가슴이 떨렸다.

제대로 하지 못했다는 건 아마 우리 결혼식 얘기일 것이다. 계약 결혼이었기에 우린 식도 없이 서약만 읽은 채 끝냈으니까.

하지만 우린 이미 결혼했기에…… 설마 다시 이런 청혼을 받을 거라는 건…… 정말이지 전혀 생각도 못 한 상황이었다.

나는 울컥 차오르는 감정을 억누르기 위해 입술을 꽉 깨물었다.

"이 말을 하고 싶어서 얼마나 참아왔는지 몰라."

"……."

"사실은 둘만 있을 때 할까 생각도 했는데. 모두에게 전하고 싶었어. 나한텐 샤샤, 그대밖에 없다고 말이야."

눈을 깜빡거릴 때마다 속눈썹에 물기가 묻어나는 것 같았다.

"샤샤, 내 아내가 되어줘."

그 한마디에 결국 꾹꾹 내리 참았던 눈물이 터져 흘러내렸다. 그 바쁜 와중에도 어쩜 이렇게 깜찍한 생각을 했을까.

그게 너무도 고마워서.

나는 떨리는 목소리로 흐느끼며 말했다.

"지금, 지금도 흑, 지금도 당신, 흐흑, 아내예요. ……바보."

나는 손등으로 흘러내리는 눈물을 연신 닦으며 자그맣게 중얼거렸다. 피식 미소지은 테르데오가 '맞아, 그러네'라고 중얼거리며 울고 있는 내 입술에 입을 맞췄다.

꽃잎 위에 나비가 살포시 내리 앉듯 간지러우면서도 솜사탕을 머금은 것처럼 달콤했다.

그 달콤함에 중독된 것처럼 나는 테르데오를 밀어내는 대신 잡은 손에 힘을 주고 살포시 눈을 감았다.

입술 사이로 뜨거운 숨결이 밀고 들어왔다. 입 안 가득 행복을 머금은 것처럼 다디단 맛이 느껴졌다. 테르데오가 손을 뻗더니 내 뒤통수를 잡고 한 치의 틈도 허용할 수 없다는 것처럼 강하게 밀어붙였다.

"사랑해, 페레샤티."

그를 밀어낼 수 없었다. 이건 불가항력이었다.

※ ※ ※

대관식이 무사히 끝났다. 아니, 어떻게 보자면 무사히는 아니었다. 대관식에서 청혼한 황제는 전에도 없었고 앞으로도 없을 거라며 대신관은 식은땀을 닦아내야 했다.

하지만 이미 일은 벌어진 후였다.

그가 보여준 행동은 급속도로 사교계에 퍼졌다.

평소 결혼에도, 그리고 여자에게도 관심이 없던 테르데오였기에 파급력은 상당했다. 엄청난 애처가다, 황제를 손에 쥔 채 실제 권력을 휘두르는 건 나다, 내가 테르데오한테 주술을 건 마녀라는 등 별 이야기들이 다 튀어나왔다.

어쨌거나 중요한 건 그로 인해 그간 날 무시한 채 새 황후 자리를 노리던, 혹은 총애받는 후궁 자리를 노리던 자들이 모두 입을 닫고 사라졌다는 것이다.

그 아무도 날 업신여기지 못했고 함부로 대하지도 못했다.

'테오는 이런 상황을 다 예상한 걸까?'

그래서 일부러 보란 듯이 대관식에서 청혼했나?

나는 그때의 상황을 곰곰이 곱씹었다. 그때를 떠올리니 다시금 얼굴이 후끈 달아올랐다. 내 시선이 절로 네 번째 손가락에서 반짝 빛나는 반지로 향했다.

황제로 즉위한 테르데오가 제일 먼저 한 일은 아데우스의 공을 치하하는 것이었다.

테르데오는 아데우스한테 솔다드 백작위와 영토를 하사했다. 물론 슈와츠 왕국의 영토 전부를 하사할 순 없었지만, 아데우스가 일전에 가족들과 함께 살던 집이 있는 영토를 하사했다.

내내 살던 곳에서 마지막 인사도 하지 못한 채 쫓겨났던 아데우스는 이제 당당히 그곳으로 돌아갈 수 있었다.

정식으로 영토를 하사받던 날, 아데우스는 눈물을 꾹 참으려 애썼다. 늠름해 보이려 했으나 그의 주먹 쥔 손은 떨렸고, 눈은 붉게 충혈되었다.

"그때 어떻게든 살라고 하셨죠."

"……."

"……정말로…… 살아 있어서 다행입니다."

아데우스는 꾹 참았던 눈물을 삼키며 그렇게 말했다. 여태껏 노예 취급을 받던 슈와츠 왕국민들은 모두 아데우스를 따라간다고 했다.

테르데오는 구멍이 있는 노예 법을 개정할 것이라고 했다. 법 개정을 위해 몇 차례나 귀족 의회가 열렸다.

귀족들은 어떻게든 자신의 권위를 드러내길 원했고, 계급을 나누길 바랐다. 그들에게 있어서 노예란 자신의 위대함을 느낄 수 있는 것뿐이었으니까.

몇 번의 반대가 이어졌다. 하나 이번 반란에 힘을 보탠 이들이 바로 그들이었기에 결국 노예 법은 개정됐다.

새 황제의 품에서 슈와츠 왕국민들은 이제 이방인도 노예도 아니었다.

그들은 제국법의 보호를 받는 영지민으로서 이곳에 정착해서 살아가게 될 것이다.

여러 일을 처리했음에도 해야 할 일들이 많았다. 하지만 그 어떤 일보다도 먼저 처리해야 할 일이 있었다.

바로 오늘은 시프와 레이나의 처형식이었다.

"죄인의 처형식을 시작한다."

레이나는 전 도돌레아 황녀의 최측근, 시녀로서 명령을 직접 전달하고 모든 사항을 알면서도 묵인한 방조죄였으며, 시프는 전 도돌레아 황녀의 명령을 받고 움직여 직접 귀족을 시해한 죄목이었다.

더불어 아크만 영애의 살해죄 역시 자연스레 시프의 죄목에 추가되었다.

'셋시한테 누명을 씌웠으니 그 죄를 돌려받는 거지. 너도 어디 누명을 써봐.'

전 도돌레아 황녀의 교단에서 제물로 희생된 자들은 당연히 대부분이 평민이었다. 물론 노예 취급을 받는 슈와츠 왕국민도 있었지만.

그러기에 두 사람의 처형식은 예외적인 공개 처형으로 진행되었다.

두 사람의 처형을 보기 위해 많은 사람이 처형식에 참석했다. 새 황제가 즉위 후 처음으로 모습을 드러낸 일이었기에 목소리라도 듣고자 하는 이도 있었고, 두 죄인한테 욕을 퍼붓기 위해 기다리는 사람도 있었다.

테르데오가 손짓하자 간수가 시프와 레이나를 동시에 끌고 나왔다.

절그럭 쇠사슬 소리가 들리며 시프가 다리를 절며 나왔다. 두 사람이 나서자 야유와 욕설이 흘렀다.

내내 어둠 속에 갇혀 있던 시프는 밖으로 나오기 무섭게 고개를 하늘로 들었다.

강렬하게 내리쬐는 빛이 눈부신지 얼굴을 찡그리면서도 이제야 좀 살 것 같다는 표정이었다.

시프가 걸음을 멈추고 행복에 겨운 얼굴로 햇빛을 즐기자, 간수가 나무 봉으로 그의 등을 세차게 밀었다.

"어서 앞으로 가!"

갇혀 있는 동안 제대로 된 음식을 먹지 못한 시프가 맥없이 밀려났다.

레이나가 그 뒤를 따라 나왔다.

레이나는 시프와는 달리 벌벌 떨며 주변 눈치를 살피더니 천천히 기어가듯 걸었다. 한눈에 척 봐도 죄 많은 사람이었다.

'지은 죄가 크니까 겁나겠지.'

잘못하고도 내 앞에서 늘 당당하던 모습과는 괴리감이 느껴졌다.

"허억! 저, 저게 뭐야?"

오늘 자신의 처형식이라는 말도 못 들은 건지 레이나가 질겁한 얼굴로 준비된 처형대를 바라봤다. 주변을 둘러본 레이나는 곧 미래를 직감한 듯 사색이 된 채 뒷걸음질 쳤다.

"싫, 싫어! 거, 거짓말! 거짓말이야!"

레이나가 도망가려는 것처럼 뒤로 달려갔다. 하지만 뒤에서 서 있던 간수 때문에 도망가지도 못하고 바로 잡혔다.

레이나가 발작하듯 몸부림치며 난동을 부렸다.

"아악! 죽, 죽기 싫어! 안 돼! 싫어!"

비명 섞인 고함에 구경꾼들의 눈이 레이나한테로 쏠렸다. 죽음 앞에서 눈물 콧물 쏙 빼는 레이나를 보며 구경꾼들은 모두 하나같이 화를 냈다.

"죗값을 받아라!"

"마녀! 제국을 흑주술의 제물로 바치려 했으니 마녀가 틀림없어!"

"저 마녀를 태워 죽여!"

"때려죽여!"

사람들의 분노가 고스란히 쏟아졌다. 레이나가 두 머리를 보호하듯 감싸며 방황하는 눈길로 주변을 둘러봤다.

자기 죽음 앞에서는 저토록 무서워하면서 죄 없는 사람들을 제물이란 명목으로 서슴없이 죽였다니.

간수들은 바닥에 거의 납작하게 드러누운 레이나를 번쩍 들어 처형대 앞으로 질질 끌고 왔다.

레이나가 살고자 발버둥 칠수록 군중들의 눈초리는 싸늘하게 식어갔다.

"······폐하."

테르데오의 옆에서 이를 빠짐없이 모두 내려다보던 재상이 조심스럽게 운을 뗐다.

"큰 중죄를 지었다고는 하나, 이건 귀족의 위신을 떨어뜨리는 일입니다."

"그래?"

테르데오는 심드렁한 반응이었다.

"사내는 황실 기사단에서도 퇴출당했으니 평기사, 즉 평민이라지만······ 자하르트 영애는 여전히 백작가입니다. 귀족을 향해 불손한 언사를 하고, 폭력적인 행동을 보인다는 건 있을 수 없는 일입니다."

"이곳에 귀족이 무슨 상관인가? 재상. 내가 보기엔 피해를 본 자들과 피해를 준 자들뿐인 것을."

"폐하. 위험한 발언이십니다."

재상이 황급히 주변을 확인한 후 목소리를 낮췄다.

"폐하의 편이 되어줄 귀족들이 모두 등을 돌릴 수 있습니다. 지금이라도 비공개로 진행하심이⋯⋯."

"재상이 보기엔 그래 보이나?"

"예?"

테르데오가 팔걸이에 느슨하게 몸을 기대며 입꼬리를 비틀어 올렸다. 그의 날카로운 시선이 죽기 싫다며 떼쓰는 레이나한테 향해 있었다.

나는 재상을 바라보며 테르데오 대신 답했다.

"제 숙부⋯⋯ 그러니까 자하르트 백작님과 미리 대화했습니다."

"황후 전하께서요?"

"네. 제 아버지를 죽였을지 모르는 새어머니가 돌아가셨으니⋯⋯ 레이나는 이제 자하르트 백작가의 사람이 아닙니다. 자하르트 백작가와는 관련이 없어요."

사람 좋은 숙부께서도 새어머니와 레이나가 한 짓을 알게 된 후로는 둘을 내치겠다고 차갑게 말했다.

"그러니 지금 저 두 사람은."

나는 고개를 돌려 담담한 시프와 두려움에 벌벌 떠는 레이나를 무심하게 내려다봤다.

"이제 귀족이 아니라 평민이죠."

"그뿐 아니라 지금은 혼란스러운 민심을 가라앉힐 때지."

테르데오의 마지막 말을 이해하지 못한 재상이 고개를 갸웃거릴 때쯤, 삐딱하게 앉아 있던 그가 자리에서 일어섰다.

"본래 처형식은 비공개로 진행되어야만 하나."

그의 묵직함에 장내가 침묵했다.

"이번 일은 비단 몇 명의 일이 아닌, 건국 이래 벌어질 수 없는 제국 내의 비극이었다. 나뿐 아니라 모든 이가 통탄하고 분노했음을 기억하도록."

"……."

"그러니 죄 없는 희생자들 그리고 그 가족들을 위로하고자 이례적으로 특별히 죄인들을 공개 처형으로 진행한다."

모두를 아우르는 위엄 있는 목소리에 가슴이 웅장해졌다.

공통의 적과 싸울 경우, 사람들은 함께 싸우는 이를 아군으로 인식한다. 이유는 간단하다. 나와 같은 편이니까.

보통은 내가 '선'이라고 생각하지 '악'이라고는 생각하지 않는다. 내 의견이 옳다고 생각하기에 싸우기 마련이다. 그러니 나와 같은 편에 선 사람 역시 '선'이고 옳은 의견이라는 판단이 생기기 마련이었다.

게다가 사람은 내 사람, 내 편이라고 하면 무르게 되니까.

지금이 바로 그런 상황이었다.

시프와 레이나는 만인의 적이었다. 테르데오는 그런 만인의 적을 쓰러뜨려 준 영웅 같은 존재.

군중들에게 테르데오는 내 편, 그러니까 즉 아군으로…… 어쩌면 더 나아가 '성군'이라는 타이틀로 자리 잡게 될 것이다.

"흑."

테르데오의 말이 끝나자 조용하던 처형장에 누군가의 울음소리가 들렸다. 제일 앞줄에 서 있던 삐쩍 마른 여인이었다.

"감사, 흑, 감사합, 감사합니다, 폐하."

먹먹한 감사가 잇따랐다. 누군지 굳이 확인하지 않아도 알 것 같았다. 아마 이번 제물 사건으로 희생된 사람의 가족 혹은 지인일 것이다.

눈물은 전염된다고 했던가. 여자의 슬픔에 동조하듯 곳곳에서 격한 흐느낌이 들렸다.

다 함께 부대끼며 살아가는 사람들이다. 희생자들은 내 아이는 아니었더라도 내 아이만큼이나 소중했던 사람들이었을 것이다.

"처형을 속히 시작하라."

테르데오는 사방에서 쏟아지는 감사의 인사에 끄덕거리며 자리에 앉았다. 그리고 권태로운 표정으로 손가락으로 턱을 훑으며 재상한테 속삭였다.

"귀족들만 내 편이면 뭐 하나? 제국민들이 있어야 비로소 황제도, 제국도 있는 법이지."

"아."

재상이 주변을 둘러보며 탄성을 흘렸다.

"그리고 새 황제는 이런 관대함을 보여줄 필요가 있거든."

"잘했어요, 테오."

테르데오를 향해 상체를 기울이고 속삭이자 그가 눈을 부드럽게 휘며 내 허리를 감쌌다.

"사실 누군가 돌이라도 던져주길 기다리는 중이야. 그게 공개 처형의 묘미거든."

"네?"

테르데오가 내 목덜미에 코를 묻으며 숨을 크게 들이켰다. 머리카락이 와닿자 간질거려 절로 몸에 힘이 들어갔다.

"그대를 오랫동안 괴롭게 한 자들인데 편하게 죽일 순 없지."

"모든 사람한테 욕을 먹고 있으니 편하게 죽는 건 아닐걸요."

"그걸로는 모자라지. 모든 사람에게 돌을 얻어맞아 죽는다면 몰라도."

"그럴 일은 없을 거예요. 처형식에서 돌을 던지다니……."

"기다려 봐. 한 명이 물꼬를 트면 쏟아질 테니까. 댐이 터지면 막을 수 없는 법이거든."

테르데오가 기대에 가득 찬 얼굴로 아래를 내려다봤다.

바로 그때였다. 테르데오의 말이 끝나기 무섭게 기다렸다는 듯이 군중에서 주먹만 한 돌이 날아들었다.

퍽!

"아악!"

돌이 정확히 레이나의 팔을 가격했다.

레이나가 맞은 팔을 문지르며 돌이 날아온 방향을 도끼눈으로 노려봤다.

"누구야! 누가 감히 내 팔에 돌을 던져!"

레이나가 힘껏 소리쳤다. 하지만 그 소리보다도 가족을 잃은 사람들의 목소리가 더 컸다.

"내 딸을 살려내! 내 딸!"

그게 시작이었다. 죄인한테 돌을 던졌으나 별다른 저지가 없자 사람들은 이때다 싶었는지 너도나도 돌을 쥐었다. 어떤 사람은 쓰레기를 주워 던지기도 했다.

퍽! 퍼억!

둔탁한 소리가 퍼졌다.

"악! 그만! 아악! 그만 던지라고!"

"크윽! 젠장!"

피하려 애썼지만 노출된 두 사람은 고스란히 날아오는 돌을 맞아야만 했다. 레이나는 비명을 지르며 몸을 이리저리 돌리는 게 전부였고, 얼결에 함께 돌을 맞게 된 시프는 낮게 욕설을 지껄였다.

억울한 표정을 짓던 시프가 몸을 휙 돌렸다. 그러더니 누가 말릴 틈도 없이 레이나를 향해 달려갔다.

돌을 맞는 연인을 보호하기 위한 행동이라 생각했는지 레이나가 감동에 젖은 표정으로 시프를 불렀다.

"……시프!"

그러나 레이나의 예상은 보기 좋게 빗나갔다.

"도움 안 되는 년!"

한걸음에 달려온 시프는 온몸으로 레이나를 세게 밀어 보기 좋게 넘어뜨렸다.

쿵!

"아악!"

갑작스러운 충격으로 바닥에 나뒹굴게 된 레이나가 충격에 휩싸인 표정으로 자신의 연인을 올려다봤다.

"시, 시프?"

"다 너 때문이야!"

진즉에 미쳐버린 시프의 눈동자에는 연인을 향한 따스함이 아닌, 살기 가득 찬 광기만이 남아 있었다.

"너 때문에 내 인생이 망가진 거야! 너 때문에!"

두텁고 다부진 시프의 발이 레이나의 복부를 세게 내리밟으려던 찰나였다. 간수들이 시프를 옥죄던 줄을 팽팽하게 끌어당겨 그를 빠르게 제압했다.

간수가 제압하지 않았다면 아마 시프는 레이나한테 폭력을 가했을 것이다.

"다 너 때문이라고! 젠장! 난 이렇게 죽을 사람이 아닌데!"

"시, 시프……."

세르시아가 레이나를 처음 발견했을 때.

그때도 지금과 별반 다른 상황은 아니라고 했다. 말에서 떨어져 다리를 다쳤으나 시프한테 버림받았다고 들었다.

이미 그때 두 사람의 관계는 끝났다. 하지만 레이나는 여전히 정신을 못 차린 것 같았다. 그러니까 애인의 이름을 저렇게 애달프게 부르지.

'혹은 다 알면서도 모른 척 외면하고 있거나.'

레이나한테 남은 건 이제 시프가 전부였다. 새어머니도 없고, 도돌레아도 없었다. 그렇다고 나한테 매달릴 것도 아니고.
의지할 수 있는 사람이 시프뿐이라 어쩔 수 없이 더욱 매달리는 걸지도 모른다.
어쨌거나 레이나는 자신에게 폭력을 가하려던 시프를, 경멸 섞인 눈이 아닌 충격에 휩싸인 시선으로 올려다봤다.
"네가! 날 황실 기사단에 넣지만 않았어도! 아니! 네가!! 날 그 미친 황녀한테 소개하지만 않았어도!!"
군중들이 지켜보고 있다는 걸 잊었는지 시프가 침을 튀기며 버럭 소리를 질렀다.
"그냥 페레샤티와 사귀게 됐더라면!! 그냥 날 놔줬으면! 나는 자하르트 백작가에서!! 행복하게 살고 있었을 텐데!"
"지금, 지금…… 그게 다 내 탓이라는 거야?"
"그럼 그게 네 탓이지, 누구 탓이야!"
레이나의 눈가에 눈물이 그렁그렁 맺혔다. 그 모습을 본 시프는 치가 떨리는 것처럼 두 팔을 쓸어내리며 소리쳤다.
"그 눈! 진절머리가 나! 제길! 도망갈 때도 네가 벌레처럼 앵앵거리지 않았으면 안 잡혔을걸!"
시프가 분을 삭이지 못하고 괴성을 지르며 계속 난동을 피웠다. 레이나가 몸을 벌떡 일으키더니 큰 소리로 반박했다.
"너도! 너도 좋다고 했잖아! 페레샤티보다 내가 더 좋다고 했고! 황실 기사단이 좋다고 했고! 황녀의 줄을 잡고 싶다고 했잖아! 이제 와 다 내 탓으로 돌리려는 거야?!"
"닥쳐! 난 너 때문에 망했어! 네가 내 인생에 도움 된 게 뭐 있어!"
죽음을 눈앞에 두고도 두 사람은 자기 잘못을 뉘우치거나 반성하는 기세는 없었다. 그저 서로의 탓으로 미루기만 급급해 보였다.

'끼리끼리 잘 어울리던 한 쌍이었구나.'

두 사람의 긴 공방은 도무지 끝이 보이지 않았다. 심드렁한 표정으로 듣던 테르데오가 무심한 표정으로 간수한테 손짓했다.

황제의 신호를 받은 간수가 싸우고 있는 시프와 레이나를 억지로 끌고 처형대 앞에 세웠다.

길게 흔들리는 두꺼운 밧줄 앞에 멈추자 새삼 현실감이 느껴졌는지 레이나의 몸이 다시 바들바들 떨렸다.

"페, 페레, 페레샤티를 불러줘요! 페레샤티가 내 언니예요! 내 언니랑 얘기할게요!"

하지만 레이나의 외침을 듣는 사람은 없었다. 두꺼운 밧줄이 레이나를 향해 다가갔다.

"아아악! 페레, 페레샤티! 페레샤티!! 살려줘! 죽기 싫어! 살려줘! 죽기 싫다고!!"

한 줌의 양심도 없이 레이나는 연신 나를 부르며 발을 동동 굴렀다.

레이나의 입술에서 내 이름이 나오자 테르데오의 얼굴이 싸늘하게 굳어갔다.

"그 더러운 입으로 감히 누구를 함부로 불러."

그게 역효과라는 것도 모르고 레이나는 끝까지 날 불렀다. 어쩌면 마지막에 의지하고 부를 수 있는 사람이 나밖에 안 남아서 그런 걸지도 모르지만.

테르데오가 허공으로 손을 들어 올렸다.

"아아악! 살려주세요! 살려줘요! 제발! 다 잘못했어! 내가 다 잘못했어!"

"난 잘못 없어! 다 이 여자 잘못이야! 난 잘못 없다고!"

두 사람의 울부짖음이 불협화음을 이루며 퍼졌다. 테르데오의 손이 힘없이 툭 아래로 떨어졌다.

쿵!

동시에 커다란 소리와 함께 두 사람이 서 있던 처형대의 발밑이 훅 꺼졌다.

잠시 후, 악을 해치운 군중들의 환호가 널리 퍼졌다.

❖ ❖ ❖

레이나와 시프가 처형된 지도 꽤 지났다. 바쁘면서도 평온한 나날이 이어졌다.

우선 나는 황후로서 내 시녀가 되어 옆에서 도와줄 사람을 여섯 명이나 선택해야 했다. 일전과는 달리 황족이다 보니 내 시녀가 되겠다며 수많은 사람의 지원과 추천이 있었다.

추천서를 받았다며 건넨 영애들만 수두룩했다.

레베카를 고를 때와는 전혀 다른 상황이었다. 이번에는 나도 신중히 고르고 싶었기에 한 명씩 꼼꼼히 살폈다.

그사이, 셀피우스는 정식 황위 계승자, 즉 황태자로 자리했다. 성장기라서 그런지 많은 일이 있던 동안 셀피우스는 키가 자라 늠름해지고 있었다.

후에 황제가 될 셀피우스를 상상하는 건 기분 좋으면서도 가슴이 뭉클해 가끔 콧잔등이 시큰거리기도 했다.

우리가 이렇게 바쁘니 황제가 된 테르데오는 더욱 바빴다.

가끔은 종일 얼굴을 못 볼 때도 있었다. 나는 테르데오 대신 셀피우스와 시간을 더 많이 보내려 애썼다. 오늘처럼 이렇게 셀피우스와 함께 서재에서 독서를 하곤 했다.

"엄마, 그런데 저 궁금한 게 있어요."

힘들지 않냐고 묻는 사람도 더러 있었지만. 셀피우스와 함께 보내는 이 시간이 내겐 너무 소중하고도 달콤한 시간이었다.

그 어떤 것과도 절대로 바꿀 수 없는 내 행복.

"뭔데, 셀피? 책에서 어려운 내용이라도 나왔니?"

나는 읽던 책을 내려두고 차 한 모금을 마시며 웃었다. 셀피우스 역시 읽던 책을 내려두었다.

아이의 표정은 평소와 달리 아주 신중했다. 턱을 쓰다듬은 셀피우스가 아주아주 세상 진지하게 물었다.

"제 동생은 언제쯤 생겨요?"

정말 진지해 보였다.

너무 놀라서 입술에서 힘이 절로 풀릴 뻔했다. 입에 머금고 있던 차를 주르륵 흘릴 것 같아 황급히 삼켰다.

"그게, 콜록콜록. 그게 무슨 말이니, 셀피?"

"전 엄마랑 대공 각하가 결혼했으니 곧 동생이 생길 줄 알았거든요."

나도 모르게 침을 꿀꺽 삼켰다. 이상하게 갑자기 온도가 확 올라갔는지 실내가 후끈한 것 같았다. 벽난로의 장작을 더 빼야 하나.

"그런데 아무리 기다려도 동생이 생기지 않잖아요."

"셀피, 셀피는 동생이 생겼으면 좋겠어?"

내 질문에 셀피우스가 배시시 웃으며 고개를 격렬하게 끄덕였다.

"네!!"

대답도 아주 우렁차다. 셀피우스가 두 볼을 발그레 붉히며 몸을 배배 꼬았다.

"동생이 생기면 너무 귀엽고 좋을 것 같아요. 엄마랑 대공 각하는 바쁘시니까 동생은 제가 돌볼 수 있어요! 우유도 제가 먹여주고, 자장가도 불러주고 같이 놀아줄게요! 혼자 있으면 외로우니까 제가 잠도 같이 잘게요! 동생이 후계 자리를 원하면 양보할 수도 있어요!"

늘 꿈꿔오던 일인 마냥 셀피우스는 막힘없이 미래의 계획을 술술 털어놓았다. 상상만으로도 행복한지 셀피우스의 얼굴에 기쁨이 가득했다.

'혹시 혼자 있어서 외로웠나?'

아무래도 형제가 없이 혼자 있으면 외로울 수는 있지만…….

그렇다고 첫째를 위해 둘째를 낳을 순 없었다.

'동생이라…….'

나는 그 단어를 곱씹으며 슬그머니 납작한 배를 문질렀다. 이상하게 가슴이 부풀었다. 이제까지는 상상해 본 적 없었지만 네 명이 된 가족의 모습을 떠올리니 꽤 잘 어울렸다.

몇 아이의 아빠가 된 테르데오와 형이나 오빠가 된 셀피우스라니. 절로 웃음이 쿡쿡 터졌다.

턱을 괸 내가 낮게 웃자 셀피우스가 두 주먹을 불끈 쥐었다.

"아가는 사랑해서 결혼하면 반짝반짝 별님이 주신다고 배웠어요. 엄마도 이제 사랑해서 결혼한 거니까 곧 별님이 주시겠죠?"

"어어?"

셀피우스가 순진무구한 눈동자를 반짝 빛내며 물었다. 나는 그 해맑은 모습을 보며 잠시 고민에 빠졌다.

이런 성 지식은 피하지 않고 제대로 알려줘야 한다고 했다. 무작정 피하는 것만이 좋은 건 아니라고 했는데.

하지만, 하지만…….

'뭐라고 알려줘야 해!'

나는 빛나는 셀피우스의 눈동자를 바라보다 입술을 꾹 깨물었다. 나는 준비되지 않았고 제대로 알려주기에 셀피우스는 아직 너무 어렸다.

"그렇지…… 별님이…….'

그래. 이런 문제는 테르데오한테 맡기자.

나는 셀피우스의 말에 고개를 슬그머니 끄덕거렸다.

"별님이…… 주실 거야."

긍정의 답을 듣자 셀피우스가 자리에서 벌떡 일어나 방방 뛰었다.

"그럼 이제 곧 동생이 생기겠네요! 와아!"

아니야, 셀피. 그건 앞으로 우리 노력에 달렸단다. 나는 슬그머니 대화 주제를 돌렸다.

"동생이 생기면 이렇게 셀피와 단둘이 있을 시간이 줄어들지도 모르는데 괜찮겠어?"

내가 손을 뻗자 뛰어다니던 셀피우스가 자연스럽게 품에 안겼다. 가족다운 행동들이 제법 물 흐르듯 익숙했다.

"태어난 아가는 할 줄 아는 게 없어서 엄마가 다 돌봐줘야 해. 그러다 보면 엄마는 셀피와 함께하는 시간이 줄어들지도 몰라."

"그건 동생이 어려서 엄마의 보살핌이 필요해서 그런 거니까 괜찮아요."

당연히 질투할 줄 알았는데 셀피우스의 입에서는 의젓한 말이 튀어나왔다.

"우리 셀피."

"전 괜찮아요."

"괜찮다고? 서운한 건 참는 게 아니야, 셀피. 서운할 땐 서운하다고 말해줘야 엄마가 알고 미안하다고 하지."

"정말 안 서운해요! 왜냐면…… 왜냐면……."

품에 안긴 셀피우스가 고개를 들었다. 아이의 흔들림 없는 눈동자가 올곧게 날 바라봤다.

"전 엄마가 절 정말로 사랑하는 걸 알고 있거든요."

머리가 한 대 맞은 것처럼 띵 울렸다. 동시에 가슴에서 뭔가가 울컥 솟구쳤다.

"엄마가 아가를 더 돌봐준다고 해서 절 사랑하지 않는 게 아니라는걸, 전 너무도 잘 알거든요."

"……셀피."

"엄마가 제게 가르쳐 준 것들이니까요."

눈동자가 촉촉하게 젖어 드는 게 느껴졌다. 자기가 말하고도 부끄러운지 셀피우스의 얼굴이 붉게 물들었다.

"……그리고 저도 엄마를 너무 사랑하고요."

이 귀여운 아들을 보고 있자니 정말 심장이 뻐근했다. 심장에 큰 무리가 가서 큰일 나겠어.

"우리 아들."

나는 셀피우스를 품에 꼭 껴안았다. 누가 심장을 두드린 것처럼 찡한 울림이 온몸 곳곳에 퍼졌다.

"엄마가 널 너무 사랑해."

"저도 엄마를 사랑해요. 엄마가 제 엄마라서 너무 기뻐요. 고마워요, 엄마."

어쩜 말도 이렇게 이쁘게 하는지. 한 마디 한 마디에 울컥했다.

"우리 아들은 누구를 닮아서 이렇게 예쁘지?"

"당연히 엄마 닮았어요!"

"셀피, 넌 정말……."

나는 아이의 등을 토닥거렸다. 작던 등이 어느새 전보다 커져 있었다.

"너는 엄마의 보물이자 행운이야. 그 어떤 것과도 바꿀 수 없는 내 행복이란다."

"정말요?"

"당연하지. 설령 네가 공부나 검술 그 무엇도 재능이 없다고 하더라도."

"……."

"그래도 엄마는 언제나 널 사랑할 거고, 네가 건강하고 행복하기만을 바랄 거야."

"사랑해요, 엄마."

셀피우스가 마찬가지로 나를 꼭 껴안았다.

"그러니까 얼른 동생 주세요."

품에 안기면서도 셀피우스는 여전히 진지했다.

❋ ❋ ❋

"오늘도 늦는구나."

야심한 밤이 되었는데도 테르데오는 오늘도 늦었다. 즉위한 후 처리해야 할 일이 많아 바쁜 건 알겠는데…….

'내 남편을 봐야 반짝반짝 별님 동생을 주든 말든 하지!'

가끔은 이골이 났다.

오늘도 마찬가지였다. 테르데오가 없는 빈 침대 위에서 쓸쓸히 그의 자리를 쓸다가 나는 까무룩 잠이 들고 말았다.

다시 깨어난 건 다리를 부드럽게 매만지는 감각에 의해서였다.

"우응……."

잠결에 칭얼거리자 위에서 듣기 좋은 웃음이 들렸다. 내 다리를 부드럽게 마사지하고 있던 사람이었다. 낯익은 웃음에 어렴풋이 잠이 깼다.

"……테, 오?"

눈을 감은 채 이름을 부르자 테르데오가 기분 좋게 웃었다. 그가 흐트러진 내 머리를 넘기더니 이마에 가볍게 입을 맞췄다.

"내가 깨웠어?"

피곤한지 잔뜩 가라앉은 목소리마저 듣기 좋았다.

"마사지해 준다는 게 깨웠나 봐. 미안."

이마를 매만지는 서늘한 손끝에 청량한 새벽 공기가 묻어 있었다. 나는 커다란 손바닥에 기분 좋게 얼굴을 비비적거렸다.

"투정 부리는 거야?"

"나 혼자 잠들게 했잖아요."

테르데오가 미소를 머금더니 다리에서 손을 떼고 위로 올라왔다. 그러더니 자연스럽게 내 머리 아래로 팔베개를 하며 나를 품에 끌어안았다.

"오래 기다렸어?"

"조금요."

"기다리게 하고 혼자 잠들게 해서 미안."

"원래는 얼굴 보면 한 대 때려줄 생각이었는데."

슬그머니 눈을 뜨자 눈 밑이 새까만 테르데오의 얼굴이 가까이 보였다. 저렇게 피곤해 보이는데도 돌아와서 안 자고 내 마사지를 해주다니…… 어떻게 투정을 부리겠어.

"바빠서 그런 거니까 괜찮아요. 이해할게요."

"이렇게 바빠져서 그대를 못 볼 것 같았으면 적당한 대타를 세워 대신 황제를 시킬 걸 그랬어."

"당신이 바쁜 건 그만큼 당신의 손이 닿아야 할 곳이 많다는 거겠죠. 그건 곧 이 제국이 그만큼 썩어빠진 곳이 많았다는 뜻일 거고요."

그의 단단한 가슴팍이 코끝에 닿았다. 오래 일을 하고 돌아온 탓에 새벽 공기 속에 특유의 책 냄새와 그의 체취가 적절히 섞여 있었다.

"당신이 훌륭한 황제라는 뜻이니 내게 미안해할 것 없어요."

"내 부인, 그렇게 말해줘서 고마워."

테르데오가 내 머리에 입을 쪽 맞췄다.

"식사는 했고?"

"그럼요. 아프지 않도록 잘 챙겨 먹었어요. 그러니까 테오, 당신도 식사 거르지 말고 잘 챙겨 먹어요."

"응. 잘 챙겨 먹고 오래오래 내 부인이랑 행복하게 살아야지."
"좋은 마음가짐이네요."
"시녀는 누구로 할지 정했어?"
테르데오가 머리를 쓸어 넘겨주며 자상하게 물었다.
"하······."
시녀 얘기가 나오자 절로 한숨이 나왔다. 나는 힘없이 고개를 절레 저었다.
"마땅한 사람이 없어?"
"마땅한 사람이 없냐고요? 하. 머릿속에 떠오르는 사람이 너무 많아서 탈이죠!"
내가 직접 꼼꼼하게 살펴보는데······ 살펴보면 볼수록 완벽한 사람이 너무도 많았다!
내로라하는 유명 인사들은 모두 지원한 것 같았다.
그렇겠지. 황실의 인맥을 어떻게든 잡아보려는 속셈일 것이다. 그 폐쇄적인 라피레온 가문에 무난하게 섞여든 건 나뿐일 테니까.
"다들 너무 괜찮은 사람밖에 없어요."
"그대가 옆에 두고 생활해야 할 사람들이니 그대의 성향과 잘 맞는 사람으로, 옆에 둬도 편할 사람으로 채워둬."
"다들 성격도 너무 좋대요······."
내가 좌절하며 고민에 빠지려 하자 테르데오가 이마를 맞댔다.
"급할 것 없어. 마음에 안 들면 교체해도 되고. 그대의 쓰임이 되는 것을 다들 영광으로 생각할 거야."
"테오, 당신은 가끔 정이 없고 차가운 것 같아요."
"맞아. 나는 그대가 아닌 사람한테까지 정을 주고 싶지 않거든."
테르데오의 목소리에 즐거움이 역력했다.
"듣기 좋은 정답이네요."
"그보다 오늘 재밌는 이야기를 들었는데."

"재밌는 이야기요?"

테르데오의 목소리 톤이 어딘가 음흉하게 바뀌었다. 가까이 와닿은 테르데오의 붉은 눈동자가 끈적하게 느껴졌다. 한껏 끌어 올린 미소가 어딘가 야살스럽게 느껴지기도 했다.

"셀피가 그대한테 동생 이야기를 했다는데."

잘못 본 게 아니라 음흉한 거고 끈적한 거였어!

부드럽게 이마를 쓰다듬던 그의 손길은 어느새 허리를 지분거리고 있었다.

"그건 또 어디서 들었어요?"

"셀피가 날 직접 찾아와서 얘기하던데."

고개를 숙인 테르데오는 쪽, 촉촉하게 젖은 소리가 나도록 내 볼에 입을 맞췄다.

"셀피가 직접 당신을 찾아갔다고요?"

"응. 성탄절 선물로 동생을 받고 싶으니 산타한테 전해달라고 하던데."

성탄절 선물? 산타?

'아까 나한테는 별님이라고 했는데…….'

셀피우스가 산타를 믿을 나이던가? 아니, 애초에 셀피우스가 산타를 믿던가?

어딘가 묘하게 함정에 빠진 기분이 들었다. 나를 보던 테르데오가 씁쓸하게 웃으며 운을 뗐다.

"이제까지 아이를 만들면 안 된다고 생각했어. 내 피를 이어받은 아이가 날 얼마나 원망할까, 그 생각만 하면 가슴이 답답했지. 아이라니…… 생각해 본 적도 없었는데……."

"……테오."

"이젠 그러지 않아도 된다니. 꿈만 같아."

테르데오가 힘겹게 웃었다. 애처로운 미소가 안쓰러워 보였다.

"게다가 우리 아들인 셀피의 소원이니 부모로서 힘써야지."
 아니, 애처로운 미소는 내 착각이었다. 저건 애처로운 미소가 아니라 음흉한 미소였어.
 "그대는 어떻게 생각해? 내겐 그대의 의견이 제일 중요해. 그대와 셀피, 그리고 나. 이렇게 셋이서 지내는 것도 행복하거든."
 "……나도 생각해 본 적은 없지만……."
 "없지만?"
 "……그래도 아이가 생겨서 셀피와 함께 어울리고, 당신이 그 아이들과 함께 노는 모습을 상상하면 기분 좋기는 해요."
 테르데오의 기분 좋은 웃음소리가 하하, 크게 퍼졌다.
 "나도 그래. 셀피와 그대를 닮은 아이들이 함께 어울리는 미래를 상상하면 이게 행복인가 싶고."
 "테오, 당신은 아들이 좋아요, 딸이 좋아요?"
 "나는 성별은 상관없어. 다만 그대를 닮은 게 귀여울 것 같아."
 "나는 테오, 당신을 닮았으면 하는데요."
 "그대가 좋다면 나도 좋아."
 테르데오가 부드럽게 키스하며 옷자락을 풀었다. 천이 스치는 야릇한 소리가 귀를 자극했다.
 차디찬 테르데오의 손이 등줄기를 따라 흐르자 서늘한 감각에 벌린 잇새로 절로 탄성이 흘렀다.
 "우리 결혼식을 안 올리고 서약만 가볍게 읽고 끝냈잖아."
 내 목덜미를 따라 키스하며 테르데오가 숨을 불어넣듯 간지럽게 말했다. 깃털로 몸을 간질이는 것 같은 느낌에 절로 발끝에 힘이 들어갔다.
 "그러니 이번에 성대하게 결혼식 올리자."
 "네?"
 가볍게 지나가는 테르데오의 말에 정신이 번쩍 들었다. 놀란 나는 베개에 파묻던 고개를 번쩍 들어 올렸다.
"뭐라고요?"
아래에서 시선이 마주친 테르데오가 부드럽게 눈을 휘었다.
"이 대륙의 모든 이가 부러워할 정도로 성대하고 아름답게."
"……."
"그대를 내 신부로 다시 맞이하고 싶어."
테르데오가 내 손을 꼭 잡았다. 그리고 내 손가락에서 반짝거리는 반지를 엄지로 뭉툭하게 쓸었다.
결혼식을 다시 올리다니?
"나는, 나는 테오 당신이 청혼해 준 것만으로도 만족해요. 결혼식을 다시 올리는 건 들어본 적도 없는걸요."
"없다고 못 하나? 없으면 우리가 최초가 되면 되지."
"하지만 우린 이미 결혼한 후잖아요."
"결혼만 했지, 결혼식은 안 했잖아."
테르데오는 강경했다. 내가 싫다고 거부해도 어떻게든 결혼식을 올리겠다는 의지였다.
황제로 즉위한 지 얼마 되지도 않았으니 이런 사치스러운 모습은 자제할 필요가 있었다.
"내가 뭐든 다 해준다고 했잖아? 그대가 원한다면 품에 이 대륙을 모두 안겨줄 수도 있어."
"전쟁도 싫어하면서."
"내가 싫어하는 게 대수야? 그대가 원하면 뭐든 다 가능해. 그 누가 내게 손가락질하고 욕을 한다고 해도 그대만 웃어주면 돼."
"……테오."
"난 그대가 모든 사람의 선망 대상이었으면 좋겠어."
테르데오는 확고한 눈빛이었다. 몸을 일으킨 테르데오가 반지 낀 내 손등에 입을 맞췄다. 대관식에서 내게 청혼하던 그날처럼.

"모든 이가 그대를 부러워하고 감히 질투라는 감정조차 느끼지 못하도록."

집착이 뚝뚝 떨어지는 그의 시선이 모두 진심이라 말하고 있었다.

"그러니 그대는 누리기만 해."

미소를 머금은 테르데오가 나를 다시 침대 위로 눕히며 몸을 겹쳤다.

❈ ❈ ❈

"아으……."

벌린 잇새 사이로 앓는 소리가 흘렀다. 격렬했던 어젯밤 때문에 나는 결국 몸살이 났다.

'그러니까 내가 그만하라고 했는데!'

물론 싫었다는 건 아니지만.

나는 끙끙거리며 열심히 내 상태를 확인하고 있는 피니어스를 힐끔 바라봤다.

'부끄러워.'

오늘은 마침 피니어스가 테르데오를 만나는 날이었다. 주치의가 있었으나 내 몸 상태가 좋지 않다는 얘길 전해 들은 피니어스는 자진해서 내 상태를 봐주기로 했다.

부끄러운 나는 목을 큼큼 가다듬으며 괜스레 말을 꺼냈다.

"연, 연구는 잘되어 가시나요?"

피니어스는 수도 내에 있던 라페레온 저택을 개인 연구실로 만들었다. 글로리아와 세르시아, 그리고 아일렛이 함께 지내는 것 같았다.

"네. 막대한 투자를 받았으니 잘되어야죠."

피니어스가 두 손으로 공손히 날 가리키며 해맑게 웃었다.
 연구에는 막대한 돈이 들어간다. 특히 불치병처럼 끝이 보이지 않는 연구는 더더욱.
 테르데오가 직접 피니어스의 의료 연구를 후원한다 했으나 녹록지 않았다. 그는 한 제국의 황제였기에 테르데오의 행동 하나하나는 초미의 관심사가 되었다.
 그걸 잘 알고 있기에 나는 피니어스의 연구에 내 유산의 대부분을 투자했다.
 "걱정하지 마세요. 제 안목은 훌륭해요."
 진료가 끝나자 나는 엎드려 있던 몸을 일으키고 옷을 추슬렀다.
 "피니어스 님이라면 분명 좋은 결과가 나올 거예요."
 "감사합니다."
 피니어스가 흐뭇하게 웃으며 내게 가져온 약을 건넸다.
 "몸이 아프다고 하시기에 진찰을 하기 전 진통 효과가 있는 약을 먼저 가져왔습니다."
 피니어스가 건넨 약을 마시자 기분 탓인지 무거웠던 몸이 한결 가벼워진 것 같았다.
 "특별히 이상은 없지만…… 제가 테오한테 며칠간은 무리하지 말라고 일러두겠습니다."
 "푸웃!"
 마시던 약을 뿜을 뻔했다. 하지만 피니어스는 낯빛 하나 변하지 않고 태연스럽게 말을 이어갔다.
 "너무 무리하신 탓에 몸이 피로를 느끼는 겁니다. 횟수는 천천히 늘려가는 게……."
 "와아악!"
 얼굴이 후끈 달아오르는 게 느껴졌다. 나는 소리를 질러 피니어스의 뒷말을 막았다. 그리고 황급히 대화 주제를 돌렸다.

"하, 하하! 약, 약을 먹었더니 몸이 가벼워진 것 같아요! 하하하!"
"하하, 약의 효과가 그리 빠르게 나타날 리 없으니 기분 탓입니다."
"피, 피니어스 님은 연구가 아니라 황궁의가 되셔야 하는 거 아닌가요? 이, 이렇게 효과가 좋은데요."

내가 일부러 말을 돌리는 걸 알면서도 피니어스는 부드럽게 미소를 지었다. 가볍게 웃은 그가 정중하게 고개를 내저었다.

"테오도 같은 말을 하더군요. 하지만 제겐 벅찬 자리입니다."
"피니어스 님의 실력은 제가 보장하는걸요."
"하하, 감사합니다. 지금까진 오로지 저주를 풀기 위한 노력만 했으니 의술은 미숙합니다. 조금 더 연구하고 배운 후, 그때도 제게 허락될 자리가 있다면 그때 기꺼이."

더는 제안해 볼 수 없을 정도로 피니어스가 상냥하게 딱 잘라 거절했다. 일반적으로 이런 자리를 제안하면 누구나 덥석 잡을 텐데.

정말 피니어스다웠다.

"아, 그러고 보니 축하를 못 드렸군요. 축하드립니다."
"축하요?"

나한테 축하할 일이 있던가?

"아까 테오를 만나 들었습니다."
"테오요? 어떤 걸……."
"결혼식을 올리신다고요?"
"네?"

어제 나눴던 대화가 왜 벌써 퍼진 거야?!

이런. 어제 나눴던 대화인데 벌써 피니어스한테까지 말한 거야? 테르데오가 제법 빠르게 손을 쓴 모양이었다.

"으음…… 어쩌다 보니 그렇게 된 것 같은데…… 해도 될지 모르겠어요."

"황후 전하께선 기쁘지 않으신가요?"

"기쁘기는 한데…… 저랑 테오는 이미 결혼한 후잖아요. 결혼한 후 다시 결혼식을 올린다는 얘기는 들은 적도 없는걸요."

나는 혼란스러운 이마를 짚었다.

"게다가 테오는 황제로 즉위한 지 얼마 안 됐잖아요. 안 그래도 바쁜데 결혼식의 일로 바쁘게 하고 싶지도 않고…… 즉위하자마자 성대한 결혼식을 올리면 뭐라고 하는 사람들이 생길지도 몰라요."

"음."

피니어스가 간이 의자를 끌고 와 옆에 앉았다.

"제가 테오 대신 말씀을 드리자면, 테오는 결혼식을 준비하는 걸 무척 설레고 있더군요."

"네?"

"결혼식을 한다고 해서 바쁘다거나 귀찮다고 생각하지 않는다는 말입니다. 테오가 제게 말할 때 그 표정은 정말이지……."

피니어스가 기억을 더듬으며 못 말린다는 듯이 웃었다.

"정말 세상 그 누구보다도 행복해하는 모습이었습니다. 사람은 바쁠수록 행복으로 힘을 얻죠. 테오한테는 황후 전하와 관련된 모든 일이 행복입니다. 그러니 걱정하실 것 없답니다."

가슴에 따뜻한 봄볕이 스며들었다.

"그리고 성대한 결혼식을 올린다고 뒷말을 하는 사람은 없을 거랍니다."

피니어스가 단호하게 딱 잘라 말하며 깔끔하게 웃었다.

"왜냐면 다들 죽고 싶지는 않을 테니까요."

일리 있는 말이다. 테르데오와 글로리아, 그리고 세르시아가 있는 한 그 누가 뒷말을 꺼내겠어…….

피니어스의 의견에 동의하며 고개를 끄덕였다.

"그리고 이건 비밀인데 말이죠."

"네?"

"두 분이 처음 결혼하셨을 때, 가족들은 식에 참석하길 기대했었어요."

"……그래요?"

"그럼요. 새로운 가족을 맞이할 수 있는 파티니까요. ……서약만 읽고 끝냈다는 말에 다들 김이 샜지만요."

하긴 가족들 입장에서 본다면 그럴 수도 있겠다.

서약을 읽던 날 신전을 부랴부랴 찾아왔던 세르시아를 떠올렸다. 새로이 가족이 된 나를 어떻게든 축하해 주고 싶었던 마음이었겠지.

"그러니 가족들은 이 소식을 듣고 모두 자기 일처럼 신나고 있을 겁니다. 저도 그렇고요."

"음, 그럼 저도 좋은 것 같아요. 헤헤."

배시시 웃자 피니어스가 따라 함께 웃었다. 그가 자리에서 일어나 돌아갈 채비를 했다. 배웅하기 위해 따라 일어서려 하자 피니어스가 빠르게 고개를 저었다.

"몸이 좋지 않으시니 배웅은 괜찮습니다. 쉬세요. 약은 전해둘게요."

"감사해요."

피니어스가 몸을 돌렸다. 문손잡이를 잡은 그가 불현듯 뭔가가 떠오른 듯 고개를 뒤로 젖혔다.

"아차. 황후 전하."

"네?"

"셀피의 동생을 계획하고 있다고 들었습니다. 오늘 상태를 보아 하니 몸의 기력을 채워줄 약도 필요한 듯해서 함께 준비해 두겠습니다."

피니어스의 말이 끝나기 무섭게 나는 침대를 박차고 일어났다.

"그, 그, 그건 어디서 들으셨어요?"

대체 피니어스가 어떻게 이거까지 알고 있는 거지?! 피니어스가 모르는 게 뭐야!

당황한 내 모습을 본 피니어스가 고개를 갸웃거렸다. 그리고 태연자약한 목소리로 답했다.

"셀피가 직접 얘기하던데요."

"……네?"

머릿속이 새하얘졌다.

"하하, 저뿐만 아니라 아마 가족들 전부 알고 있을 겁니다. 셀피가 얘기하고 다니는 걸 봤거든요."

머릿속에서 순진무구한 눈동자를 빛내며 진지하게 물어오던 셀피우스의 모습이 떠올랐다.

'이렇게 되면 아니라고 일일이 해명하고 다닐 수도 없잖아!'

어쩐지 셀피우스의 웃음소리가 귓가에 들리는 것 같았다.

※ ※ ※

새 황제의 즉위에 이어 제국에 연달아 좋은 소식이 퍼졌다.

바로 내 결혼식이었다.

성내가 소란스러웠고 수도는 새 축제 준비로 정신이 없었다.

나 또한 갑작스러운 결혼식에 눈코 뜰 새 없이 바빴다.

우선 나는 시녀 여섯 명을 선택했다. 시녀 선택에는 글로리아와 세르시아가 큰 도움을 줬다. 두 사람을 보니 이제부터라도 사교계 생활에 발을 넓혀야겠다는 생각이 들었다.

그 뒤 결혼식 때 입을 드레스를 맞췄다. 드레스 제작에는 시간이 걸렸기에 제일 먼저 원단과 패턴, 보석, 디자인 등을 골랐다.

전 황가의 처리와 더불어 법의 개정으로 테르데오는 바빴으나 내 드레스를 함께 골랐고 어울리는 보석을 찾으려 애썼다.
 구두와 부채, 베일, 부케, 초대할 귀빈 목록 등 준비해야 할 것들이 산더미였다.
 하지만 내게는 테르데오, 그리고 나를 너무도 아끼는 가족들이 옆에 있었다.
 "그대는 누리기만 하라고 했잖아. 모든 건 다 내가 하겠다고."
 자신 바쁜 건 생각도 안 하고 다 해주려고 하는 테르데오와.
 "부케는 내게 맡겨요, 샤샤."
 "초대 목록은 내가 담당하마."
 일을 덜어주는 세르시아와 글로리아.
 "황후 전하, 몸에 좋은 영양제입니다. 건강이 제일 중요하니 꼭 챙기셔야 합니다."
 "엄마! 제가 어깨 마사지 해드릴까요? 아니면 손 마사지? 말만 하세요!"
 "언니! 졸리면 제가 무릎 빌려드릴게요!"
 내가 지치지 않도록 힘을 주는 피니어스와 셀피우스, 그리고 아일렛까지.
 나를 너무도 사랑해 주는 가족들이 있었기에 그 준비 과정들이 전혀 고단하지 않았다.
 그리고 오늘은 결혼식 일주일 전.
 세르시아와 함께 외출하는 날이었다.
 우린 평소보다 단정하고 차분한 드레스를 챙겨 입은 후 라피레온가에서 관리하는 묘지로 향했다.
 도착해서 내리자 묘지 관리인이 우리한테 인사했다. 딱히 뭐라 말하지도 않았는데도 묘지 관리인은 우리가 어디로 향할지 아는 것처럼 몸을 돌려 안내했다.
 "내가 하도 많이 와서 그래요."

의아한 내게 세르시아가 아련하게 웃으며 뒤를 따라갔다. 그녀의 걸음에는 주춤거림조차 없었다. 나는 수많은 비석을 둘러보다 두 사람의 뒤를 따라갔다.

그리고 우리는 나란히 자리한 두 비석 사이에 걸음을 멈췄다. 안내를 마친 묘지 관리인이 자기 자리로 돌아갔다.

"샤샤, 인사해요."

세르시아의 눈동자에 그리움이 담겼다.

"제 딸 멜리사와 남편이에요."

바로 오늘은 세르시아의 가족들을 소개받는 날이었다.

나는 준비해 온 두 꽃다발을 각각의 비석 옆에 내려놓으며 가볍게 인사했다. 세르시아가 그 모습을 보며 후후 귀엽게 웃었다.

"내가 남편과 딸한테 샤샤의 얘기를 하도 많이 해서…… 아마 두 사람도 샤샤를 알고 있을 거예요."

세르시아가 남편의 비석을 손바닥으로 쓸어내리며 달콤하게 속삭였다.

"여보. 너무 오랜만이지?"

바람에 흩날리는 목소리가 유난히 씁쓸했다. 세르시아가 두 눈을 슬며시 감고 자리에 천천히 앉았다.

"더 자주 왔어야 했는데. 요새 너무 바빴어. 샤샤의 결혼 준비를 도와주고 있거든."

한 사람의 아내로.

"……이런, 멜리사, 엄마가 많이 안 와서 서운했니?"

그리고 또 한 아이의 어머니로.

만일 비극이 없었더라면 지금도 당연했을 그 모습으로.

세르시아는 돌아가 있었다.

"두 사람 다 샤샤를 직접 보는 건 처음이지? 내가 너무 좋아하는 사람이라 꼭 소개해 주고 싶었어."

"……."

"그리고…… 이미 알고 있겠지만…… 그래도 말하고 싶어. 드디어, 드디어. 우리 가문의 저주가 풀렸거든."

고요하고 허망한 대화에 들려오는 답은 당연히도 없었다.

"……저주가 풀리기까지 정말 너무 길었지. 하하, 나는 사실 이번 생에는 글렀다고 생각했어. 저주가 풀리리라곤 생각해 본 적도 없었는데……."

세르시아가 머리를 쓸어 넘기며 시선을 돌려 날 바라봤다. 그녀의 시선이 닿자 나는 최대한 밝게 웃어 보였다.

"샤샤가 우릴 구원했어."

세르시아의 미소 속에서 날 향한 고마움과 가족을 향한 애틋함이 보였다.

"다 샤샤 덕이야."

세르시아가 고개를 돌려 남편과 아이의 비석을 먹먹하게 바라봤다.

"여보, 멜리사."

담담한 부름이 이상하게도 듣는 내 가슴을 미어지게 했다. 세르시아가 고개를 기울이더니 남편의 비석에 얼굴을 맞대고, 아이의 비석에 손바닥을 얹었다.

"당신이, 당신이 옆에 있었더라면…… 멜리사가 내 옆에 있었다면 지금 이 순간을 얼마나 좋아했을까."

대답 없는 대화에 가슴이 먹먹해졌다.

"아마 당신은 울었을 거야. 나보다 마음이 약한 사람이었으니까."

그 기억을 회상하듯 세르시아가 눈을 지그시 감고 웃었다.

"멜리사는 날 닮았으니 우는 당신을 타박하고 내게 달려와 안아줬겠지. ……내가 조심한다고 평소에 멜리사를 맘껏 안아주지도 못했잖아."

마치 그녀의 말에 반응하듯 따뜻한 봄바람이 머리카락을 훑고 지나갔다.

"많이 안아줄걸. 사랑한다고 많이 말해줄걸."

감긴 세르시아의 눈꺼풀이 떨렸다.

"이 정도는 괜찮겠지, 라고 생각하지 말걸."

내게 처음 가족 이야기를 할 때, 세르시아는 무척이나 담담했었다. 비록 손은 떨렸었으나 눈물도 흘리지 않았고 이젠 무뎌진 것처럼.

잘 이겨내고 사는 것처럼 그랬는데…… 아니었다.

"마음 놓지 말았어야 했는데."

세르시아한테는 그날이 과거가 아니라 현재였다. 날이 지났다고 해도 세르시아는 그날의 고통에서 벗어나지 못한 채 아직도 슬퍼하고 있었다.

세르시아의 그날은 아직도 진행 중이었다.

"셋시."

묻을 수 있는 게 아니다. 지난날이 되는 게 아니었다. 괜찮아지는 게 아니다.

그래, 아데우스도 그랬으니까.

필사적으로 괜찮아지려고 노력하는 거고, 하루를 버티는 거다. 즐거움이나 소소한 행복을 찾으려 애쓰지만, 어둠이 내려앉은 방, 혼자가 되면 어김없이 그날로 돌아가게 된다.

그런데도 다음 날, 해가 뜨면 살아야 하기에.

나로 인해 다른 사람한테 똑같이 이런 지옥을 선사할 수 없기에. 이런 슬픔을 안길 수 없기에.

어떻게든 잊은 척 외면하고 내 삶의 이유와 목표를 찾아 살아가는 것이다.

"내 걱정은 하지 않아도 돼."

세르시아의 눈가에 물기가 아른거렸다. 떨리는 긴 속눈썹이 물기에 젖고 있었다.

"당신이랑 멜리사는 내 걱정이 너무 많았잖아. 거기서도 분명 내 걱정하느라 편히 쉬지도 못했겠지. 하지만 이젠…… 편히 쉬도록 해."

"……."

"나는 괜찮아져 볼게."

나는 세르시아의 뒤로 다가가 그녀의 어깨에 가볍게 손을 얹었다.

"어제보다 나은 오늘을 살 거고, 오늘보다 나은 내일을 살게. 그게 두 사람이 바라던 거였으니까."

세르시아의 고개가 아래로 힘없이 떨궈졌다.

"그러니까 언젠가, 언젠가 우리 가족이 다시 만나면. 그땐 잘했다고 날 칭찬해 줘. 두 사람한테 칭찬받을 수 있도록 매일 괜찮아져 볼 테니까."

어깨에 얹은 내 손바닥에 미세한 떨림이 선명하게도 전해졌다.

"저주가 풀릴 때까지 이렇게 살아 있을 수 있던 것도. 사실은 당신과 멜리사가 날 살게 해줬기 때문이야."

세르시아가 코를 훌쩍이며 애써 웃어 보였다.

"두 사람이 지켜본다고 생각하니까 어떻게든 살아야겠다고 생각했으니까. ……날 살게 해줘서 고마워."

나는 품에서 세르시아의 첫 자수가 수놓아진 손수건을 꺼냈다. 세르시아의 선물이었다.

나는 그 손수건을 비석 가운데에 내려두었다.

"셋시. 이 손수건의 주인은 따로 있었네요."

"……샤샤."

나는 비석을 바라보며 대화하듯 말을 걸었다.

"이건 셋시가 처음 수놓은 자수로 만든 손수건이에요. 셋시는 이제 자수도 제법 잘 놓거든요. 제가 선물로 달라고 했었는데…… 제가 아니라 남편분과 멜리사 양이 가지는 게 맞을 것 같아요."

"샤샤……."

"남편분도, 그리고 멜리사 양도. 걱정하지 말아요. 셋시가 행복할 수 있도록…… 혼자 두지 않을게요. 늘 옆에서 지켜보고 괜찮은지 물어보고 웃을 수 있도록 할게요."

나는 세르시아의 손을 꽉 맞잡았다.

'세르시아가 웃는 모습을 보면 저도 덩달아 기분이 좋아지는 것 같아요. 그러니까 늘 웃으시면 좋겠어요.

'페레샤티는, 내가 웃길 바라나요?'

'네, 웃으면 기분이 좋잖아요. 웃는 사람도, 그리고 보는 사람도.'

'지금까지 내게 그런 말을 해준 사람은 당신이 세 번째예요. 당신 말고, 내 남편과 아이가 해줬던 말이거든요.'

처음 가족 이야기를 나눴을 때, 세르시아가 했던 말이 떠올랐다.

"가족들도 아시다시피 셋시는 웃는 게 예쁘니까요."

흐느끼던 세르시아가 손바닥에 얼굴을 묻었다. 그리고 무너지듯 상체를 숙였다. 꽉 다물린 입술 사이로 흐느낌이 흘러내렸다.

언제나 이렇게 여기서 혼자 울었겠지.

이곳에서 이렇게 슬픔을 매번 털어냈기에 내 앞에서도 덤덤한 척 울지 않을 수 있었던 거였다.

"셋시. 다음에도 나랑 함께 와요."

나는 세르시아의 옆으로 다가가 울고 있는 그녀를 내 어깨에 기대게 했다.

"흐흑."

"언제나 늘. 나랑 같이 와요."

당연히 들려올 리 없는데도 마치 고맙다는 말을 들은 것처럼 따스한 바람이 곁을 맴돌았다.

❈ ❈ ❈

 시간이 빠르게 흘렀다.
 그리고 오늘은 드디어 결혼식 당일이었다.
 이미 결혼도 했고 한 침대에서 누워 자기도 하니까 떨리지 않을 줄 알았는데.
 "후우."
 이상하게도 심장이 터질 것 같았다. 너무 떨려서 어제는 밤에 잠도 제대로 못 잤다. 괜스레 오늘따라 머리도 이상한 것 같고 피부도 까슬한 것 같다.
 나는 심장 부근에 손을 얹고 크게 심호흡했다. 하지만 긴장되고 떨리는 건 매한가지였다.
 "언니!"
 화장대 거울에 비친 내 모습을 보며 내내 한숨짓자 대기실의 문이 열리고 아일렛이 뛰어 들어왔다.
 "아일렛!"
 활짝 웃으며 몸을 돌린 나는 그만 깜짝 놀라 입을 떡 벌리고 말았다.
 "세, 세상에!"
 여기 아일렛이 어디 있지? 천사밖에 보이지 않는데!
 "아일렛, 오늘 너무 예쁘다!"
 처음 만났을 때의 모습이 기억나지 않을 정도로 아일렛은 귀여웠다.
 뼈만 앙상해서 몸보다 작은 드레스를 겨우 입고 있던 아이는 어느새 자라 활짝 웃을 줄 아는 아이가 되었다.
 '역시 그때 드레스를 잔뜩 맞추길 잘했어.'
 나는 아일렛한테 딱 맞는 드레스를 보며 흐뭇하게 끄덕였다. 아일렛을 보자 긴장이 싹 날아갔다.

아일렛은 작은 손바닥으로 입가를 가리더니 방방 제자리를 뛰었다.

"언, 언니! 저보다 오늘 언니가 더 예뻐요! 공주님 같아요! 아니…… 천사님! 아니…… 여신님 같아요! 와아…… 저 언니보다 예쁜 사람을 본 적이 없어요. 미의 여신님도 언니를 보면 깜짝 놀랄 거예요! 눈부셔요, 언니!"

아일렛의 반짝이는 눈을 보며 칭찬을 들으니 금세 기분이 좋아졌다.

"떨렸는데 아일렛이 그렇게 말해주니까 진정되는 것 같아. 고마워, 아일렛."

"헤헤……."

내 감사에 아일렛이 몸을 배배 꼬며 기쁜 내색을 했다. 그러자 뒤에서 익숙한 목소리가 들렸다.

"그럼 내가 더 말해줄게요, 샤샤. 미의 여신도 지금의 샤샤를 보면 바닥에 납작 엎드릴걸요?"

"셋시! 글로리아 님!"

아일렛의 뒤를 이어 화려하게 갖춰 입은 세르시아와 글로리아가 웃으며 대기실로 들어섰다. 세르시아의 손에는 순백의 청아하면서도 우아하게 보이는 부케가 들려 있었다.

"샤샤, 축하해요. 정말이지…… 테오한테는 너무 아깝네요."

세르시아가 넉살 좋은 장난을 던지며 직접 준비한 부케를 들려주었다. 은방울꽃과 아이비, 히아신스, 프리지어, 그리고 머틀이 길게 늘어져서 섞인 부케였다.

금세 실내에 향기로운 향이 퍼졌다. 나는 부케에 얼굴을 묻어 향긋한 꽃향기를 깊게 마셨다.

세르시아가 날 위해 직접 만들어 준, 세상에 단 하나밖에 없는

웨딩 부케였다.

"셋시, 고마워요. 웨딩 부케가 너무 예뻐요."

"샤샤한테 묻혀서 꽃들이 질투하겠는걸요?"

세르시아가 웃음을 잔뜩 머금고 부케한테 '미안해'라며 사과했다. 그 능청스러움에 언제 긴장했는지도 모를 만큼 웃음이 터졌다.

"지금 구할 수 없는 꽃도 있네요?"

"누구 결혼식인데요. 이 정도는 당연하죠."

세르시아가 가슴을 팡팡 치며 어깨를 당당히 폈다. 옆에서 함께 웃던 글로리아가 고개를 내저으며 구겨진 내 베일을 직접 펴줬다.

"드레스는 괜찮니? 무겁진 않고?"

"헤헤, 그래도 버틸 만해요."

"드레스에 보석을 이렇게 많이 달다니⋯⋯ 행진할 때 무거울까 걱정이구나. 테오가 '적당히'를 모르니, 원."

"다행히 걸을 순 있더라고요."

글로리아가 다행이라고 말하며 나를 사랑스럽다는 듯이 빤히 바라봤다.

"그 어떤 보석도 꽃도, 샤샤, 네 앞에서는 빛을 발하지 못하는구나."

글로리아가 만족스럽게 웃었다.

"내가 여태껏 본 사람 중 오늘 네가 제일 아름답구나."

"감사해요, 글로리아 님. 헤헤."

"아름다움에 완벽한 정점을 더해야겠지."

"네?"

글로리아가 뒤의 시녀에게 손짓하자 명령을 받은 그녀가 조심스럽게 상자를 들고 왔다.

"열어보렴."

나는 글로리아한테 건네받은 상자를 조심스럽게 열었다.

"이건⋯⋯."

상자 속에는 예전에 봤던 익숙한 목걸이가 들어 있었다. 나는 깜짝 놀란 표정으로 글로리아를 올려다봤다.
"저번에 오다 주웠다는 왕가의 가보잖아요."
"기억하는구나."
"설마 또……."
훔쳐 오셨어요?
차마 입이 떨어지지 않아 경악스러운 얼굴로 글로리아를 바라봤다. 태연스럽게 웃은 글로리아는 내 뒤의 시녀한테 지금 착용한 목걸이를 벗기라며 눈짓했다.
시녀가 착용하고 있던 목걸이를 벗기자 글로리아가 직접 왕가의 가보인 목걸이를 들고 내 뒤로 다가왔다.
"이번엔 제대로 말했고 정당한 값을 내고 가져왔단다. 걱정하지 않아도 돼."
그리고 직접 내 목에 왕가의 가보인 목걸이를 걸어주었다.
"……왕가의 가보를요?"
글로리아가 끄덕이며 내 목에서 빛나는 목걸이를 흐뭇하게 바라봤다.
"역시. 아름다운 보석은 아름다운 사람에게 있어야 제대로 빛이 나는구나. 내 안목이 틀리지 않았어."
"어, 어떻게 가져오신 거예요?"
"왕국의 자금이 밑바닥을 드러내고 있었거든."
"그, 그렇다고 왕가의 가보를 헐값에 팔진 않았을 거잖아요."
"라피레온에 축적된 부의 근원 중 하나가 광산업이잖니. 특별한 광물이 있는 광산이 있는데……."
글로리아가 말을 멈추고 부채를 흔들며 방긋 웃었다. 설마, 설마…….
"설마 그 광산을 내주신 건 아니죠?"

불안하다, 불안해. 그러고도 남을 사람들이라 더 불안하다.
"에이. 어떻게 광산을 내주겠니."
내 불안과는 다르게 글로리아는 손을 내저으며 웃었다.
"하하, 그렇죠? 하하하!"
그렇지! 광산을 내줄 리가 없지. 특별한 광물이 있는 광산은 희귀하고 그 존재만으로도 얼마나 값어치가 있는데!
내가 안도의 한숨을 내쉬려는 찰나, 글로리아가 말을 이었다.
"그저……."
"그저?"
왜 말이 끝나지 않고 뒷말이 더 있는 거죠?
"몇 톤의 광물을 아주아주 헐값에 내준다고 했지. 광물을 타국에 되팔기만 해도 기울어 가던 왕가를 살릴 수 있는 자금력이 될 테니 거부할 수 없는 제안이었겠지. 국가적인 계약이라 독단적으로 결정할 수 없어서 황제인 테오도 허락했단다."
글로리아가 자랑스럽게 웃으며 어깨를 쭉 폈다. 그러자 아일렛과 세르시아가 존경스럽다는 표정으로 힘차게 박수쳤다.
'아냐! 박수 치지 마!'
나는 경악스러운 얼굴로 세 사람을 번갈아 봤다.
"하, 하지만 헐값이면 우리가 손해잖아요."
내 반박에 세 사람이 동시에 나를 돌아봤다. 그리고 뭐가 문제냐는 듯이 고개를 갸웃거렸다.
"손해는 무슨."
글로리아가 잘 정돈된 백발을 느긋하게 쓸어 넘겼다.
"겨우 그 정도로 크게 타격을 입지도 않고 돈은 또 벌면 되지. 돈이라는 게 원래 그런 거 아니겠니? 쓰고 벌고. 돌고 도는 것."
옆에서 세르시아와 아일렛이 옳은 말이라며 열렬하게 끄덕였다.
"게다가 샤샤, 네게 그 목걸이를 선물했으니 그걸로 충분하단다."

"제가 받아도 될까요……?"

"너희가 처음 결혼했을 때. 그때 축하해 주고 싶었는데 서약만 읽고 끝낸다고 해서 내심 얼마나 아쉬웠는지."

"……글로리아 님."

"그 아쉬움까지 담았단다. 이 늙은이의 유일한 낙이니 기쁘게 받아다오."

나는 고개를 돌려 거울을 바라봤다. 글로리아가 선물해 준 목걸이가 내 목에서 반짝 빛나고 있었다.

"감사히 받겠습니다, 글로리아 님."

목에서 아름답게 빛나는 보석을 어루만지자 웃음을 머금은 목소리가 들렸다.

"그 '요정의 숨결'이라는 보석에는 전설 같은 이야기가 내려온다죠."

"……아데우스."

말끔히 차려입은 아데우스가 대기실을 들어서며 웃고 있었다.

그는 가족들을 보고 가볍게 인사를 한 후 내 앞으로 다가왔다. 그리고 드레스를 입은 내 모습에서 한참이나 눈을 떼지 못했다.

아데우스가 홀린 것처럼 입술을 열었다.

"정말 너무……."

그가 감탄을 흘리며 좀처럼 말을 잇지 못했다. 옆에 있던 세르시아가 아데우스한테 다가서더니 팔꿈치로 그의 옆구리를 쿡 찔렀다.

"너무 예쁘다고?"

그제야 정신 차린 아데우스가 어색하게 웃으며 끄덕거렸다.

"네, 너무 아름답습니다. ……결혼을 진심으로 축하드립니다, 황후 전하."

"고마워, 아데우스. 아니…… 솔다드 백작이라고 불러야 하나?"

"하하. 설마요. 제겐 이 이름이 이젠 더 익숙합니다. 그냥 '아데우스'라고 편히 불러주세요."

아데우스가 정중하게 허리를 숙이며 웃었다.

"그런데 보석에 내려오는 전설이라는 게 뭐야?"

"그 보석으로 만든 장신구를 지닌 채 결혼한 신부는 행운이 따르고, 모두 지닌 채 결혼한 신부는 평안과 행복 속에서 산다고 합니다."

이 보석이?

나는 반지와 목걸이에 박힌 보석을 무심결에 쓰다듬었다.

"아마 대륙에서 몇 개 없는 보석이다 보니 값어치를 높이기 위해 누군가가 만든 이야기일지도 모르지만."

아데우스가 뒤따라온 하인에게 가볍게 고갯짓을 했다. 그러자 하인이 내 앞에 보석함을 대령했다.

"이게 뭐야?"

"아마 다들 같은 생각이었나 봅니다."

아데우스가 의미심장하게 웃었다. 고개를 갸웃거리고 보석함을 열자 익숙한 보석이 눈에 띄었다.

"귀걸이?"

요정의 숨결이 가공된 귀걸이였다. 나는 놀란 눈을 동그랗게 뜨고 아데우스를 바라봤다.

"이걸 어떻게 구했어?"

분명 대륙에서 구하기 힘든 보석이라고 했는데. 내 눈앞에 벌써 세 개나 있다.

"주인을 찾아 흥정했죠."

"누가 갖고 있는지 어떻게 알고?"

"어둠의 경로로 주인을 찾았거든요."

어둠의 경로?

고개를 갸웃거리자 아데우스가 아일렛을 돌아보며 부드럽게 말했다.

"그리고 제가 처리하기로 했던 아가씨의 일도 모두 깔끔히 끝냈습니다."

"아가씨라면…… 아일렛?"

"네, 제가 책임지고 회수하기로 했었잖아요."

아. 아일렛의 계부와 생모가 팔았던 아이의 피를 담은 알약. 아데우스가 책임지고 회수하기로 했었지.

"폐하께 장부를 건네받았을 때 보아하니 어둠의 경로가 섞여 있는 듯하여, 그쪽 관련으로 잘 아는 사람의 도움을 받아 무사히 모두 회수 완료했습니다."

"그쪽 관련으로 잘 아는 사람?"

"어둠의 일은 어둠의 세계에 맡기는 게 최고죠."

"그런 인맥도 있었어?"

"신분 세탁을 할 때 합법적인 도움을 받은 건 아니니까요."

이야기를 함께 듣던 아일렛의 얼굴이 단번에 환해졌다.

저주가 풀렸으니 그 피에 더는 독은 없겠지만. 그래도 아이의 아픈 과거가 그렇게 사용되는 건 싫으니까.

"전부 폐기해 줘. 부탁할게, 아데우스."

"네. 그리하겠습니다."

아일렛이 뛰어가더니 아데우스의 소매를 꼭 쥐고 부끄럽게 말했다.

"고, 고마워요."

아데우스가 어깨를 으쓱거리며 웃었다.

"그럼 아데우스. 그 관계자한테 이 귀걸이의 주인을 찾아달라고 의뢰한 거야?"

"그 보석으로 만든 장신구를 찾아달라고 했죠. 마침 귀걸이의 주인을 알고 있다 하여 연결해 줬습니다."

"……그 주인은 어떻게 됐는데?"

"참고로 그 귀걸이는 갈취한 것도 아니고 도둑질을 한 것도 아닙니다. 살인도 하지 않았어요."

"정말? 믿어도 돼?"

"아무리 그래도 죄 없는 사람을 겁박하거나 죽이는 짓은 하지 않아요."

아데우스가 내 시녀에게 보석함을 건넸다. 시녀가 보석함 속 귀걸이를 꺼내 들고 내 귀걸이를 바꿔주었다.

"그 주인을 찾아 정당한 값을 내고 가져온 거니까 걱정하지 않으셔도 됩니다."

장신구가 세트로 자리 잡자 더욱 빛이 나 보였다. 아데우스가 팔짱을 끼고 흡족하게 웃었다.

"아름다우십니다. 잘 어울리실 줄 알았어요."

"아데우스."

나는 주변을 둘러보다가 아무도 들을 수 없도록 작은 소리로 속삭였다.

"네가 돈이 어디서 나서? 포츤 자작한테 그 이름값을 매달 내느라 빠듯한 거 아니야?"

"황제 폐하께서 베풀어 주신 은혜가 작위와 영토만은 아니니까요."

아데우스의 얼굴을 전보다 한결 편안해 보였다.

"포츤 자작이 네 정체를 알리겠다고 더 큰 자금을 내놓으라 협박하면 어쩌려고."

"그럴 수 없을 겁니다."

아데우스가 단언했다.

"폐하께서 즉위하시자마자 절 폐하의 사람이라 알리셨으니까요. 섣불리 건들 수 없습니다. 게다가 그럴 성격의 사람도 못 되거든요. 당장 눈앞의 작은 이익과 안전을 먼저 생각하는 사람입니다.

특기가 몸 사리는 거거든요. 바로 제가 포츤 자작을 선택한 큰 이유 중 하나죠."

포츤 자작이 몸을 사린다면 다행이고.

"그럼 이 선물. 잘 받을게."

귀걸이를 톡 튕기며 웃자 아데우스가 다시 멍하니 날 바라봤다. 왜 저러지 싶어 바라보자 세르시아가 가볍게 끼어들었다.

"샤샤. 그럼 우린 홀에서 기다릴게요."

"맞아요, 언니. 예쁘게 하고 오세요!"

다들 왜 갑자기 가려고 하지?

몸을 돌린 글로리아가 아데우스의 어깨를 툭툭 두드렸다.

"아일렛의 일을 도와준 답례야. 허튼짓할 놈이 아니리라 믿겠어."

"……감사합니다."

"어차피 마지막이니까."

평소라면 절대 자리를 비켜주지 않았을 가족들이 나와 아데우스를 둔 채 대기실을 나섰다.

모두가 나가고 둘이 남게 되자 아데우스가 근처 의자에 앉았다. 숨을 크게 내쉬며 나를 빤히 바라본 그가 홀린 것처럼 입술을 자그맣게 움직여 말했다.

"오늘 정말. 정말로 아름다우십니다."

진심으로 내뱉은 것 같은 말투에 절로 웃음이 터졌다. 내가 크게 웃자 아데우스도 덩달아 함께 미소를 지었다.

"행복하실 겁니다. 황후 전하의 행복을 바라는 사람이 이리도 많으니까요."

"너도 그중 한 명이고?"

"당연한 말씀입니다. 그러니 어떻게든 구하려 애썼죠."

아데우스가 귀걸이를 가리키며 장난스레 눈을 휘었다.

"제가 그 누구보다도 황후 전하의 행복을 바라고 있습니다."

"고마워. 네가 언제나 내 행복을 빌어준 걸 잘 알고 있어."

아데우스의 웃음이 멈칫했다. 그가 어깨에서 힘을 빼더니 고개를 내저었다.

"전 그렇게 좋은 놈이 아닙니다. 이제까지 황후 전하의 행복을 빌었던 것도 사실은 절 위해서였지, 황후 전하를 위함이 아니었습니다."

"누굴 위해서 빌었든 결과적으로는 내 행복을 빈 거니까. 난 고마워해야지."

아데우스가 의자에서 일어서더니 한쪽 무릎을 꿇었다.

"아데우스?"

가슴에 손을 얹은 그가 환한 미소로 말했다.

"이번엔 정말 오롯이 황후 전하를 위해. 황후 전하의 앞날에 축복만 가득하시길 진심으로 바랍니다."

문득 아데우스와 처음 만났던 행렬 길이 떠올랐다.

무시하고 가려다가 레베카가 다가가려는 탓에 관심을 두게 됐지. 그게 두 사람의 연극이었다고 생각하니 어색하기 짝이 없다는 생각이 들었다.

"고마워. 너도 행복하길 나 역시 바랄게."

"폐하께선 분명 황후 전하를 행복하게 해주실 겁니다."

"나보고 언제는 도망가라며? 검이랑 신발 같은 걸 선물로 사줬었잖아."

나는 턱을 괴고 장난스럽게 눈을 휘며 물었다.

"이젠 테오의 사람이 됐으니 그 말은 유효하지 않은 거야?"

"아니요. 그건 아직도 진심입니다."

아데우스가 장난기라고는 전혀 없는 눈동자로 굳건하게 말했다.

"혹시나 폐하께서 황후 전하를 괴롭게 만들거나 슬프게 한다면."

"한다면?"

"언제든 도망치셔도 됩니다. 황후 전하께서 그걸 바라신다면 제가 늘 그 뒤를 돕겠습니다."

장난스러운 내 목소리에도 아데우스의 반응은 퍽 진지했다.

"도망치는 날 돕는 건 황제인 테오를 적으로 돌리게 되는 건데…… 알고 있어?"

"알고 있습니다."

"아는데도 날 도우려고?"

"설령 폐하를 적으로 돌리더라도 전 언제나 황후 전하의 편이니까요."

아데우스가 내 손을 슬며시 쥐었다.

"대외적으로 폐하의 사람일 뿐. 전 황후 전하의 사람입니다. 제 세력이 커진다면 그건 곧 모두 황후 전하를 위해 쓰게 될 힘입니다."

"테오가 알면 서운해할 텐데."

"두 분이 대립하여 만일 한 분을 선택해야 한다면 제가 황후 전하를 선택할 것이란 걸 폐하께서도 알고 계실 겁니다."

"조금 전에 내 행복을 바란다더니."

너무 진지해져 버린 분위기를 풀고자 키득키득 웃자 아데우스도 머쓱하게 웃어 보였다.

"물론 그런 일은 없겠지만 말이죠."

모두 내게 힘을 주기 위한 말이라는 걸 잘 알고 있다. 내 편이 되어주기 위한 것이란 걸 알고 있고.

"고마워, 아데우스. 나도 이건 진심이야."

나는 힘없이 맞대고 있던 아데우스의 손을 힘주어 잡았다. 처음으로 손을 세게 맞잡자 아데우스가 놀란 표정으로 나를 올려다봤다.

"네가 있어서 테오도 살 수 있었어. 다 네 덕이야."

"아…… 아니요. 저는 별로 한 게 없는……."

"네가 날 많이 생각해 주는 것도 잘 알아. 진심으로 행복을 빌어주는 것도 잘 알고."

"······황후 전하."

"행복하게 잘 살게. 내 행복을 빌어주는 널 위해서, 그리고 날 위해서도."

환하게 웃자 아데우스가 멍한 표정으로 날 바라보다 이내 덩달아 함께 웃었다. 무언가를 후련하게 털어버린 것처럼 속 시원한 미소였다.

"네, 행복하세요."

서로를 바라보며 웃고 있자 대기실의 문이 벌컥 열렸다.

"엄마! 이제 슬슬······!"

고개를 돌리니 너무도 깔끔하게 잘 갖춰 입은 셀피우스와 피니어스가 보였다.

"셀피!"

세상에, 내 아들! 너무 예뻐! 저렇게 예쁘게 입혀두니까 더 예쁘다!

방금 나눴던 대화 내용이 생각나지 않을 만큼 셀피우스는 너무도 예뻤다. 작게 만들어서 주머니 속에 넣어 다니고 싶을 정도였다.

황홀한 표정으로 셀피우스를 불렀으나 아이는 답이 없었다. 셀피우스가 눈썹을 비뚜름히 치키며 나와 아데우스가 맞잡은 손을 바라봤다.

"손!"

셀피우스가 버럭 소리쳤다.

"우리 엄마 손 안 놔?!"

잽싸게 달려온 셀피우스는 맞잡은 우리 손을 떼어냈다. 그리고 소독이라도 하듯 내 손을 닦고 어루만지며 아데우스를 노려봤다.

"어딜 감히! 고운 우리 엄마 손을 함부로!"

셀피우스가 나를 보호하듯 서서 아데우스를 향해 으르렁거렸다. 새끼 흑표범이 으르렁거리는 것만 같아 너무도 귀여웠다.

피니어스도 같은 생각이었는지 말릴 생각보다는 두 사람을 보며 웃는 게 전부였다.

셀피우스한테 경계당하는 게 익숙한 아데우스 또한 웃음과 함께 무릎을 툭툭 털고 일어섰다.

"우리 엄마 손은 함부로 잡을 수 있는 게 아니야. 알겠어?"

"네, 앞으로 명심하겠습니다."

셀피우스가 한껏 가시를 세워도 아데우스는 그저 웃음으로 대꾸했다.

"함부로 바라보지도 마!"

"하지만 오늘 두 분의 결혼식에 참석한 건데 황후 전하를 안 보면 어딜 봐야 하나요?"

"대공 각하! 아니, 폐하! 폐하를 보면 되잖아!"

"그럼 폐하만 바라본다고 황후 전하께서 서운해하지 않으실까요?"

"우리 엄마를 서운하게 만들 셈이야?! 그건 안 돼!"

이게 무슨 대화람. 나는 손을 뻗어 셀피우스를 품에 안아 토닥이는 것으로 대화를 중단시켰다.

"셀피. 오늘은 좋은 날이니 봐주자."

"우리 엄마 덕분에 봐주는 줄 알아!"

셀피우스가 아데우스를 가리키며 콧방귀를 꼈다.

"감사합니다."

아데우스는 인사를 남긴 채 셀피우스의 눈초리를 받고 돌아가야만 했다.

"엄마. 누가 괴롭히면 제게 말해주세요. 아셨죠?"

"알겠어. 그나저나 우리 셀피, 오늘 너무 예쁘다."

"……엄마도 오늘 세상에서 제일 예뻐요."

셀피우스가 자그맣게 말하며 몸을 돌려 나를 꼬옥 껴안았다. 아데우스가 나간 문을 노려보는 걸 잊지 않은 채.

'너무 귀여워.'

입가를 간지럽히는 미소가 멈출 줄 모르고 퍼졌다. 행복이 온몸으로 퍼져갔다.

품에서 벗어난 셀피우스가 내게 자그만 손을 뻗었다.

"엄마, 이제 식이 시작할 거래요."

시간이 벌써 그렇게 됐나.

"폐하가 부족하지만…… 그래도 절 봐서라도 예쁘게 봐주세요."

보통은 반대로 부탁하지 않나.

"그래. 우리 셀피를 봐서라도 예쁘게 봐줄게."

한껏 웃자 잠시 후, 시녀들이 안으로 들어와 베일과 드레스를 다시 곱게 단장해 주었다.

단장을 끝낸 후 나는 셀피우스의 에스코트를 받으며 홀 앞으로 천천히 걸어갔다.

"엄마. 나는 엄마가 내 엄마가 되어줘서 너무 좋아요."

셀피우스가 의젓하게 허리를 꼿꼿이 펴고 에스코트하고 있는 내 손을 꽉 잡았다.

"나도 그래, 셀피. 네가 내 아들이라서 너무 좋아."

"전 사실 부모님한테 버림받았을 때 제가 불행한 줄 알았거든요? 게다가 저주도 걸려 있었고."

셀피우스가 코끝을 찡긋거리며 말했다.

"그런데 아니었어요. 그건 모두 엄마를 만나기 위해서 그랬던 거예요. 그러니까 저는 한 번도 불행한 적이 없던 거에요."

"……셀피."

"행복하게 해줘서 감사해요, 엄마."

그건.

"내가 할 말이야, 셀피."

날 살렸고 날 행복하게 해준 가족들. 내 행복들.

"날 행복하게 만들어 줘서 고마워."

우리 두 사람은 서로를 마주 보며 홀 앞에 섰다. 그러자 굳게 닫혔던 문이 벌컥 열렸다.

환한 빛이 나와 셀피우스를 향해 쏟아져 내렸다.

"내 가족이 되어줘서 고마워, 셀피."

셀피우스의 손을 잡고 안으로 들어서자 잔잔한 선율이 들렸다. 가늠할 수 없을 정도로 많은 하객이 손뼉을 치고 있었고 별빛이 당장 쏟아질 것처럼 샹들리에가 눈부시게 빛났다.

'초대 목록 작성은 맡기라더니…… 글로리아 님이 다 초대하셨구나.'

누군지도 모를 사람들이 나를 축복했다.

그리고 그 끝에.

"샤샤."

테르데오가 나를 향해 서 있었다. 그 어느 때보다 늠름한 모습으로.

그를 향해 한 걸음, 한 걸음 내디딜 때마다 이제까지 있었던 수많은 일이 떠올랐다.

그를 처음 찾아가 계약 결혼을 제안하고 죽을 뻔했던 일부터 바로 얼마 전 함께 침대에 누웠을 때까지.

많은 일이 있었다. 하지만 내게 큰일이 있을 때마다 테르데오는 언제나 내 옆에서 든든한 버팀목이 되어주었다.

어느 순간에도 나를 제일 먼저 생각해 줬고, 오로지 나만을 위해 줬다.

그의 앞에 서자 에스코트하던 셀피우스가 가볍게 인사하며 뒤로 빠졌다.

"원래도 아름다웠는데. 오늘은 견줄 게 없을 정도로 아름다워."

나를 천천히 바라본 테르데오가 행복을 감추지 못하는 표정으로 중얼거렸다.

"앞으로도 행복하게 해줄게요, 테오."

힘 있게 말하자 테르데오가 피식 웃으며 내 볼을 매만졌다.

"그럼 앞으로도 부인만 믿을게."

그가 천천히 상체를 숙여 입을 맞추자 큰 환호성과 박수갈채가 들렸다.

※ ※ ※

나는 셀피우스가 깊게 잠이 든 것을 확인한 후 침대에서 몸을 일으켰다. 우리의 결혼식에 너무 많이 긴장한 건지 셀피우스는 동화책 한 권을 다 읽기도 전에 잠이 들었다.

"셀피는 잠들었어?"

셀피우스가 엄마와의 시간을 방해받고 싶지 않다고 하는 바람에 문 앞에서 기다리던 테르데오가 작게 속삭였다.

나는 고개를 끄덕거리고 꺼내뒀던 동화책들을 정리했다. 정리하던 손에 예전에 셀피우스한테 읽어줬던 동화책이 잡혔다.

'이건······.'

뭐에 홀리기라도 한 것처럼 나는 동화책을 펼쳤다. 정리하던 내가 앉아서 동화책을 펼치자 밖에 서 있던 테르데오는 셀피우스가 깨지 않도록 조심스럽게 침실로 들어섰다.

"뭐 해?"

"이 책이요."

테르데오가 동화책으로 시선을 돌렸다.

"그냥 우리 얘기 같아서요."

「……그때 마녀가 공주님에게 말했어요.
'왕자의 저주를 풀고 싶으면 네 목숨을 주렴!'
왕자님을 위해서라면 공주님은 두렵지 않았어요.
'좋아요, 마녀! 나와 거래해요! 내 목숨을 줄 테니 왕자님께 걸린 저주를 풀어줘요!'
마녀는 눈부신 공주님의 용기가 부러웠어요. 질투에 눈이 먼 마녀가 공주님을 해치려고 했어요.
하지만 공주님은 재치로 마녀를 무찔렀어요.
'이겼다!'
왕자님의 저주가 풀리고 두 사람은 예쁜 결혼식을 올렸어요.
모두 행복하게 살았습니다.」
"그렇네."
"우리도 동화책으로 따지자면 행복한 결말인 걸까요?"
"글쎄."
테르데오가 내 손에 들린 동화책을 덮어 내려두더니 천천히 밖으로 이끌었다. 나는 셀피우스가 깨지 않도록 조심하며 침실 밖으로 나왔다.
셀피우스의 침실 문을 슬그머니 닫아주기 무섭게 테르데오가 짧게 입술을 맞추며 말했다.
"보통 행복한 결말은 모두 침대 위에서 맞이하지 않나?"
"억지인 거 알죠?"
"셀피가 동생을 갖고 싶다길래."
"셀피 탓하지 마요."
테르데오가 천연덕스럽게 대답하며 나를 품에 번쩍 안아 올렸다. 나는 화들짝 놀라 테르데오의 목을 끌어안고 주변부터 살폈다.
예전에 세르시아가 우리를 복도에서 발견했다고 한 이후로는 이런 행동이 조심스러웠다.

"누가 보면 어쩌려고요!"

"그럼 자리를 피하겠지."

"그런……!"

"행복한 결말인지 확인하러 가야지."

테르데오가 활짝 웃으며 침실로 걸음을 재촉했다.

HAPPILY EVER AFTER

에필로그

My in-laws are obsessed with me

델파닐 아카데미.

기숙사로 향하는 학생들이 모두 동경과 애정, 그리고 존경 어린 시선으로 한곳을 바라봤다.

"저기 봐, 학생회장이야."

"셀피우스 학생회장. 오늘도 눈부셔!"

"세상에. 저 눈빛으로 날 한 번만 똑바로 봐주면 얼마나 좋을까?"

"이번 검술 대회에서도 우승했다면서?"

"황태자 전하를 꺾을 사람이 있을 리가 없지."

영애들이 붉게 물든 얼굴로 홀린 듯 가던 걸음을 멈췄다. 모두의 시선이 똑같은 곳을 향했다.

바로 커다란 나무 아래, 등을 기댄 채 삐딱하게 선 셀피우스였다.

곧 아카데미를 졸업하게 될 졸업반인 셀피우스는 어릴 적과는 많이 달라져 있었다. 귀엽던 모습은 사라졌고 테르데오의 젊을 때 모습을 똑 닮아 나른하고도 위험한 분위기를 자아냈다.

남들한테 신경 쓰지 않는 것마저도 똑같았다.

주변의 시선은 무시한 채 소매를 매만지던 셀피우스가 짜증스러운 한숨을 내쉬었다. 그가 머리를 쓸어 넘기며 얼굴을 세게 구겼다.

"하. 그냥 두고 갈까."

나지막한 저음이 퍼지자 주변에서 지켜보던 영애들이 일제히 행복한 비명을 질렀다. 어떤 영애들은 손을 맞잡고 발을 동동 구르기까지 했다.

'시끄러워.'

귀를 찌르는 열정적인 소리에 셀피우스가 사람이 모인 곳을 노려봤다. 방해했다간 당장 죽일 것처럼 험악한 표정인데도 영애들의 얼굴은 발그레 붉어졌다.

셀피우스가 뭐라 한마디라도 하려던 찰나였다. 모인 영애들을 뚫고 그 끝에서 익숙한 얼굴이 뛰쳐나왔다.

불어오는 바람에 긴 은발이 흐드러졌다.

"셀피 오빠!"

과일처럼 상큼한 목소리에 셀피우스가 짜증을 내려던 입술을 꾹 다물었다. 한걸음에 뛰쳐나온 그녀가 삐딱하게 선 셀피우스의 팔을 가볍게 내리쳤다.

"오빠! 많이 기다렸어?"

그녀의 등장에 모여 있던 영식들이 다들 헉 소리를 내며 숨을 크게 들이켰다.

"레, 레이디 아일렛이다."

"레이디 아일렛을 만나다니. 난 오늘 죽어도 여한이 없어."

"천사가 지상에 내려온 것 같아."

모두의 시선이 익숙한 것처럼 두 사람은 그들을 무시한 채 서로 대화를 이어나갔다.

"아일렛. 내가 빨리 나오라고 했지."

"수업이 지금 끝났는걸? 오빠도 참."

아일렛이 길게 휘날리는 머리를 귀에 꽂으며 전공서를 품에 꼭 안았다. 그리고 여느 때처럼 덧없이 활짝 웃었다.

"그렇게 인상 구기고 있으면 자글자글 주름 생긴다? 어쩌면 폐하보다 더 나이 들어 보일지도 몰라."

"너……."

아일렛이 순진무구한 얼굴로 독설을 뱉으며 웃었다. 셀피우스는 가늘어진 눈으로 아일렛을 노려보다 이미 익숙한 것처럼 고개를 절레 저었다.

"네 이런 모습을 다들 알아야 하는데. 다들 천사니 뭐니 오해나 하고."

셀피우스가 모인 영식들을 턱으로 가리키며 눈썹을 치켜떴다. 하지만 아일렛은 조금의 동요도 없었다.

"그럴 일은 없을 거야. 내가 이러는 건 셀피 오빠뿐이니까."

"왜 나만이야."

"오빠, 이런 시답잖은 이야기는 그만하고."

"시답잖은?"

"얼른 가자. 오늘 라리사의 생일이잖아! 설마 라리사를 기다리게 할 셈이야?"

아일렛이 지상에 내려온 천사처럼 눈부시게 웃으며 가볍게 뛰어갔다. 셀피우스는 멀어지는 아일렛의 뒷모습을 바라보다 혀를 쯧 내차고 묵묵히 뒤를 따라 걸었다.

※ ※ ※

"라리사! 라리사!"

"내 동생 이름 함부로 부르지 마, 아일렛."

익숙한 목소리에 그림책을 보던 라리사가 고개를 번쩍 들었다.

아이가 흥분된 눈빛을 반짝이며 고개를 돌리자 황궁으로 뛰어 들어오는 아일렛과 셀피우스가 보였다.

"언니! 오빠!"

라리사가 그야말로 아기 천사처럼 꺄르르 웃으며 두 손을 방방 흔들었다. 엄마를 닮아 달콤한 솜사탕 같은 분홍색 머리카락, 라피레온 가문 특유의 붉은 눈동자의 아이.

햄스터처럼 톡 튀어나온 사랑스러운 두 볼은 손가락으로 콕 찔러보고 싶게 했고, 오동통하며 짧은 팔다리는 앙 물고 싶은 욕구를 자극했다.

활짝 웃을 때면 그게 언제든 어느 상황에서든 꼭 안고 싶을 정도로 사랑스러운 아이.

셀피우스의 동생이자 제국의 황녀, 라리사 라피레온이었다.

"꺄, 우리 공주님!"

한걸음에 달려간 아일렛이 라리사를 품에 번쩍 안아 올렸다. 라리사가 꺄, 소리를 내지르며 발을 앞뒤로 신나게 흔들었다.

"언니, 안녕!"

"안녕, 라리사! 우리 라리사 생일이라 축하해 주러 왔어."

"와아아아! 라리사 생일!"

생일이라는 단어에 라리사의 눈동자가 별이라도 담긴 것처럼 반짝 빛났다. 아일렛이 라리사의 볼에 얼굴을 비비며 행복한 웃음을 지었다.

"귀여워라. 언니 안 보고 싶었어? 우리 라리사."

"보고 싶었어요! 많이! 많이!"

라리사가 작은 팔을 힘껏 버둥거리며 넓게 벌렸다. 아일렛은 더는 못 참겠다는 듯이 라리사의 볼에 쪽쪽 입을 맞추며 아이를 꼭 안았다.

"라리사. 오늘은 언니랑 같이 잘까? 언니가 토닥토닥해 줄게."

"내 동생한테 이상한 짓 하지 마. ……라리사, 오빠한테 와."

셀피우스가 아일렛의 품에 안겨 있던 라리사를 빼앗듯이 안아 들었다. 라리사는 그 공방들이 자연스러운 것처럼 웃었다.

기어코 라리사를 빼앗아 안은 셀피우스가 흡족한 표정으로 말했다.

"라리사, 세 번째 생일을 축하해."

"고마워! 셀피 오빠!"

"라리사. 어머니와 아버지는?"

"아빠는 라리사 케이크!"

"케이크?"

"응! 엄마는 세르시아 고모랑 파티 준비!"

"혼자 심심했겠네, 우리 라리사."

아까 아카데미에서 날 선 모습과는 전혀 달랐다. 셀피우스가 라리사를 향해 부드럽게 미소를 지었다. 상냥함이 가득 담긴 눈동자에는 동생을 향한 맹목적인 애정이 잔뜩 담겨 있었다.

"그래. ……라리사, 우리 엄마한테 가볼까?"

"응! 엄마 갈래!"

라리사가 고개를 끄덕거리며 셀피우스의 옷을 꼬옥 잡았다. 터져 나오려는 웃음을 간신히 참은 셀피우스가 아일렛을 향해 의기양양한 표정을 지었다.

그의 표정이 마치 '봤지?'라고 말하는 것 같았다.

"오빠랑 같이 가자, 내 동생."

셀피우스가 홀가분한 걸음으로 파티장으로 향했다.

멀어지는 셀피우스의 뒷모습을 본 아일렛이 아무도 모르게 주먹을 꽉 쥐었다. 아일렛이 어금니를 악물며 작게 중얼거렸다.

"망할 오빠. 언젠가 저 머리를 모두 불태워 버릴 테다."

❈ ❈ ❈

"으음."

뭔가가 마음에 안 드는데.

나는 턱을 쓸며 음식들과 선물 꾸러미 그리고 꾸며진 홀을 둘러봤다. 내 반응에 라리사 앞으로 선물을 보낸 사람들 명단을 확인하던 세르시아가 다가왔다.

"왜 그래요, 샤샤? 뭐가 마음에 안 들어요?"
"이번은 가족들끼리 파티를 하자고 하긴 했는데."
"네."
"아무래도 성에 안 차요, 셋시. ……어떡하죠?"

세르시아가 옳다거니 이때다 싶었는지 냉큼 펜을 내려뒀다.

"샤샤, 저랑 같은 생각을 하는 것 같네요. 지금 당장 상단과 사람들을 불러 그레이트 홀 전체를 꾸미고 이브닝 파티를 성대하게 열죠. 초대 명단은 제가 맡을게요."

"역시 그렇죠?"

내가 묻자 세르시아가 당연한 거 아니겠냐며 웃었다.

"작년에 본 라리사의 귀여움과 올해 본 라리사의 귀여움이 다르잖아요. 우리만 보는 건 너무 독점하는 것 같아요."

세르시아가 빙그레 웃으며 열정적으로 끄덕였다.

"얼른 명단 확인 후 초대장을 배부하도록 하죠, 샤샤!"
"네, 셋시!"

모처럼 뜻이 통한 우리 두 사람이 바삐 움직이려는 찰나였다. 저 멀리서 사랑스럽게 넘실거리는 분홍색 머리가 우리 둘의 시선을 단번에 빼앗았다.

"라리사!"
"엄마! 고모!"

셀피우스의 품에 안겨 작은 손을 방방 흔들고 있는 라리사였다. 나와 세르시아의 얼굴이 헤벌쭉 풀렸다.

"라리사 안녕."

내가 손을 가볍게 흔들자 셀피우스의 품에 안긴 라리사가 작은 손을 흔들었다. 나는 라리사한테 인사한 후, 수고했다는 의미로 셀피우스의 어깨를 다독였다.

"셀피, 아카데미는 잘 다녀왔니?"

"네, 어머니."

셀피우스가 끄덕거리며 답했다. 내 아들이지만 깊은 동굴 속에 갇힌 것처럼 낮은 목소리가 무척 매력적이었다.

'듣자 하니 셀피 생각에 밤새 잠을 못 이루는 영애들이 많다던데.'

하루가 멀다고 나날이 성인이 되어가는 셀피우스를 보면 그게 영 헛소문은 아닌 것 같았다. 엄마인 내가 봐도 수많은 영애의 가슴에 불을 지필 만했다.

"오늘은 라리사의 생일이라 일찍 돌아왔습니다."

"고마워, 아들."

내 감사 인사에 셀피우스의 입가에 희미한 미소가 번졌다. 그때 셀피우스의 뒤에서 발랄한 목소리가 들렸다.

"황후님!"

고개를 빼꼼히 내미니 허리까지 오는 긴 머리를 휘날린 아일렛이 걸어오고 있었다. 뛰어오다시피 빠른 걸음으로 온 아일렛이 나를 가볍게 끌어안았다.

예전에는 달려와 안겨도 겨우 무릎까지밖에 안 왔는데. 어느새 나와 눈높이가 비슷해져 있었다.

"황후님! 너무 보고 싶어서 기숙사를 나올까도 생각했어요!"

예전 나를 '언니'라 부르던 아이의 모습은 온데간데없이 사라지고 이젠 많은 영식을 애태우는 숙녀가 되어 있었다.

아일렛은 같은 학년 중 매년 과 수석을 놓치지 않는 우등생이었다.

두뇌가 명석하고 행실이 바른 데다 예쁘기까지 하니 영식들은 물론이거니와 많은 귀부인 역시 아일렛을 자신의 아이와 짝지어 주고 싶어서 눈독을 들이고 있었다.

아무리 애써봤자 나와 세르시아, 그리고 글로리아가 절대 허락하지 않을 테지만.

"나도 너무 보고 싶었어, 아일렛. 네 소식은 언제나 셀피를 통해 잘 듣고 있어."

"셀피 오빠가 제 얘기를 전해줬다고요? 흠. 이상한 이야기를 전해준 건 아니겠죠?"

"네가 매사 열심히 하고 똑 부러지게 행동한다고 말해줬는걸."

셀피우스가 내게 라리사를 넘겨주며 말도 안 된다는 것처럼 헛웃음을 지었다.

"하, 어머니. 전 그런 말을 한 적 없습니다."

"셀피, 부끄러워하는 거니?"

내가 천연덕스럽게 웃자 셀피우스는 대답 대신 한숨과 함께 고개를 내저었다.

"셀피 오빠. 정말 황후님께 내가 매사 열심히 한다고 했어?"

"……착각할까 봐 말하는 건데. 난 어머니께 그런 말 한 적 없어."

"그럼 그렇지!"

아일렛이 기대에 부푼 얼굴을 구겼다.

"황후님! 이것 보세요! 셀피 오빠가 아카데미에서도 맨날 이렇게 저만 보면 구박해요!"

"사실을 말한 게 왜 구박이 되는 거야. 그렇게 와전되게 말하면 어머니께서 오해하시잖아."

"오해는 무슨. 날 구박한 게 사실이잖아!"

투닥거리는 모습이 마치 소싯적의 테르데오와 세르시아를 보는 것 같았다.

'……지금도 별반 다를 바는 없지만.'

저렇게 말하고 싸우고 있지만 셀피우스는 정말로 내게 아일렛의 좋은 얘기만 전했고.

아일렛 역시 가끔 보내오는 편지에 셀피우스가 사람들의 존경을 얼마나 받고 있는지 자랑스럽게 쓰곤 했다.

만나면 저렇게 투닥거리지만 사실은 그렇지 않다는 걸 나는 잘 알고 있다.

나는 싸우는 두 사람을 내버려 두고 품 안의 라리사한테 시선을 돌렸다. 그리고 통통한 라리사의 볼을 손가락으로 톡 건드리며 이마를 맞댔다.

"우리 라리사. 엄마 보러 왔어?"

"응! 엄마! 오빠가 데려다줬어!"

"오빠가 데려다주기까지 하다니. 우리 라리사는 좋았겠네."

"응! 아차, 고모 안녕!"

라리사가 세르시아를 향해 작은 손을 방방 흔들었다. 귀여운 라리사의 인사에 세르시아가 방긋 웃었다.

"라리사 안녕. 생일 축하해, 라리사."

"감사합니다! 고모!"

세르시아한테 '라리사'라는 이름은 각별했다. 바로 세르시아의 아이였던 '멜리사'라는 이름에서 따온 거였으니까.

처음 나와 테르데오가 얘기를 꺼냈을 때, 세르시아는 그렇게 하지 않아도 된다며 극구 거부했다. 나와 테르데오한테까지 자신의 짐을 넘겨주고 싶지 않다고 했다.

하지만 계속 이어지는 내 고집에 세르시아는 결국 눈물을 흘리며 고맙다고 했다.

멜리사라는 아이를 한 번도 본 적은 없었지만…… 만약 지금 살아 있었다면 라리사와 좋은 자매가 되었을 테니까.

그래서 더 애틋한 마음이었는지.

세르시아는 라리사한테 모든 걸 다 해주려 애썼다. 마치 멜리사한테 못 했던 몫까지 해주려는 것처럼.

"어머니. 폐하…… 아니, 아버지는요?"

셀피우스가 아직 어색한지 괜스레 시선을 돌리며 헛기침과 함께 테르데오의 행방을 물었다.

셀피우스가 테르데오를 '아버지'라 부르게 된 건 불과 몇 주 전이었다.

셀피우스가 테르데오를 부모로 인정하지 않는 건 아니었다. 다만 너무 어릴 때부터 이어진 습관이라 '아버지'라는 호칭보다는 '대공 각하' 혹은 '폐하'라는 호칭이 더 자연스러웠을 뿐.

테르데오도 딱히 그것을 고치라던가 서운하다며 지적하지 않았다. 나 역시도 셀피우스가 그게 편하다면 상관없었고.

하지만 셀피우스의 호칭을 지적한 건 의외의 인물이었다.

"오빠, 왜 아빠를 아빠라고 안 불러?"

그건 바로 한참 호기심이 많은 나이의 라리사였다.

"아빠는 아빠잖아. 오빠는 라리사 오빠고."

아이한테 이 많은 관계를 설명하기엔 힘이 들었다. 물론 설명해 봤자 라리사가 이해할 리도 없겠지만.

그리고 '동생 바보'인 셀피우스는 그날부터 테르데오를 '아버지'라 부르기 시작했다.

"라리사 케이크 만들고 있을 거야. 아마 다 만들었을 시간이니 곧 오겠지. ……그보다 셀피."

"네, 어머니."

"여길 좀 봐봐."

나는 세르시아의 품에 라리사를 넘겨준 후, 셀피우스를 홀로 끌고 왔다.

"파티장이 작년보다 비어 보이지 않니?"

"그땐 홀을 가득 채우고도 모자를 만큼 사람들을 초대했으니까요. 올해는 가족끼리 하기로 했으니 비어 보이는 건 당연하겠죠."

"하지만 셀피."

내가 셀피우스의 소매를 쥐자 마치 무슨 말을 할지 다 안다는 것처럼 아이가 웃으며 날 돌아봤다.

"라리사의 귀여움은 매년 커지잖아. 올해도 모두한테 보여줘야 하지 않을까?"

"어머니."

내 손등에 손을 겹친 셀피우스가 만류하듯 고개를 저었다.

"그런 이유로 재작년까지 제 생일 파티에도 주변국들의 사신까지 초대해서 열어주셨죠."

"하지만 셀피. 너는 해가 지날수록 크잖니. 너 작년보다 키가 얼마나 큰 줄 아니?"

"성장기니까요."

"그래! 그러니까 네 성장은 지금이 아니면 볼 수가 없는걸! 모든 사람한테 자랑하고 싶고 널리 알리고 싶은걸."

셀피우스가 부드럽게 눈웃음을 지었다. 예전엔 나보다 작아서 내가 내려다봐야 했는데 이젠 나보다 키가 커져서 올려다봐야만 했다.

"작년 라리사의 생일 파티 때, 사람이 너무 많이 오는 바람에 가족들끼리 인사할 시간도 없다고 후회하셨잖아요."

"……그러긴 했지만."

"올해는 가족끼리 파티하고 내년엔 다시 성대하게 열어주면 되죠."

셀피우스는 아쉬워하는 나를 열심히 달랬다.

"게다가 제가 보기엔 올해 파티장이 작년보다 더 아름다운걸요. 어머니께서 직접 라리사를 위해 손수 준비해 주신 거잖아요."

귀에 설탕을 뿌려둔 것처럼 달콤한 목소리가 녹아들었다.

내 아들이지만 정말이지, 사람을 다루는 법을 아주 잘 안다니까.

'황제가 될 자질이 충분해.'

나는 아쉬운 눈빛으로 홀을 둘러보다 어쩔 수 없이 고개를 끄덕거렸다.

"그래, 알겠어. 셀피."

내가 고개를 끄덕거리기 무섭게 뒤에서 호쾌한 웃음이 들렸다.

"하하하. 셀피한테는 꼼짝을 못 하시는군요."

고개를 돌리니 망토를 걸친 피니어스가 들어서고 있었다. 의료 봉사를 떠나고 정확히 9개월 만에 보는 얼굴이었다.

"피니어스 님!"

피니어스를 제일 먼저 반긴 건 아일렛이었다. 라리사와 놀던 아일렛이 단번에 달려나갔다. 그러더니 오래 기다렸던 만큼 격하게 피니어스한테 안겼다. 피니어스는 정말 사랑하는 딸을 안아주듯 인자하게 웃으며 아일렛의 등을 토닥거렸다.

"아일렛. 잘 지냈니?"

부드럽게 울려 퍼지는 음성이 애틋했다.

"기숙사는 지낼 만하고?"

"네."

아일렛은 울컥한 목소리로 겨우 답했다.

"피니어스 님, 아픈 곳은 없으세요?"

"네가 매일 이렇게 내 걱정을 해주니 아플 수야 없지."

저주가 풀린 후 피니어스는 불치병을 위한 의료 연구를 시작했다. 원래 피니어스는 의료 쪽으로는 천재라 불리는 인재였다.

의료 연구를 시작한 지 몇 년.

피니어스는 일부 불치병을 해결할 약을 만드는 쾌거를 이룩했다.

물론 모든 불치병이 해결된 건 아니었고 아직도 가야 할 길은 멀었다. 하지만 기분 좋은 시작은 틀림없기에 피니어스는 무척 기뻐했다.

아일렛이 나이를 먹어 기숙사에 들어가고 더는 보살핌이 필요 없게 되자 그는 의료 봉사를 직접 자원해 곳곳 다니기 시작했다.

"황후 전하, 오랜만에 뵙습니다."

아일렛과 포옹을 나눈 피니어스가 내게 다가왔다. 그러더니 내 옆에 선 셀피우스를 보며 흠칫 놀란 표정을 지었다.

"테오가 이렇게 어려졌을 리는 없고……."

"셀피우스입니다."

셀피우스의 자기소개에 피니어스가 놀란 눈을 부드럽게 휘었다.

"오랜만입니다, 피니어스 님."

"셀피는 키가 또 자랐구나! 이제는 '셀피'가 아니라 '황태자 전하'라고 불러도 되겠는걸."

"아닙니다. 전 피니어스 님께서 '셀피'라 불러주시는 게 좋아요."

장성한 셀피우스가 대견하고 흐뭇한지 피니어스는 좀처럼 웃음을 숨기지 못했다. 셀피우스의 어깨를 두드리는가 하면 머리부터 발끝까지 훑으며 고개를 끄덕이기도 했다.

'저 기분, 나도 알지.'

어릴 적 그렇게 귀엽고 말썽 부리던 셀피우스라고는 도무지 안 믿기겠지.

셀피우스와 인사를 끝낸 피니어스는 마지막으로 세르시아와 라리사한테 다가갔다. 세르시아가 고개를 가볍게 까닥여 인사했다.

"우리 황녀님."

피니어스가 부드러운 목소리로 라리사를 불렀다. 하지만 라리사는 어릴 적 본 피니어스를 기억 못 하는지 낯가리는 눈치였다.

"우응……."

라리사가 불편한 소리를 내며 세르시아의 머리카락을 꼭 쥐었다.

"하하, 저를 잊었을 법도 하죠."

피니어스는 예상이라도 한 것처럼 태연하게 웃었다. 그러더니 주머니에서 딸랑거리는 장난감을 꺼냈다.

딸랑!

장난감에서 명쾌한 소리가 나자 라리사가 힐끗 고개를 돌려 관심을 보였다. 피니어스는 아이를 다루는 법이 익숙한 것처럼 가볍게 흔들며 라리사와 눈을 맞췄다.

"생일 축하합니다, 우리 황녀님."

경계가 금세 풀렸는지 라리사가 볼을 발그레 붉히며 배시시 웃었다.

'금세 친해지겠네.'

뿌듯한 장면을 웃으며 보고 있자 어디선가 달콤한 향기가 퍼졌다. 향기에 이끌리듯 고개를 돌리자 케이크를 든 하인이 보였다.

그리고 뒤를 이어 위엄 있는 태도로 테르데오와 글로리아가 천천히 걸어왔다.

"다들 모였군."

"테오와 함께 케이크를 굽느라 늦었으니 이해해 주렴."

오랜만의 가족 모임이었다.

❋ ❋ ❋

테르데오가 직접 정성스럽게 구운 케이크를 식탁에 올렸다. 케이크까지 갖춰지자 제법 그럴싸했다.

"라리사 케이크! 케이크!"

한참 달콤한 간식을 좋아할 때라 케이크를 본 라리사는 흥분을 감추지 못했다. 힘차게 콧김을 뿜어댄 라리사가 눈을 반짝이며 세르시아의 품에서 버둥댔다.

"녀석. 제국의 황녀답게 힘도 세구나. 아주 훌륭해."

글로리아는 흥분한 라리사를 아주 흐뭇하게 바라봤다. 멀리서 지켜보던 유모가 황급히 다가와 라리사를 주인공 자리에 앉혀주며 진정시켰다.

글로리아를 마주하는 것도 꽤 오랜만이었다. 파티가 시작되기 전, 나는 글로리아한테 먼저 다가가 인사부터 건넸다.

"글로리아 님."

"샤샤."

글로리아가 반가운 기색으로 몸을 돌렸다. 그리고 내 얼굴을 확인하더니 미간을 찌푸렸다.

"얼굴이 핼쑥해졌구나. 근래 일이 많았니?"

내 얼굴이 핼쑥해졌나? 나는 얼굴을 더듬거리며 비스듬히 기울였다.

"특별히 그런 건 없었는데…… 아마 요새 이래저래 신경 쓰다 보니 피곤해져서 그런가 봐요."

"이런."

글로리아가 걱정스러운 표정으로 혀를 내찼다.

"힘든 일들은 직접 하지 말고 다른 사람한테 시키렴."

그렇게 말하고도 안심이 안 됐는지 글로리아가 뒤의 시녀한테 직접 말을 전했다.

"황후께서 드시는 음식에 더 신경 쓰도록 주방장에게 말을 전하거라. 보양식 위주로 내올 수 있도록 하고."

"네, 알겠습니다."

"황후를 모시는 사람이니 황후의 상태를 늘 신경 쓰거라."

글로리아의 따끔한 투에 시녀가 황급히 고개를 숙였다. 하지만 글로리아는 거기서 그치지 않았다. 그녀는 뒤에 서 있던 테르데오한테도 한마디를 거들었다.

"테오, 너도 바쁘겠다만 샤샤를 더 잘 신경 쓰렴. 네가 사랑하는 사람이니 네가 신경 써야지."

글로리아의 호된 억양에 테르데오가 황급히 다가와 나를 살폈다.

"진짜 낯빛이 안 좋은데."

"오늘 파티 준비한다고 일찍 일어나서 그럴 거예요."

"아니, 할머니의 말씀이 맞아. 아무래도 당분간은 편히 쉬는 게 좋겠어."

"내 몸 상태는 내가 제일 잘 알아요."

"요즘 아침에도 잘 못 일어나잖아."

테르데오의 단호한 반박에 할 말이 없어진 나는 머쓱한 표정으로 입술만 다물었다. 우리의 대화를 들은 피니어스가 놀란 표정으로 다가와 내 상태를 살피려 했다.

"이런. 황후 전하. 어디가 안 좋으신가요?"

아차. 우리 가족들이 나를 너무 과보호한다는 사실을 잠시 잊고 있었다.

나는 손사래 치고 뒤로 물러나며 아무 문제 없는 것처럼 활짝 웃었다.

"정말 괜찮아요. 생일 파티를 신경 썼더니 그런 것 같아요."

피곤해 보이는 얼굴을 열심히 문지르며 괜찮다는 걸 피력하자 테르데오가 어쩔 수 없다는 듯이 어깨를 감쌌다.

"그래도 당분간은 조심하자. 나한테는 그대가 제일 중요하니까."

"알겠어요."

내 말이 끝나기 무섭게 주인공 자리에 앉아 있던 라리사가 식탁을 가볍게 내리치며 재촉했다.

"아이, 참! 라리사 생일!"

인내심이 박살 난 라리사가 더는 기다리지 못하고 볼을 부풀렸다. 그제야 가족들의 시선이 라리사를 향해 쏠렸다.

"그래, 미안. 우리 주인공을 기다리게 했구나."

"응! 라리사 케이크!"

라리사가 흘러내리는 침을 닦으며 열정적인 눈으로 케이크를 바라봤다.

"라리사, 케이크가 마음에 드니?"

"응! 아빠! 좋아요!"

라리사가 흥분하며 좋아하는 모습이 마음에 드는지 테르데오가 흐뭇하게 웃었다. 부녀의 귀여운 모습을 보자 달콤한 설탕 향이 코끝을 간지럽혔다.

"라리사 촛불 후!"

라리사가 생일 초를 불겠다며 발을 앞뒤로 방방 흔들었다. 하녀가 생일 케이크에 초를 붙이려던 그때였다. 글로리아가 무언가 생각이 난 것처럼 가볍게 손뼉을 쳤다.

"아차. 생일 초를 불기 전에."

'응?'

글로리아가 손가락을 가볍게 까닥거리자 하인이 미리 준비되어 있던 누군가를 데리고 왔다.

하인의 뒤를 따라 들어온 사내가 우리 앞으로 쭈뼛쭈뼛 걸어왔다. 얼굴에 유화 물감이 묻은 채 배시시 웃는 모습이 순박해 보이는 사내였다.

"오늘의 모습을 초상화로 남기기 위해서 특별히 내 친구를 불렀단다."

"친구요?"

"그래. ……한스, 여긴 내 가족들."

한스? 익숙한 이름이었다. 어디서 들었었지?

"아!"

곰곰이 곱씹던 나는 떠오르는 기억에 가볍게 탄성을 내질렀다.

"화가!"

수도에서 너무도 유명하여 예약 잡기도 어렵다는 사내. 아주 예전에, 아데우스의 정체를 가늠케 하는 데 도움 준 바로 그 화가였다.

"제국의 찬란한 여명인 황제 폐하를 뵙습니다. 제국의 화려한 햇살인 황후 전하를 뵙습니다."

"오늘 한스가 우리의 초상화를 그려줄 거란다. ……라리사, 이 할머니의 생일 선물이란다."

글로리아의 인사에 라리사가 잔뜩 기대한 표정으로 입을 떡 벌렸다.

"그럼 자리는……."

한스는 익숙한 것처럼 바로 작업에 돌입했다. 그는 먼저 초상화가 잘 나올 구도와 장소를 찾아 두리번거렸다. 그리고 자리를 찾은 후 가져온 그의 작업 도구들을 주섬주섬 늘어놓았다.

그가 두 손을 공손히 모으고 고개를 숙였다.

"초상화를 완성하는 시간은 최소 오 일이 걸립니다. 전 준비를 마저 할 테니 파티가 끝난 후 말씀해 주시면 작업하러 오겠습니다."

꽤 오랜 시간이 지났지만, 가족 단체 초상화는 그려본 적이 없었다. 묘하게 가슴이 설렜다.

다른 가족들도 모두 같았는지 기대감에 어린 표정들이었다. 고개를 끄덕거리자 한스는 준비를 마저 하기 위해 나섰다.

"그럼 이번엔 내가 선물을 줄게, 라리사."

세르시아가 웃더니 준비해 온 선물을 라리사의 앞에 내려놓았다.

라리사가 두 눈을 반짝거리며 세르시아가 준 선물을 바라봤다.

나무와 실, 그리고 작은 유리통으로 만들어져 있었는데 유리통 안에는 반짝이는 보석들이 가득 담겨 있었다.

"셋시, 이게 뭐예요?"

"보석 뽑기 장난감."

"……보석 뽑기 장난감?"

"도르래의 원리를 이용한 장난감이라고 하더라고요. 자, 이렇게."

세르시아가 라리사의 앞에서 직접 시범을 보였다. 세르시아가 가볍게 조종하자 도르래가 움직였다. 작은 바구니가 앞으로 나가더니 유리통 안의 보석을 담아 자리로 되돌아와 아래로 떨어뜨렸다.

아래로 떨어진 보석은 이내 세르시아의 손바닥 위에 안착했다.

"이렇게 보석을 뽑아서 가지고 노는 장난감이래요. ……자, 라리사."

"우와아!"

"온갖 보석들이 안에 있으니 가지고 놀렴."

"우와아아아아! 고모!"

라리사가 두 볼을 발그레 붉히며 돌고래처럼 흥분의 소리를 질렀다. 세르시아가 단번에 의기양양한 표정으로 웃었다.

'보석을 뽑아서 가지고 논다니…….'

정말 우리 라리사는 어릴 때부터 배포가 남다르구나.

"이건 황녀님께 드리는 제 선물입니다. 좀처럼 구하기 힘든 희귀한 약초들을 조합해서 직접 만든 영양제입니다. 딸기 맛이 나니 먹기도 편할 겁니다."

"딸기!"

피니어스는 약초를 조합한 영양제를.

"라리사. 이건 내가 직접 그리고 쓴 동화책이야. 내가 매일 놀러 와서 읽어줄게."

아일렛은 직접 그리고 만든 동화책을.

"자, 라리사. 생일 축하해. 이건 오빠가 주는 선물."

"병아리 인형?"

"아니. 이건 인형처럼 보이지만 사실은 호신용품이야."

그리고 셀피우스는 인형처럼 생긴 호신용품을 선물했다.

"호신…… 우응?"

라리사가 고개를 갸웃거리자 셀피우스는 진지한 표정으로 노란 병아리 인형을 동생의 손에 쥐여줬다.

"누가 라리사를 괴롭히거나 맛있는 거 사준다고 끌고 가려고 하거든 이 인형을 세게 눌러."

"눌러?"

라리사가 고개를 양쪽으로 갸웃거리며 병아리 인형을 손으로 꾹 눌렀다.

그러자.

'빠빡!!! 빠빡빠빡빠빡빠빡!!'

귀가 찢어질 것처럼 듣기 싫은 괴성이 황궁 안에 크게 울려 퍼졌다.

"……!!"

갑작스러운 괴성에 가족들이 황급히 귀를 막았다. 옆에 있던 테르데오는 라리사의 두 귀를 막으며 혹여나 아이가 놀랄까 품에 꼭 안았다.

한참 분노하듯 울던 병아리 소리는 몇 분이 지나고 나서야 멈췄다.

괴성이 멈췄음에도 우리는 한참 아무런 말도 하지 못했다.

"이, 이게 뭐니? 셀피."

나는 황당한 눈으로 파급력이 대단한 병아리 인형을 두렵게 바라봤다. 하지만 셀피우스는 태연했다.

"우리 라리사는 예쁘고 똑똑하기까지 하니 혹시 모를 위험을 방지해야죠."

……나보다 더한 이 동생 바보.

"방금 봤지? 라리사. 이렇게 누르면 라리사가 어디에 있던지 오빠가 당장 달려가서 구해줄게."

"셀피, 네가 달려오기도 전에 기사들이 먼저 달려가겠다."

아니나 다를까 내 말이 끝나기 무섭게 황궁 기사단들이 힘차게 달려왔다.

"무슨 일이십니까!"

"폐하를 보호하라!!"

"안전한 곳으로 안내하겠습니다! 절 따라오시면 됩니다!"

누가 보면 전쟁이라도 난 줄 알겠어.

다급한 기사단의 반응에도 테르데오는 태연했다. 테르데오는 우선 라리사가 괜찮은 걸 확인한 후 품에서 내려뒀다. 라리사는 괴성을 내는 병아리 인형이 신기한지 손가락으로 콕콕 건드리며 웃고 있었다.

"아니. 별것 아니니 물러가도록 해."

테르데오가 가볍게 손짓하며 모인 기사단한테 물러가라 명령했다.

"하지만 이상한 소리가……."

"신경 쓰지 말도록."

테르데오의 단호한 목소리에 기사단들을 고개를 꾸벅거리고 빠르게 흩어졌다.

나는 가슴을 쓸어내린 후 라리사한테 다가갔다.

"라리사, 괜찮아? 안 놀랐어?"

"엄마 나 괜찮아! 오빠가 준 인형! 좋아!"

라리사가 병아리 인형을 품에 꼬옥 안았다.

'그렇게 세게 안았다가 또 눌리면 어쩌려고…….'

혹여나 인형이 또 눌려서 괴성을 지를까 조마조마했다. 내 마음을 아는지 모르는지 라리사는 병아리 인형을 흔들며 셀피우스한테 환하게 웃었다.

"오빠! 괴롭히면 누를게!"

라리사가 천사처럼 해맑게 웃었다. 그 미소를 보고 나니 셀피우스의 선물이 적절한 것 같기도 했다.

'그래, 저렇게 천사 같은데 호신용품 하나 정도는 있어야지.'

그리고 가족들 모두 나와 같은 생각인 것 같았다.

"셀피, 네가 아주 좋은 선물을 했구나. 라리사는 어리니까 보호해야지. 라리사, 인형을 세게 누르면 오빠도 달려가고 아빠도 달려갈게."

"테오 말이 맞아. 우리 예쁜 라리사는 고모가 지켜줄게요. 무슨 일 있으면 꼭 세게 눌러. 알았지?"

테르데오와 세르시아를 번갈아 보던 라리사가 배시시 웃으며 병아리 인형을 가리켰다.

"또 눌러?"

"아니! 지금 누르진 말고!"

"나중에 위험할 때!"

셀피우스는 라리사의 머리를 쓰다듬으며 흐뭇하게 웃었다.

셀피우스의 선물을 마지막으로 가족 선물 증정식이 끝났다. 라리사 앞으로 도착한 수많은 선물은 차근차근 뜯어보기로 했다.

"자, 이제 라리사가 그렇게 기다리고 기다리던 생일 초를 불어볼까?"

글로리아가 케이크에 초를 붙이라 하녀를 향해 손짓했다. 케이크에 일렁이는 생일 초가 붙자 라리사가 잇몸이 마르도록 활짝 웃으며 절로 손뼉 쳤다.

"생일 축하해, 라리사."

"사랑하는 내 딸, 생일 축하해!"

"내 동생, 세 번째 생일을 축하해."

"사랑하는 라리사! 생일을 진심으로 축하해!"

가족들이 연달아 축하를 건네자 라리사가 두 볼을 발그레 붉히며 주변을 두리번거렸다. 자신을 보며 환하게 웃는 가족들의 얼굴이 기쁜 모양이었다.

라리사가 작은 손으로 한껏 달아오른 두 볼을 감싸며 꺄앙 웃었다.

"라리사도 축하해! 꺄앙!"

라리사가 축하한다는 가족들의 말을 따라 하며 손뼉을 짝짝 마주쳤다.

"라리사, 이제 초 불자."

"응! 라리사 소원 빌 거야!"

케이크를 앞으로 밀어주자 라리사가 손을 모으고 두 눈을 꼬옥 감았다. 라리사가 앙증맞은 입술을 오물오물 움직이며 소원을 빌었다.

감긴 눈은 한참이나 뜰 기미가 보이지 않았다.

'귀여워라.'

쿡쿡 절로 웃음이 터졌다. 나는 소원 빌기에 열중하는 라리사의 볼을 손가락으로 콕 찔렀다.

"라리사. 초 꺼지겠다."

"응!"

라리사가 눈을 번쩍 떴다. 그리고 숨을 크게 들이키더니 힘차게 후- 초를 불었다.

"라리사. 무슨 소원 빌었어?"

"비밀!"

"엄마한테만 살짝 말해주면 안 돼?"

"우음······."

작게 고민하던 라리사가 중대한 비밀을 말하는 것처럼 귓가로 다가왔다. 그러더니 입 모양이 보이지 않도록 손을 모았다.

"라리사도 동생 갖고 싶다고!"

목소리를 조절할 줄 모르는 아이였기에 라리사는 비밀스럽게 다가온 게 무색할 정도로 크게 외쳤다.

갑작스럽게 터진 파격적인 소원에 어안이 벙벙했다.

"뭐, 뭐?"

"셀피 오빠도 동생 있고! 아일렛 언니도 동생 있는데! 라리사만 동생 없어! 라리사도 동생!"

셀피우스와 아일렛의 동생은 너잖아, 라리사. 왜 소원이 그런 방향으로 가는 거니?

뭐라고 말해야 할지 생각이 나지 않아 멍하니 라리사만 바라보자 테르데오가 다가와 슬쩍 허리를 감쌌다.

"우리 라리사. 동생 갖고 싶어?"

"응!"

"그렇구나."

테르데오가 날 보며 능구렁이처럼 웃었다. 우리의 모습을 바라보는 가족들도 덩달아 함께 활짝 웃고 있었다.

"라, 라리사. 동, 동생이 있으면 이 장난감들 다 양보해야 할지도 모르는데?"

이 나이대의 아이들은 독점욕이 강한 게 아니었나?

"괜찮아! 셀피 오빠도, 아일렛 언니도! 라리사한테 양보해 주니까! 라리사도 양보해!"

셀피우스도 그렇고, 아일렛도 그렇고. 게다가 라리사까지.

'우리 아이들은 대체 왜 이렇게 다들 착한 거야!'

동생한테 양보할 생각부터 하다니.

나는 흐뭇한 가족들의 시선을 의식하며 대화 주제를 자연스럽게 바꿨다.

"라, 라리사. 그건 나중에 얘기하고…… 우리 선물 뭐 뭐 왔는지 뜯어서 볼까?"

"아차! 선물! 선물 좋아!"
라리사가 신나서 산더미처럼 쌓인 선물들을 향해 손을 뻗었다.

❄ ❄ ❄

라리사의 생일 파티가 무사히 끝났다. 초상화 작업도 해야 했기에 가족들은 당분간 황궁에 머물기로 했다.
시간이 많이 흐르고 뿔뿔이 흩어졌던 가족들이 예전처럼 함께 지낸다고 생각하니 기분이 좋았다.
"아까 봤어?"
씻고 나왔는지 젖은 머리의 물기를 수건으로 털어낸 테르데오가 침대로 다가왔다.
"뭘요?"
"라리사가 내가 만든 케이크 남김없이 다 먹었어."
그는 자연스럽게 같은 이불 속으로 들어와 내 머릿밑으로 팔을 넣어 팔베개를 해줬다.
"케이크 맛있었어요. 나날이 실력이 좋아지는데요?"
이젠 나도 테르데오의 품에 안겨 잠이 드는 게 익숙했다. 가끔 테르데오가 일 때문에 늦으면 허전해서 잠이 오지 않을 정도였다.
"작년에 먹었던 생일 케이크가 맛있었어, 아니면 올해 생일 케이크가 맛있었어?"
"음. 어려운 질문이네요."
테르데오가 내심 긴장하는 표정으로 마른침을 삼켰다. 파티시에가 될 것도 아니면서 왜 저렇게 진지하담.
그 모습을 보니 절로 장난기가 발동했다.
"그러고 보니 작년에 먹었던 생일 케이크는 달콤했는데……."
"올해 케이크는 달콤하지 않았어?"

테르데오가 놀란 눈을 뜨고 재촉했다.

"으음……."

말을 잇지 않자 어서 대답해 달라는 듯이 테르데오가 내 허리를 감싸며 품으로 당겼다. 입가에 미소를 띤 나는 그의 품에 안기며 답했다.

"올해 먹은 케이크는 훌륭했어요."

"놀랐잖아."

테르데오가 안도의 웃음을 터뜨리며 내 목덜미에 얼굴을 묻었다.

"당신이 만들어 준 건데 맛없을 리가 없죠."

"그래도 샤샤, 당신과 셀피, 라리사한테는 특히 더 맛있는 것만 먹여주고 싶어."

모든 이를 아우르는 대제국의 황제. 늘 위엄 있고 성정이 잔혹하다 소문이 난 황제가 내 앞에서만 이토록 순한 양이 된다.

투정 부리듯 커다란 강아지처럼 품에 안기는 모습도 나만 알고 있는 모습이었다. 오로지 나만이.

짜릿한 전율이었다.

"라리사도 맛있게 먹었잖아요."

"생각해 보니까 라리사는 원래 모든 음식을 다 맛있게 먹어."

그렇기는 하지. 먹성 좋은 내 딸.

오늘 생일 파티 때, 양손과 볼에 잔뜩 케이크를 묻히며 먹던 라리사를 떠올리자 다시금 절로 웃음이 터졌다.

"풋."

"왜 웃어?"

"아까 라리사가 케이크 먹는 모습을 생각했더니 너무 귀여워서요."

"라리사는 샤샤, 그대를 닮았어."

"나요?"

"응, 둘 다 귀여워."

테르데오가 손을 뻗더니 내 턱을 움켜쥐었다. 그리고 그대로 슬며시 올려 진하게 키스했다.

농밀한 키스가 짙게 이어졌다. 야릇하게 들리는 숨소리가 뜨겁게 달아올랐다. 분위기가 불에 타는 것처럼 달아오르던 그때였다.

"아차."

테르데오가 작게 탄성을 뱉더니 별안간 입술을 뗐다. 입술이 촉, 물기 어린 소리를 내며 예고 없이 떨어졌다.

"테오?"

갑작스러운 상황에 고개를 갸웃거리자 그가 하체를 뒤로 쑥 뺐다. 뜨겁게 달아오르던 분위기가 무색할 만큼 테르데오는 얼굴을 구기고 있었다.

항상 저돌적으로 달려들었지 이렇게 뒤로 도망간 적은 한 번도 없었는데.

"왜 그래요?"

어디 아프기라도 한 걸까? 갑작스러운 상황에 놀란 나는 테르데오를 살폈다. 나와 시선을 맞춘 그가 깊게 숨을 내쉬었다.

"하."

뭔가를 꾹 참는 것처럼.

테르데오가 미간을 찌푸리며 동시에 손바닥으로 자신의 눈가를 가렸다.

"살면서 이런 고통은 처음이군."

고통이라고?

"얼른 의사를 부를까요?"

나는 급하게 상체를 일으켜 테르데오의 손을 세게 잡아끌었다. 눈가를 가리던 손이 떨어지자 욕정으로 뜨겁게 불타오르는 눈동자가 드러났다.

"후."

시선이 마주치자 테르데오가 다시 숨을 깊게 내쉬었다. 영문을 알 수 없는 내가 고개를 갸웃거리자 손을 뻗은 그가 내 볼을 지분거렸다.

"자제하는 중이야."

"……갑자기?"

"여기서 멈추지 않으면 자제하지 못할 것 같아서."

"왜 자제하는데요?"

테르데오가 걱정과 근심이 담긴 눈동자로 나를 살폈다.

"아까 상태가 안 좋았잖아."

"설마 나 아플까 걱정돼서 키스를 멈춘 거예요?"

"그대의 몸 상태를 생각하지 못했어. 요즘 일도 많다며."

테르데오가 흘러내린 내 머리카락을 괜스레 만지작거렸다.

"잠이라도 일찍 재웠어야 했는데."

"……난 괜찮은데."

"아니, 내가 안 괜찮아."

테르데오는 단호했다. 그는 언제나 내 안전에 관련해서는 한 치의 양보 없이 단호했다.

"샤샤, 네가 힘들어하는 모습은 볼 수 없어."

"정말 아주 조금 피로한 것뿐인데."

"아주 조금도 안 돼."

"그래서 키스도 안 한다고요?"

못내 서운한 마음에 입술을 삐죽거렸다. 테르데오가 기분 좋게 웃으며 내 손목을 가볍게 끌어당겼다.

못 이기는 척 테르데오의 품으로 안기자 그가 팔베개를 해주며 내 등을 토닥였다.

"이것도 나 되게 참고 있는 거야. 지금 무척 괴로워."

테르데오가 내 어깨에 얼굴을 묻으며 뜨거운 숨을 토해냈다. 열띈 숨이 느껴지자 괜스레 미소가 퍼졌다.

'이런 것도 나쁘지 않네.'

나는 테르데오의 품을 집요하게 파고들며 그를 꼭 끌어안았다.

"키스도 안 했잖아요."

"사랑하는 여자가 눈앞에 있는데 당연히 키스하고 싶고 만지고 싶지."

"그럼 하면 되죠."

"됐어."

테르데오가 팔에 힘을 주고 나를 소중하게 껴안았다.

"그대를 아프게 하느니 내가 괴롭고 힘든 게 나아."

그의 심장 소리를 듣자 마음이 편안해졌다.

"알겠어요."

마치 부모의 자장가를 듣는 것처럼 스르르 절로 눈이 감겼다.

"그럼 당신의 바람대로 오늘은 나 편하게 잘게요."

눈을 감자 순식간에 몸이 나른해졌다. 근래 라리사의 생일 파티를 직접 꾸미겠다고 피곤하긴 했던 모양이다.

긴장되어 있던 몸에 힘이 풀리자 깊은 나락 속으로 빨려가듯 정신이 몽롱해졌다.

"잘 자."

꿀처럼 달콤한 테르데오의 인사를 마지막으로 나는 곤히 잠이 들었다.

※ ※ ※

"우으응."

나는 기분 좋은 잠투정과 함께 잠에서 깨어났다. 누가 깨워서 일어난 게 아니라, 모처럼 숙면을 했는지 절로 눈이 떠졌다.

침대에 누운 채로 눈만 끔뻑끔뻑하길 몇 분.

창문 너머로 저 멀리서 하녀들의 대화 소리, 병사들의 훈련 소리를 들으며 몸을 일으켰다. 기지개를 켜며 찌뿌둥한 몸을 풀며 보자 어느새 해가 중천에 떠 있었다.

"나 얼마나 잤지? 왜 아무도 안 깨웠을까."

"평소라면 티타임을 즐길 시간이니…… 오래 자긴 했지."

당연히 침실에 아무도 없을 줄 알고 했던 혼잣말에 쾡한 목소리로 답이 들려오자 깜짝 놀라 고개를 돌렸다.

그러자 눈 밑이 거뭇한 테르데오가 의자에 앉아 턱을 괸 채 날 보고 있었다.

"테오?"

왜 여기에 있지? 평소라면 회의에 가고도 남을 시간인데.

내 속내를 읽은 것처럼 테르데오가 메마른 눈가를 문지르며 나른하게 답했다.

"내가 하루쯤 빠진다고 해서 일이 안 돌아가진 않아."

"회의를 빠졌다고요?"

"나 대신 보좌관을 대리 참석 시켰으니 걱정할 것 없어."

갑자기 왜? 이유를 알 수 없어 고개를 갸웃거리자 테르데오가 별것 아니라는 듯이 어깨를 으쓱거렸다.

"그보다 잠은 잘 잤어?"

"어…… 네. 나는 잘 잤는데……."

나는 엉망이 된 테르데오의 모습을 위아래로 훑으며 눈을 깜빡거렸다.

"당신은…… 그렇게 보이지 않네요?"

"하아."

테르데오가 머리를 쥐어 싸매고 좌절했다.

"샤샤. 잠든 당신 볼에 입을 못 맞춘다는 게 이렇게도 고문일 줄 몰랐어."

"네?"

"당신은 모를 거야. 잠든 당신이 얼마나 귀여운지. 볼에 입을 맞추고 싶고 내 품에 파고든 그대를 껴안고 싶고, 키스하고 싶고, 그러다 보면, 하……."

테르데오가 진심으로 한탄했다. 그 모습이 너무도 귀여워서 나는 두 손으로 테르데오의 볼을 감싸 쥐고 얼굴을 들었다.

그리고 입술에 가볍게 쪽 입을 맞췄다.

"나는 당신 덕분에 푹 잘 잤어요, 테오."

짧은 입맞춤 한 번에 테르데오의 얼굴에 언제 그랬냐는 듯이 행복한 미소가 걸렸다. 그가 웃으며 다시 내 입술에 쪽 뽀뽀를 했다.

"그대가 잘 잤으면 된 거지."

"헤헤."

"몸은 어때? 무리하지 말고."

"난 괜찮으니까 테오, 당신이나 무리하지 말아요. 나 때문에 회의나 일을 미룬 거라면 지금이라도 가봐요. 난 이제 일어났으니까."

"아니. 오늘은 나도 쉴 거야."

괜찮다고 했는데도 뭐가 그렇게 걱정인지.

테르데오는 물가에 내놓은 아이를 살피듯이 나를 이곳저곳 꼼꼼하게도 바라봤다.

"못난 황제라고 해도 어쩔 수 없어. 나는 내 부인이 먼저거든."

"진짜 괜찮은데."

"게다가 나도 근래 열심히 일했으니까 나머지는 알아서 맡겨놔도 돼."

테르데오가 내게 손을 뻗었다.

"같이 브런치나 즐길까?"

어쩔 수 없지.

나는 그의 손을 마주 잡고 활짝 웃었다.

※ ※ ※

……라는 것도 한두 번이어야 귀엽지.
쾅!
나는 주먹으로 침대 위를 세게 내리치며 이를 갈았다.
"……테오, 이 망할."
라리사의 생일 파티 이후. 테르데오는 잠시 일을 멈추고 늘 내 곁에서 나를 살폈다.
행여나 내가 피곤하거나 지칠까 봐 아주 밤낮으로 애지중지 아끼면서.
그래, 밤낮으로 애지중지.
"이렇게까지 아껴서 뭐 하려고……!"
그리고 바로 그날 이후로 테르데오는 내게 손을 대지 않았다. 키스도 당연히 하지 않았다.
스킨십이라고는 고작 팔베개, 껴안고 자기, 머리 말려주기, 손잡고 산책, 볼 쓰다듬기, 모닝 뽀뽀와 굿 나이트 뽀뽀가 전부였다.
"예전에 글로리아 님께서 결혼식 때 했던 말씀이 맞아! '적당히'를 모르는 남자!"
쾅!
나는 혼자 분노하며 다시 죄 없는 침대를 내리쳤다.
그런 나날이 벌써 며칠째 이어지니 이상하게 서운함이 쌓여갔다.
고맙게도 테르데오 덕분에 요즘은 새벽이 오기도 전, 일찍 잠자리에 들었다. 이제까지 부족했던 잠을 몰아 자려는 건지 잠이 자꾸 늘어 일어나는 시간은 느지막한 오후였지만.
그건 무척 고마운 일이다. 고마운 일이지만…….

"하지만 그건 그거고. 서운한 건 서운한 거야."

나는 혼자 중얼거리며 테르데오의 베개를 주먹으로 툭툭 내리쳤다.

혼자 생각을 정리할수록 서운함이 배로 커졌다.

"혹시 그건 변명이고 이제 내가 싫어진 거 아냐?"

그러고 보니 예전에 부인들끼리 티 파티를 열었을 때, '권태기'라는 것에 대해 들은 기억이 났다.

'설마……'

내 생각이 터무니없는 곳으로 파고들어 가려 할 때쯤.

다행히도 침실 문이 열렸다. 그리고 내 원망의 대상인 테르데오가 레몬 타르트를 들고 왔다.

"샤샤."

침실에 상큼하고 달콤한 향기가 순식간에 훅 퍼졌다.

"요새 입맛이 통 없는 것 같길래."

침대 옆 간이 테이블에 레몬 타르트를 내려둔 테르데오가 내게 다가왔다. 그리고 나를 품에 가볍게 안아 들었다.

걷는 한 걸음도 아껴주듯이 그는 직접 날 의자에 옮겨줬다.

"내가 당신을 위해 직접 구웠어."

"……알아요."

"알고 있었어? 어떻게 알았어?"

"……주방장은 이렇게 끝을 그을리지 않아요. 내가 끝이 그을린 타르트를 좋아하는 걸 알아서 당신만 맨날 그렇게 만들어 주잖아요."

살짝 퉁명하게 말했는데도 테르데오는 햇살처럼 환히 눈부시게 웃었다.

"기쁜걸."

그가 레몬 타르트를 한 조각 덜어 직접 내 앞접시에 놔주었다.

"최근에 음식을 잘 못 먹던데."

그런 것까지 신경 써주고 있었나? 당연히 모르고 있을 줄 알았는데.

"달콤하고 상큼한 디저트를 먹으면 입맛이 돌 거야."

테르데오가 내게 포크를 내밀었다. 나는 조금 전까지 테르데오가 변했다고, 나쁘다면서 서운해하고 있었는데.

미안한 마음이 새어 나와서 그런지 이상하게 눈물이 터질 것 같았다. 괜스레 입술을 삐죽거려 봤지만 테르데오의 손등 위로 굵은 눈물이 방울져 떨어졌다.

"샤샤?"

"나는, 나는 당신이 변했다고…… 나쁘다고 했는데……."

"뭐?"

테르데오가 무슨 소리냐는 듯이 당황한 표정을 지었다. 그가 내게 보여주는 사랑은 이렇게 의심할 것도 없는데 나는 뭘 그렇게 서러워했을까.

사람 관계란 참 신기하다. 별것 아닌 일에 서러워하고 또 아무것도 아닌 일에 풀어지고.

"나는…… 당신이 이제 나 싫어진 줄 알고……."

"뭐라고?"

나는 테르데오의 소매를 살포시 움켜쥔 채 눈물을 뚝뚝 흘렸다.

"미안, 미안해요. 흐허엉."

테르데오가 포크를 내려두더니 가볍게 웃으며 날 달랬다.

"왜 그런 생각을 했어. 내가 뭐 잘못했어?"

"흐허헝…… 아니요. 당신은, 당신은 잘못한 게 없는데에…… 흐허헝."

정신없이 우는 날 보며 테르데오가 귀엽다는 것처럼 웃었다.

"흐허헝. 권, 태기가…… 온 줄 알고오……."

"뭐? 권, 뭐라고?"

"아이를 낳고 나면 흐허허헝…… 부부 사이가 소원해진다고 흐흑…… 그래서 나한테 키스도…… 키스도 안 하는 줄 알고…….."

테르데오가 웃으며 다정하게 나와 시선을 맞췄다.

"무슨 말이 그래? 세상에 그런 말이 어디 있어? 아이는 샤샤랑 나, 우리가 함께 결정해서 낳은 거잖아. 그런데 왜 아이를 낳고 사이가 소원해지겠어."

"흐허헝."

"권태기 같은 게 올 리가 없잖아. 매일 봐도 매일 새삼 반하고 있는걸."

테르데오가 내 모든 말에 반박하며 내 눈가를 부드럽게 닦아줬다. 기다란 손가락이 눈 밑을 달콤하게 스치자 왈칵 더 눈물이 솟구쳤다.

'뭐가 이렇게 서럽다고 눈물이 나는 거야…….'

내가 생각해도 어이가 없었다. 대체 왜 이러는 건지 내 감정인데도 제어도 안 되고 설명할 수도 없었다.

나는 그치지 않는 눈물을 손등으로 연신 세게 닦아냈다.

"그래서 속상했어?"

테르데오가 부드럽게 물었다. 나는 차마 그렇다고 답하기 민망해서 대신 고개를 왼쪽으로 돌렸다. 그러자 그가 미소와 함께 내 두 손목을 아프지 않게 살살 잡았다.

"날 봐, 샤샤."

코를 훌쩍이며 고개를 돌리기 무섭게 그의 부드럽고 말캉거리는 입술이 내 입술 위로 날아들었다.

오랜만의 키스였다.

변하지 않은 사랑을 고백하듯 그의 키스는 여전히 애타면서 조급하고 또 뜨거웠다. 부드러우면서도 강렬하게 부딪쳐 오는 그의 키스를 받아내자 어느새 눈물이 멈춰 있었다.

목마르던 갈증을 해결한 입맞춤이 떨어지자 아쉬운 마음이 먼저 들었다.

"오해하지 마."

미처 해결하지 못한 욕망에 뒤덮인 테르데오의 목소리가 낮은 울림을 냈다.

"널 너무 사랑하니까. 내 욕심 먼저 부리고 싶지 않은 거야. 한낱 이런 욕구보다는 내겐 네가 먼저니까."

"······테오."

"그대가 아프지만 않으면 나는······."

테르데오가 확 다가오더니 내 목덜미에 가볍게 입술을 묻었다. 새의 깃털처럼 간지러운 느낌이 온몸에 퍼지자 절로 어깨가 움츠러들었다.

"며칠이건 상관없이 그대를 내 품에 가둬놓고 싶다는 걸 알아둬."

"······!"

테르데오가 고개를 들더니 장난스레 씩 웃었다.

"그래서 자제하는 중이니까 오해하지 마."

신기한 일이다. 고작 말 한마디와 키스에 서러웠던 감정이 눈 녹아내리듯 사라졌다. 나는 소매로 눈과 코를 닦은 후 고개를 돌렸다.

"······미안해요."

"그대가 미안할 건 없어. 그대를 외롭고 불안하게 만들었다면 그건 내 잘못이지. 요즘 일찍 잠들어서 그런지 건강도 되찾는 중인 것 같은데."

테르데오가 손을 뻗어 포크를 쥐었다. 그리고 레몬 타르트를 먹기 좋게 잘라 내 입에 쏙 넣어줬다.

"내일 밤부터는 각오해."

"네?"

"마침 잘됐어. 나도 더는 참기 힘들었거든."

테르데오가 야살스럽게 웃었다. 내가 민망하지 않도록 배려해 주는 게 틀림없었다.

'이런 남자한테 서운해하다니. 나 정말 나쁘다.'

나는 두 손을 뻗어 테르데오의 목을 세게 끌어안았다.

"미안해요. 나도 왜 그러는지 모르겠는데⋯⋯ 요새 감정 제어가 좀 어려워요. 당신한테 화풀이해서는 안 됐는데⋯⋯."

"화풀이하면 어때."

"네?"

"내게 화풀이해서 그대의 기분이 나아진다면 매일 해도 좋아."

테르데오가 모두 이해한다는 것처럼 내 등을 토닥였다.

"그때 몸을 혹사했던 게 오래가나 봐요. 요새 몸도 좀 뜨겁거든요."

"몸이 뜨겁다고? 왜 말 안 했어. 열이 있는 건 아니고?"

테르데오가 걱정스러운 표정으로 내 이마를 짚었다. 그는 언제나 이렇게 내 걱정뿐인데.

"아니요, 열은 없어요. 그냥 피곤해서 체온이 상승한 것 같아요."

"의사를 부를까?"

"내일이요."

나는 테르데오를 다시 꼬옥 감싸 안았다.

"지금은 당신이랑 함께 있고 싶어요."

내 투정에 테르데오가 어쩔 수 없다는 듯이 나를 안으며 다독거렸다. 내 불안과 투정까지 당연한 것처럼 감싸 안아준다.

나는 그의 어깨에 얼굴을 비비적거리며 작게 속삭였다.

"사랑해요."

"나도 사랑해."

그리고 다음 날.

나는 그간 들쑥날쑥 이해할 수 없던 내 감정의 원인을 찾을 수 있었다.

"지금…… 뭐라고 했지?"

나는 어안이 벙벙한 얼굴로 의사를 바라봤다. 의사는 활짝 웃으며 방금 내게 했던 말을 다시금 크게 외쳤다.

"축하드립니다! 임신입니다!"

나는 한참 눈을 깜빡거렸다. 의사와 내 시선이 허공에서 한참 부딪쳤다.

'……지금 뭐라고 했지.'

나는 슬쩍 손을 들어 귀를 건드렸다. 손가락이 머리카락을 스치는 소리가 잘 들리는 걸 보니 청력에 이상은 없는데.

분명 뭘 잘못 들은 줄 알았는데…… 아닌 모양이다.

놀란 얼굴을 숨기지 못하자 의사가 내 손을 이불 속으로 넣어주었다.

"하하. 모르고 계셨나 봅니다."

"말도 안 돼."

나는 손바닥으로 눈가를 가리며 고개를 숙였다.

그래, 왜 생각도 못 했을까.

다시 곰곰이 생각해 보니까 라리사 때 다 겪었던 증상들이었다!

체온 상승도! 주체할 수 없는 감정 기복도! 입맛 없고 잠 많은 것도! 전부, 모든 증상이 전부!

'생각도 못 했어…….'

하지만 의심조차 못 했다. 정신이 너무 없던 탓도 있었고……. 라리사를 임신했을 때는 아이를 갖기 위해 테르데오와 날짜를 맞추는 등 서로 노력을 했었으니까.

아주 작은 증상에도 부리나케 의사부터 찾았으니 어쩌면 당연한 이야기였다.

하지만 이번은 달랐다.

'어디 보자. 근래엔 술도 안 먹었고 약도 안 먹었고…….'

나는 아직 평평한 아랫배에 조심스럽게 손을 얹었다. 이미 두 아이의 엄마고 한 번의 임신과 출산을 경험했는데도 실감이 나지 않았다.

나도 모르게 배 속 아이한테 해가 갈 만한 일을 한 건 없는지부터 떠올리며 생각을 정리했다.

'테오가 최근에 참아서 다행인 건가……'

기억을 곱씹다 보니 나도 모르게 진지한 얼굴이 되었는지 의사가 나를 조심스럽게 불렀다.

"저…… 황후 전하?"

나는 생각을 지우고 퍼뜩 고개를 들었다. 여전히 같은 자리에 앉은 의사가 걱정스러운 표정으로 날 바라보고 있었다.

"혹시 뭐 걱정되시는 거라도……."

"아닐세."

나는 얼떨떨한 표정을 지우고 웃어 보였다. 내가 미소를 보이니 그제야 의사도 한시름 놓았다는 듯이 따라 웃었다.

"오늘 있던 일은 폐하께 내가 직접 말씀드릴 테니 그전까진 다른 사람들한테도 말을 삼가게."

"알겠습니다, 황후 전하."

의사는 몸의 기력을 보충시킬 수 있도록 주방장에게 말을 전하겠다고 하며 물러갔다. 나는 이 얘기를 함께 들은 시녀들 역시 입단속을 철저히 시킨 후 침실에서 내보냈다.

혼자가 된 침실은 고요했다.

나는 침대 헤드에 등을 기대고 가만히 배를 문질렀다. 손바닥 너머로 이상하게도 따스한 온기가 퍼지는 것 같았다.

"……언제 왔니, 내 아가."

당연히 대답이 들릴 리는 없겠다만.

헛웃음을 지으며 나는 아직 아이라고는 조금도 느껴지지 않는 편편한 배를 괜스레 몇 번이나 쓰다듬었다.

※ ※ ※

늦은 밤이었다. 까무룩 잠이 들었던 나는 누군가가 머리카락을 쓰다듬는 손길에 잠에서 깨어났다.

굳은살이 박여 단단하면서도 커다란 손. 하지만 날 쓰다듬는 이 손길만큼은 언제나 부드러웠다.

벌써 몇 년이 흘렀는데도 여전히 조심스러운 손길에 기분 좋은 미소가 번졌다.

"……자꾸 잠든 날 만지면 잠에서 깰 수밖에 없어요, 테오."

낮게 깔린 목소리로 알아들을 수 없게 중얼거렸는데도 용케 알아들었는지 그가 피식 웃었다. 작은 웃음이 제법 듣기 좋았다.

"알아."

내가 잠에서 깨어났기 때문인지 테르데오가 조금 더 과감히 내 머리카락을 뒤로 넘겼다.

"알면서도 깨운 거예요?"

"어쩔 수 없었어. 그 두 눈에 내가 담겼을 때, 그제야 비로소 숨이 트이거든."

장난스러우면서도 제법 진지한 말투였다. 그 말에 감고 있던 눈이 번쩍 뜨였다. 눈이 뜨이자 테르데오가 내 눈에 담기기 위해 애쓰듯 상체를 숙였다.

나는 고개를 쭉 내밀고 테르데오를 정면으로 바라보며 배시시 미소지었다.

"이렇게요?"

"좋은데."

"이제 숨 좀 트여요?"

천천히 상체를 일으키자 테르데오가 나지막이 웃으며 나를 끌어안았다. 그의 뜨거운 숨이 어깨에 여실히 느껴졌다.

그가 어깨에 얼굴을 묻고 걱정스러운 목소리로 물었다.

"오늘 의사가 다녀갔다며."

"맞아요."

"어떤지 상태를 물어봐도 말하지 않던데."

"의사를 따로 불러서 추궁했어요?"

"그랬는데 별 소득은 없었어. 그대한테 직접 들으라고만 하더군."

다행히도 의사가 나와 한 약속을 지킨 모양이었다.

"어디 크게 아픈 건 아니지?"

"크게 아픈 건 아니지만……."

"아니지만?"

나는 안겨 있던 테르데오의 품을 벗어나 그를 마주 봤다. 내 두 눈 속에 담긴 테르데오는 걱정되어 죽을 것 같다는 표정을 하고 있었다.

"우리 가족 구성원이 달라질 것 같아요."

"뭐? 그게 무슨 소리야?"

테르데오가 고개를 비스듬히 기울이며 눈썹을 치켜떴다. 진지하기만 한 그의 모습에 기분이 좋았다.

나는 두 손을 뻗어 테르데오의 목을 끌어안으며 웃었다.

"왜 그래? 정말 어디 아프기라도 한 거야?"

테르데오가 내 힘에 자연스럽게 끌려오며 허리를 감싸 안았다.

"테오."

"응, 말해."

"당신 이제 세 아이의 아빠겠네요."

"뭐?"

내 품을 벗어난 테르데오가 얼떨떨한 표정을 지었다.

'의사한테 처음 얘기를 들었을 때 나도 저런 표정이었을까?'

테르데오는 숨을 쉬는 걸 잊은 사람처럼 멍하니 눈만 깜빡였다.

"당신 이제."

나는 정신을 못 차리는 테르데오의 손을 끌어다 내 배 위에 얹었다.

"세 아이의 아빠라고요."

"헉."

말이 끝나기 무섭게 테르데오가 짧은 숨을 크게 들이켰다. 그의 붉은 눈동자가 손바닥이 닿은 내 배를 향했다.

"지금, 지금 뭐라고 했어? 샤샤."

숱한 전쟁에 참여했을 때조차 절대 떨리지 않던 테르데오의 목소리가, 그리고 손이.

라리사를 임신하고 출산할 때 이후 처음으로 떨리고 있었다.

저 대단한 남자를 떨리게 하다니. 나는 터지는 웃음을 참지 못하고 푸훗 크게 웃었다.

"라리사의 소원이 강력했나 봐요."

"……정말?"

테르데오가 동그랗게 뜬 눈을 깜빡거리며 믿기지 않는 목소리로 물었다.

"정말 라리사의 동생이?"

"아까 의사가 직접 확인했으니까 분명하겠죠."

테르데오가 감격에 겨운 표정으로 내 배를 가만히 바라봤다. 그러더니 이내 천천히, 조심스럽게 배에 얹었던 손을 떼고 내 어깨를 끌어안았다.

"……고마워."

나도 그의 허리를 세게 끌어안으며 가슴팍에 얼굴을 묻었다.

"뭐가 고마워요?"

"그냥. 전부 모든 게. 그대의 모든 것이 내겐 마치 꿈 같아. 그대를 만난 후 내 인생이 송두리째 바뀌었어."

"나도 그래요. 테오, 당신을 만난 덕에 내 인생도 이렇게 바뀔 수 있었어요."

"······정말 고마워."

감격에 겨운 테르데오의 목소리가 떨리는 것 같았다. 게다가 어깨도 축축해지는 것 같고.

"내가 더 잘할게."

저 덩치 큰 남자가 지금 내 앞에서 눈물을 보이고 있었다.

나는 그의 눈물을 모른 척하며 짐짓 웃었다.

"지금도 충분히 잘해주고 있는데. 여기서 더 어떻게 잘하려고요?"

"그래도 더 잘할게. 앞으로는 일도 줄이고 그대 혼자 잠들게 하지 않을게. 아니, 여행 가자. 그냥 다 놔두고 우리 가족끼리 여행 가자."

"보좌관이 뒤에서 엄청 욕할걸요."

"괜찮아. 그대를 위해서라면 욕 듣고 말지."

코를 훌쩍인 테르데오가 급히 손바닥으로 얼굴을 대충 쓸어내렸다. 눈물을 닦은 후 그는 안겨 있던 날 품에서 놓았다. 그리고 빨갛게 충혈된 눈으로 날 지그시 응시했다.

"사랑해. 네가 없는 나는 상상도 할 수 없을 만큼."

"나도 마찬가지예요."

우리는 서로를 마주 보며 행복하게 웃었다. 한참 웃던 테르데오가 믿기지 않는 것처럼 내 배에 다시 손을 얹었다.

"라리사 임신했을 때도 실감 안 났는데. 지금은 더 안 나. ······혹시 이게 꿈은 아니겠지?"

테르데오가 진지한 표정으로 자신의 허벅지를 세게 꼬집었다. 살이 비틀리는 소리가 들릴 때까지 세게 꼬집고 난 후에야 그는 손을 놓았다.

"아픈 걸 보니 꿈은 아닌 것 같아."

"당연히 아니죠! 라리사를 임신했을 때도 그렇게 세게 꼬집어서 피멍 들었었잖아요. 안 아파요?"

"이 정도쯤은 별것 아냐."

정말 못 말린다니까.

"……내일 셀피와 라리사한테도 말해줘야겠어요. 라리사도 이제 동생이 생기겠네요."

"그대는 앞으로 일하지 말도록 해."

"아직은 괜찮은데요? 마무리는 해야죠."

"안 돼. 안정해야지."

테르데오가 나를 편하게 눕히며 팔베개를 했다.

"그대 대신 일할 사람은 넘쳐나."

그는 밤새 내 등을 토닥거리며 자장가를 흥얼거렸다.

❈ ❈ ❈

황제의 집무실.

서류가 수북이 쌓인 책상 위에서 테르데오가 턱을 괸 채 권태로운 표정으로 손가락을 까닥거렸다.

"이것도 아니고. 저것도 아니야."

그는 책상 위 놓여 있는 한 장의 종이를 꿰뚫어 버릴 것처럼 매섭게 노려봤다. 너무 노려봐서 종이가 불타는 건 아닐까 걱정이 될 정도였다.

보좌관이 테르데오를 힐끔 곁눈질로 살폈다.

'혹시 전쟁이라도 일어나는 걸까?'

타국에서 선전포고라도 온 건가. 아니면 침략이라도 하겠다고 경고장이라도 보냈나?

보다 못한 보좌관이 고개를 갸웃거리며 큼큼 헛기침했다. 그리고 슬쩍 운을 뗐다.

"폐하."

들려오는 답은 없었다. 보좌관이 다시 목소리에 힘을 실어 말했다.

"왜 그러십니까?"

하지만 여전히 집중한 테르데오의 귀에 들릴 리가 만무했다.

"이건 너무 약하고."

보좌관은 다시 말을 거는 대신 귀를 쫑긋 세워 테르데오의 중얼거림에 집중했다.

"이건 힘이 없어 보이고."

약하고 힘이 없다? 병사들을 말하는 걸까? 보좌관이 가늘어진 눈으로 혼잣말을 유추하며 허벅지를 툭툭 내리쳤다.

"이건 너무 포악해 보이고. 이건 아름답지 않고."

포악하고 아름답지 않다고? 예술품 목록을 확인하시는 걸까?

아무리 들어도 대체 테르데오가 지금 뭘 하는지 감이 오지 않았다. 오늘 처리해야 할 일들에 저런 내용의 일은 없었던 것 같은데.

보좌관은 오늘 테르데오가 처리할 일의 목록을 떠올리며 고개를 갸웃거렸다.

그때 집무실 문 너머로 정중한 노크가 들렸다. 하지만 노크 소리가 들릴 리 만무했다.

"폐하. 문을 열겠습니다."

테르데오는 종이에서 눈을 떼지 않은 채 가볍게 펜을 든 손을 까닥였다.

보좌관이 허락하자 하인들이 문을 열었다.

"폐하."

들어선 이는 이젠 솔다드 백작이라 불리는 아데우스였다.

내내 보좌관의 말을 허투루 흘려듣던 테르데오가 처음으로 종이에서 눈을 뗐다. 그리고 반가운 기색으로 자리에서 냉큼 일어섰다.

"솔다드 경."

그는 제3 황실 기사단의 책임자를 맡고 있었다. 테르데오가 다가가자 아데우스가 특유의 미소로 방긋 웃으며 축하를 건넸다.

"황후 전하의 소식을 들었습니다. 축하드립니다."

"샤샤를 만나고 오는 길인가?"

"아직입니다. 폐하께 보고도 드릴 겸 먼저 왔습니다."

"아직도 거짓말에 능숙하군."

"정말입니다. 보고를 드린 후 황후 전하를 뵈러 가야 조금이라도 오래 차를 마실 수 있으니까요. 아니면 황후 전하와의 즐거운 티타임을 중단하고 폐하께 보고드리러 와야 하잖아요."

능청스러운 아데우스의 모습에 테르데오가 웃었다. 그러더니 책상 위, 한참 노려보고 있던 종이를 손에 들고 왔다.

"마침 잘 왔어. 혼자 결정하긴 어려운 문제라서 말이야."

"네? 무슨 일이 있습니까?"

"그래, 이거야."

테르데오가 종이를 내밀었다. 웃으며 종이로 시선을 돌린 아데우스의 얼굴이 굳어졌다.

"이건 정말 어렵군요."

보좌관이 이때다 싶었는지 옷매무새를 정리하며 자리에서 일어섰다.

황제가 혼자 결정하기 어려운 문제라니. 이럴 때일수록 내가 나서줘야지.

보좌관이 엣헴, 목을 가다듬었다. 그는 허리를 쭉 펴고 두 사람한테 자연스럽게 다가섰다.

"솔다드 경. 경의 생각은 어때?"

"이런 중요한 문제를 저와 상의해도 되는 겁니까?"

"일단 후보 뽑기니까. 어차피 결정권은 우리한테 없어."

두 사람이 신중하게 보는 종이를 곁눈질로 보기 위해 다가가던 보좌관이 놀란 눈을 떴다. 그러더니 말도 안 된다는 것처럼 황급히 반박했다.

"이 제국의 황제이신 폐하께 결정권이 없다면, 대체 누구한테 결정권이 있다는 말입니까! 폐하는 많은 제국민의 아버지입니다! 폐하를 대신할 사람은 아무도 없습니다!"

보좌관의 외침에도 테르데오는 꿈쩍하지 않았다.

도대체 무슨 일이길래!

보좌관이 까치발을 들고 두 사람이 신중히 바라보는 종이로 시선을 돌렸다. 마구잡이로 글씨가 쓰여 있는 걸 보니 공식적인 서류는 아닌 것 같았다.

눈을 가늘게 뜨자 흐트러진 글씨가 보였다.

'에클레어. 푸딩. 벨라. 카시어스. 라즈베리. 로즈. 벨리안. 메리야. 행크.'

"이게 다 뭡니까?"

"이건……."

"먹는 겁니까?"

보좌관의 흐리멍덩한 목소리가 끝나기 무섭게 두 남자가 살기 넘치는 눈동자를 빛냈다. 무서운 두 남자의 시선을 동시에 받게 된 보좌관이 황급히 뒤로 물러섰다.

살고자 하는 본능이었다.

"먹, 먹는 게 아닙니까?"

"감히 황족의 태명을 지금 먹는 것이라고 한 건가?"

"너무하셨습니다."

"태, 태명이라고요?"

보좌관이 어이없다는 목소리로 '이게요?'라고 혼자 중얼거렸다. 그의 시선이 다시 종이에 꽂혔다.

그럼 오늘 하루 내내 계속 보고 있던 게 일이 아니라 태명이었나! 절규가 나올 것 같았으나 보좌관은 애써 꾹 참았다.

아데우스가 놀란 보좌관을 보며 진중한 목소리로 덧붙였다.

"미래의 황녀 혹은 황자 전하의 태명이시니 그 어떤 일보다 중요한 일이죠. 고민하는 게 맞습니다."

"……네."

이름도 아니고 태명 짓는 게 이렇게까지 어려운 일인가.

두 사람의 진지한 태도에 기가 눌린 보좌관이 입술을 꾹 다물었다. 그리고 터덜터덜 뒤로 돌아 자리로 돌아갔다.

저 이상한 대화에 끼어들고 싶은 마음은 추호도 없었다. 무엇보다 빨리 자기 일을 끝내놔야 할 것 같았다.

'오늘 종일 태명 짓기만 하셨으니 일은 하나도 안 하셨다는 거잖아.'

좋지 않은 예감이 들었다. 보좌관이 일에 집중하려 하자 두 사람은 다시 시선을 돌려 종이를 유심히 살폈다.

하지만 마땅히 마음에 드는 게 없는지 몇 분이 지나도록 고심만 할 뿐이었다.

보좌관이 책상 구석에 잔뜩 쌓인 서류를 바라보고 슬쩍 말을 걸었다.

"일 안 하십니까, 폐하?"

"이게 먼저지."

"가족이 먼저죠."

보좌관의 말에 두 사람이 동시에 답했다. 태명을 짓기 전까진 도무지 일할 분위기가 아니었다.

'태명부터 지어야 일을 하시겠군.'

뭐라도 던지면 그중 하나는 건지겠지.

보좌관이 펜을 가볍게 돌리며 흘리듯 중얼거렸다.

"하루를 시작하게 하는 새벽이라는 뜻을 딴 오로라?"

테르데오가 고개를 홱 돌리며 붉은 눈동자를 번뜩거렸다.

"오로라!!"

"……네?"

"마음에 들어! 시작인 새벽이라는 뜻도 마음에 들고! 아름다운 오로라!"

"이름을 지으시는 게 아니라 태명인데……."

"우리 아이에게 어울리는 태명이지!"

테르데오가 만족한 듯이 크게 웃자 아데우스가 옆에서 함께 끄덕거렸다.

"오로라. 뜻도 좋고 발음도 좋네요. 황자 전하든 황녀 전하든 어울리고요. 오로라는 아름답고 신비하기까지 하니까요."

아데우스가 존경한다는 눈으로 보좌관을 바라봤다.

"역시 머리가 좋으신 분답습니다."

연이은 칭찬에 보좌관이 웃음을 참지 못하며 광대를 씰룩였다. 큼큼 헛기침한 보좌관이 코 평수를 넓히며 물었다.

"큼큼. 폐하, 그럼 이제 일하시는 겁니까?"

"아니!"

"……네?"

태명을 결정했다는 사실에 테르데오가 크게 흥분하며 종이를 책상에 쾅 내려뒀다. 그리고 황급히 발걸음을 옮겼다.

"내 부인한테 어서 이걸 알려줘야 하니! 나는 이만 가도록 하지!"

"……네?"

"나머지는 알아서 처리하도록!"

"폐하! 폐하!"

보좌관이 황급히 테르데오를 불렀으나 그는 이미 문을 활짝 열고 저 멀리 사라지고 있었다.

"폐하! 일이 남았습니다!"

보좌관의 말이 들리는 것처럼 테르데오의 발걸음이 더욱 빨라졌다.

"그럼 저도 이만 황후 전하께 인사드리러 가보겠습니다."

멀어지는 테르데오를 보던 아데우스가 보좌관한테 정중하게 인사한 후 집무실을 나섰다.

졸지에 많은 양의 서류와 함께 남게 된 보좌관이 눈물을 흘리며 책상 앞에 앉았다.

※ ※ ※

셋째의 소식에 가족들은 모두 자기 일처럼 기뻐했다.

동생이 생긴다는 얘기에 라리사는 제자리에서 방방 뛰다 넘어질 뻔했고, 셀피우스는 벌써부터 태어날 동생의 침실을 꾸며주겠다며 야단법석을 떨었다.

황궁은 새로 맞이할 가족 맞이에 활기를 띠고 있었다.

안정기가 지나고 우리는 배가 더 불러오기 전, 멀지 않은 휴양지로 가볍게 여행을 떠나기로 했다.

바쁜 일과는 멀리 떨어져 예쁘고 좋은 것만 보며 느긋하게 태교를 즐기자는 테르데오의 제안이었다.

안정기에 돌입했다고는 하나 임신한 상태는 언제나 조심해야만 했다.

내 상태를 고려해야 했기에 여행에 가족들은 물론, 혹시 모를 일에 대비하기 위한 네 명의 의사, 그리고 시녀들은 물론이거니와 내 일거수일투족을 도와줄 많은 하녀. 위험하지 않도록 지킬 호위들까지.

모두 함께 여행을 떠나기로 했다.

그야말로 대이동이었다.

가족들은 곧 떠날 장기간의 여행을 위해 미리 일들을 처리하기 바빴다. 그러는 동안 나는 라리사와 배 속의 오로라와 함께 여유로운 나날들을 보냈다.

라리사는 하루가 다르게 점점 커가는 게 보였다. 이제 곧 동생이 생긴다는 책임감 때문에 그런지 공부에도 열중이었다.

발음이 새지 않도록 힘을 주고 천천히 말하려 했고, 가끔은 놀랄 정도로 긴 문장을 구사했다. 어떨 땐 어려운 단어도 척척 말했다.

하루가 다르게 아이가 자라는 모습은 내겐 처음이었기에 직접 눈으로 보면서도 너무 신기했다.

"엄마, 동생은 여자야, 남자야?"

"글쎄. 엄마도 모르겠어."

"우음. 궁금해."

"라리사는 동생이 여자였으면 좋겠어, 남자였으면 좋겠어?"

볕이 잘 드는 커다란 나무 아래.

"음. 라리사는 으음."

나는 언제든 배가 땅길 때를 대비해 준비된 긴 스툴에 기대어 앉아 있었고, 라리사는 귀여운 색색의 매트에 앉아 동생의 성별을 깊이 고민했다.

"우으으음."

라리사가 진중한 표정으로 턱을 쓸며 눈썹을 찡그렸다.

'누가 테오 딸 아니랄까 봐.'

눈썹 찡그리는 표정까지도 똑같다니까.

보고만 있어도 사랑스러운 딸의 모습에 절로 미소가 그려졌다.

"엄마! 나는!"

라리사가 결심한 표정으로 두 주먹을 불끈 쥐었다.
"라리사는!"
"결정했어? 엄마도 알려줘."
"응! 나는!"
라리사가 콧김을 내뿜으며 비장하게 외쳤다.
"여동생, 남동생 다!"
"……뭐?"
"엄마! 가능해?!"
가능하냐니. 아마 내가 결정하는 대로 동생의 성별이 결정되는 줄 아는 것 같았다.
나는 귀엽게 물어보는 어린이의 순수한 질문에 그만 실소를 터뜨렸다. 주변에 함께 있던 시녀들과 유모, 기사들도 덩달아 라리사를 보며 귀엽다는 듯이 웃었다.
"그건 엄마가 결정하는 게 아닌데."
"엄마가 안 돼?!"
라리사가 내 말에 큰 충격을 받은 표정으로 입을 떡 벌렸다. 그리고 혼자 '어떡하지?'라고 중얼거렸다.
그 모습이 귀여워서 쿡쿡 웃고 있자 저 멀리서 나를 부르는 익숙한 목소리가 들렸다.
"황후 전하."
고개를 돌리니 멀리서 햇살을 머금은 것 같은 금발을 휘날리며 아데우스가 걸어오고 있었다.
"아스 삼촌!"
매트 위에서 충격에 휩싸여 있던 라리사가 아데우스를 발견하기 무섭게 번쩍 일어났다. 그리고 맨발로 잔디를 밟으며 달려나갔다.
뛰어오는 라리사를 발견한 아데우스가 걸음을 멈추고 쭈그려 앉아 양팔을 넓게 벌렸다.

"삼촌!"

라리사가 아데우스의 품으로 세차게 뛰어올랐다. 그 반동에 아데우스의 몸이 뒤로 밀려났으나 그는 넘어지지 않고 라리사를 받아냈다.

"황녀 전하, 잘 지내셨나요?"

"응! 나랑 놀자! 삼촌!"

"하하, 네. 황후 전하께 인사부터 드리고요."

"안아줘! 삼촌! 엄마는 동생이 있어서 날 안을 수 없어!"

이젠 제법 무거운 라리사를 가볍게 한 손으로 안아 든 아데우스가 나한테 다가왔다.

"황후 전하를 뵙습니다. ……몸은 괜찮으신가요?"

"응. 아직까지는 괜찮은 것 같아."

나는 아직 크게 나오지 않은 배를 괜스레 매만지며 웃었다.

"그리고 아직 태동이 있는 것도 아니라서."

이미 라리사를 임신했을 때 봤으면서도 아데우스는 신기하다는 것처럼 끄덕였다.

"황녀 전하, 잠시만요."

아데우스가 안고 있던 라리사한테 양해를 구한 후 잠시 내려두었다. 그리고 입고 있던 겉옷을 벗었다.

"그래도 따뜻하게 있는 게 좋다고 들었습니다."

아데우스는 기대어 앉아 있던 내게 겉옷을 덮어주며 방긋 웃었다.

"고마워."

"별말씀을요."

"네가 다른 영애들한테도 이렇게 다정히 대하면 참 좋으련만."

"무슨 말씀인지 모르겠습니다."

아데우스가 특유의 미소를 지으며 다시 라리사를 품에 안아 들었다. 그리고 라리사와 함께 발 아래 핀 풀꽃을 구경했다.

나는 라리사와 함께 놀아주는 아데우스의 뒷모습을 보며 고개를 내저었다.

"아데우스. 마음에 드는 영애는 없어?"

"글쎄요."

"전에 티 파티를 나가면 네 얘기가 꼭 나왔거든. 너를 마음에 둔 영애들이 한둘이 아니야. 너도 느끼고 있지?"

나는 턱을 괸 채 아데우스를 바라봤다. 잘생긴 외모와 준수한 작위, 황제인 테르데오와 황후인 내 최측근인 데다 다정한 성격까지.

그는 제국 내 모든 부인이 노리고 있는 신랑감이었다. 그것도 몇 년째.

라리사를 놀아주던 아데우스가 힐끔 나를 바라봤다.

"궁금하십니까?"

"당연하지. 난 이제까지 네가 나랑 테오 말고 다른 사람과 교류하는 걸 단 한 번도 본 적이 없어."

"네, 맞습니다. 다른 사람과는 교류하지 않으니까요."

"네가 연애하는 모습은 상상도 안 가."

"그건 저도 상상이 안 가네요."

아데우스가 장난스럽게 웃었다. 봄바람이 불어오듯 살랑거리는 미소가 간드러졌다.

"하지만 아마 평생 볼일은 없을 테니 궁금해하지 않으셔도 됩니다."

아데우스가 딱 잘라서 확신했다.

"어떻게 그리 확신해?"

아데우스는 대답 대신 웃음으로 대화를 마무리 지었다.

내가 뭐라 입을 열려던 찰나, 같이 놀던 라리사가 아데우스의 목을 숨이 막힐 정도로 꼭 끌어안았다.

"삼촌은 나랑 결혼해!"

라리사가 아데우스의 고개를 강제로 돌려 자기를 보게 했다.

"나랑 맨날 놀아야 해!"

"당연하죠, 황녀 전하. ……들으셨죠? 전 황녀 전하와 놀아드려야 하니 당분간 결혼은 정말 못합니다."

아데우스가 라리사와 놀아주며 부드럽게 웃었다. 나도 결국 어깨를 으쓱거리며 웃어버렸다.

'그래, 결혼은 본인 선택이니까, 뭐.'

내가 강요할 문제도, 궁금해할 문제도 아니었다.

"참, 테오한테 들었어. 네가 이번 여행에서 호위 관리로 함께 간다며?"

"네. 조심하셔야 할 때니까요. 제가 직접 가는 게 아무래도 안전하지 않겠습니까?"

"아스 삼촌이면 안전해!"

라리사가 아데우스의 말을 그대로 따라 하며 그의 귀에 풀꽃을 꽂아주었다. 꽃을 꽂게 된 모습에 아데우스가 당황해하는 눈치였으나 나는 활짝 웃었다.

"라리사가 요새 꽃 꽂아주는 걸 좋아하거든. 테오도 맨날 당하는 거야. 너도 좀 당해줘."

한참 놀던 라리사는 결국 아데우스의 품에서 기절하듯 잠이 들었다. 내려놓으려 하면 귀신처럼 알아차리고 울기 바빴기에 어쩔 수 없이 아데우스는 유모와 함께 라리사의 침실로 향했다.

특별히 한 것도 없는데 몸이 피로했기에 나도 침실로 돌아가기로 했다.

침실로 돌아가는 복도를 지나자 저 멀리서 커다란 무언가가 보였다.

'저건…….'

"한스."

혼자 힘으로는 도저히 들 수 없을 정도로 큰 초상화를 하인과 함께 나눠 들고 있는 한스였다.

"아. 제국의 햇살이신 황후 전하를 뵙습니다."

한스가 허리를 숙이자 균형이 흐트러져 함께 초상화를 들고 있던 하인이 휘청거렸다. 나는 천막이 씌워진 커다란 초상화를 힐끔 바라보며 웃었다.

"초상화?"

"네, 그렇습니다. 보여드리기 위해 가져다드리는 길이었습니다."

"완성이 된 건가?"

"네, 너무 오래 걸려 송구합니다."

"아니야. 우리가 되레 고맙지. 완성된 거라면 혹시 지금 볼 수 있겠나?"

"당연합니다."

한스가 고개를 끄덕거리자 하인들이 초상화를 바로 세웠다. 그리고 먼지가 묻지 않도록 덮고 있던 천을 걷어냈다.

"……이건."

나는 완성된 초상화를 보고 놀란 눈을 떴다. 그리고 손을 들어 초상화 속 그려진 나를 슬며시 만졌다.

아니, 정확히는 초상화 속 내 배를 슬며시 만졌다.

"죄송합니다. 제가 멋대로 수정한 작업입니다."

한스가 놀란 내 모습을 보고 정중한 태도로 고개를 숙였다.

"황후 전하께서 마음에 안 차신다면 제가 다시 그리도록 하겠습니다."

"아니."

나는 한스의 말이 끝나기도 전에 고개를 가로저었다. 그리고 초상화에 담긴 내 모습을 한참 바라봤다.

"아주 마음에 들어."

초상화 속의 나는 지금의 모습과는 조금 달랐다. 배에 손을 얹고 있었고, 지금과는 달리 배가 불러 있었다.

"이렇게 그린 이유가 있나?"

"……배 속의 아기님께서도 그 자리에 계셨으니까요. 그려드리고 싶었습니다."

한스의 만족스러운 답변에 나는 고개를 수차례 끄덕였다. 그리고 다른 손으로 아직 부르지 않은 내 배를 매만졌다.

"나는 생각도 못 했는데. ……고마워."

이런 모습을 남길 생각조차 해본 적 없었다. 내겐 두 번 다시 오지 않을 너무도 소중한 순간인데도.

초상화 속 배가 불러온 내 모습을 보자 라리사를 임신했을 때의 일도 떠오르며 기분이 묘했다.

'라리사를 임신했을 때도 이렇게 그림으로 남겨뒀으면 더 좋았을 텐데.'

라리사한테 보여주면서 이 배 속의 네가 있다고 알려줄 수도 있고.

가슴이 벅차오르기도 하고 감격스럽기도 하면서…… 말로는 설명할 수 없는 묘한 기분이다.

나는 손바닥으로 초상화 속 부른 내 배를 몇 차례나 부드럽게 쓸어보았다.

"황후 전하의 마음에 들다니 영광입니다."

"한스. 그대가 제국에서 유명한 화가인 이유를 알겠어. 그대는 그림 이상의 것을 그리는구나."

"과찬이십니다."

나는 만족스러운 표정으로 초상화를 들고 서 있던 하인에게 말했다.

"초상화는 본궁에서 제일 잘 보이는 곳에 걸어두도록 하게."

"네, 그리하겠습니다. 황후 전하."

하인들이 초상화를 걸기 위해 가져갔다. 한스 역시 그 모습을 흐뭇하게 바라봤다.

"내 아이가 태어나거든 꼭 이 그림을 보며 그대를 말하겠네."

"제겐 더할 나위 없는 영광입니다."

"내게 감동을 선물했으니 그에 맞는 보답을 하고 싶은데."

나는 허리를 숙인 한스에게 일어나라 손짓했다.

"원하는 게 있다면 말하게, 한스."

"전 의뢰받은 대로 일할 뿐입니다. 그 자리에 있던 가족들의 초상화를 그리는 게 일이었으니 제겐 당연한 일이었습니다. 배 속의 아기씨도 가족이니까요."

당연한 말인데도 이상하게 가슴이 따스해졌다. 나는 처음으로 내게 매번 무언가를 선물해 주려던 글로리아의 심정을 이해할 것 같았다.

"한스, 그대가 말하지 않으면 라피레온식대로 보답할 텐데. 괜찮겠어?"

"네?"

"글로리아 님과 친하니 라피레온의 방식대로라는 게 어떤 말인지 잘 알 텐데."

한스가 너무도 잘 아는 것처럼 난감하게 웃었다.

"그러니 말하게나."

나는 배 위에 손을 얹은 채 웃었다.

"이 아이가 태어나면 그때 또 그대를 부를 테니."

"황후 전하께서 부르신다면 언제든 기쁘게 달려오겠습니다."

"그래. 그러니 앞으로도 잘 부탁한다는 선물로 받아줬으면 해."

"……음."

"수도에 작업실을 얻어줄까? 전에 보니 짐을 들고 다니기 벅차 보이던데 그대의 손이 되어줄 사람을 몇 고용해 줄 수도 있어. 그대가 원하면 황실을 걸고 전시회를 열어줄 수도 있고."

"하하하. 황후 전하께서도 정말 라피레온이시군요. 글로리아 님과 닮으셨습니다. 이미 글로리아 님께서 제게 했던 말들입니다."

아차. 나는 머쓱한 표정으로 웃으며 헛기침했다.

"그러니 내 말은 뭐든 말해보라는 거지."

한스가 무언가를 떠올려 보려는지 열심히 눈동자를 데구르르 굴렸다.

하긴, 갑자기 말하라고 하면 사람이 생각 안 날수도 있지. 게다가 내 앞에서 말하는 건 더 어려울 수도 있고.

"내게 말하는 게 어려울 수 있으니 내 시녀한테 편하게 말하도록. 언제든 상관없으니 생각날 때 와서 말해도 좋고."

"그리 하겠습니다. 호의에 감사드립니다, 황후 전하."

나는 뒤를 따르는 시녀 중 한 명한테 한스가 가지고 싶거나 원하는 것이 있다면 모두 들어주라 말한 후 침실로 들어왔다.

❆ ❆ ❆

셀피우스는 인생 최대의 고비를 겪고 있었다.

"하, 대체."

아카데미 내 온실 정원에 앉아 고심하는 셀피우스의 모습에 많은 여학생이 설레는 표정을 지었다.

"학생 회장님, 뭐하고 계신 걸까?"

"뭐든 저 고민하는 표정도 너무 멋있지 않니?"

"나는 황태자 전하의 미간에 끼어 죽고 싶어."

일부러 들으라는 듯이 수군거리는 소리에도 셀피우스는 익숙한지 끄떡없었다.

셀피우스는 한 자리에 오랫동안 앉아 연신 고뇌했다. 이쯤 되니 정말 큰 문제가 생긴 건 아닌지, 지켜보는 영애들은 애가 탔다.

"……어떻게 할까."

고뇌에 빠진 셀피우스가 깊은 한숨을 내쉬며 먼 곳으로 고개를 돌렸다. 우수에 찬 셀피우스의 표정에 영애들이 다시 얼굴을 붉혔다.

아카데미 내 인기인답게 군데군데에서는 기쁨의 비명도 터지고 있었다.

셀피우스가 파란 하늘을 올려다보며 곰곰이 생각했다.

'모빌에는 인형 여섯 개가 좋을까, 일곱 개가 좋을까.'

여섯 개는 너무 적은 것 같고. 일곱 개는 갓 태어난 동생이 너무 정신 사나울 것 같고.

셀피우스가 팔짱을 끼고 의자에 등을 기댔다. 그리고 긴 다리를 꼰 채 발을 까딱거리며 진지한 표정으로 손가락을 툭툭 두드렸다.

그 모습은 마치 장인이 만든 예술품을 보는 것처럼 황홀하기 그지없었다.

'강아지랑 토끼 그리고 고양이, 늑대랑 새, 햄스터를 모빌에 달면 되겠지?'

물론 고민은 전혀 그렇지 않았지만.

이 외에도 결정해야 할 문제가 산더미처럼 남아 있었다.

'딸랑이는 방정맞지 않고 점잖은 게 좋을까, 시끄러운 게 좋을까.'

시끄럽게 딸랑거리면 갓 태어난 동생이 놀랄 것 같고. 너무 점잖게 조용히 딸랑거리면 동생이 재미없어할 것 같고.

라리사가 태어날 땐 셀피우스도 어렸고 또 처음 맞이하는 동생이라 우왕좌왕 뭘 준비해야 할지 하나도 몰랐으나 지금은 달랐다.

셀피우스의 나이에는 이미 약혼을 한 영식도, 일찍이 결혼한 영식도 있었다.

주워들은 지식도 있었고 커가는 라리사를 보며 배운 것도 있었다.

"……사용할 침대는 너무 푹신하지 않은 게 좋겠지."

갓 태어난 아이의 뼈는 말랑거려서 너무 푹신한 건 좋지 않다고 했으니까. 하지만 너무 딱딱한 건 아플 테니까 적당한 것으로 고르자.

"내가 직접 침대에 눕고……."

그다음에 결정하자.

셀피우스의 고민이 입 밖으로 저도 모르게 흘러나갔다.

"침대? 지금 침대라고 하셨어?"

"침대에 직접 누우셨다고?"

"황태자 전하께서 만나는 영애가 있나?"

"말도 안 돼! 난 그런 거 못 들었어!"

"분명히 방금 침대라고 하셨는데……!"

주변에서 오해하거나 말거나 셀피우스는 꿋꿋했다.

"……내가 계속 안고 있으면 좋은데."

침대는 위험할지도 모른다. 아기가 발버둥 치다가 침대가 내려앉거나 신체 능력이 너무 뛰어나서 태어나자마자 침대를 탈출하려고 하거나 그러면 큰일이니까.

물론 절대로 일어날 수 없는 상황이지만 셀피우스는 진지했다.

'아카데미나 검술 훈련만 아니면 동생을 내내 안고 내려놓지 않을 텐데.'

라리사가 태어났을 때도 한동안 아카데미에 가지 않고 안고, 업고 다니며 온 곳을 누볐던 셀피우스였다.

그때의 기억이 떠올랐는지 셀피우스가 피식 입가에 즐거운 미소를 그렸다. 작은 아이를 품에 안았던, 그래서 온몸으로 느껴지던 생명의 소리가 따스한 온기가 아직도 기억에 남아 있었다.

이렇게 동생이 생길 줄…… 아니. 가족이 생길 거라고는 어렸을 적엔 생각하지 못했다.

처음 동생이 생긴다고 했을 때도 크게 실감 나지 않았었다. 새 가족이 생긴다는 건 경험해 보지 못한 일이기에.

라리사가 처음 태어났을 때.

그리고 그 작은 손이 셀피우스를 꼭 잡았을 때.

셀피우스는 처음으로 태어난 동생을 보는 기쁨을 깨달았다. 그 감격은 지금도 잊히지 않았다.

내 가족이 더 생긴다. 내 편이 늘어난다. 내게 힘이 될 사람이, 날 사랑할 사람이. 그리고 내가 사랑할 수 있는 사람이 늘어난다.

가슴속에 다른 건 생각도 못 할 정도로 사랑만이 가득하다.

말로 설명할 수 없는 크나큰 기쁨이었다. 그때를 떠올리자 셀피우스의 가슴이 벅차올랐다. 셀피우스는 들뜬 가슴을 주먹으로 꾹 누르며 생각했다.

'안 되겠어. 지금 당장 모빌부터 보러 가야겠군.'

좋은 모빌을 미리 들여오려면 빨리 움직여야만 했다.

해주고 싶은 게 산더미처럼 있었다.

왜냐면 내 가족이니까.

마음이 급해진 셀피우스가 자리에서 벌떡 일어섰다. 그리고 급한 발걸음으로 온실 정원을 뛰듯 빠져나갔다.

"방금…… 계속 안고 있겠다고 하셨지?"

"황, 황태자 전하께서 결혼하시는 거 아니야?!"

"말도 안 돼!!"

온실 정원에 여학생들의 절규가 울려 퍼졌다.

무슨 오해를 낳았는지도 모른 채 셀피우스는 그저 기쁜 상태였다.

❊ ❊ ❊

사교계가 완전히 뒤집혔다.

"황후 전하께서 임신하셨다지요?"

"태어날 조카에게 주겠다며 세르시아 님이 직접……."

영애가 하던 말을 멈추고 주변에 혹시나 듣는 사람이 없는지 두리번거렸다. 아무도 없다는 걸 확인한 후 영애가 작은 목소리로 속삭였다.

"……옷을 만들고 있다네요."

영애들이 일동 경악에 잠겼다.

"그걸로도 모자라서."

처음 말을 꺼낸 영애가 아직 놀라긴 이르다는 표정으로 숨을 죽였다.

"황후 전하께 드리기 위해 자수도 하고 계신다죠."

"허억."

세르시아 제인 라피레온. 그녀가 누구인가.

아름다움에 취해 다가가면 날카로운 가시에 찔려 죽는다고 소문난 여인이었다. 남자는 감히 함부로 말을 걸지도 못했고 같은 여자 또한 눈을 마주치지 못했다.

티 파티에 초대해도 응하는 바가 없었고 사교계에는 나타나지도 않았다.

게다가 여인의 몸으로는 성공하기 어렵다는 상단에 도전해서 어엿하게 성공시킨 사람이었다. 남을 위해 움직이는 일이 별로 없고 언제나 자기 자신이 먼저인 여자.

그런데 그런 세르시아가 조카를 위해, 그리고 황후를 위해 직접 옷을 만들고 자수를 놓다니.

도무지 상상이 안 가는 모습이었다.

"저, 저는 다른 소식을 들었어요."

조용히 이야기를 듣던 또 다른 영애가 슬그머니 손을 들었다.

"저는 글로리아 님의 소식이었는데요……."

"글로리아 님이요?"

"이번에 황궁에서 열리는 무도회요. 폐하께서는 황후 전하께 신경 쓰느라 바쁘셔서 글로리아 님이 대신 맡았다고 들었거든요."

영애의 말에 모인 모든 사람의 얼굴에 기대감이 서렸다.

"글로리아 님께서 직접 맡으셨다면 이번 파티는 기대해 봐도 되겠네요."

"맞아요. 글로리아 님께선 무도회의 중심이시니까요."

"음, 그게…… 그렇지도 않은 것 같아요."

"네?"

"이번 파티에서 주류와 음식을 모두 금하셨더라고요."

한숨과 함께 토해낸 영애의 말에 다른 이들의 얼굴이 경악으로 물들었다.

"네? 제가 지금 잘못 들은 거죠?"

"황후 전하께서 임신하셨잖아요. 술이 있으면 황후 전하께서도 드시고 싶어진다며 제외하셨고……."

"세상에."

"술, 술은 그렇다고 해도…… 음, 음식은 왜요?"

"음식 냄새가 풍기면 황후 전하께서 불쾌해할 수도 있다고……."

말도 안 되는 소리였다. 그러나 그 말도 안 되는 말을 현실로 만들 사람, 그게 바로 글로리아였으니 더욱 어이가 없었다.

글로리아는 자신이 한 말은 어떻게든 이뤄내곤 했다. 그녀의 성격을 모르는 사람은 아무도 없었다.

글로리아가 누군가를 매장하길 바란다면 그 사람은 반드시 매장됐고, 누군갈 파멸로 이끌겠다 다짐하면 반드시 그렇게 됐다.

그러니 이번만큼도 당연했다.

무도회. 모두가 모이는 황궁 파티에서 주류가 없다는 건 들어본 적도 없었다. 말 그대로 파티는 유흥이니까.

하지만 예외는 없다. 이번에도 역시 글로리아의 말대로 이뤄질 게 당연했다.

모여서 대화를 나누던 영애들은 뭐라 말을 꺼내지 못하고 손에 든 애꿎은 샴페인만 홀짝였다.

지금이라도 많이 마셔두자는 것처럼.

"……황궁에서 열리는 무도회에 불참하면 뒷말이 많겠죠?"

"황후 전하의 축하 파티인데…… 불참하면 아마 저택으로 황제 폐하와 세르시아 님, 글로리아 님이 함께 오실지도 몰라요."

한 명의 영애가 나지막하게 한숨을 흘렸다. 그러자 동시에 모두가 탄식처럼 한숨을 뱉었다.

❄ ❄ ❄

태교를 위한 여행을 다녀온 후로 시간이 흘렀다.

가족끼리의 여행은 정말로 즐거웠다. 이렇게 단체로 움직인 적은 처음이라 더욱 그랬을지도 모르겠지만.

다행히 나뿐만 아니라 가족들 모두가 즐거워 보였다.

여행이 끝난 뒤, 우린 한여름 밤의 꿈을 즐긴 것처럼 일상으로 복귀했다. 여행의 후유증으로 제자리를 찾는 데 시간이 오래 걸려 힘들긴 했지만 말이다.

시간이 흐를수록 배 속의 아기는 점차 존재감을 키워갔다.

나는 아주 살짝 볼록하게 튀어나온 아랫배를 손으로 쓰다듬어 봤다.

'라리사를 임신했을 때보다 배가 더 빨리 나왔어.'

아이마다 임신하고 나타나는 증상이 다르다더니 라리사를 임신했을 때와는 증상이 달랐다.

라리사를 임신했을 때는 입덧이 그리 심하지 않았다. 음식 냄새를 못 맡기는커녕 오히려 공복일 때 자꾸 헛구역질이 나올 것 같아서 음식을 꼭 챙겨 먹었어야 했다.

하지만 이번은 달랐다.

입덧 시기도 빨라졌을뿐더러 음식 냄새나 기름 냄새 등 냄새만 맡아도 헛구역질이 올라왔다.

'엄마 좀 봐줘.'

나는 살살 달래는 의미로 아랫배를 쓰다듬었지만 배 속 아이가 내 마음을 알아줄 리 만무했다.

'그나마 셔벗이라도 먹을 수 있어서 다행인가.'

나는 디저트 그릇 가득 쌓여 있는 셔벗을 입에 넣었다. 달콤새콤하고 시원하기 때문인지 제법 입맛도 돌았고 힘이 났다.

나는 디저트 그릇 가득 산처럼 쌓여 있던 셔벗을 바닥까지 싹싹 긁어먹었다. 주변에서 날 흐뭇하게 바라보는 가족들의 시선이 느껴졌다.

스푼에 묻은 셔벗까지 깔끔히 먹은 후 나는 가족들한테 물었다.

"저를 위해 이유 없이 무도회를 연다니. 정말 그래도 되나요?"

"배가 더 불러오면 드레스 입기도 힘들어질 테고 무도회에 오래 참석하는 것도 힘들어질 테니 그전에 즐겨둬야지."

글로리아가 단호하게 말하며 드레스를 정리해 주었다. 배가 많이 나오진 않았어도 서서히 불러오고 있었기에 드레스도 평소와는 다르게 크고 편한 옷으로 입었다.

신발 또한 아찔할 구두가 아니라 다리에 무리가 가지 않도록 편한 신발이었다.

"샤샤, 왜 아무 이유가 없어요? 황족에 새로운 아이가 태어나는 일이니 이보다 더한 경사가 또 어디 있겠어요."

세르시아가 예쁘게 단장한 라리사를 품에 안아 들고 내 앞에서 걸어갔다.

나는 자리에서 일어서서 세르시아의 뒤를 따라 걸었다. 파티가 즐거운지 라리사가 세르시아의 품에서 꺄르르 웃고 있었다.
"하지만 괜히 음식 냄새 때문에 속이라도 안 좋아지면 어쩌죠? 사람들 많은 앞에서 그런 모습은 보이기 싫은데."
"걱정하지 말렴. 그건 내가 다 정리했단다."
내 걱정에 뒤를 따르던 글로리아가 의기양양한 표정으로 조소했다.
'다 정리했다고?'
이게 무슨 뜻이지? 파티장 내에 음식이나 술이 없을 리는 없을 테고.
글로리아의 말을 유추하며 고개를 갸웃거릴 때쯤, 내 왼쪽 손을 잡은 테르데오가 두 사람의 말에 동의한다는 것처럼 끄덕였다.
"게다가 홀에는 위험한 물건도 없을 테니까 걱정하지 않아도 돼."
"응?"
위험한 물건이 없다니 그건 또 무슨 말이지?
고개를 갸웃거리며 테르데오를 바라봤지만, 그 역시도 의기양양한 얼굴만 할 뿐 답을 하지는 않았다.
선두에 선 세르시아와 라리사가 무도회장 안으로 먼저 들어섰다. 그리고 그 뒤를 따라서 나와 테르데오가, 그 뒤로 글로리아가 들어섰다.
모두의 시선이 쏟아졌다. 이젠 제법 익숙해진 일이었다.
세르시아가 먼저 무도회장에 들어서면서 내가 걷기 편하도록 인파를 정리했기에 걸음에 걸림돌은 없었다.
"제국의 여명, 황제 폐하를 뵙습니다."
"제국의 햇살, 황후 전하를 뵙습니다."
양쪽으로 갈라진 사람들이 너나 나나 할 것 없이 모두 정중하게 우리를 향해 허리를 숙였다.
'어라?'

앞을 향해 걷던 나는 뭔가 이상한 걸 깨닫고 주변을 둘러봤다. 평소 무도회와는 뭔가 달랐다.

무도회장에 들어서면 모름지기 아름다운 선율과 더불어 달콤한 향기가 물씬 풍기기 마련이었다.

갖갖이 꽃향기와 여러 영애가 사용한 향유 향, 달콤한 디저트 향기와 끈적한 술 냄새까지가 뒤섞여 두통을 유발하기도 했다.

그 냄새 때문에 속이 뒤집히진 않을까 걱정이었는데 이상하게도 그런 냄새들이 조금도 느껴지지 않았다.

'산뜻해.'

나는 킁킁거리며 주변을 둘러봤다.

가벼운 음식이 있어야 할 자리에는 둥근 테이블이 놓여 있었다. 그곳엔 향기를 내뿜지 않지만 아름다운 보석들이 전시되어 홀을 반짝 빛나게 했다.

평소라면 정신없이 샴페인이나 포도주를 들고 다녔을 하인들도 오늘은 달랐다. 그들이 든 건 끈적한 술이 아니라 산뜻한 주스였다.

게다가 잔이 특이했다. 우아한 곡선을 뽐내는 잔이 아니라 투박하게 생긴 잔이었다.

'이게 어떻게 된 거지?'

나는 이해할 수 없는 눈으로 주변을 가볍게 둘러보며 준비된 자리로 갔다.

테르데오가 준비된 상석에 나를 조심히 앉혔다. 도톰하고 부드러운 쿠션이 드레스 너머로도 느껴질 정도였다.

'걱정하지 말렴. 그건 내가 다 정리했단다.'

그리고 보니 아까 글로리아가 그렇게 말했었지. 나는 가늘어진 눈매로 다시 주변을 살폈다.

내가 우려했던 음식도, 술도, 지독한 향유 향까지도. 아무것도 느껴지지 않았다.

나는 힐끔 시선을 돌려 여전히 의기양양한 표정으로 고개를 끄덕이는 글로리아를 바라봤다.

"혹시 파티에서 음식과 술을 제외한 사람이……."

말이 채 끝나기도 전, 글로리아가 흐뭇한 표정으로 고개를 연신 끄덕거렸다.

"마음에 드니, 아가? 초대장을 보낼 때 참석하는 사람들은 향유도 뿌리지 말라고 적어놨단다."

그래서 다들 불만이 많은 얼굴이었구나.

막무가내이긴 했으나 그 행동들이 전부 날 위함임을 이젠 너무도 잘 알고 있었다.

"네, 덕분에 편한 것 같아요. 감사해요, 글로리아 님."

"다행이구나."

옆에서 가만히 듣고 있던 테르데오가 우리 두 사람의 대화에 끼어들었다.

"위험한 물건들을 모조리 치운 건 나야, 샤샤."

"위험한 물건이요?"

테르데오가 칭찬을 바라는 얼굴로 끄덕거리며 부연 설명을 늘어놓았다.

"사각 테이블은 모서리에 그대나 라리사가 다칠 수 있으니 둥근 테이블로 바꾸었어. 그리고 유리잔. 떨어졌을 때 깨져서 유리 파편이 튀면 큰일 나니까 장인을 불러 절대 깨지 않는 것으로 만들라고 했지."

"하."

"그 덕에 유리가 너무 두꺼워져서 디자인이 투박하고 들기엔 너무 무겁지만 안전하니까 괜찮아."

테르데오가 신이 났는지 술술 늘어놓았다.

"그리고 혹시 모를 위험에 대비해서 이 빨간 카펫 안으로는 가족들을 제외하고는 아무도 들어오지 말라 명해놨어."

"그럼 아무도 제게 인사를 못 할 텐데요."

테르데오가 슬그머니 손을 뻗어 내 배에 얹었다.

"누군가 만약 나를 해치려 하거든 지금이 적기야. 그러니 당신을 위험에 노출할 수는 없어."

틀린 말은 아니다. 테르데오가 아무리 좋은 황제라고 한들, 누군가는 불만을 품고 있기 마련이니까.

다수를 위한 정책을 펼치려 하면 많은 것을 쥔 소수의 반박이 늘 뒤따랐다.

만일 그들이 자신의 손에 쥔 것을 잃지 않기 위해 테르데오를 없애려 한다면 지금이 적기인 건 맞는 말이었다.

테르데오의 행복은 그의 약점이 될 수도 있고, 그의 약점은 적의 기쁨이 될 테니까.

"……위험한 게 없다니 나도 마음이 편하네요. 우리 아이를 위해선 안전한 게 좋죠. 고마워요, 테오."

내가 고마움을 말하자 테르데오의 얼굴이 한층 밝아졌다. 내심속으로 내가 싫다고 하면 어쩌나 걱정한 모양이었다.

'바보 같은 남자.'

나는 씩 웃으며 테르데오를 향해 안아달라는 의미로 두 손을 뻗었다. 주변의 눈치는 신경 쓰지 않은 그가 나를 따라 웃으며 안아주기 위해 다가오려던 그때였다.

"대제국의 황제 폐하를 뵙습니다."

맑고 청아한 목소리가 테르데오의 걸음을 붙잡았다. 고개를 돌리니 허리를 숙여 인사하고 있는 금발의 여인과 그녀를 중심으로 선 사람들이 보였다.

그들을 힐끔 바라본 테르데오는 대수롭지 않은 것처럼 무심히 고개를 돌려 내 손을 붙잡았다.

이윽고 테르데오는 그들이 누군지 생각났는지 '아' 덤덤하게 탄성을 흘렸다.

"이트란 왕국에서 온다던 축하 사절단이군."

테르데오가 고개를 돌렸다. 눈짓으로 사람의 숫자를 세더니 이해할 수 없다는 얼굴로 고개를 비스듬히 기울였다.

"내가 받은 명단과는 인원수가 다른 것 같은데."

"네, 전 이트란 왕국의 네 번째 공주, 세린이라고 합니다. 미리 기별도 없이 이렇게 참석하게 되었으나 양해해 주시면 감사하겠습니다."

"공주라고?"

"황족의 새 탄생을 직접 축하드리고자 왔습니다."

나는 가늘어진 눈매로 세린 공주를 바라봤다. 뚜렷한 이목구비와 자신만만한 표정이 제법 인기가 많을 것처럼 보였다.

이제 갓 성인이 된 건지 세상 무서울 것 없다는 표정은 귀엽기까지 했다.

내 날카로운 시선을 받은 세린 공주가 부끄러운 것처럼 얼굴을 붉혔다.

"물론 하나 더 다른 이유가 있습니다만……."

하나 더 다른 이유?

얼굴을 발그레 붉힌 세린 공주가 기어가는 작은 목소리로 속삭였다.

"지난번 외교 문제로 방문했을 때…… 첫눈에 반했거든요."

"뭐?"

나는 절로 눈을 테르데오한테 돌렸다. 그는 여전히 무심한 얼굴이었지만.

'설마 지금 내 앞에서 테르데오한테 반했다고 하는 거야?'

화들짝 놀란 내가 의자를 박차고 일어나려 할 때쯤 세린 공주가 말을 덧붙였다.

"황태자비가 되고 싶습니다."

"……응?"

이게 무슨 소리지? 일어서지도, 앉지도 못한 어정쩡한 자세로 있자 세린 공주가 부끄러운 시선을 우리한테 맞췄다.

"어머님, 아버님."

그리고 애교 있는 목소리로 활짝 웃었다.

모두가 이쪽을 응시하고 있으니 아마 다들 들었을 것이다. 그 증거로 무도회장이 조용해졌다.

내가 지금 무슨 말을 들었지? 분명히 방금 '어머님'이라고 했던 것 같은데.

세린 공주를 바라봤으나 그녀는 여전히 활짝 웃고 있었다. 그 해맑은 표정을 보니 절로 헛웃음만 튀어나왔다.

테르데오 역시 황당했는지 얼빠진 얼굴로 세린 공주를 바라보고만 있었다. 우리 두 사람의 황당한 시선에도 세린 공주는 꿋꿋했다.

세린 공주가 다시 당차게 말했다.

"제게 황태자 전하를 주세요."

"잠, 잠깐만. 공주."

나는 손을 들어 공주의 말을 제지했다. 그러지 않았다간 허락할 때까지 황태자, 즉 셀피우스를 달라고 계속 말할 것만 같아서.

나는 이마를 짚고 방금 들었던 말을 다시금 곱씹었다.

"……그러니까 이트란 왕국의 공주가."

"네."

"우리 셀피와 결혼하고 싶다고?"

"네. 셀피우스 황태자 전하와요."

세린 공주의 입에 정확히 셀피우스의 이름이 거론되자 옆에 있던 세르시아가 숨을 들이켰다. 세르시아는 조심스럽게 입가를 가리더니 '그 꼬맹이가 결혼이라니'라며 중얼거렸다.

갑자기 벌어진 상황에 당황한 우리가 뭐라 답을 하지 못하자 세린 공주가 오목조목 자신의 매력을 읊었다.

"제가 황태자비가 된다면 최근 폐하의 골머리를 썩이는 아스트라만 무역로를 개방시키겠습니다!"

세린 공주의 말이 끝나기 무섭게 함께 서 있던 축하 사절단 중 한 명이 당황한 표정으로 급히 그녀를 불렀다.

"공주님!"

아스트라만 무역로라면 최근 테르데오가 만들고자 하는 새로운 항로였다.

타국으로 가는 최단 거리였으나 지금까지는 여러 문제에 묶여 손대볼 생각도 못 했던 곳이었다.

개척하게 된다면 앞으로 거래가 더욱 활발해질 게 분명했다. 그건 우리 제국이 더 빠르게 발전하는 데 큰 도움이 될 테고.

'이 무역로를 개방시키겠다고?'

흥미로운 조건이었다.

이 무역로를 두고 여러 나라가 말을 한마디씩 거들었다. 여차하면 무역로를 두고 전쟁이 날 수도 있었다.

전 황제는 정복욕이 강했으나 이길 수 없는 싸움이라 느꼈을 땐 몸을 아끼는 편이었다. 자기의 권력을 잃기 싫어했으니까.

제국을 치겠다며 다른 나라가 연합한다면 패배할 수도 있는 상황.

그렇기에 전 황제는 깔끔하게 이 무역로를 잊었다. 포기했다는 말이 옳겠지만…… 테르데오는 달랐다.

그는 이건 전쟁이 아닌 외교 문제라 못 박았다. 그리고 전 황제와는 달리 걸어오는 싸움은 피하지 않겠다고 강하게 말했다.

그를 모르는 사람은 아무도 없었다.

전쟁의 살인귀, 피에 미친 잔혹한 성정의 사내. 전쟁에 그가 나섰다 하면 아군의 사기는 오르고, 그가 참여한 전쟁은 반드시 그의 승리로 끝나곤 했다.

그런 그가 황제가 되어 걸어오는 싸움은 피하지 않겠다고 면전에 대고 말했으니 섣불리 움직일 자는 아무도 없었다.

'여기까지는 참 좋았지…….'

문제는 잘 해결되는 것 같았으나…… 다만 한 가지 문제점이 있었다.

항로가 최단 거리인 일직선으로 뻗어 나가기 위해서는 이트란 왕국의 해안을 반드시 지나야만 했다.

테르데오는 이트란 왕국에게 오고 가는 배마다 통행세를 지급하겠노라 제안했다. 제법 나쁘지 않은 장사 수완이었기에 이트란 왕국 역시 기쁘게 수락했다.

하지만 거기서부터 문제였다.

이트란 왕국이 욕심을 부려 배에 실린 물건들의 무게를 달아, 그 무게마다 통행세를 매기겠다며 고집을 피운 것이다.

그렇게 된다면 물건값은 으레 비싸지게 되고 물가 또한 오를 것이다.

"제가 아빠를 설득할게요!"

깊은 생각에 잠긴 우리를 보며 세린 공주가 손을 번쩍 들었다.

"공주님!"

"제가 황태자비가 된다면 제국과 우리 왕국은 사실상 사돈 관계! 동맹국인 셈이잖아요!"

세린 공주가 눈을 반짝 빛내며 크게 외쳤다. 사절단으로 함께 온 대신들이 이러지도 저러지도 못하며 당황한 표정으로 세린 공주를 달랠 뿐이었다.

"그런 중대한 사항은 왕께 말씀을 드리고……."

"그 왕이 우리 아빠인걸! 우리 아빠는 내가 하자는 건 다 해."

"그거랑 이런 외교적인 문제는 차원이 다른……."

"외교적인 문제보다도 아빠는 내가 더 소중하신걸?"

세린 공주가 한 마디 한 마디 던질 때마다 사절단으로 온 대신들의 얼굴이 새파랗게 질렸다. 그걸 아는지 모르는지 세린 공주는 여전히 당당했다.

'이트란 왕에게 사랑을 많이 받고 자랐나 보네.'

세린 공주는 두려움도 없었고 자기 아버지가 자기 말은 무조건 들어준다는 확신을 하고 있었다.

"어머님, 아버님."

세린 공주가 치마를 잡고 우리를 향해 우아하게 인사했다. 그리고 맡겨놓은 물건을 되찾는 주인처럼 당당하게 두 손을 정면으로 뻗었다.

"그러니 아드님을 제게 주세요!"

거절은 생각하지도 않는 그 행동에 당혹감이 앞섰다.

'혹시 셀피랑 사귀고 있던 건가?'

나는 가늘어진 눈으로 세린 공주를 바라봤다. 그래, 그게 아니고서야 모두가 듣는 앞에서 저렇게 당당하게 얘기할 리가 없지.

'그래, 서로 이야기를 끝내고 나랑 테오한테 허락을 받으려고 온 게 틀림없어!'

나는 고개를 끄덕거리며 크게 심호흡했다.

"……혹시 우리 셀피와 미리 얘기된 상황인가요, 공주?"

내 질문에 세린 공주가 해맑은 표정으로 웃었다.

'역시!'

내 예상이 맞았나 봐!

세린 공주를 따라 웃은 내가 입을 열려는 찰나, 그녀가 환하게 웃으며 고개를 저었다.

"아니요!"

"……응?"

"황태자 전하께서는 여자한테는 관심 없다고 소문이 자자하신 걸요!"

"……."

"지난번 만났을 때 제가 첫눈에 반해서……."

그때의 기억을 떠올리는지 세린 공주가 두 볼에 손을 얹고 몸을 배배 꼬았다.

"여기 머무는 동안 졸졸 쫓아다녔는데도 눈길 한 번 주지 않으셨거든요."

자신에게 눈길 한 번 주지 않는 황태자한테 매달리다 못해 그 부모한테 결혼시켜 달라며 애걸복걸하는 공주라니.

'이트란 왕이 이걸 안다면…….'

얼마나 속상해할까. 부모가 되니 부모의 마음을 절로 이해할 수 있었다.

그저 해맑은 공주의 모습에 사절단으로 온 이트란 왕국의 대신들이 황급히 말을 덧붙였다.

"이건 온전히 공주 전하의 뜻일 뿐, 이트란 국왕 전하의 뜻과는 전혀 다릅니다."

대신들의 말에 세린 공주가 눈을 희번덕거렸다.

"내 뜻이 아빠의 뜻과 같다니까!"

나는 발악하는 세린 공주를 바라보며 크흠, 크게 헛기침했다. 주변에서 보는 눈이 많았다.

내 자식이 다른 나라로 넘어가 철부지라며 욕먹고 온다면 이트란 왕 또한 마음이 썩 좋지 않겠지.

나는 상황을 정리하기 위해 입을 뗐다.

"공주의 뜻은 충분히 알겠다만."

세린 공주의 얼굴이 순식간에 밝아졌다. 기대감이 서린 눈동자가 반짝였다.

"그건 우리끼리 결정할 문제만은 아닌 것 같군요, 공주."

하지만 곧 이어지는 내 말에 다시금 시무룩 어깨를 축 늘어뜨렸다. 세린 공주는 감정 표현에 아주 솔직한 여자인 것 같았다.

나는 아이 같은 세린 공주를 달래듯 나긋하게 말했다.

"외교적인 문제도 물론 중요하지만 내겐 그보다 내 아들이 더 중요해요, 공주."

"……네에, 어머님."

"내 아들의 인생이니만큼 나는 내 아들의 의견을 존중하고 싶고요. 내 말 무슨 뜻인지 알아듣겠죠, 공주?"

물론 셀피우스 또한 세린 공주와 같은 생각이고, 세린 공주가 좋다면 둘의 감정이 통했으니 좋을 일이지만.

만일 셀피우스가 세린 공주가 싫다면 내가 막무가내로 밀어붙일 일은 아니었다. 그 무엇보다도 내겐 셀피우스의 감정이 제일 중요하니까.

세린 공주는 알아듣는 것처럼 고개를 끄덕거렸다. 하나 곧 이내 자그맣게 중얼거렸다.

"……하지만 국혼이라는 건 나라에 이득을 가져다줄 만한 상대로 아버님과 어머님께서 선택해 주시는 거잖아요."

"보통은 그렇지만."

"제가 황태자비가 된다면 무역로 개척이 손쉬워질 텐데……."

세린 공주가 말을 흐리며 슬쩍 눈치를 살폈다. 저 점을 내세우면 아마 우리가 두 팔 벌려 셀피우스와의 결혼을 추진하리라 생각한 것 같았다.

나는 웃으며 옆에 있는 테르데오를 힐끗 바라봤다. 테르데오도 같은 생각이었는지 동시에 날 바라봤다.

눈이 마주치자 테르데오가 어깨를 가볍게 으쓱거렸다.

그때, 문지기가 셀피우스의 등장을 크게 외쳤다.

우리와 대화를 나누던 세린 공주가 고개를 뒤로 휙 돌렸다.

그녀뿐만이 아니었다. 파티에 참석했던 모든 영애가 설레는 표정으로 머리를 쓸어 넘기며 파티장의 문을 바라봤다.

그리고 잠시 후.

셀피우스가 퇴폐미를 뽐내며 나른한 표정으로 파티장 안으로 들어섰다.

"허억!"

"꺄……!"

셀피우스의 등장에 주변에서 숨소리를 삼키는 탄성이 들렸다.

'내 아들이지만 너무 잘생기긴 했지.'

나는 주변의 반응을 보며 입가에 슬그머니 미소를 띠었다. 정작 셀피우스는 주변 반응에는 무관심한 채 나른한 표정으로 걸어왔다.

주변을 무심히 둘러보던 셀피우스와 내 눈이 정면으로 마주쳤다.

나와 눈이 마주치는 순간 내내 무표정이던 아이의 얼굴에 환한 웃음이 걸렸다.

"어머니."

내 눈에는 날 향해 웃으며 걸어오는 모습이 아홉 살 그때의 모습과 별반 달라 보이지 않았다. 다 컸음에도 불구하고 말이다.

그때나 지금이나 셀피우스는 언제나 내게 한결같았고 언제나 내게 자랑스러운 아들이었으니까.

셀피우스가 앞에 서 있던 세린 공주를 무심히 지나쳐 내게 다가왔다.

일말의 기대감이 활짝 피어나던 세린 공주의 얼굴이 수치심으로 새빨갛게 달아올랐다. 흡사 토마토를 보는 것 같기도 했다.

'아이고야.'

물론 셀피우스는 그조차도 신경 쓰지 않았지만.

"어머니. 피곤하진 않으세요?"

"아직은 괜찮아. ……그보다 셀피. 저쪽."

내가 눈짓으로 세린 공주를 가리키자 셀피우스가 고개를 돌렸다. 셀피우스와 눈이 마주치자 세린 공주가 비명이 나올 것 같았는지 입을 떡 틀어막았다.

두 사람 사이에 알 수 없는 정적이 가라앉았다. 괜히 지켜보는 어른들만 쫄깃한 심정이었다.

떨리는 숨을 간신히 삼킨 세린 공주가 긴장한 얼굴로 겨우 입을 열었다.

"황, 황태자 전하. 오, 오랜만에 뵙습니다."

아까 우리한테 보여줬던 당당한 모습은 사라지고 사랑에 빠져 긴장한 소녀의 모습만이 남아 있었다.

세린 공주의 인사에도 셀피우스는 무덤덤했다. 셀피우스의 시선이 차분하게 세린 공주를 훑었다.

"지, 지, 지난번에는 제가 무례를 범해서…… 그, 그래서 사과드리고 싶어서 다시 이렇게 왔, 왔습니다."

말을 하면 할수록 세린 공주의 시선이 아래로 점점 내려갔다. 셀피우스를 바라보지도 못한 채 세린 공주는 연신 손가락만 꼼지락거렸다.

다시 정적이 흘렀다.

그 모습까지도 한참 바라보던 셀피우스가 천천히 입을 뗐다.

"……누구죠?"

셀피우스의 이어지는 말에 세린 공주뿐 아니라 대화를 엿듣던 모든 사람이 입을 떡 벌렸다.

"우리가 만난 적이 있다고요?"

셀피우스는 진지한 얼굴이었다.

"처음 보는 것 같은데요."

셀피우스의 확인 사살에 세린 공주의 눈망울에 눈물이 그렁그렁 고였다.

❋ ❋ ❋

무도회 이후. 황궁에는 새로운 바람이 불어왔다.
"우리 꼬맹이가 이렇게 인기가 많다니……."
무도회에서 세린 공주와 내가 나눈 얘기를 들은 귀족가 영애들이 너도나도 할 것 없이 황궁에 청혼서를 보내기 시작한 것이었다.
아마 내가 셀피우스의 결혼은 다른 이득과 상관없이 셀피우스의 선택에 맡기고 싶다는 말을 들었기 때문인 것 같았다.
청혼서를 보내면 혹시나 셀피우스와 인연이 닿아 결혼할 수 있지 않을까 하는 기대감이 서려 있는 것 같았다.
"그냥 이 중에서 적당한 사람을 골라서 약혼하는 건 어때? 셀피."
세르시아가 잔뜩 쌓인 청혼서 위로 쓰러지듯 엎드리며 중얼거렸다. 원래라면 내가 할 일이지만 내 몸 상태를 고려해서 세르시아가 도와주고 있던 찰나였다.
"전 라리사와 새로 태어날 제 동생이 아카데미 졸업까지 하는 걸 보고 결혼할 겁니다."
마찬가지로 날 도와 세르시아와 함께 청혼서를 확인하던 셀피우스가 짜증스럽게 얼굴을 구겼다. 그리고 뜯지도 않은 청혼서를 한 움큼 안아 버리는 서류로 분류했다.
"그때가 되면 너와 결혼하겠다는 영애가 없을걸."
"그럼 어쩔 수 없죠. 전 아직 연애나 결혼보다 가족이 더 좋으니까요."
그렇게 말하면서도 셀피우스의 얼굴에는 짜증이 걸려 있었다. 한 움큼 안아 버렸는데도 여전히 책상에 산더미처럼 쌓인 청혼서 정리 때문이었다.

"오늘 안에 못 끝내겠는데…… 하지만 오늘 안 끝내면 내일 또 이만큼의 청혼서가 쌓이겠지?"

세르시아가 지긋지긋하다는 목소리로 한탄했다. 셀피우스가 치를 떨며 자리에서 벌떡 일어섰다.

그러더니 미간을 잔뜩 찌푸리며 대기하고 있던 하인을 불렀다.

"앞으로 내게 도착하는 청혼서가 있다면 뜯어볼 필요 없으니 전부 알아서 거절 답장을 보내라고 전해. 그리고 알아서 폐기하고."

"네, 네?"

"이런 쓸데없는 일로 내 어머니를 피곤하게 만들지 말란 뜻이다. 앞으로 어머니께 내 청혼서를 올리는 사람이 있다면 내가 직접 따끔하게 혼낼 예정이라고 전해."

"하, 하지만 전하……."

"내 어머니께선 지금 안정을 취하셔야 할 때지 이런 쓸데없는 종이를 보고 있을 때가 아니라고."

셀피우스가 스산한 눈동자를 빛내며 이를 바드득 갈았다.

'테오 젊을 때랑 어쩜 저렇게 똑같을까.'

일방적으로 말을 끝낸 셀피우스가 책상 위를 가득 채운 청혼서를 하인의 품에 넘겼다. 그리고 책상 위 남아 있는 서류도 다 챙겨 가라고 눈짓했다. 황태자의 명령을 거절할 수 없는 하인은 울먹거리며 자루를 가져와 책상 위 청혼서를 쓸어 넣었다.

"정말 읽지 않고 버려도 되나요?"

정말 이래도 괜찮은가 싶었는지 내내 계속 물어봤지만.

"얼른 안 버려?"

셀피우스가 호통을 치자 하인은 황급히 자루에 청혼서를 싹 모았다. 책상 위가 깔끔히 비자 셀피우스는 만족스러운 표정으로 가보라며 손을 휘휘 저었다.

하인은 청혼서가 잔뜩 담겨 무거운 자루를 힘겹게 끌고 나섰다.

"저 중에서 네가 마음에 담아둔 영애가 있을지도 모르잖아."

나는 하인이 나간 후 셀피우스한테 조곤조곤 물었다.

"없습니다. 애초에 마음에 담아둔 영애는 없거든요."

"그 영애는?"

"그 영애요?"

"어렸을 때 아카데미에 퍼진 소문이 있었잖니. 네가 어떤 영애를 좋아한다고······."

내 말이 끝나기도 전에 셀피우스의 얼굴이 부끄러운 과거를 떠올리듯 일그러졌다.

"그, 그걸 어머니께서 어떻게 아세요?"

"어떻게 알긴······ 아카데미에 소문이 다 퍼졌으니 귀부인들은 당연히 알고, 나는 소문의 당사자의 엄마니까. 당연히 나한테까지 흘러들어 왔지."

셀피우스가 기겁하며 마른세수를 했다.

"그건 누가 오해한 거예요. 전 마리암을 좋아한 적······."

"맞아, 마리암. 그런 이름이었지. 아직 잘 기억하고 있구나, 셀피."

"그거야."

셀피우스가 눈썹을 찡그리더니 크게 한숨을 내쉬었다.

"제가 아카데미에서 안 좋았을 때, 그 애만이 대수롭지 않게 대했으니까요. ······그보다 마리암은 그해에 아카데미를 그만두고 사라졌어요. 그러니 전 정말 그 애와는 관련이 없어요."

셀피우스가 고해 성사 하듯 내게 진지하게 말했다.

"그래, 네 말을 믿어, 셀피. 하지만 누군가를 좋아하는 건 나쁜 일이 아니니까 숨기거나 피할 필요 없다는 걸 알아두렴."

"······네. 하지만 아까도 말했다시피 전······ 지금은 가족이 더 좋아요."

가족이 좋은 건 다행이지만…….

혹시 어린 동생이 셀피우스한테 부담이 된 건 아닐까 걱정스러운 마음에 나는 셀피우스의 등을 토닥거렸다.

"셀피. 네가 동생들까지 책임질 필요는 없어."

"……."

"혹시 네가 동생들 때문에 부담이나 책임을 느끼고 있는 거라면……."

내 걱정에 셀피우스가 고개를 천천히 내저었다.

"어머니. 그런 말씀 마세요. 부담이라니요……. 라리사도, 태어날 오로라도 제가 얼마나 동생들을 기다렸는지 아시잖아요."

"당연히 알지."

"어릴 적에 제가 얼마나 가족을 원했는지……."

어릴 적을 떠올리는지 셀피우스가 아련하게 미소지었다.

"잘 아시잖아요."

"잘 알고 있으니까 말하는 거야. 혹시 그게 널 묶어두는 건 아닐까 싶어서."

"그러니 아직 전 가족으로서, 어머니의 아들로서 이곳에 있고 싶어요."

"셀피."

나는 손을 뻗어 셀피우스를 가볍게 안아주었다. 아니, 이제는 나보다 키가 훌쩍 커버렸기에 정확히는 셀피우스가 허리를 숙여 내 품에 안겨주었다는 표현이 정확할 것이다.

"내 아들."

나는 천천히 셀피우스의 머리를 쓰다듬었다. 그간 라리사를 돌보느라 정신이 팔려 셀피우스의 머리를 너무도 오랜만에 쓰다듬는 것 같았다.

어느새 이렇게 커버렸을까.

이제는 다 컸기에 이런 애 취급이 싫을 법도 한데 셀피우스는 내 손길에도 가만히 품에 안겨 있었다.

"네가 누군가를 사랑하더라도, 그래서 새로운 사람과 결혼하여 가정을 꾸려 내 옆을 떠나더라도."

"……."

"너는 영원히 내 아들이고 내 가족이야. 그건 절대 변하지 않아."

"……어머니."

"그러니까 두려워할 필요 없어."

어릴 때와는 달리 너무 넓은 탓에 품에 다 안기지도 않는 셀피우스의 등을 천천히 토닥였다.

"옆에 이렇게 가까이 있어야만 가족인 건 아니야. 멀리 떨어져도 여전히 난 네 엄마일 테고, 넌 내가 사랑하는 내 하나뿐인 아들이야."

"……어머니."

"너와 처음 만났을 때가 난 아직도 너무 선명한데. ……어느새 이렇게 다 컸구나, 우리 아들."

"……저도 아직 기억하고 있어요. 아버지께 혼났을 때, 어머니가 처음으로 제 침실에 들어오셨죠."

"그때 네가 삐져 있었으니까."

"저주에 걸린 걸 알면서도 제 어깨를 만진 건 어머니가 처음이었어요."

맞아, 그때 그랬었지.

새록새록 떠오른 어릴 적의 추억에 새삼 웃음이 터졌다.

"그때 네가 침실을 엉망으로 만들었던 것도 기억난다."

"전 그때 어머니께서 했던 말도 선명히 기억해요."

"내가 했던 말?"

"제 편이 되어주고 싶다고 하셨어요."

셀피우스가 나를 따라 희미하게 웃었다. 그러더니 안겨 있던 팔을 풀고 품을 벗어나 날 마주 봤다.

"어머니는 그때도, 지금도. 제가 행복했으면 좋겠다고 하셨어요."

이젠 한눈에 담기도 힘들 만큼 너무도 커버린 아들. 하지만 역시 그때의 모습과 크게 다를 건 없었다.

"그래. 난 앞으로도 영원히 네 편일 거고, 또 네가 행복하길 바라거든."

"제 행복을 빌어주던 어머니 덕분에 행복할 수 있었어요. 어머니가 계셔서 제가 행복하게 자랄 수 있었어요."

따스한 한마디에 가슴이 울컥했다.

그때와는 전혀 다르게 행복하게, 그리고 온화하게 웃는 셀피우스의 모습에 눈물이 날 것만 같았다.

"날 엄마로 만들어 준 건 너였어, 셀피."

나는 셀피우스의 손을 꼭 잡았다. 이젠 한 손으로도 잡기 어려울 정도로 커버린 성인 남자의 손이었다.

"네가 나한테 '엄마'가 되어달라고 했으니까. 그래서 난 네 엄마가 될 수 있었고 이렇게 멋진 아들과 함께할 수 있었어. ……내게 그런 행복을 준 건 셀피, 바로 너란다."

셀피우스가 내 손을 꽉 맞잡았다.

"……키워주셔서, 사랑해 주셔서 감사합니다. 어머니."

"네 덕에 난 행복했고 또 앞으로도 계속 행복할 거야. 셀피, 넌 내 자랑이자 원동력이고 자부심이란다. 네가 있어서 그리고 너를 위해서 난 언제나 힘낼 수 있었어."

"……제게 가족을 만들어 줘서, 사랑이라는 걸 가르쳐 주셔서. ……제가 살아갈 수 있게 해줘서 정말 감사합니다."

꽉 마주 잡은 손에 온기가 맴돌았다. 셀피우스도, 그리고 나도 어느샌가 눈가가 촉촉하게 젖어있었다.

"제 어머니."

이제는 내 품을 벗어난 아이가 환하게 웃었다.

❈ ❈ ❈

시간이 지날수록 페레샤티의 배가 점차 불러왔다. 그리고 그럴수록 라리사는 페레샤티보다 테르데오와 함께 시간을 보내는 나날이 많아졌다.

처음엔 엄마와 놀겠다며 떼를 쓰던 라리사도 동생을 위해서라는 말에 꾹 참는 법을 배웠다.

"안녕!"

대신 장난꾸러기가 된 라리사는 유모가 잠시 한눈을 판 사이 탈출해 시도 때도 없이 황궁 곳곳에 출몰했다.

"황, 황녀님! 여긴 어떻게 오셨어요?"

"걸어서!"

이런 일이 몇 번 일어나자 테르데오는 혹여나 눈을 뗀 사이 아이가 위험에 빠질까 걱정되어 라리사의 담당 시녀를 늘렸다.

유모와 시녀들이 눈을 부릅뜨고 지켰으나 깜찍한 라리사는 잔머리를 잘 굴릴 줄 알았다.

호다닥.

라리사는 오늘도 시녀들과 유모의 감시망을 뚫고 황궁을 누비며 뛰어다니고 있었다.

도도도 뛰어다니는 귀여운 발소리가 복도에 우렁차게 울려 퍼졌다.

몇 번이나 탈주해 본 지능범답게 라리사는 힘차게 뛰다가도 기둥 뒤에 작은 몸을 숨겨 주변을 살피곤 했다.

도란도란 말소리가 들려오면 냉큼 탁자 밑에 숨어 사람이 지나

가길 기다리기도 했다.

도도도. 힘차게 뛰어가던 라리사는 반대편에서 뚜벅뚜벅 들려오는 발소리에 걸음을 멈췄다.

'숨자!'

라리사가 주변을 두리번거리며 몸을 숨길 곳을 찾았다. 그리고 화병을 올려둔 작은 탁자 밑으로 숨바꼭질하듯 몸을 구겨 넣었다.

혹시 숨소리가 들릴까 자그만 손으로 입가를 가리기까지 했다.

오늘은 반드시 고양이랑 놀아야지! 라리사가 탁자 밑에서 작은 주먹을 불끈 쥐며 결연했다. 요새 감시가 심해져서 탈출이 어려우니 나왔을 때 반드시 놀고 들어가야만 했다.

그때 커다란 발이 라리사의 앞을 지나쳤다. 놀란 라리사가 눈을 동그랗게 뜨고 숨을 흡 참았다.

커다란 발은 라리사가 숨어 있다는 걸 꿈에도 모르는 것처럼 무심히 갈 길을 가고 있었다.

'성공이다!'

어른들을 속였다는 쾌감에 라리사의 입술 사이로 키득키득 작게 웃음소리가 새어 나왔다.

그러자 지나치는가 싶던 발이 갑자기 탁자 근처에서 우뚝 멈춰 섰다.

"흐읍……!"

놀란 라리사가 눈을 동그랗게 뜨고 손바닥으로 입을 꾹 눌렀다. 혹시 들켰나 걱정이 앞섰다. 일 초가 한 시간 같고 이마에서 식은땀이 삐질 흘렀다.

하지만 다행히도 멈췄던 발은 이내 다시 움직였다.

탁자 밑에서 볼 수 있는 좁은 시야에 보이던 발이 사라졌다. 그리고 조금 기다리니 발소리 역시 완벽히 사라졌다.

라리사는 환하게 웃으며 탁자 밑에서 천천히 기어 나왔다.

"헤헤."

성공이다. 얼른 고양이한테 가야지!

엉금엉금 기어 나온 라리사가 신이 나서 뛰어가려던 찰나였다.

"황녀님."

라리사의 뒤에서 익숙한 목소리가 들리는가 싶더니 몸이 번쩍 들렸다. 라리사가 놀란 몸을 버둥거렸다.

"또 탈출하신 겁니까?"

하지만 들려오는 익숙한 목소리에 라리사는 버둥거림을 멈추고 상대를 확인했다.

"아스 삼촌……?"

라리사를 들어 올린 이는 아데우스였다. 아데우스가 못 말린다는 듯이 웃으며 라리사를 품에 고쳐 안았다.

"황후 전하께서 아시면 속상해하실 겁니다."

"어머니께선 모르니까 괜찮아!"

"어딜 가시던 길입니까?"

아데우스가 라리사를 품에 안아 든 채 자연스럽게 대화 주제를 바꾸며 테르데오가 있는 곳으로 걸음을 옮겼다.

"응! 고양이!"

"고양이요?"

순식간에 대화에 정신이 팔린 라리사는 자기가 지금 어디로 향하는지도 모르고 있었지만.

"고양이랑 놀 거야!"

아데우스는 라리사의 시선을 다른 곳으로 돌리기 위해 멈추지 않고 이야기하며 테르데오의 집무실로 들어섰다.

"……경이 왜 라리사를?"

즐겁게 꺄르르 웃으며 얘기하던 라리사는 들려오는 테르데오의 목소리에 놀라 대화를 멈췄다. 주변을 둘러보니 복도였던 장소가 어느새 바뀌어 있었다.

라리사가 눈을 동그랗게 떴다.

자신이 황제의 집무실에 있다는 걸 깨달은 라리사가 볼을 부풀리며 아데우스의 어깨를 작은 주먹으로 투닥 때렸다.

"아스 삼촌 거짓말쟁이! 고양이한테 데려다준다고 했으면서!!"

"하하. 전 고양이한테 간다고 한 적 없습니다."

"너무해!"

"고양이를 만나러 가고 싶을 땐 허락을 받고 가시는 게 좋습니다."

아데우스가 라리사한테 단호하게 말했다.

"갑자기 사라지시면 폐하와 황후 전하께서 걱정하실 겁니다. 또 큰 위험이 생겨도 아무도 모르게 되고요."

"아스 삼촌은 내 편 아냐?!"

라리사가 입술을 삐죽거렸다.

"황녀님의 편이죠. 하지만 황녀님이 말없이 사라지셨다가 다칠까 걱정되니 어쩔 수 없답니다."

아데우스가 자신의 편이라고 말하자 라리사는 누그러진 표정으로 어깨를 축 늘어뜨렸다. 두 사람의 대화로 대충 상황을 유추한 테르데오가 자리에서 일어섰다.

"라리사."

테르데오의 엄한 목소리에 라리사가 흠칫 놀란 표정을 지었다. 어찌 됐든 지금 자신은 아빠가 하면 안 된다고 말했던 행동을 몰래 하다가 걸린 거였다.

라리사는 덜컥 두려움이 앞섰다.

'혼날 거야!'

아직 혼나지도 않았는데 이상하게 괜히 서러운 라리사는 눈물이 핑 돌아서 괜스레 입술을 삐죽거렸다.

"또 몰래 나왔구나."

이것 봐! 진짜 혼날 거야!

라리사가 아데우스의 옷을 꼭 잡았다. 하지만 이런 아이의 마음을 알 리 없는 아데우스는 가까이 다가온 테르데오의 품에 라리사를 가볍게 넘겨줬다.

"우으……."

차마 테르데오를 마주할 자신이 없었다. 아빠가 날 무섭게 바라보고 있으면 어쩌지?

라리사가 괴상한 소리를 내며 테르데오의 어깨에 얼굴을 묻었다. 테르데오한테 직접 혼나본 적은 없었으나 유모나 시녀가 말해주는 걸 들은 적이 있었다.

'황녀님, 이렇게 몰래 나가시면 폐하께서 화내실걸요!'

'아빤 나한테 화 안 내!'

'으음. 폐, 폐하께선 화가 나면 아주 무서워지는 분이세요!'

'맞아요! 그러니까 어디 갈 땐 저희와 꼭 함께 가요!'

문득 그때의 대화가 떠올랐다. 대신들은 테르데오만 보면 도망가기 일쑤였으니 그 말이 사실인 게 분명했다.

라리사가 눈물을 참아보려 애썼지만, 자꾸만 입꼬리가 씰룩이며 아래로 내려갔다.

"……아우빠."

잘못했다고 말해야 해.

라리사가 서러운 흐느낌을 참으며 겨우 '아빠'를 불렀을 때, 커다란 테르데오의 손이 라리사의 등을 포근하게 감싸 안았다.

"라리사. 고양이가 보고 싶었니?"

들려오는 따뜻한 목소리와 '고양이'라는 단어에 라리사가 묻었던 고개를 번쩍 들었다.

화가 나 있을 거란 생각과는 달리 테르데오는 어여쁜 봄날의 꽃처럼 아름답게 웃고 있었다.

"……아빠."

라리사가 저도 모르게 멍한 표정으로 테르데오를 바라봤다.

"그래, 라리사."

"……라리사 혼내?"

테르데오가 라리사의 눈가에 달린 눈물을 손가락으로 훔치며 웃었다.

"아니. 안 혼내."

"……왜? 라리사…… 잘못했는데."

아빠가 아직 몰라서 그런가 보다!

라리사가 손가락을 꼼지락거리며 눈치를 살폈다.

"아빠가 혼자 나가면 안 된다고 했는데……."

"응."

"……라리사 혼자 나왔어."

이제 진짜 혼날 거야. 라리사가 다시 입술을 울먹거렸다.

그러나 돌아온 대답은 이번에도 라리사의 예상과는 정반대였다.

테르데오는 풀 죽은 라리사의 머리를 쓰다듬으며 답했다.

"우리 라리사가 심심해서 그랬구나."

라리사가 놀란 눈을 떴다.

혼날 줄 알았는데! 혼나기는커녕 심심했다는 마음을 테르데오가 알아주고 있었다.

유모와 시녀들이 분명 화나면 무섭다고 했는데! 혼자 나가면 엄마도 혼내는데! 무섭다는 아빠가 혼내지 않고 심심한 걸 알아주다니!

테르데오가 그 마음을 알아주니 라리사는 팬스레 울컥했다.

"……응. 라리사 심심했어. 유모는 침실에서 나가면 안 된다고 하고…… 시녀 언니들은 뛰면 다친다고 하고."

"그래서 혼자 고양이 보러 가려고 했어?"

테르데오가 라리사를 품에 안아 든 채 한 손을 휘휘 젓자 두 사람을 바라보던 아데우스가 웃으며 물러났다.

아데우스가 간 것도 모른 채 라리사는 테르데오한테 매달려 못내 서러웠던 지난날을 전부 털어놓았다.

"응. 엄마는 동생 때문에 나랑 못 놀아주니까…… 그런데 괜찮아. 동생을 위해서니까."

"그래도 심심했구나."

"엄마 없이 혼자 노는 건 심심해. 유모랑 시녀 언니들이랑 놀아도 심심해……. 고양이랑 놀면 재밌어……."

"그랬어?"

"응. 고양이랑 놀면 안 심심해서…… 그래서……."

"그럼 아빠랑 같이 고양이 보러 갈까?"

"아빠가?! 같이? 라리사랑 같이?!"

테르데오의 제안에 라리사가 활짝 핀 얼굴을 번쩍 들었다. 그러다 이내 뭔가 생각이 났는지 시무룩하게 고개를 저었다.

"……아빠는 바쁘다고 했는데……."

"음."

테르데오가 몸을 돌려 책상 위 가득 채운 서류를 바라봤다. 그리고 그 뒤에서 죽어가다시피 하는 보좌관을 바라보며 피식 웃었다.

"괜찮아. 나머지 일은 저 아저씨가 해줄 거거든."

"……! 폐, 폐하."

죽어가던 보좌관이 벼락이라도 맞은 것처럼 위로 튀어 올랐다.

"진짜? 진짜로?!"

라리사가 두 팔과 두 다리를 허공에 방방 휘저으며 날아갈 것처럼 좋아했다. 그 모습을 보니 보좌관은 차마 안 된다고 말할 수가 없었다.

"그…… 어……!"

"나 아빠랑 고양이랑 같이 놀아도 돼?! 정말로?"

저렇게까지 좋아하는데 안 된다고 할 수 있을 리가 없었다.

테르데오가 보좌관을 보며 악마처럼 웃었다.

"그럼 난 라리사와 나갔다 와도 되겠지?"

할 일이 저렇게 쌓여 있는데!

하지만 보좌관은 이미 세상 모든 걸 가진 것처럼 너무도 좋아하는 라리사의 표정을 본 뒤였다.

보좌관이 이마를 짚고 앓는 소리를 하며 소리 없는 절규를 질렀다.

"······다녀······오십······시오."

내면의 자아와 싸우며 겨우 답하자 라리사가 테르데오의 품에서 내려와 보좌관한테 달려갔다. 그리고 보좌관의 무릎을 작은 손바닥으로 툭툭 내리치며 기쁘게 웃었다.

"고마워. 나중에 내가 아끼는 장난감을 줄게."

"······감사······합니다······ 황녀 전하······."

"그래!"

테르데오는 라리사의 뒷모습을 사랑스럽다는 듯이 바라보며 다시금 품에 안아 들었다.

"그럼 가자."

집무실을 나선 테르데오는 라리사가 이끄는 대로 고양이가 있는 곳으로 향했다.

"아빠."

"그래, 라리사."

"······혼자 나와서 잘못했어요."

라리사가 작은 손으로 테르데오의 목을 꼭 끌어안았다. 작은 아이가 주는 따뜻한 온기를 온몸으로 느낀 테르데오가 라리사의 볼에 입 맞추며 웃었다.

"그래. 혼자 돌아다니면 위험해서 걱정하느라 그런 거야. 우린 모두 라리사를 사랑하니까."

"다음부터 안 그럴게요."

지난번에도 그렇게 말하고 또 탈출했지만.

테르데오는 처음 듣는 것처럼 고개를 흔쾌히 끄덕였다.

"다음부터는 그러면 안 돼. 알겠지?"

"네! 진짜 안 그럴게요!"

이 말도 물론 몇 번째지만.

"라리사가 혼자 심심하지 않게 앞으론 아빠가 더 잘 놀아줄게."

"진짜?"

"당연하지. 아빠한테는 라리사가 제일 소중하니까."

"그럼 엄마는?"

라리사의 질문에 테르데오가 눈동자를 데구르르 굴렸다.

"엄마도 사랑하지."

"그럼 셀피 오빠는?"

"셀피 오빠도 사랑하지."

"그럼 배 속 아가는?"

"배 속 아가도 사랑하고."

"그래도 라리사가 제일 소중하고 사랑해?"

"그럼."

라리사가 행복한 얼굴로 테르데오의 볼에 쪽 뽀뽀했다.

"엄마도 라리사가 제일 소중하고 제일 사랑한다고 했어!"

"그랬어?"

"셀피 오빠도 라리사를 제일 사랑한다고 했고!"

"오, 이미 다 물어봤구나."

"아빠도 라리사를 제일 사랑하네! 헤헤!"

라리사가 발그레한 두 볼을 감싸며 웃었다. 아이의 행복한 모습을 보니 테르데오도 절로 행복해지는 것 같았다.

"당연하지. 우리 가족은 라리사를 제일 사랑한단다."

❈ ❈ ❈

"왜 이렇게 안 들어오나 했더니만."

석양이 지는 오후.

나는 걸음을 멈추고 못 말린다는 듯이 웃으며 정원을 내려다봤다.

그곳엔 정원 매트 위에 누워 잠든 테르데오와 그의 팔베개를 베고 잠든 라리사, 그리고 두 사람의 머리맡에서 몸을 동글게 말고 잠든 새끼 고양이가 있었다.

얼마나 재밌게 놀았는지 테르데오의 옷에는 나뭇잎이 묻어 있었고 라리사의 머리에는 떨어진 꽃이 엮여 있었다.

"정말 귀엽다니까."

내 뒤를 따르던 시녀들과 경비, 그리고 라리사의 유모 역시 귀여운 장면을 보듯 행복하게 웃고 있었다.

나는 슬쩍 몸을 돌려 시녀에게 속삭였다.

"라리사가 곤히 잠든 것 같으니 깨우지 않게 조심히 침대로 데려가도록."

"네, 황후 전하."

시녀 두 명이 발소리가 나지 않도록 조심하며 잠이 든 라리사를 품에 안아 들었다. 혹여나 잠든 아이가 추울까, 담요로 감싼 시녀는 조심스럽게 침실로 걸음을 재촉했다.

"고양이는 어떻게 할까요?"

"아직 새끼인 것 같은데 주변에 어미가 있는지 확인하고……."

내가 말이 채 끝나기도 전, 낮은 목소리가 대화에 끼어들었다.

"어미한테 버림받았다더군."

인기척에서 잠에서 깨어났는지 테르데오가 나른하게 풀린 눈으로 나를 바라보고 있었다.

"들어보니 이미 며칠 전부터 여기서 지냈다더군. 비리비리하게 태어나서 어미가 젖을 안 물리고 버렸다던데."

"네?"

"아. 황궁 요리사와 하녀들한테 들었어. 그들이 우유를 먹여서 살린 모양이야. 그러다 보니 여기서 지내게 됐고."

대화가 들리자 잠이 들었던 새끼 고양이가 잠에서 깨어났다. 깨어난 고양이는 사람이 너무 많아서 놀랐는지 테르데오의 품으로 도망가려 했다.

"고, 고양이 주제에 감히 폐하의 품에!"

놀란 하인이 황급히 새끼 고양이를 잡으려 하자 테르데오가 작게 중얼거렸다.

"제로스."

"……예?"

하인이 뭔가를 잘못 들었나 싶어 되묻자 테르데오가 대수롭지 않게 고양이를 가리켰다.

"그 고양이 이름. 제로스라고."

"……네?"

"앞으로 라리사의 고양이야."

❋ ❋ ❋

시간이 제법 흐르고 오늘은 황궁에 새로운 바람이 부는 날이었다. 그리고 하녀들이 정신없이 황궁을 뛰어다니는 날이기도 했다.

"아아악!"

시녀들이 침실 안을 들락날락할 때마다 안에서 고통에 가득 찬 비명이 틈 사이를 비집고 흘러나왔다. 비명이 들릴 때마다 침실 밖의 가족들은 발을 동동 굴렀다.

"안 되겠어. 내가 들어가 봐야겠어."

자꾸만 왔다 갔다 바쁘게 움직이는 하녀들을 보며 테르데오가 못 기다리겠다는 듯이 중얼거렸다.

아마 세르시아가 붙잡지 않았다면 당장 침실 문을 열고 안으로 들어가고도 남았을 정도로 정신이 없어 보였다.

"라리사 태어날 때도 그러더니. ……참아! 지금 네가 들어가면 산파도, 의사도 모두 네 눈치 보느라 정신없다고!"

테르데오가 아랫입술을 짓씹으며 초조하게 머리를 헝클였다.

예정보다 조금 빠르긴 했으나 아이가 태어나는 날이었다. 두 번째의 출산이라 그런지 진통이 시작되자마자 페레샤티는 의연하게 행동했다.

차분히 산파를 부르고 의사를 부른 후 가족들에게 연락하고 밖에서 기다리라 했다.

물론 그렇다고 해서 한 번 경험해 봤다고 해서 진통이 사라지는 건 아니었지만.

"……제길."

라리사를 출산할 때도 느꼈던 거지만, 테르데오는 페레샤티의 고통을 대신하고 싶다고 생각했다.

"흐으으악!"

듣기만 해도 절로 몸이 비틀리는 고통이 다시 틈 사이로 삐져나왔다.

"……안 되겠어, 차라리 내가 들어가 볼게!"

얼굴이 하얗게 질린 세르시아가 문을 부수고 들어갈 것처럼 나섰다. 테르데오가 끄덕거리며 같이 안으로 들어가려던 찰나였다.

"으아앙!"

우렁찬 울음소리가 들리며 동시에 비명이 멎었다.

테르데오와 세르시아가 공기가 멈춘 것처럼 숨을 멈추며 침실을 바라봤다.

"흐아아앙!"

그런데 뭔가 이상했다.

"흐아아앙!"

"으아아앙!"

울리는 목소리가 둘이었다. 기다리던 가족들이 서로를 마주 보며 고개를 갸웃거렸다.

"뭐, 뭐야?"

"샤샤가…… 우는 소리인가?"

"그, 그러기엔 아기 울음 같은데요……."

"샤, 샤샤가 아이가 됐나……?"

세르시아와 글로리아가 어안이 벙벙한 얼굴로 서로 바보 같은 대화를 나눌 때쯤 침실 문이 열리고 산파가 나왔다.

"폐하, 축하드립니다. 늠름한 황자님과 어여쁜 황녀님이십니다."

"……뭐?"

테르데오가 당황한 눈을 크게 떴다. 테르데오 뿐 아니라 함께 기다리던 가족들 역시 황당한 얼굴이었다.

산파는 활짝 웃으며 말을 이어갔다.

"예쁜 쌍둥이입니다."

❋ ❋ ❋

"이것 봐. 그대를 똑 닮았어."

"내가 보기엔 당신을 똑 닮은 것 같은데요."

테르데오가 신기한 것처럼 두 아이를 바라봤다. 이란성 쌍둥이라 두 아이는 닮은 것 같으면서도 묘하게 달랐다.

먼저 태어난 남자아이는 나를 많이 닮았고, 몇 초 뒤에 태어난 여자아이는 테르데오를 많이 닮아 있었다.

감격에 겨운 표정으로 두 아이를 바라보던 테르데오가 침대에 힘없이 누워 있는 내 손을 꼭 잡았다.

"……내가 대신 아파주지 못해서 미안해."

"그건 신한테 따져야 할 문제죠."

"그리고 고마워."

테르데오의 눈가에 눈물이 고인 착각이 들었다. 나는 힘없이 손을 들어 테르데오의 볼을 쓰다듬었다.

"나도요. 아이들 이름은 생각해 봤어요? 요새 아데우스랑 계속 이름 짓느라 바빴잖아요."

"응. 후보를 몇 개 추려봤어. 최종 결정은 그대의 몫이니까."

테르데오가 품에서 꼬깃 접힌 종이를 꺼냈다. 꽤 오랫동안 품에 지니고 다녔는지 종이가 매우 구겨져 있었다.

"나는 제일 위에 있는 두 개가 마음에 들긴 하는데."

테르데오가 슬쩍 마음에 드는 이름을 어필하며 아기 침대에 누워 있는 두 아이를 살폈다. 나는 종이를 펼치며 주변을 두리번거렸다.

"라리사와 셀피는요? 어디 있어요?"

"라리사가 놀랄 것 같아서 일부러 안 데려왔어. 셀피가 라리사를 보살피고 있고. ……애들 불러올까?"

테르데오의 질문에 나는 고개를 끄덕거렸다.

"애들이랑 같이 동생 이름 결정할래요."

테르데오가 피식 웃으며 몸을 일으켰다. 그리고 침실 밖에 대기하고 있던 경비병에게 셀피우스와 라리사를 데려오라 명령했다.

나는 아이들이 오기 전, 테르데오가 몇 개 뽑아둔 이름을 훑으며 태어난 쌍둥이를 힐끗 바라봤다.

'어떤 이름이 잘 어울릴까.'

고민에 빠져 있자 잠시 후 뛰어오는 소리와 함께 침실 문이 벌컥 열렸다.

"엄마!"

"어머니!"

라리사를 품에 안아 든 셀피우스가 안으로 뛰어 들어왔다. 오자마자 나부터 찾는 내 아이들을 보니 절로 웃음이 나왔다.

"셀피, 라리사."

"어머니. 괜찮으세요?"

셀피우스는 힘없이 누워 있는 내 얼굴을 걱정스럽게 살폈다.

그때 셀피우스의 품에 안겨 있던 라리사가 화들짝 놀란 소리를 냈다.

"동, 동생!"

라리사의 시선이 아기 침대에 누워 있는 쌍둥이 동생에게 향해 있었다.

라리사의 외침에 셀피우스도 아기 침대가 있는 곳으로 고개를 돌렸다. 그리고 누워 있는 두 아이를 보며 놀란 눈을 크게 떴다.

"동, 동생들이에요?"

셀피우스가 동생들을 보며 놀랐는지 목소리를 줄여 물었다. 옆에 서 있던 테르데오가 네 명의 아이들을 사랑스럽게 바라보며 끄덕거렸다.

"그래. 셀피, 라리사. 너희 둘의 동생들이다."

셀피우스와 라리사의 눈이 좀처럼 쌍둥이한테서 떨어질 줄을 몰랐다. 나는 풋 웃으며 셀피우스의 등을 떠밀었다.

"가서 동생한테 인사하고 와."

얼결에 아기 침대 앞으로 밀려난 셀피우스가 라리사와 함께 쌍둥이들을 신기하듯 멍하니 바라봤다.

셀피우스는 라리사가 태어났을 때도 한 번 봤으면서 마치 갓난 아기를 처음 본 것처럼 신기한 표정이었다.

"아, 아가들 자고 있어?"

라리사가 속삭이듯 테르데오한테 물었다. 테르데오가 셀피우스의 품에 있던 라리사를 자기 품에 안아 들며 끄덕거렸다.

"그래."

"와아. 아가들 신기해……."

라리사가 작은 손가락을 꼼지락거리며 입을 떡 벌린 채 쌍둥이를 바라봤다. 나는 라리사의 그 모습을 바라보며 설핏 미소 지었다.

"라리사. 동생들이 태어나서 기뻐?"

"……응, 엄마. 기쁘고 좋고 막 신기해."

라리사가 콩닥거리는 가슴을 진정시키기 위해 작은 손을 심장 위로 올리며 크게 심호흡했다.

"라리사가 태어날 때도 그랬어."

"으응?"

"라리사가 처음 태어났을 때. 아빠는 너무 좋아서 눈물까지 보였었거든."

내 말에 라리사가 놀란 눈을 크게 뜨고 '정말?'이라 말하며 테르데오를 돌아봤다. 테르데오는 머쓱하게 웃으며 고개를 끄덕였다.

"라리사가 태어났을 때 아빠도, 엄마도, 그리고 셀피 오빠도. 너무 기뻤거든."

"라리사도 동생들이 태어나서 기뻐."

가족들이 서로를 바라보며 나지막하게 미소지었다.

"이 동생은 아빠를 닮았고 이 동생은 엄마를 닮았어."

"라리사는?"

"나는 눈은 아빠 닮았고 코는 엄마 닮았어! 입도 엄마 닮았고! 하지만 손은 아빠 닮았어!"

라리사의 애교에 가족 모두가 절로 웃음이 터졌다. 한참 웃던 나는 여전히 대화에 끼지도 못한 채 동생들을 멍하니 바라보는 셀피우스의 손을 잡았다.

"셀피. 동생들 이름을 정할까 하는데."

"……."

"함께 정할까?"

뭐가 그렇게 좋은지 셀피우스의 입꼬리는 하늘 위로 솟아 있었다.

"네, 어머니."

셀피우스가 웃으며 내가 들고 있던 종이로 시선을 돌렸다.

"나는 제일 위에 있는 이름에 한 표야."

셀피우스가 이름을 훑기 무섭게 테르데오가 말을 덧붙였다.

"그럼 라리사도 아빠한테 한 표!"

아직 글자를 읽을 줄 모르는 라리사가 손을 번쩍 들었다. 테르데오가 잘한다고 칭찬하며 라리사와 쌍둥이들을 사랑스럽게 바라봤다.

"어머니는 어떤 이름이 제일 좋으세요? 라리사가 아버지한테 한 표를 던졌으니 전 어머니께서 고르는 이름에 한 표를 던질게요."

"하하하."

그렇단 말이지. 나는 셀피우스한테 다시 종이를 건네받아 이름을 살폈다.

그리고 곤히 자는 아이들을 바라보며 나지막하게 이름을 불러봤다.

"메리야. 카시어스."

내가 부르는 이름에 반응하듯 두 아이가 꼼지락거렸다.

"나도 테오, 당신이 좋다는 이름이 제일 좋은 것 같아요. 보니까 쌍둥이들도 마음에 드나 봐요."

테르데오가 활짝 피어날 뻔한 미소를 겨우 꾹 참으며 쌍둥이들의 이름을 입에 올렸다.

"메리야."

메리야는 테르데오의 부름에 미간을 찌푸리며 고개를 홱 돌렸고.

"카시어스."

카시어스는 테르데오의 부름에 늘어지게 하품했다.

'둘의 성격이 보이는 것 같은데. 착각이겠지?'

나는 두 아이를 가만히 바라보며 불안한 마음으로 웃었다.

※ ※ ※

모두가 잠든 밤. 테르데오는 잠든 가족들의 얼굴을 찬찬히 떠올렸다.

사랑스러운 페레샤티. 죽은 형과 자신을 반반 닮은 셀피우스. 페레샤티와 자신을 닮은 라리사. 자신을 똑 닮은 메리야와 페레샤티를 닮은 카시어스까지.

더할 나위 없는 행복이었다.

불과 몇 년 전까지만 하더라도 절대 이 손에 잡을 수 없으리라 생각했던 행복.

창밖에서 추적추적 비가 내렸다.

테르데오는 페레샤티가 깨지 않도록 조심스럽게 침대에서 일어섰다. 그리고 빗물이 흠뻑 젖은 테라스 창가로 다가갔다.

창가에 테르데오의 얼굴이 비쳤다.

"뭐가 그렇게 좋다고 재수 없게 웃고 있냐, 테르데오."

피식 웃음과 함께 중얼거린 테르데오가 창가에 비친 자신의 얼굴을 가볍게 손바닥으로 매만졌다.

이런 미래를 원했으나 자신의 것이리라 생각해 본 적은 없었는데.

그런 생각을 하기 무섭게.

창가에 비치던 웃는 자신의 얼굴이 사라지고 이내 비에 젖은 창가 너머로 어린 시절의 테르데오의 모습이 비쳤다.

테라스 창을 가운데에 두고 웃고 있는 현재의 테르데오와 울상을 짓는 어린 테르데오가 서로를 마주했다.

겨우 허벅지까지 오는 작은 키였다. 어린 테르데오의 얼굴에는 상처가 가득했고 눈동자는 마치 죽은 사람처럼 빛을 잃은 채였다.

흘릴 눈물마저 다 말라버린 것처럼 어린 테르데오는 그저 그렇게 서 있었다.

"……."

왜인지 몰라도 테르데오는 놀랍지 않았다.

테르데오가 천천히 왼쪽 무릎을 꿇어 테라스 창 너머에 선 어린 자신과 마주했다.

'행복해지고 싶어.'

창문에 비친 어린 테르데오가 빛을 잃은 죽은 눈동자로 먼저 말을 걸었다. 아니, 어쩌면 혼잣말을 하는 것 같기도 했다.

'나도 사랑받고 싶어.'

어린 테르데오가 허공을 바라봤다. 공교롭게도 어린 테르데오가 바라보는 곳엔 침대 위에서 곤히 자는 페레샤티가 있었다.

마치 그녀에게 사랑받고 싶다는 말을 속삭이듯이.

'나는 행복해질 수 없어?'

현재의 테르데오가 손을 뻗었다. 그리고 만져지지 않는 창 너머의 어린 테르데오가 있는 유리창을 쓸었다.

"걱정하지 마."

현재의 테르데오가 나지막하게 중얼거렸다.

"너는 행복해지니까."

이렇게 말한다고 해서 과거를 바꿀 수 있는 건 아니었다. 하지만 바뀌지 않는, 과거에서 여전히 아파하고 있을 어린아이를 위로하듯이.

'하지만 내 형도 죽잖아.'

어린 테르데오가 반박했다. 형이 죽은 나이는 조금 더 컸을 때지만. 어차피 이건 환상이거나 테르데오의 꿈일 테니까. 어린 테르데오는 모두 다 알고 있는 것 같았다.

'내가 좋아하는 것들은 모두 죽잖아.'

"그래."

'그래도 내가 행복해질 수 있어?'

확신을 바라듯 어린 테르데오가 재차 물었다. 제발 그러길 바라는 투였다.

현재의 테르데오는 천천히 고개를 돌려 뒤 침대에서 곤히 자는 페레샤티를 바라봤다.

그리고 낮은 목소리로 확신했다.

"행복해질 수 있어."

그 확신에 찬 목소리에 어린 테르데오가 안심한 것처럼 시선을 들어 현재의 테르데오를 바라봤다.

"그때는 아니지만. 조금…… 아니, 아주 많이 시간이 흘러야 하지만. 널…… 나를…… 사랑해 줄 사람이 생기고, 내가 사랑하는 사람이 생기고. 행복해질 수 있어."

'날 사랑하는 사람이 있어?'

"그래. 있어."

테르데오가 고개를 돌려 다시 테라스 창 너머에서 우는 어린 테르데오를 바라봤다. 그리고 마치 라리사를 쓰다듬어 주듯이 유리창을 천천히 쓰다듬었다.

"너도 사랑받아 마땅한 아이니까."

그건 테르데오가 자신에게 하는 말이었다.

현재 테르데오의 확고한 목소리에 어린 테르데오는 힘없이 웃었다.

'고마워.'

창문 너머가 아니었다면 환상이라도 세게 안아줬을 텐데.

바꿀 수 없는 과거라는 걸 일깨워 주듯이 창문 너머의 어린 테르데오는 만질 수도, 안아줄 수도, 흘리는 눈물을 닦아줄 수도, 다친 상처를 치료해 줄 수도 없었다.

'이제야 나도 사랑해 주는구나.'

어린 테르데오가 유약하게 웃었다. 그 한마디가 테르데오의 가슴을 쿵 내려앉게 했다.

'내가 날 사랑하길 기다렸어.'

어린 테르데오가 창가에 손을 슬며시 얹었다. 현재의 테르데오도 홀린 듯이 그 위로 손을 얹었다.

유리창을 가운데에 둔 채 두 명의 테르데오가 서로의 손바닥을 마주했다.

"더 일찍 사랑하지 못해서 미안해."

'나도, 남도 사랑할 수 있게 됐구나.'

"······그래."

'그럼 이제 나도.'

테르데오가 눈을 깜빡거리자 창문 너머에 비치던 어린 테르데오의 모습이 온데간데없이 사라졌다. 그러더니 어린 테르데오가 있던 창가 너머에 죽은 형의 모습이 비쳤다.

정확하게는 어린 테르데오가 죽은 형의 모습으로 바뀌었다는 게 맞는 말이었다.

'그럼 이제 나도 편해질 수 있겠어.'

"······형."

테르데오가 무릎을 꿇고 있던 몸을 일으켰다. 몸을 일으키자 형과 시선이 엉켰다.

'귀엽고 어린 내 동생.'

창문 너머로 비친 테르데오의 형은 웃고 있었다.

'네가 내내 눈에 밟혔었어.'

"……."

'나는 이제 더 바랄 게 없어.'

"형……."

환상, 혹은 꿈이 분명한데도 너무도 선명한 목소리에 테르데오는 울컥했다. 뭐라고 이름 붙일 수 없는 감정이 솟구쳤다.

'내가 사랑하는 동생아.'

"……."

'다 지켜보고 있었단다. 네가 얼마나 애썼는지, 셀피를 얼마나 위했는지 다 안단다.'

"……형."

테르데오가 손을 뻗었다.

"……형, 미안해. 더 잘하고 싶었는데."

'충분히 잘했어.'

"조금 더 빨리…… 저주를 풀었다면……."

'네가 미안해할 것 없어, 내 동생.'

테르데오의 형이 빗물에 점차 젖어 들며 희미해져 갔다.

'네가 내 동생이라 나는 행복했고, 네가 내 동생이라 안심할 수 있었어.'

"……."

'네가 살아줘서 다행이고 네가 행복해서 나도 편하게 지낼 수 있게 됐어.'

이제 끝낼 때가 왔다는 것처럼 비가 점점 거세게 내려 희미한 형상마저 지워버렸다.

'사랑을 잊지 마. 너를 사랑하든 남을 사랑하든. 사랑하렴.'

형의 웃는 모습, 형의 애정이 담긴 말을 마지막으로 테르데오는 눈을 번쩍 떴다.

"……오, 테오."

눈을 뜨니 테르데오는 침대 위에 누워 있었고 옆에서 페레샤티가 걱정스러운 표정으로 자신을 흔들고 있었다.

분명 창가에 서 있었는데. 분명히 대화를 나누고 있었는데.

테르데오가 멍한 표정으로 허공을 바라봤다.

"어디 아파요? 얼른 의사 부를까요?"

"……어?"

"테오, 당신 울고 있잖아요."

테르데오가 멍한 표정으로 찬찬히 손을 들어 자신의 얼굴을 매만졌다. 언제부터인지 알 수 없지만.

베개가 흠뻑 젖을 만큼 테르데오는 눈물을 흘리고 있었다.

"왜 그래요? 악몽이라도 꿨어요?"

페레샤티의 걱정스러운 목소리에 테르데오가 상체를 일으켰다.

"……꿈?"

테르데오가 어이없다는 눈으로 창문으로 고개를 돌렸다. 꿈속처럼 내리는 비가 큰 창을 흠뻑 적시고 있었다.

큰 창 아래에는 마치 누군가가 손을 댔던 것처럼 희미하게나마 손바닥 자국이 남아 있었다. 곧 흐르는 빗물에 씻겨 내려갔지만.

"……꿈을 꿨어."

테르데오가 사라지는 손자국을 바라보며 페레샤티의 어깨에 얼굴을 묻었다.

"악몽을 꾼 거예요?"

"아니."

테르데오가 눈을 슬며시 감자 눈꼬리에 맺혀 있던 눈물이 힘없이 아래로 흘러내렸다.

"……반가운 꿈이었어."

페레샤티는 더는 아무것도 묻지 않고 어깨에 얼굴을 묻은 테르데오를 살며시 끌어안고 다독였다.

꽉 다문 입술 사이로 반가운 흐느낌이 흘러갔다.

바보 같은 형은 처음으로 나온 꿈에서조차 동생 걱정뿐이었다. 원망도 없었다. 여전히 자애로운 미소를 지으며 사랑을 속삭였다.

"샤샤."

테르데오의 눈물로 페레샤티의 어깨가 젖어갔다. 페레샤티는 답 대신 자기를 의지할 수 있도록 테르데오를 꽉 안아줬다.

"사랑해."

눈물에 젖은 고백이 나지막하게 퍼졌다. 페레샤티가 가만히 고개를 숙여 테르데오의 어깨에 기댔다.

"널 너무도 사랑해."

"나도요."

"네가 있어서 내가 살 수 있던 거야. 내가…… 날 사랑할 수 있게 된 거야……."

테르데오는 부스러질 것처럼 연약한 페레샤티의 몸을 세게 꽉 끌어안았다.

"괜찮아요, 테오."

페레샤티는 그런 테르데오를 모두 다 이해한다는 것처럼 그의 투정마저 다 받아들였다.

"내가 항상 당신 옆에 있을 테니까요."

"……."

"언제나 당신이 행복하길 내가 바랄 테니까요."

페레샤티가 따뜻하게 등을 토닥였다. 그 잔잔한 파동이 테르데오의 몸 깊숙이 행복한 울림을 선물했다.

"내가 계속 당신 행복을 바라니까 당신은 행복해질 수밖에 없어요."

"응."

페레샤티가 짤막하게 대답하는 테르데오의 머리칼을 부드럽게 쓸어내렸다.

"평생 내 곁에 있어. 내 옆에서 나와 함께 행복해 줘."

"알겠어요."

창문을 톡톡 두드리는 빗소리가 마치 미소를 머금고 있는 것 같았다.

❋ ❋ ❋

날씨가 좋았다. 나는 두 아이와 함께 큰 나무 아래로 가벼운 피크닉을 나왔다.

물론 쉽지 않았다.

"흐아아아앙!"

"쭈압쭈압."

"메리야! 카시어스 오빠 손은 먹는 거 아니야! 지지! 카시어스, 너도 손 빼!"

메리야는 성격이 아주 당찬 아이였다. 성격마저 테르데오를 똑 닮은 것 같았다.

자기 우유를 다 먹고도 카시어스의 우유까지 탐냈고 카시어스의 장난감을 넘보기도 했다. 욕심도 아주 많고 고집도 센 편이었다.

그뿐만 아니라 발달도 매우 빨랐다.

작은 침대에 갇혀 있는 게 답답한지 뒤집기 시기도 빨랐고, 머리를 들어 올리는 것도 비상식적으로 빨랐다.

급기야 심심할 때면 바로 옆 침대에서 혼자 잘 놀고 있는 카시어스의 손을 잡아끌어서 입에 물기도 했다.

흡사 메리야는 카시어스를 장난감으로 생각하는 것 같기도 했다.

좀처럼 우는 일도 없었고 여러 말썽을 부리기 급급했다.
"히끅, 히끅."
"카시어스. ······너는 언제까지 메리야한테 당할 거야."
 반면 카시어스는 소심하고 여린 아이였다. 입이 짧아 자기 우유한 병도 다 못 마시고 남길 때가 많았다.
 고집도 세지 않아서 가지고 놀던 장난감을 뺏길 때도 있고, 먼저 메리야한테 양보하는 때도 더러 있었다.
 누워서 얌전히 모빌을 바라보는 걸 좋아해서 그런지 발달도 빠르진 않았다. 애초에 움직일 생각이 없어 보였다는 게 맞을지.
 처음 뒤집기를 한 것도 자꾸만 침대에 손을 뻗는 메리야한테 도망치기 위해 발버둥 치다 했으니까.
 카시어스는 품에 안기는 걸 좋아했고 눈물이 많다. 활동적인 메리야와는 달리 잠이 많았고 작은 것에도 화들짝 놀랄 정도로 겁도 많았다.
 '쌍둥이인데 얼굴도 다르고, 성격도 이렇게 달라도 되는 거야?'
 나는 카시어스와 메리야를 떨어뜨려 놓은 후 걱정스러운 표정으로 두 아이의 볼을 콕 찔렀다.
 동시에 볼을 찔렀는데도 돌아오는 반응은 달랐다.
 메리야는 작은 손으로 내 손가락을 세게 움켜잡고 뭔가 표현하고 싶은지 열심히 손과 발을 버둥거렸고, 카시어스는 볼을 찔려도 그저 배시시 웃고 있었다.
 '사랑스러워.'
 어떤 반응이든 두 아이의 반응 모두 내겐 사랑 그 자체였지만.
"엄마아!"
 한숨 돌리자 멀리서 날 부르는 소리가 들렸다. 고개를 돌리니 제로스를 품에 안은 라리사가 날 보며 환히 웃고 있었다.
 그 옆에는 라리사의 손을 잡은 셀피우스가 함께 있었다.

제로스는 라리사의 제일 친한 친구가 되었다. 본래 고양이는 사람의 손을 타지 않는다고 하던데 제로스는 달랐다.

라리사의 품에서 자는 걸 좋아했고 라리사가 부르면 달려가 손바닥에 얼굴을 비볐다. 어딜 가든 라리사의 뒤를 따라다녔고 라리사의 품에 안겨 잠드는 걸 제일 좋아했다.

'귀여워.'

그 모습조차도 너무 귀여워 행복했다. 턱을 괸 채 내게 다가오는 두 아이를 바라보자 셀피우스가 눈을 맞추고 환하게 웃었다.

라리사는 제로스를 시녀의 품에 잠시 안겨주고 사랑스러운 동생들을 향해 가볍게 손을 흔들었다.

"안녕! 메리야, 카시어스!"

자기도 아기면서. 남들 앞에서는 여전히 아가처럼 애교도 많이 부리면서.

라리사는 유난히 두 동생 앞에서는 의젓해졌다. 발음도 또박또박 하려고 애썼고, 표정도 근엄하게 하려 애썼다.

"메리야! 언니 보고 싶었지?"

"꺄!"

"카시어스! 또 울었구나! 눈 빨개!"

"우으."

두 아이와 자연스럽게 대화하는 라리사를 보며 셀피우스가 내 옆으로 다가왔다.

"어머니. 아버지는요?"

"글로리아 님께서 오신다고 하셔서 마중 나갔어. 이제 곧 오실 거야."

"식사는 하셨어요?"

"그럼. 맛있게 먹었어. 걱정해 줘서 고마워, 셀피."

쌍둥이를 출산 후 셀피우스는 매일같이 내 걱정뿐이었다. 사실

유모가 많이 도와주기 때문에 내가 힘든 건 크게 없었다.

그래도 매일 내가 잠은 잘 잤는지, 식사는 제때 했는지 묻고는 했다. 나름대로 알아봤는지 동생들을 안을 땐 손목 걱정도 해주기도 했다.

'정말이지 듬직한 첫째라니까.'

나와 인사를 나눈 셀피우스가 몸을 돌려 라리사와 쌍둥이들한테 다가갔다. 그리고 조금은 어색한 목소리로 답이 없는 쌍둥이들한테 인사를 건넸다.

"안녕, 메리야. 카시어스. 잘 있었어?"

"오빠! 이것 봐! 메리야가 앞으로 막 움직이려고 해!"

"정말이네. 카시어스는…… 자는 거니?"

도란도란 함께 있는 네 명의 아이들은 사랑과 행복이라는 단어로는 설명하기 부족할 정도로 아름다움 그 자체였다.

행복함에 겨운 채 바라보고 있자 저 멀리서 테르데오와 글로리아, 그리고 세르시아와 피니어스, 아일렛이 걸어왔다.

"샤샤! 나 왔어요!"

"아, 셋시. 어서 와요."

글로리아 님만 오시는 줄 알았더니 가족들이 다 함께 오는 거였구나. 나를 향해 가볍게 인사를 건넨 후 아일렛은 라리사를 향해 달려갔다.

"와아, 라리사!"

"아일렛 언니!"

쌍둥이가 태어난 후 아직 어린 라리사가 혹여나 소외감을 느낄까 걱정된다며 늘 라리사를 먼저 챙겨주고는 했다.

'아일렛도 이젠 정말 언니가 되었구나.'

아일렛의 언니다운 모습을 볼 때면 뿌듯함이 가득 찼다.

"카시어스, 또 울었구나. 고모가 안아줄게, 이리 와."

"메리야. 할머니가 장난감 가져왔단다."

이제 가족들이 모두 모이면 제법 떠들썩한 대가족이 되었다.

"아버지. 어머니 살이 너무 많이 빠진 것 같아요."

"오늘 저녁은 내가 요리해 보도록 하지."

"꺄앙!"

"우으응!"

함께 모이면 즐거운 웃음이 나날이 늘어갔다. 나는 가족들 사이에서 행복하게 활짝 웃었다.

우린 오늘도 이렇게 행복하게 현재를 보내고 있다.

모두와 함께 있는 이 달콤한 시간을.

〈끝〉

시월드가 내게 집착한다 Ⅲ

초판 1쇄 발행	2024년 1월 31일
글	한윤설
발행인	신승한
표지 디자인	Opulence
편집 디자인	Opulence, 장지연
교정·교열	봉하연
기획	김다혜, 이경미, 임주은
발행처	주식회사 영컴
주소	08390 서울시 구로구 디지털로 32길 30 (구로3동 222-7) 코오롱디지털타워빌란트 902호
전화	02-6335-1750
팩스	02-866-1746
등록일	2018년 7월 9일
등록번호	제 25100-2018-000049호
ISBN	979-11-6779-385-0 04810 979-11-6779-382-9 (세트)

www.iyoungcom.com

ⓒ 2024 한윤설
이 책의 저작권은 한윤설에게 있으며, 출판권은 주식회사 영컴에 있으므로 본 책자의 전재 또는 부분을 복제, 복사하거나 전파, 전산장치에 저장하는 것은 법으로 금지되어 있습니다.

잘못된 책은 바꾸어 드립니다.